九州

NovoLand ·

无尽长门
亡歌

唐缺 著

北京联合出版公司
Beijing United Publishing Co.,Ltd.

图书在版编目（CIP）数据

九州·无尽长门.亡歌/唐缺著.-- 北京：北京
联合出版公司,2022.1

ISBN 978-7-5596-5597-4

Ⅰ.①九… Ⅱ.①唐… Ⅲ.①长篇小说—中国—当代
Ⅳ.①I247.5

中国版本图书馆CIP数据核字(2021)第200936号

九州·无尽长门.亡歌

作　者：唐　缺
出品人：赵红仕
责任编辑：徐　鹏
封面设计：吴黛君

北京联合出版公司出版

（北京市西城区德外大街83号楼9层 100088）

北京新华先锋出版科技有限公司发行

天津旭丰源印刷有限公司印刷　新华书店经销

字数347千字　787毫米×1092毫米　1/16　24印张

2022年1月第1版　2022年1月第1次印刷

ISBN 978-7-5596-5597-4

定价：49.00元

目录

序章之一
火中的地狱

鹤行舒的贵族生涯在他十七岁这一年画上了句号。在此之前，他曾以为自己一辈子都能过着轻松惬意的日子，能一直在宁南城里悠然自得，直到有一天在人类开设的妓院里搂着一个漂亮的红姑，在酒精的麻醉下惬意地死去。

但是许多年之后出现在人们面前的鹤行舒，是一个穿着打满补丁的粗布衣服、满手老茧皮肤粗糙的白发老人。生活的折磨对他的伤害是如此之大，以至于作为纯血统羽人的他已经无法凝出羽翼去高高飞起，哪怕是在月力最强的起飞日。那些曾经充满骄傲的贵族之血，似乎已经被换成了劣质的烧酒。

"年纪大了……精神力不足啦。"他总是这样含混不清地解释。

这位昔日贵族子弟如今的衰迈凄苦源自他十七岁时的那场剧变。

一向是家庭主心骨的父亲，宁南城知名的星象家鹤澜，在这一年的冬天见到了天神的使者，或者用很多人的话来说，他发了疯。发疯的日子正是孛星撞击地面的那一天。那是一颗轨迹十分隐蔽的孛星，假如不是碰巧撞到了宁南城附近的土地上，原本应当无人知晓——除了鹤澜。他是唯一一个捕捉到这颗孛星并且计算出它的轨道的人。

"我将成为九州大地上第一个目击孛星坠地的星象师，注定名垂千古！"父亲如是说。虚荣心让他选择隐瞒自己的发现，在孛星到来的夜晚独自打马出行，去郊区等待那历史性的时刻。

鹤行舒那时候正陷入一段和三个女孩子纠缠不清的爱情，哪儿有心思去管父亲那点儿破事。那一夜，他吻了一个女孩，被第二个痛骂了一顿，被第三个的哥哥手持弓箭追得在宁南城绕了大半圈，这才勉强脱逃。他疲惫不堪地回到家里，刚躺在床上，一阵沉闷而遥远的爆炸声从窗外飘了进来。虽然距离十分遥远，但他仍然可以感觉到床在轻轻地震颤。

"这大概就是父亲所说的孛星坠地吧？老头儿可别被砸死啊。"鹤行舒想着，慢慢地沉入梦乡。

清晨醒来后，他发现父亲已经回来了，正一个人坐在院子里发呆。宁南城是宁州最大的商业城市，因为吸收了大量人类的文化特色，所以贵族们渐渐放弃树屋传统，流行住在东陆风格的院落里。

"怎么样？找到那颗让您名垂青史的孛星了吗？"鹤行舒油嘴滑舌地问。父亲的反应激烈得让人难以置信——他猛地站起身来，一把揪住了鹤行舒的衣襟。父亲用的力气是如此之大，以至于年轻力壮的鹤行舒竟然有一种要窒息的感觉。

"地狱！那是地狱！"父亲圆睁着发红的双眼，像野兽一样咆哮，"地狱的大门被打开了！"

"什么地狱？"鹤行舒吓呆了。在他简单的头脑中，还从来没有认真思考过"地狱是什么"这样的问题。他只是惊骇于父亲那狰狞到疯狂的表情，惊骇于父亲一夜之间变得斑白的头发（鹤家的头发一直是浅棕色），惊骇于父亲眼中透露出来的恐惧。

也许真的只有在地狱里，才能出现这么恐怖的表情吧？鹤行舒想着，嘴里却忍不住叫唤起来："爹，我要喘不过气来啦！快放手！"

父亲随手把他推开，嘴里却兀自念叨不休："地狱的大门开了……地狱的大门开了……"

这只是一个开始。除了那几句含义难明的"地狱的大门打开了"，鹤澜并没有向家人说起过，那一夜他到底看到了什么。过了一段时间，他干出了一件令人匪夷所思的事情：他组织了一个邪教，一个宣扬末世即将来临的邪教，这可真是彻彻底底地疯了。正是在这个邪教的宣教过程中，人们终于知道了，孛星来临之夜及随后的那一个夜晚，他究竟看到了什么。作为唯一计算出孛星撞地时间的人，他也是唯一的目击者。

"……孛星撞地之后，大地彻底化为一片火海，充满了焦臭的气味，"身披教主白袍的鹤澜对他的信徒们说，"在一片火海中，我看到了什么？我看到了人影！无数的人影！从那个荒无人烟的旷野中突然出现！"

"我冒着火焰的灼热，稍微走近了一些，眼前渐渐清晰起来的视界让我的心脏几乎停止跳动，"鹤澜的声音阴森森的，仿佛是在用刀尖擦刮石块，让人听来汗毛倒竖，"我发现我见到的根本不是人，而是恶鬼！从地狱里爬出来的恶鬼！"

鹤澜的记忆飘回到孛星降临的夜晚。这颗孛星比他想象中威力更为巨大，撞地后产生的剧烈爆炸，在地上形成了巨大的深坑。爆炸带来的冲击把他掀翻在地。他晕晕乎乎地爬起来，只见一片冲天的烈焰，这些火焰让他有些畏惧，但怀着在史书中刻下自己印记的强烈憧憬，他还是不顾危险地走上前去。然后他再次摔倒了——因为突然袭来的巨大恐惧。

眼前的一切，就算是在噩梦中也难以见到。他影影绰绰看见火光中爬出无数人影，在那些人影靠近他后，他才看清楚，那些人的样貌有多么可怕——他们一个个状若骷髅，手脚戴着镣铐，身上的皮肉已经在火焰中被烧伤，甚至烧得焦黑，没有烧损的皮肤上遍布黑血的脓疮，白骨凸出的头颅尤其可怕，露出让人不寒而栗的牙齿。他们却不怕疼，或者说，压根儿就没有疼痛的感觉。他们带着脓疮，带着火焰，就那样沉默地向远方爬行，膝盖上薄薄的一层皮很快被磨破，露出森森白骨，但他们还是不在乎，好像全无知觉。

这完全就是地狱的场景啊，鹤澜胆战心惊地想。在那些古老的传说中，地狱里受尽苦难的鬼魂就是这副模样，全身上下没一块好肉，受尽种种酷刑的折磨，渐渐失去五感，无痛无欲。

最令人战栗的是他们的眼睛，那是一双双麻木不仁、完全没有情感的眼睛，活像是用石头雕刻成的。那些眼睛木然地从鹤澜身上扫过，就像他完全不存在。他们只是努力地、竭尽全力地往前爬，让鹤澜产生一种古怪的念头：他们是在逃离什么东西，那是让他们从内心深处恐惧的东西。

这个念头让鹤澜难以压抑从心底泛起的惊恐，他不顾一切地转过身，顾不得自己骑来的马匹，直接凝出羽翼飞回了宁南城。他最后一眼看到的景象是：一些怪物在烈火的灼烧下终于不再动弹，身体匍匐在地上，其余的同伴却仍旧恍若不觉，用他们几乎只剩下骨骼的残躯继续向前爬行。火场中除了火焰燃烧的噼啪声和骨头在地面摩擦的声音外，再也没有其他声响，鹤澜却觉得，自己听到了成千上万的灵魂在发出痛苦的哀号。

第二天，在他的情绪稍微平复一点儿后，他又回到了昨天孛星坠地的地点。他发现那里已经围满前来看热闹的市民，一个个指着地上那个大深坑和周围随处可见的烧焦痕迹，啧啧称奇。鹤澜却发现，昨晚他亲眼看见的那些人形怪物，消失了，且没有留下丝毫痕迹——毛发、血迹、足迹、烧焦的皮肉、骨头……什么都没有，仿佛他们完全不曾存在过，不曾那样执着地在火焰中向远方爬行，不曾把永世的噩梦烙进鹤澜的心里。

鹤澜失魂落魄地回到家里，甚至顾不得去教训不听话的儿子。一天一夜未眠，他却丝毫没有睡意，只是反反复复地念叨着："那是地狱吗？"可他无法得到答案。

直到深夜，困倦至极的鹤澜才迷迷糊糊地进入梦乡，但没睡多久就被惊醒了。他睁开眼睛，发现房间里多了一个人，确切地说，是一个人影，全身笼罩在一团柔和的白色光晕里。这个人影看不清面目，开口说话时却充满了一种让人折服的高贵和威严。

"你是神选中的人，"人影说，"你有幸目睹了神的创造，也因此得到神的启示。是的，你所看到的，是地狱的大门。天神开启了这道门，要用地狱之火荡涤人间的邪恶。而你，将要成为天神的代言人……"

鹤澜把自己关在书房里好几天，等到重新开门出来时，人瘦了一圈儿，但满脸都是大彻大悟后的平静。

"神的使者明白无误地告诉了我，那颗孛星就是天神赐给人间的最终启示，"白袍中的鹤澜庄严地告诉他的信徒们，"那些骷髅一样的怪物，就是地狱中恶鬼的幻象。天神是想要告诉我们，这个世界的末日已经来临，地狱之门即将洞开，魔鬼的火焰将会毁灭人世间的一切。这是神意，不可阻挡的神意。只有在末日之前领会神的旨意，聆听神的教诲，才有可能得到神的宽恕和救赎。"

鹤澜的脸上充满了虔诚，这种虔诚也感染了信徒们。事实上，和那些胡乱编造出一个伪神和几条教义就跳出来骗财骗色的邪教教主完全不同，鹤澜亲眼见到了神使，真心相信神使带来的神谕，真心想要拯救世人，这种真心为他赢得了格外多的信徒，因而该邪教被捣毁时，他遭受到的惩罚也格外地重。

宁南城本来在历史上一直都是云氏贵族的领地，宁南云氏以这座城市为根基，和雁都风氏进行了长达数百年的争斗。后来羽族几经战乱，这两个庞大的家族逐渐衰败，终于被其他家族乘虚而入。如今的宁南控制在另一个风氏家族的手里，虽然也姓风，但和过去的雁都风氏并无关系，乃是从澜州迁徙过来的。这个新兴家族能最终击败云氏占据宁南，占据以宁南为中心的庞大城邦，鹤姓家族堪称厥功至伟。因此，鹤氏在城邦里的地位仅次于风氏，各个分支都被封为不同等级的永久世袭贵族，鹤澜的先辈曾是一名出色的医官，治好过风氏家主的箭伤，因此也被封为世袭子爵。尽管并无实权，但至少可以保证子孙后代俸禄优厚、衣食无忧。

但是现在，身为家长的鹤澜走上了这样一条糊涂之路，彻底断送了整个家族的幸福前程。羽族一向重视打击邪教，身为贵族去拉扯一个邪教出来更加是不能容忍的大罪。鹤澜被砍头，家族被取消爵位，罚没家产，族人贬为奴隶，失去自由身，一切顺理成章。而那个短命的教派从此再也没有人提起，孛星之夜带给人们的惊讶也很快消散。

原本应该成为子爵的鹤行舒最终只能成为其他贵族的奴隶，在各种粗重活计的折磨下迅速老去，五十来岁就带着一身的病痛溘然长逝。临死之前，他躺在垫着稻草的破木板床上，喉咙里发出刀割般的凄厉喘息声，努力想要吐出最后一口卡得他难以呼吸的浊痰。突然之间，他的目光穿过薄薄的木门，穿过时光的幕布，穿过家族苦难的末日历史，看到了三十多年前父亲被行刑的时刻。按照羽族律法，类似这样用邪教煽动民众的人，理当被吊在当地城邦的一棵特定的巨树上——通常被称为刑木——处以绞刑。但是领主震怒于鹤澜的贵族身份，亲自批示，要让这个该死的邪教教主享受一点儿特殊待遇。

"他不是老是说什么'地狱之门即将打开，魔鬼的火焰将会毁灭一切'吗？"领主冷笑着说，"那就让魔鬼的火焰先毁灭他吧。"

于是，鹤澜被判了火刑。对于崇拜森林的羽人来说，浪费木材去烧死一个人，大概算得上是最严酷的刑罚了。

行刑的那一天，鹤行舒被带到刑场观看。他怀着满腔的悲伤和怨愤，诅咒老头子赶紧去死，但当执刑人点燃柴堆时，无法割舍的亲情终究还是压倒了一切。他忍不住大声痛哭起来。

而鹤澜的神情却是冷静而悲悯的，他像那些地狱里爬出来的鬼魂一样，在烈焰焚身之际感觉不到疼痛。只是在身躯即将被熊熊烈火完全吞噬的那一瞬间，他张开嘴，以令人难以置信的高亢音调发出了怒吼："你们这些愚昧无知的人！那是神的旨意！地狱的大门，已经打开了！"

"地狱的门……打开了啊。"病床上的鹤行舒用细不可闻的声音说。

序章之二
雾中的鬼船

好大的雾。

郭老幺不停地擦眼睛，仿佛这样能让自己的视线更清晰一点儿，但这个动作显然毫无用处。阻碍他看清楚的并不是他的双眼，而是这场突如其来的海上大雾。在这样的浓雾里，他根本分辨不清方向，因此也不敢轻举妄动。万一自己这艘小渔船跑错了方向，或者撞上了礁石，都是很糟糕的事情。

所以除了擦眼睛这个毫无意义的动作之外，这位青年渔民只能不安地等待，等着浓雾散去才能继续打鱼或者回家。这一带海域的天气状况总体而言还算不错，郭老幺之所以这么紧张，是因为这里有一个传说：当浓雾降临海面的时候，会有恐怖的鬼船从雾里现身。鬼船会抓走一切被笼罩在雾气里的出海渔民，只剩下一艘艘失去主人的空船。除此之外，船上的任何东西都不会丢失。

最可怕的在于，在某些情形下，据说有人还会亲眼看见那艘鬼船。在鬼船上，你能看见那些早已失踪的渔民，他们一个个都还活着，却已经沦为了魔鬼的奴隶，永远不老不死，永远被魔鬼驱使。

这样的传说在许多人看来或许会是无稽之谈，但郭老幺对此深信不疑，原因很简单，十二年前，在他九岁那年，一直抚养他长大的叔叔就是在遭遇一次海雾后失踪的。人们在海上找到了他那艘还残留雾珠的渔船，渔船上的渔具、食品一应俱全，甚至还有许多尚未断气的新鲜海鱼，显然是这一趟打鱼的成果，但他和他的两位同伴却已踪影全无。

郭老幺坚信，叔叔就是被鬼船抓走的，他虽然也很盼望叔叔回来以减轻家庭赚钱劳作的压力，但每当起雾的时候，他还是不敢出海。毕竟比起叔叔的下落，还是自己的命更重要一点。

　　可他万万没有想到，自己也会有一天在出海时突然遇到大雾，突然被困住。现在他只能向天神祈祷，祈祷这只是一场偶然的海雾，不会带来那恐怖的鬼船，不会让自己从此变成魔鬼的奴仆。

　　然而世事往往如此，你越害怕某样东西，它就越会出现在你面前。正当郭老幺坐在船头惴惴不安的时候，他的耳边忽然飘来一阵奇特的声响。那声音就像是有人在唱歌，却又不像是嗓子的声音，而且显得相当尖锐刺耳，让他一听就觉得十分不舒服。

　　最关键的在于，在这片海上怎么会响起如此奇怪的声音？郭老幺觉得自己的两条腿止不住地颤抖起来，上下牙关似乎也在不受控制地相互碰撞。他正想找两块破布塞住耳朵，却看见浓雾中渐渐出现了一个影子。

　　一个从远处缓缓靠近的庞然大物的影子。

　　郭老幺觉得自己的呼吸都快要停止了，因为随着那个巨大影子的不断靠近，他已经能渐渐分辨出，这是一艘船，一艘样貌怪异的船。

　　鬼船！郭老幺几乎一下子瘫在船帮上。他不敢相信命运竟然会如此残酷地对待自己，一时间几乎想跳进海里淹死算了，至少不必无穷无尽地被魔鬼驱使。但毕竟对死亡的恐惧压倒了一切，最终他没有跳，只是睁大恐惧的双眼，死死盯着那个逐渐扩大的阴影。

　　终于，鬼船突破了雾的界线，来到了郭老幺这艘小渔船的旁边。在这样的近距离里，郭老幺可以看清楚，船上有许多船工在忙碌。突然之间，他失声低呼起来："叔叔！"

　　他在鬼船上看到了他的叔叔！仿佛是为了印证传说，十二年前失踪的叔叔，此刻果然出现在了这条迷雾中的鬼船上。叔叔正在甲板上拉动着一条缆绳，动作显得僵硬且怪异，脸上没有丝毫表情。最让郭老幺吃惊的是，叔叔失踪的时候已经有四十多岁，十二年过去，他原本应该已经是一个接近六十岁的老人了，但那张脸竟然和他记忆中最后见到时一模一样，没有丝毫变化的痕迹。

浓雾中出现的鬼船……抓走所有闯入雾界的人……把这些人变成魔鬼的奴隶……永远不老……永远不死……

黑色的传说竟然是真的！郭老幺浑身发抖，只觉得心脏快要从胸腔里跳出来了。他想要大声呼喊叔叔，却又不敢出声，一时也忘记了赶紧驾船逃离。当他终于想起应该火速逃命的时候，他发现，叔叔的脸转向了他。

难道叔叔看到我了？他猜测着，甚至开始充满侥幸地想，叔叔会不会看在过往亲情的分儿上饶他一命。但他很快发现，自己的判断是错误的。因为叔叔手里已经放下了缆绳，而多了另一样东西。

那是一根又长又细的乌黑的套索。叔叔正以冷酷的姿态甩开这根绳索，在空中挥舞着，毫无疑问已经瞄准他。

末日来临的瞬间，郭老幺居然还来得及冒出这样一个念头：看来什么人到了魔鬼手下，都能长本事啊。叔叔一辈子都只是个老实巴交的普通渔民，曾经被强制征兵，后来却被赶了回来，因为他笨手笨脚又胆小懦弱，完全不是当兵的料，放在行伍里也只能影响士气。

可是现在，面无表情的叔叔完全就是一个视生命如无物的冷血杀手。他挥舞套索的双手如磐石般稳定，似乎是在校正最佳的方向，然后，套索像流星一样飞出，准确地套在了他侄儿的脖子上。

郭老幺最后能感觉到的是套索勒紧了他的脖子，一股巨大的力量把他的整个身子拽得飞了起来，飞向那艘吞噬生命的鬼船。

大约一个对时之后，大雾散去，海面恢复了平静，就像什么都没有发生过。只有郭老幺那空无一人的渔船孤零零地随着波涛漂荡着，仿佛还在等待永远不可能回来的主人。

第一章
被离奇分尸的领主

一

墓穴里没有一丝一毫的光亮。空气中飘散着香料的气息，但香料也掩盖不住弥漫在所有角落的尸臭。那些早已腐烂或正在腐烂的尸身，记载着一个家族的历史。

两条人影穿行在巨大的墓穴中。他们并没有点亮火烛，像拥有可以在黑暗中视物的眼睛，熟练地在一间间墓室中穿行，打开一口口石棺，寻找值钱的陪葬物，并不时发出惊喜的低叹。宁南城汤氏家族是羽族最早开始和人类进行通商的贵族之家，数百年来积累了非常可观的财富，虽然羽人并不像人类那样喜欢使用大量的陪葬品，但按照传统，死者身上通常都会携带一两件生前最钟爱的物品 —— 对贵族家庭而言，那往往会是珍贵的玉器、珠宝、古董之类，能卖出大价钱。

两名盗墓贼等待这个机会几乎等了半辈子，现在，命运的大门终于向他们敞开了。

花家兄妹是宁州小有名气的一对盗墓贼，当然，这种名气仅限于业内流传。作为羽人，花家兄妹没有一般羽人那种对尸体的尊敬和避讳，所以在这一行里干得顺风顺水。两人对宁南汤氏的家族墓穴垂涎已久，但汤氏财大气粗，专门请了东陆人类的机关专家布置墓穴里的各种机关暗器，数百年来，死在汤氏墓穴里的知名盗墓贼得有好几拨，所以他们也只是垂涎而已，始终不敢轻举妄动。

但十来天前，机会却从天而降。汤氏的三公子汤祺在宁州南部森林打猎时不幸被老虎咬伤，伤重不治而死。就在他的尸体被放在装满防腐药物的棺木中运回宁南、准备按族规下葬时，一名汤氏家族的老管家找到了花家兄妹。

"我儿子最近欠下了一大笔赌债，还不出债就得拿命去偿，"老管家开门见山地说，"所以我想和二位合作，从汤家的墓里弄出点东西来，我只要留下还债的钱，其余的全归二位。"

"怎么个合作法呢？"花家大哥花胜云强压着内心的激动，淡淡地问。他知道，对于一个外行人来说，要找到他们这两位行踪不定的专家可不是容易事，足见其诚意。

"我掌握了开启墓道内主机关的方法，"老管家说，"再过三天，三少爷就要下葬，我将作为随员把棺材送进墓穴，换成家族特制的石棺。到时候我就有机会在离开墓穴之前悄悄关闭主机关。"

"光是关闭主机关有什么用呢？"妹妹花棠追问说。

"这个墓穴里最厉害的机关，都由主机关来发动，"老管家说，"关闭了它，剩余的边角料想来也难不住二位如此级别的高手。"

这个高级马屁拍得花氏兄妹十分受用。在汤家历代珍宝的诱惑下，两人最终和管家订约，答应了此事，并选在汤三公子下葬的当夜掘洞潜入。就眼下的情况来看，管家没有食言，两人一路并没有遇到特别厉害的机关，轻松潜入墓穴的核心部位——按时代划分的墓室，并且成功找到了不少好东西。

终于，兄妹俩来到了最后一副石棺前，这里面装的正是新近去世的三少爷汤祺的尸身。这位可怜的年轻人，本可以享受一辈子奢华幸福的生活，却因为一头浑身臭烘烘的畜生而丢了性命。最惨的是，眼下连他随身陪葬的物件都得被人偷走啦。

花棠手脚麻利地撬开石棺，把手探了进去。按惯例，汤氏家族的死者入殓后都会正面仰卧，双手交叉放于胸前，陪葬的纪念物一般会握在手心里。所以花棠如法炮制，几乎看都不看，伸手就去掰死者的手指头。

然而，出乎她意料的一幕发生了——棺材里的死者陡然手腕一翻，一把拧住了她的手腕！

尸变了！这是花棠的第一反应。虽然入行多年早已不惧怕死尸，但复活的僵尸显然在她的承受能力之外。她一下子发出一声心胆俱裂的尖叫，拼命甩手想要甩掉对方的手腕，但这具"僵尸"的手甚为怪异，就像是黏在了她的手腕上，怎么甩也甩不开。

"小声点儿！怎么啦？"花胜云连忙问，还不忘先警告妹妹不要发声惊动外面的人。

"快救我！哥哥！"花棠拼命喊叫，"诈尸啦！救命啊！"

可恶，这个胆小的女人！花胜云很恼火，这么叫下去的话，搞不好会被墓穴外的人听到，那可真是瓮中捉鳖啦。他顾不上去想诈尸是怎么一回事，第一反应是先把妹妹的嘴捂住再说，可更古怪的事情出现了："僵尸"竟然先他一步，抢先伸出另一只手，在花棠的后颈处捏了一下。

这一下迅若闪电，花棠根本来不及躲闪就被击中，随即似乎有些窒息，一下子蹲在地上，发不出声来。而石棺里的"僵尸"更是跳将出来，花胜云连忙迎上前去，伸手去扭"僵尸"的双手关节，这是力量不足的羽族所擅长的近身技法。

但这具"僵尸"的关节技法好像比花胜云还要熟练，手腕一震，已经挡开了对方的双手，随即顺势反扭。花胜云手上一阵酸麻，登时使不出力气来。他连忙变招，抬腿向"僵尸"腰间踢去，"僵尸"却早有防备，分出左手，在他膝关节上轻轻一敲，他的腿也变得酸软无力，倒在了地上。

看来这还是一具武艺高强的"僵尸"！花胜云绝望不已。但"僵尸"并没有乘势追击，而是向花胜云做了一个奇怪的手势。虽然黑暗中看不清"僵尸"的可怖面目，但那个手势的意义是明白无误的。

"僵尸"把食指放在自己的嘴唇上，示意花胜云"别出声"。

这是在干什么？一个"僵尸"命令活人闭嘴？花胜云糊涂了。更令他糊涂的是，"僵尸"又做了一个动作：从怀里掏出一张纸，递给花胜云。

盗墓贼犹豫了一下，转头看妹妹，她只是一直在痛苦地揉着脖子，似乎也没有大碍，自己的手和腿好像也在恢复知觉，没有什么大伤。他想了想，接过那张纸，细细一看不由得惊呆了——那是一张面值一千金铢的银票。

还没等他反应过来，"僵尸"已经开口说话了，听上去像是正常的年轻男人的声音："辛苦二位跑这一趟，这一千金铢就算是谢礼。"

过了好一会儿，花家兄妹才反应过来：这并不是一个复活的僵尸，而是一个活人，只不过一直睡在汤祺的石棺里，才让两人误会了。

"你到底是什么人？"花棠这时才终于能发声，语声里充满了怒意，"干什么要来消遣我们？"

"消遣？你可真冤枉我了，""僵尸"说，"两位这次可是帮了我的大忙啊。如果没有你们，我在这墓穴里没法出去，就只能变成真的僵尸了。"

兄妹俩面面相觑，"僵尸"轻轻一笑，一面活动筋骨一面继续说："我在宁州待了有些日子，一直在想法子进入宁南城，但是最近城里的守备异常森严，无论是人还是货物都要细细检查，除了躲在汤家三少爷的棺材里，我实在想不到别的法子了。可剩下的问题在于，我混进来了，又该怎么从这个墓穴里出去……"

"所以你让那个老管家来找我们，其实只是想利用我们替你挖洞！"花胜云恍然大悟，"可恶，那个死老头子果然没安什么好心！"

"他其实也不算完全说谎，""僵尸"说，"他的儿子确实欠了很多赌债，以至于他不得不离开宁南城，厚着老脸四处找亲戚借钱。我就是在齐格林遇上了他，再加上刚好听闻汤三少爷的死，才想出了这个主意。我替他还赌债，让他想法子引你们二位来盗墓，然后自己钻进棺材，一路被送到这里封闭起来，事情经过就是如此。当然，我答应了他，不会任由二位带走这里的陪葬品，请多多原谅。"

"僵尸"谈吐斯文，彬彬有礼，但语声中有一种不容人抗拒的力量，花家兄妹并不是愣头愣脑的憨货，知道自己的武技和对手差得太远，索性懒得抗辩了，再说了，一千金铢的面额着实不小，这一趟也不算白忙活。

"你的意志还真够坚强的，"花胜云长出了一口气，"就算是有防腐药物，那么多天一直和一具尸体挤在小小的棺材里……我折在你手里，算是心服口服了。不过你有没有想过，万一那个老头没找到我们，又或者找到之后我们不同意，你该怎么办？"

"那就大不了死在这里和汤家的历代英灵做伴呗，""僵尸"说得很轻松，"人活一世，总有一些值得用生命去冒险的事情要做。"

花胜云不再多说，过了一会儿，才想起还没有问对方的姓名、身份："我被你耍得团团转，也算帮了你个小忙，能否告知一下尊姓大名？"

"僵尸"笑了笑："抱歉，在棺材里憋太久了，连这都忘了，真是有失礼数。我叫安星眠，是一个长门僧。"

"看你的发色，你该是个人类吧？"花棠好奇地问，"可是为什么你的武技像是我们羽族的关节技法呢？"

"这位姑娘好眼力，"安星眠没有否认，"这些关节技法就是一位羽人教的。他总是教训我说：'你们人类的拳头再大再硬又有什么用？只要能扭断骨头不就行了？'"

"有道理……"花胜云喃喃地说，"不过你冒那么大的风险非要潜入宁南不可，是为了什么呢？"

花棠的脸上浮现出一丝坏笑："总不会是为了见你心爱的姑娘吧？"

安星眠先是一愣，接着哈哈大笑起来。笑了好一阵子，他才停下来，一本正经地对花棠说："你猜对了。"

二

"砰"的一声，又大又硬的拳头挥了出去，狠狠地打在身体上，于是身体飞了出去，撞翻了一张桌子，然后重重地摔在满地的残羹冷炙中。身体的主人，一个手里握着钢刀的彪形大汉已经晕厥过去。

"看清楚了吧，在这里混，别指望手里拿把亮晃晃的刀子就能吓唬人！有种拿点硬货出来，不然就乖乖地装尿做软蛋！"拳头的主人轻蔑地说，"小二，打坏的东西记在账上！"这是一个矮瘦精悍的红脸汉子，虽然个子矮，拳头却着实不小，而且上面每个指节都布满硬茧，显然是个练家子。

拿刀大汉的同伴们连忙把这个昏迷的家伙扶起来，半拖半拽地送回房间。他们都对红脸汉子怒目而视，但也仅限于此，没有人敢上去再自取其辱。坐在这间客栈大堂里的其他人大多装作什么事都没发生，只是无奈地望着大门之外，望着黑黄色的天空。在那里，沙粒与风搅在一起，疯狂地舞蹈着，发出瘆人的啸叫声，仿佛一个远古巨怪，随时准备张开大嘴把整个大地吞进肚子里。

"看来这场风暴还得持续好些天呢，"客栈伙计一边手脚熟练地收拾着这场斗殴造成的一地狼藉，一边无奈地感慨着，"但愿各位大爷别把房子给拆没了。"

这座客栈位于宁州和瀚州交界的西南戈壁边缘，翻过分隔两州的勾戈山脉，就能到达这片广袤荒芜的戈壁。从瀚州到宁州，穿越戈壁是一条十分快速的捷径，但也是最危险的选择。勾戈山脉山势险峻，高处终年积雪，由于是战略要地，常年还有士兵巡逻。西南戈壁千里无人烟，有各种野兽毒虫出没，不过近几百年来，这里的环境越来越恶劣，野兽毒虫倒是少了，戈壁却渐渐演化为比野兽更可怕的大沙漠。人们之所以还将它称为戈壁，不过是沿袭过去的习惯而已，也许在未来的某一天，这里将会直接改名为西南沙漠。

然而，为了节约宝贵的时间，许多大胆的行商或者身怀特殊任务的武人还是会冒险穿越这片名为戈壁的沙漠，一些遭到追杀或者缉捕的人也会试图借助恶劣的自然环境逃出生天。此外，有传说，在西南戈壁的中心地带，还潜藏着一座黑市，人们可以在这里交易一些危险的、不被律法允许的物件。

西南戈壁边缘有一座小集市，里面有一些流动的商人，贩卖穿越戈壁必需的食物和水袋等用具，价格自然也不会便宜。此外，这里本来有好几家客栈，但因为敢来到此地的基本都非善类，在客栈里打架的人太多，不只砸坏东西，伙计也时常被误伤，所以其他的客栈都陆续关闭了，只剩下了这孤零零的一家。有人说是因为店主好热闹，看到有人打架反而欢喜，但事实上，很少有人能见到店主的面，平时客栈都是由掌柜的和伙计们打理。瘦得像根豇豆一样的老掌柜总是睡眼惺忪，算账之外的其他时间都在打盹儿，看上去就算闹事儿的人把客栈拆了他也能照睡不误。

此时正是九月，西南戈壁风沙最密集的季节，偏偏今年的沙尘比往年来得更加猛烈，连续十多天，天空就像是被一张深色的幕布遮住了，一眼望去，有种令人窒息的压迫感。一批又一批的旅人被挡住前路，因为冒着沙暴在茫茫沙海里寻路无异于找死，他们只能住进这家唯一的客栈，等待风沙止息再继续前行。于是客栈从房间到大堂挤得满满当当，甚至马棚都住进人了。幸好现在是九月初，天气不算冷，不然更加难熬。

刚发生的那一次斗殴，只不过是这些日子里大家见惯了的一个小插曲。武人们挤在一起总是难免磕磕绊绊，见多了也就不在乎了。怕惹麻烦的人会在这个时候把锋芒都藏起来，另外一些人却巴不得挑点儿事儿来活动筋骨 —— 反正闲着也是闲着。

这一架打完，客栈里总算清静了一小会儿，当然这种清静是相对的。没有人打架，剩下的人都三三两两坐在一起，聊天吹牛的、玩牌赌钱的，仍然显得颇为嘈杂。这样的嘈杂一直持续到了午后，直到羽族的巡逻士兵到来。

这是这些天来每日的例行公事，一向对这座边境小集市管理极松，或者说压根儿不愿意管的羽族官方，不知道怎么的，突然开始严格筛查起过往的人员。愿意走这条道的，大多身上都或多或少带点污点，被兵士们排查自然心中惴惴不安。但第二点奇怪的地方在于，士兵们并没有对他们过分为难，一旦确认身份后就不再纠缠，哪怕多问两句就可能发现此人身上背有命案。人们很快得出结论：这些羽人所要寻找的，是某个特定的目标，而且他们的兴趣只在这一个目标身上。不找到此人，他们决不罢休。

"他们到底要抓什么人啊？"士兵们离开后，一名行商忍不住发问，"每天顶着风沙到这里来转一圈儿，也够他们难受的。"

"一定是什么很重要的通缉犯吧？"另一名行商接口说，"这个人的来头一定小不了，咱们这儿可没几个身家完全清白的，但那些当兵的根本就不理睬，这是把咱们都当成小角色啦。"

"我倒是巴不得他们天天都只顾着抓'大角色'，那样就不用看见穿官服的就心头一跳了。"一个一看就绝非善类的独眼女子说，引来大家一通哄笑，客栈里的气氛缓和了不少。人们纷纷猜测，羽族到底想要抓什么人，一时间种种荒诞不稽的猜想都从众人的嘴里蹦出来，权当是无聊时的消遣。

"你们都没有注意到他们身上佩戴的徽记吗？这些士兵，并不是羽皇统辖的灭云关的驻军。"这句话一说出来，客栈里登时安静下来。人们都把视线投向说话的人——一个面色焦黄的老行商。他带着一支二十来人的小商队，却小气巴拉地只要了一间有四个床位的大房，让人很难想象这些人到了夜里如何休息。除此之外，这支商队的成员大多很沉默，平日里极少和别人交流，旁人除了知道这位领头的老人姓徐外，对这支商队一无所知。所以徐老头居然主动开口说话，让所有人都感到意外。

"那你说，他们不是羽皇的兵，又是谁的？"先前出手打人的红脸汉子问。

"他们佩戴的徽记和军服袖子上的纹饰，都有白鹤的形象，那是由宁南风氏家族的族徽演变过来的城邦军队的徽记，"徐老头回答，"这些兵士，都是宁南城的人，是风氏霍钦图城邦的人。"

他们都是宁南城的人。

听完这句话，人们忽然又陷入了沉默，或许仅是听到宁南风氏的名头都足以让他们紧张。这支从澜州迁徙而来的"外来"家族，用了短短几十年就战胜了不可一世的宁南云氏，创立了新兴的霍钦图城邦，并且迅速扩张为宁州最大最强的城邦，连羽皇都成了他们手中的傀儡，其雄厚实力和雷霆手段不言而喻。虽然他们的族徽是清雅的白鹤，但在旁人的心中，风氏不是鹤，而是凶悍的猎鹰。

"宁南风氏……现在只手遮天啊，"红脸汉子虽然打架的时候粗鲁蛮横，知道得倒也不少，"有什么人值得让他们跑到这大戈壁里来搜寻呢？"

老行商摇了摇头："我倒是很想知道啊，但这些年只顾着四处奔波做生意，对于宁州发生了什么大事所知有限。不知道咱们这儿有谁听说过吗？"

人们面面相觑，大多一脸茫然，坐在大堂另一边的一个矮小蛮族行商却似乎存心卖弄："这个嘛，我倒是听到了一点儿小道消息，据说是风氏抓到了一个极为重要的证人。为保证这个证人不被救走，他们在宁州各处通道都设下关卡，不管那是不是他们的领地，其他城邦领主也只能睁一只眼闭一只眼，任由他们折腾。"

"什么证人？"旁人异口同声。

蛮族行商神秘一笑，故作姿态地压低声音："二十年前，城邦上一任领主风白暮分尸案的证人。"

城邦领主。分尸案。二十年前。

这几个关键词倒还真有几分吸引力。但人群又是一阵沉默。在场的人当中，年轻一些的大多没有听说过这件事，上了年纪有所耳闻的人个个面色难看。过了一会儿，一个保镖模样的中年羽人摆了摆手："兄弟，别说了，这事儿水太深，当心给自己找麻烦。别忘了，宁南的人随时可能再来。"

蛮族行商吐了吐舌头，果然乖乖闭嘴了，那些被挑起好奇心的年轻人却不依不饶，一定要问个明白。蛮族行商苦笑一声："各位，羽人老哥说得对，这件事牵涉太广，最好不要打听，算我这张大嘴不关风，我请各位喝酒，你们就放过我吧。"

他说出这番话，旁人也不好再去勉强他，但就在这时，那个面色焦黄的老行商徐老头又开口了："霍达儿兄弟，你不是一直想要加入我的商队，以便路上人多有个照应吗？你要是愿意把这件事摆出来讲个明白，等风停了，我就带你一起上路。"

人们更加诧异。谁也想不到，这个平时从来不和旁人接近的老行商，此刻为了打听一件莫名其妙的二十年前的往事，居然会主动接纳一个陌生人。他为什么对此事这么感兴趣？之前他主动道破宁南城来使的徽记，是否就是为了挑起这个话头？大家都在心里默默地猜测。

叫霍达儿的蛮族人很是犹豫，但徐老头的条件相当有诱惑力。穿越戈壁是一件十分冒险的事，搞不好就会丢掉性命，能够和经验丰富的商队搭伴同行那是最好不过的。但由于敢穿越戈壁的往往都是手头有案底的道上人，人们彼此之间相互戒备，一般并不愿意和陌生人组队。徐老头一看就是经验丰富的老手，能有他一路照应，会安全许多。

"好吧，那我就讲讲吧，"霍达儿说，"其实这也不是什么了不起的大秘密，毕竟是羽族最大城邦的领主被暗杀，手段还那么残忍，想瞒也是瞒不住的……"

二十年前。按照东陆华族皇朝的通行历法，这一年是圣德二十四年。

圣德二十四年的冬天，宁州格外阴冷，这里并没有遭受什么声势浩大的暴风雪的袭击，气温却莫名其妙地低，一整个冬季几乎见不到太阳，在阴沉沉的天幕下，一股暗流在宁南城悄悄地涌动。

这股暗流是从朝堂之上开始的，并且逐渐漫延到民间，那一年冬天，很多普通百姓都在街头巷尾里压低声音做神秘状传言：宁南城的主人，宁州最有权势的人，挟羽皇以令诸侯的一代枭雄——霍钦图城邦的领主风白暮，要走到生命的尽头了。他尽管外表看起来还算健康，还能在各类羽族的庆典祭祀中亮相，但据大夫的诊断，他已经病入膏肓，只能活一年左右了。

六十七岁的风白暮身后，是当时宁州国力最强、疆域最大的霍钦图城邦，以及城邦拥有的数万雄兵。如同一切老套得不能再老套的故事情节，他的儿子们为了这个未来的领主之位争得不可开交，尤其是大儿子和二儿子，就差在宁南城约个地方肉搏定胜负了。三儿子倒是相对低调，但按照那些老套得不能再老套的故事，越是表面无害的角色就越可能暗藏心机。偏偏就在这个多事之冬，一位不速之客前来拜访，更加拨动人们敏感的心弦。

如前所述，在风氏之前，宁南城在很长一段时间里都是云氏的领地，但这一支来自澜州的风氏家族——也就是风白暮的祖先——最终击败云氏，占领了宁南，而在这一场惨烈的战争中，风氏最大的臂助就是同样来自澜州的雪氏家族。

但在占据宁南建立新城邦之后，大概是因为权力的分配，风氏和雪氏之间有了一些不足为外人道的龃龉，以及发生了一些不便记载的事件，按照人们的猜测，在数年的对外争斗胜利后，为了防止内斗、两败俱伤，两个家族采取了某种相对温和的方式——比如选择少量精英比武——得出胜负。结果是，风氏独霸城邦，雪氏远走他乡，且承诺在一百年内不建国、不发展兵力。但雪氏依然保存的基本力量，成了风氏心头的浓重阴影。在这之后，虽然对外号称"异姓兄弟"，雪氏却再也没有回过宁南，直到圣德二十四年的冬天。

在一场冬雨带走了空气中的最后一丝暖意后，一个叫雪寂的年轻人来到这座城市，随身携带的种种信物明确无误地证明了他的身份：昔日荣光无限的雪氏后人。而这一年，恰好是百年之期要届满的时间。

风白暮严格遵守约定，以仅次于迎接羽皇的隆重仪式把雪寂接入王宫，而雪寂也老实不客气地在王宫里住了下来，一住就是两个多月，从不在外面露头。谁也不知道他和风白暮究竟商谈了些什么。

总而言之，这一年的冬天对于风白暮而言，可谓是危机四伏、如履薄冰。而就在十二月来临的时候，大事发生了。

在一个阴霾的清晨，风白暮惯例去花园赏花并亲自侍弄花草。这个习惯他已经保持了几十年，据说是以此来换得每一天的愉快心情。在他伺候花草的时候，除了最亲近的人，其余侍从、官员一概不得进入花园。通常他会在花园里待小半个对时，然后回宫吃早餐。但这一天，一个对时过去了，他却始终没有出来，在外呼唤也无人应答。侍卫们开始担心，终于有一个胆大的侍卫冒着被惩戒的风险闯了进去，片刻之后，他的惊呼声骤然响起。

蜂拥而入的侍卫们几乎不敢相信自己的眼睛：一个对时前还充满威严的领主已经变成了一具毫无生气的尸体，而且很难用"一具"这个量词去形容，因为它已经完全变成了碎尸。

是的，就在侍卫们的眼皮底下，霍钦图城邦的领主风白暮被杀害并且分尸了。尸体被分成了三十多块，鲜血流了一地，更令人发指的是，这些碎块并没有被随意丢弃，就像小孩子玩的拼图游戏一样，被整齐地拼组成了领主的轮廓。

有两名侍卫当场就忍不住呕吐起来。在刹那的震惊之后，他们还是想到了自己的职责，一面派人通知城邦的高层官员与贵族，一面开始迅速勘查现场、寻找凶手。他们很快发现了泥地上的一些新鲜脚印，一组属于领主，而另一组经过比对后，被证实属于雪氏后人雪寂。由于担心雪寂包藏祸心，霍钦图城邦虎翼司一直在尽可能地调查此人，并且早就取了他的足印，没想到真派上用场了。

但这个时候，雪寂失踪了。花园的另一侧原本有一个侧门，不过一直都上着锁，但现在，侧门的锁被打开，雪寂的脚印显示他就是从这里出去，一路离开了王宫。

三

"那后来呢？雪寂被抓到了吗？"一个听故事的年轻保镖忍不住问，"领主是他杀的吗？为什么用分尸那么残忍的手段呢？"

霍达儿摇摇头："没有，他一直没有被抓到。虽然事后又找到了一些对他不利的证据，比如他在逃走之前，去了一趟宫里为他安排的住所，带走了一些必要的随身物品，结果在房间里留下了一些血迹，而且后来从血迹里验出的一些特殊的药物，正是领主常年服用来养病的，证明了那些血是领主的，这下子雪寂的嫌疑更大了。

"当然了，贵族们仍然要排查其他可能，所以把一切和争夺王位有关的人士都毫不留情地查了个遍，但所有人都有足够证据证明自己的清白，只有雪寂不告而逃，更是显得心里有鬼。

"当时宁南城的贵族们无比震怒，派出城邦最优秀的武道家和秘术士，追踪了他好几个月，从宁州追到宛州，最后还是没能把他抓回来。而因为领主的突然去世，王位之争也变得一发不可收拾，大王子和二王子果然各自带着家将刀兵相见，最后两败俱伤让三王子捡了便宜。三王子就是现在霍钦图城邦的领主风疾。"

霍达儿结束了讲述，听故事的人们表情各异，都在心里揣测着当年的事件真相。虽然霍达儿对之后的夺位之争一笔带过，但人们都可以想象那是怎样的一番腥风血雨。徐老头沉吟许久，忽然发问："那么，照这么说来，领主被分尸，最后的得益者是三王子吧？"

这个问题问得相当微妙，人们噤若寒蝉，谁也不敢应答。徐老头哈哈一笑："开个玩笑，开个玩笑……霍达儿兄弟，你说这次宁南城大动干戈是因为抓到了当年这起案子的证人，那是个什么样的证人啊？"

霍达儿再次压低了声音："其实严格来说，也算不上是证人，但的确是一个相当要紧的角色。听说……他们抓到了当年那个雪寂的亲生女儿！"

"亲生女儿？"所有人都吃了一惊。他们也终于明白，宁南城这一次为何这般如临大敌：抓住了女儿，自然有办法顺藤摸瓜找到她的父亲，继而调查出二十年前血案的真相。另外，该女儿也可能是此案能找到的唯一线索了，所以必须将一切可能的阻挠因素都拒之门外。

"只不过，他们不单单在宁南城布下天罗地网，竟然还会千里迢迢地跑到灭云关来找人，很显然是已经有了某些具体的对象吧？"徐老头问。

"这个我就不是很清楚了，"霍达儿挠挠头皮，"只是有些没有根据的传言，说那个被抓的女人有一个十分厉害的情人，似乎还是个长门僧，宁南的人生怕他潜入宁南生事，所以才会这样兴师动众。"

长门僧？人们又是一愣，然后少不得有人出来解释，长门修士虽然持守苦修，但并不禁婚娶，所以有个长门僧做情人也不足为怪。先前那个独眼女子微微皱起眉头："可是我并没有听说这几年有什么特别厉害的长门僧高手啊？去年他们不是还被东陆皇帝抓捕过，差点搞得要灭门吗？"

"难道是骆血？"一个留花白山羊胡子的老人猜测说，"那家伙是半道投身长门的，之前可是个杀人不眨眼的杀手。"

人们议论纷纷，不知不觉天色已黑，到了晚饭时间。之前打架的两伙人又闹了起来，这一次，中午挨打的一方来了后援，双方旗鼓相当，砸烂了五六张桌子，各有几人挂了彩，好在都不算重伤。旅客们躲在一旁开心地看热闹，也不再有人去谈论宁南的话题了。店伙计麻利地收拾好残局，人们天南海北地一通瞎聊后，各自回去休息，没有房间的人们只能在大堂里将就。

徐老头在难得地多说了几句话之后，也恢复了沉默，早早回了房里，到了深夜，客栈里终于安静之后，他房间的门忽然被打开了。四个手下用一乘被称为滑竿的简易轿子抬着徐老头出来，大摇大摆地从大堂走出门去。

此时大堂里横七竖八或躺或坐还留有不少人，但奇怪的是，竟然没有人对徐老头的深夜外出及那顶怪异的滑竿表现出丝毫好奇，事实上，他们都紧闭双眼，像是在深沉地熟睡，对外界的一切都毫无知觉。

于是徐老头就这样被抬着出了客栈，走进了夜间狂暴的风沙。这个时候，似乎戈壁中的每一寸空气都被黄沙填满，大风带来的尖锐啸叫有若鬼魅，就算是健壮的马匹甚至骆驼、六角牦牛都难以前行，因为沙子会很快封住口鼻，让它们难以呼吸。但抬着徐老头的四个人似乎没有丝毫难受，就像完全不需要呼吸一样，只是一步不停地向前走，而且在那样的狂风中还能保持步调基本一致。

大约走出了半里路，在夜色和风沙的掩盖下，已经完全看不见客栈了，四个抬滑竿的人也停了下来。徐老头从滑竿上下来，四处打量一番，在某个方位站住脚。他并没有张口发令，但四个随从好像已经接收到某种指令，在他所站地方的北方开始挖掘。他们只是徒手挖掘，却显得比铁铲更好使，很快挖掉表面的浮土，露出了下方隐藏的一块铁板。徐老头俯下身，在铁板上有规律地敲击出三长两短的声响，重复三次，铁板发出嘎吱的声响，向侧面移开，下方原来是一个洞口。五个人一起钻了进去。

洞口连接着一条人工开凿的地下通道，起初很狭窄，但越走越宽敞，终点处是一个巨大的天然洞穴。看来是有人先发现了这处洞穴，然后才开凿出通道用以连接。现在这个洞穴里点着一些照明的火把，但大部分地方仍然处于黑暗。

徐老头率先迈进这个深藏在戈壁之下的地洞。刚走出两步，头顶上方突然传来异响，几条人影从洞穴高处直扑而下，手中寒光闪烁，显然握有兵刃，向他袭来。与此同时，四围也杀出十多个人，将这五名闯入者迅速包围起来。

徐老头没有丝毫慌张。他纹丝不动，四名手下却已经有若迅雷地出手了。第一个手下双拳齐出，左拳打中一个敌人的脸颊，只听"咔嚓"一声，这个敌人的脖子竟然被这一拳生生打断了。而他的右拳和另一个敌人抢过来的铁棍相撞，以肉击铁，拳头丝毫无碍，铁棍却被打成两截。他毫不停手，继续进击，挥出的拳头都带着异样的风声，几乎每一拳都能击伤一个敌人。

第二个手下展现的是出色的腿法。他身材高大，双腿更是比常人长出一截，看上去有些细瘦，力量和速度却异常惊人，一脚能将人踢飞数丈之远，并且同样会伴随着对手骨骼开裂的声音。

第三个手下从背后拔出长剑，一道道清冽的剑光闪过，那几个从高空扑下试图偷袭的敌人来不及做任何动作，肢体就纷纷被切断，随着喷洒的血雾一同落到地上。

只凭这三个手下，几乎在瞬间就把围攻上来的敌人全部打发掉了，第四个手下却也没有闲着。站在徐老头身前的这个瘦弱的年轻女子高抬起双手，空中闪过一道几乎看不见的光，那些落下来的血肉都被一股无形的力量弹到了远处，徐老头的身上没有沾上半点污迹。

"你未免也太小看我了，"徐老头摇了摇头，"用这些小杂碎来试我现在的功力？就算是三十年前，我也能轻松打发的。"他说出这句话时，声音已经不像之前在客栈里说话时那样苍老，听起来中气十足，更是充满了一种蔑视一切的狂傲意味。

洞穴深处传来一个声音："因为我舍不得我那些上好的尸仆啊，反正都要折在你手里，不如节省一点。不过你能同时让四个尸仆使用完全不同的功夫来炫技，而且还有如此威力，确实是比我厉害多了，不愧是这个时代最强的尸舞者。作为你的师父，我真是惭愧得紧啊，须弥子。"

随着话音落下，说话人走到了明亮处，赫然是客栈里的老掌柜。他的确是又老又瘦，仿佛放在戈壁里就会被风吹走或者被一枚石子撞成两半，但眼睛已经不再蒙眬，现在他的眼睛深邃而阴沉，还隐隐透出一种无法消解的仇恨与怨毒。

而在他的对面，"徐老头"也完全换了一副样貌，那张焦黄面孔只是易容后的结果，去掉伪装后，这个真名叫须弥子的尸舞者看上去只是一个儒雅的中年文士，左脸上有一道醒目的刀疤。他打量着老掌柜，脸上挂着讥嘲。

"光是能活那么多年，已经算相当能耐啦，"须弥子说，"这些年来，由于疏忽大意而从我手里逃掉的人倒也有，但中了我全力一击还能活下来的，你是第一个，也是唯一的一个。从这一点来说，你倒也配得上我称呼你一声师父。"

"有时候我很后悔收你入门，害得我自己晚景如此凄凉，"老掌柜叹了口气，"但有时候想想，能教出一个在历史上留名的徒弟，未尝不是我的光荣。不过我很奇怪，以你现在的本事，想要什么不是唾手可得，为什么要扮成行商来这片戈壁呢？好在你的精神力我是再熟悉不过了，你一踏进客栈我就觉察出来了。"

"所以你才给我留下尸舞者的暗记，约我到这儿见面，"须弥子一笑，"不过这地方很不错。你一向是狡兔三窟、谨小慎微的人，现在老得骨头都快朽了，也没改变。"

"我开始以为你是来对付我的，但后来想想，我这么一把风烛残年的老骨头，恐怕不值当你专门跑这一趟，"老掌柜也跟着凄然一笑，"所以，说说吧，你到底想干什么？"

须弥子想了想："本来不必告诉你，但为了纪念一下我们这场意外的相逢，说出来也无妨。我只不过是想要抄近道尽快去宁州而已，这支商队里的'行商'都是我用惯了的一些尸仆，衣服和货物是半道上随手抢来的罢了。"

"去宁州？难道真的是为了那个雪寂的女儿？"老掌柜虽然年迈，头脑却转得十分快，"为什么？难道那个女人材质特异，你非要把她弄到手做成尸仆不可？要是那样的话，别说一个城邦领主，把华族皇帝、蛮族大君、羽族羽皇绑一块儿也拦不住你。"

"你倒是挺了解我，可惜的是，这回你猜错了，"须弥子对师父的变相夸赞坦然受之，既不表现出谦逊也不骄傲，"那个小娃儿材质倒还不错，但也并不算特别出类拔萃，我原本不必关心她的死活，可是，她的脑子里藏着某些秘密，天底下只有她知道，我非要把这个秘密挖出来不可。"

"什么秘密？"老掌柜问。

"还记得姜琴音吗？"须弥子的语声略有些黯然。

"那个姓姜的黄毛丫头？有点儿印象，功夫一般，骨头倒是挺硬，而且老喜欢找你挑战，屡败屡战……哦！"老掌柜说着说着恍然大悟，"我明白了，你们俩后来成一对了？"

"没有，都是我的错，"须弥子毫不掩饰地长叹一声，"有些事情，当你后悔的时候，已经太晚了……我前些日子把她的遗骨挖掘了出来，意外在她的随身玉佩里发现了一张纸条，那是她专门留给我的。她说，如果我去挖出她的尸骨，总算说明我心里还有她，她想要求我办一件事，而这件事的细节，我经过调查之后，发现落在她的徒弟身上——就是我要去找的那个雪寂的女儿。"

老掌柜喟然不已："以你的性子，在男女情爱这样的事情上一定也是孤傲死犟，白白糟践姻缘啊。她求你办什么事？"

"这个就暂时不能说了，"须弥子说，"事情本身是小事，但机缘巧合，牵涉一些其他的事物，以你的贪婪性子，我怕你听到之后起贪念。你已经太老了，中了我的毒已有三十年，也不可能拔除干净，还是在这个地方了结残生最好，至少还能落个全尸。"

"你就不怕我拉你做陪葬？"老掌柜斜眼看自己的徒弟，"比如说，我可以在这个洞穴里布置一些机关，让它整个塌陷，把你我都埋在里面。我反正已经活够了，但能杀死你，也算是报了仇啦。"

须弥子摇摇头："你有这个想法，但是你不敢。因为我是须弥子。"

"你说得对，"老掌柜苦笑一声，"因为你是须弥子。"

四

雪怀青走在一条白色的道路上，四周一片死寂。

她低下头，仔细地看了又看，才发现这条路之所以是白色的，是因为它是由无数人的尸骨拼接铺成的。这条白骨长路，延伸向远方。而四围是一片浓重的灰色雾霭，在这片浓雾中，除了脚下的白骨之路，她什么也看不见。

雪怀青别无选择，只能沿着路向前走。一丈，两丈……一里，两里……到后来她也不清楚自己究竟走多远了，而脚底已经磨出了血。她一直在赤脚前行。

这条路到底通向何方？她不知道，似乎也没有精力去想，只能拖着双脚机械地前行，鲜血把脚下的白骨染成红色，留下一道道醒目的红色印迹。

可是，这条路还是没有尽头。

终于，雪怀青忍受不了那种死寂，大声喊了出来："有人吗？"

随着这一声喊，前方的雾气忽然消散了一些，渐渐显现出一个轮廓。那是一个身躯颀长瘦削的羽人，有一头金色的长发，但无论雪怀青怎么努力，都看不清他的相貌。他的脸始终模糊一片，像四周的雾气那样变化不定，幸好说话的声音十分清晰。

"你走不出去，不可能走出去的，"面目模糊的男子对她说，"你将永远困在这里。"

"我不相信！"雪怀青大声说，"这条路总会有尽头的！"

"不，它没有尽头，"男子摇晃了一下食指，"这是一条无尽之路，没有人能离开它。你只能不停地走下去，永远不停地走下去，直到死亡。"

"不停地走下去……直到死亡？"雪怀青不由自主地重复了一遍，"可是，为什么会这样？"

"这只不过是宿命而已，"男子说，"你所说的每一句话，所做的每一件事，无非是宿命早已安排好的。所以你，无路可逃。"

"那我现在该怎么办？"雪怀青喃喃地问。

"继续向前走吧！"男子往前一指，"走下去，到你筋疲力尽，到你再也没有勇气走下去为止。"

然后雪怀青就醒过来了。她依然在囚室里，坐在那张舒服的椅子上，身边依然站着一位羽族秘术士，秘术士的脸上依然是恼火的表情。

"挖不出来，还是挖不出来，"秘术士对房间里的其他人说，"这个女人是个尸舞者，虽然现在极度虚弱，但她对自己的精神力控制得近乎无懈可击。我想尽办法，还是无法挖出她真正的记忆。"

"那就改天再说吧。先让雪小姐休息。"答话的是一个一直站在门口的青年羽人，看上去也就三十岁左右，浑身上下却散发出一种令人不安的威严感，一身一尘不染的白衣更是显得高高在上。他挥挥手，人们默默地离开这间囚室，最后只剩下他和雪怀青。

"雪小姐，我实在不明白你这么坚持守护这份记忆是为了什么，"羽人说，"你的性命是我们拯救的，而你的父母，在你出生后就抛弃了你，应该连见都没见过吧？那你为什么还要执着地隐瞒与他们有关的一切信息？"

"你们救了我的命，我自然会想办法报答，"雪怀青轻声说，"但我不愿意告诉别人的事情，谁也不能勉强。"

"那我们就走着瞧吧，"羽人迈步向门外走去，"我们会找到更优秀的秘术士，你迟早会扛不住的。"

羽人离开后，雪怀青长出了一口气，从怀里掏出手绢，擦了擦额头上的虚汗。然后她支撑着站了起来，一步一步慢慢挪到床边，躺了下去。仅是几个最简单的动作，她也累得气喘吁吁，但对她而言，还能活着，还能喘气，已经是了不起了。

"活着就挺好了。"雪怀青自言自语着。

雪怀青是一个年轻的尸舞者，几个月前，为了查明自己的养父一家惨遭杀害的真相，她无意中结识了长门僧安星眠。其时东陆皇帝正在全境内搜捕长门僧，安星眠为了化解这场大祸四处奔波，却发现这桩事件和雪怀青养父的命案有着千丝万缕的联系。

于是两人同路而行，经历了诸多险阻后，终于查清了事件的真相。但在最后时刻，为了解救被困的同伴，雪怀青运用尸舞术而耗尽了精神力，陷入危险中。而秋雁班唐荷用毒药令雪怀青进入假死状态，由教授安星眠武技的羽人风秋客再把她带回宁州，那里的羽人一定会想尽办法救她的性命，因为她的亲生父母牵涉一桩羽族历史上的重大悬案。

现在雪怀青就待在宁州的宁南城王宫内，并且如风秋客所料，虽然由羽人们救回了性命，但是身体还是极度虚弱，只能慢慢静养。而她也终于知道了，自己的父母到底牵扯进了怎样的一桩大案。

"你的父亲，是涉嫌杀害上一位城邦领主的最大嫌疑犯，"当雪怀青终于从长时间的昏迷中苏醒后，风秋客第一时间把当年的案情向她简要说明了一遍，"无论对霍钦图城邦而言，还是对宁南风氏家族而言，这都是巨大的耻辱，所以无论如何非要找到你的父亲雪寂不可。"

"原来他的名字是雪寂……"雪怀青最关注的却是父亲的名字，"那我母亲呢？我母亲叫什么？"

"这就不清楚了，雪寂当时是孤身一人进入宁南的，"风秋客说，"后来我们在追捕他的过程中才知道他的妻子并非羽人，而是一个人类。不过……我们曾得到过他留给你母亲的字条，在字条上，他称呼你母亲为'青儿'，所以我想，她的名字里至少有个青字。"

雪怀青突然眼眶一热，瞬间明白了自己名字的来历。在那个风雨飘摇的凄冷冬日，在陌生的山村生下自己之后，名叫青儿的母亲给自己起名叫"怀青"，一定是希望被追捕的生死未卜的父亲能永远记得她、怀念她。可是这两个人最后到底怎么样了，到底是劫后重逢还是各自孤独地死去，到现在也没有人知道。除了手腕上戴着的那只玉镯，母亲没有给她留下任何可以记认的东西。

她不愿意在外人面前显示软弱，于是用藏在被子里的手狠狠掐了一下大腿，定了定神，对风秋客说："不过我有一个疑问，领主被杀害已经是二十年前的事儿了，现在新领主在位已经二十年，城邦也早已安定下来。就算你们还对当年的凶手念念不忘，有必要这么兴师动众如临大敌吗？为了救我，光是花在我身上的珍稀药物就价值几千金铢吧？再加上调用了那么多名医和秘术士，仅是为了捉拿一个二十年前的凶手吗？这背后一定还有文章吧。"

"果然是个聪明的姑娘，我就知道瞒不过你，"风秋客挠挠头皮，"的确不单单是为了领主被害这件事，背后还有更加重要的原因。但是，请你原谅，此事关系到城邦的最高机密，甚至与羽族的生死存亡有干系，我没法告诉你。"

"你从来都是这样，不能说的话死也不肯说，"雪怀青摇摇头，也不再追问下去，而是换了一个问题，"他长什么样，你能形容一下吗？"

"他……身材不高，下巴尖尖的，鼻梁很挺……"风秋客虽然很擅长追踪他人，却并不长于描述他人的外貌，磕磕巴巴许久，向雪怀青勾勒出了一个英俊的青年羽人的形象。

"你的眉目就很像你父亲，尤其是那双眼睛。"他最后补充说。

"谢谢你，"雪怀青点点头，"这样至少在我偶尔想起他的时候，可以把他的脸填上去啦。"

在这之后的日子里，她静心养病，羽人们则开始对她进行审问，但她绝口不提任何和母亲有关的细节，至于父亲，她原本就一无所知。由于雪怀青身体原本就虚弱，羽人们唯恐她一不小心丢掉性命，所以不敢用刑，同时羽人高傲的自尊心不允许他们对这样一个重病的女子用刑，因此只能用秘术士的读心术去探查她的记忆。

然而，雪怀青是个常年利用冥想锻炼精神的尸舞者，本身的性情也极为坚韧，当她在心里抱定了某种信念时，读心术就很难起作用了。这些日子以来，先后有十一位秘术士进行过尝试，却都失败了。日子就这样一天天地重复着。

雪怀青正出神地怀想着过去这段时间发生的事情，敲门声响起来了。那轻轻的声响，让她知道来的是谁："是叶先生吗？请进来吧。"

门被慢慢推开，一个身材矮小的中年羽人端着一个汤碗走了进来。羽人的身材一般比人类要高一些，但这个羽人却比正常人类还要矮。他应该还不到四十岁，额头上却布满了皱纹，头发也稀稀疏疏的。进门之后，他的目光从雪怀青脸上扫过，却又好像根本没有看她，眼里是一种对任何事物都不关心的冷漠。

"药。"他简单地说了这一个字，把碗放在床边的茶桌上，然后向门口走去。

雪怀青点点头："谢谢你，叶先生。"

"我不是先生，"叶先生生硬地回答，"我是叶浔。"

"辛苦你这么多天伺候我，何况你年纪比我大得多，称一声先生也是应该的。"雪怀青说。

"随便你。"叶浔面无表情地说。说完，他不紧不慢地开门离去，又小心地掩上门。

"真是个怪人，比尸舞者还奇怪……"雪怀青自言自语着。不过不管正常还是奇怪，被关在王宫里的这个小房间内，她反倒是感到一种亲切感，因为这是她生平第一次和那么多的羽人相处。她的父亲是羽人，母亲是人类，从小一直生活在人类地界里，受惯了人们对混血儿的歧视与白眼。"其实这些自视高贵的羽人恐怕比人类更加歧视我，"雪怀青自嘲地想，"但现在他们急着撬出我脑子里的秘密，已经顾不上去想这些啦。"

"可是，如果我真的把那些'秘密'说出来，这些羽人大概也会相当失望吧？"她想，"因为我所知道的也实在太少了。"

雪怀青端起药碗，一股浓烈的腥臭气味扑鼻而来。这是羽人们为了让她尽快康复而特地调配的汤药，里面包含了许多奇奇怪怪的配料，致使这碗药无论气味还是味道都相当怪异。好在雪怀青是个尸舞者，长年和各种药物毒物为伴，这一点点腥臭对她而言压根儿就不算什么。何况，她在很小的时候就喝过这样的苦药，那些汤药的苦味伴随着她对父母的全部记忆。

那时候她还生活在澜州南部的一个小村庄，由养父沈壮一个人抚养长大，自幼体弱多病。贫穷的沈壮买不起昂贵的补品，只好找了许多民间偏方给她进补，蝎子、蜈蚣、蟾蜍之类的玩意儿煮了不少，居然还挺有效。但有一样，沈壮永远也无能为力，那就是雪怀青对她父母的疑问。

"我已经说过很多遍啦，你母亲虽然那时候住在我家，但从来不主动找我说话，"沈壮对雪怀青说，"看她的脸和穿着打扮，听她说话的口气，就知道她是个有身份的大人物，大人物不会和我们这些穷人交心的。她就是被人追杀逃到我们村的，然后在我家借住，因为身子不方便多住了些时日而已。"

沈壮所说的"身子不方便"，是指雪怀青的母亲当时已经怀有身孕。

圣德二十四年的冬季，就在宁南城领主分尸案发生后不久，浑身是血并且挺着大肚子的她来到这个山村，为沈壮所救。一个月后她生下了一个女婴，为她起名雪怀青，又过了两个月后她悄悄离开，给女儿留下了一只手镯。

也就是说，雪怀青不知道父母的名字（当然现在至少她知道了父亲叫雪寂，而母亲的名字里有个"青"字），不知道父母的相貌，不知道父母的身份来历，更不知道父母的现状。但是她大致能猜到一点儿，宁南城的羽人们对她的父亲如此感兴趣，那绝不仅仅是因为他们口头所说的"寻找杀害领主的凶手"，而是为了别的什么，确切地说，可能是为了一件东西。

如前所述，雪怀青是个人羽混血儿，生活在人类和羽人彼此攻伐的澜州，自然受尽村里人的白眼。从小就没有同龄的孩子愿意陪她一起玩，相反孩子们总会变着花样地欺负她。除了默默忍受之外，她并没有其他办法可以应对，但是渐渐地她注意到，全村的孩子都欺侮她，却独独有一个孩子例外。

最奇怪的是，这个孩子原本是村里的小霸王，几乎没有孩子没挨过他的拳头，可偏偏对雪怀青，他从来没有动过一根手指头。当然，这绝不意味他喜欢雪怀青，因为每次他看到这个被骂作"扁毛杂种"的人羽混血儿时，总是脸色发白，绕道而行。

他害怕我。雪怀青得出这样一个结论，但她不明白为什么这样一个小霸王会害怕瘦弱无力、孤立无援的她。直到有一天，她终于忍不住，在村口拦住了那个孩子。揍起人来从不手软的男孩面对雪怀青却神色慌张，浑身颤抖，几乎说不出话来，转过身就想逃。雪怀青以她特有的执拗一直死追男孩不放，终于对方站住了脚，咬咬牙说出了一番话。

"你……你的母亲，我见过，是个妖怪！你是妖怪的女儿，一定也是妖怪！"他说。

"妖怪？"雪怀青莫名其妙。要说他父亲是妖怪还可信一点儿，因为羽人在很多澜州人类的心中也和妖怪没什么分别了，但是母亲同样是一个普通的人类，也没有三头六臂十二只眼睛，怎么会和妖怪扯上关系？

"我、我见过她用妖法杀人……"对方吞吞吐吐地说出一句让雪怀青无限震惊的话。

就在雪怀青的母亲来到这个村子的那一天，这个男孩碰巧因为打伤邻家的小孩，在家里被父亲狠狠揍了一顿。一向娇生惯养的他十分愤怒，决定离家出走以示抗议。

第一次离家出走的男孩在一刻钟后就开始后悔。但他还是得硬撑下去，于是他躲到了离村子不远的一座小山头上，指望父母能追出来向他认错，而他也就可以就坡下驴。

他躲在一块刚好能遮住身体的岩石后面，又冷又饿，心里不断诅咒该死的父亲。也不知道等了多久，就在他忍不住想要放弃这次抗争、决定先回家吃饭再说的时候，山路上响起了一阵急促的脚步声。他的第一反应是家里人来接他了，但刚探出头来，却发现跑上山的是一个浑身是血的大肚子女人，吓得他又连忙缩了回去。

见鬼了，他想，难道是遇到了强盗？这可糟糕了。

他躲在岩石后面，竭力放轻呼吸，动也不敢动，耳朵里听见那个大肚子女人停住了脚步，接着又是一阵杂乱的脚步声，好像有一群人追上来围住了她，至少得有一二十人。

"你已经无路可逃了，"追兵中的一个男人说，"如果还想活命的话，就快点把他的下落说出来！"

"你们觉得我可能说出来吗？"女人虽然累得气喘连连，语声中仍然充满了轻蔑，"不必废话，动手吧。"

"动手的话，你不过是徒然送命而已，"男人说，"我们要抓的只是他一个人，你当时不在宁州，并无嫌疑，原本可以安然离开的。"

"我既然嫁给了他，就没有什么安然不安然的了，"女人回答，"更何况，一直以来，并不是你们饶了我的性命，而是我一直不忍下杀手。但现在，我别无选择了。"

女人将这句话说完，似乎是做了什么动作，围住她的追兵几乎同时爆发出一声惊呼，呼声里饱含恐惧。为首的男人连说话声调都变了："这件东西……怎么会在你手里？这不可能！"

"所以我才说，不是你们饶了我，而是我饶了你们，"女人平静地回答，"愿你们的灵魂得到安息。"

"我们一起上，和她拼了！"喊出这句话的是另一个嗓音尖厉的男人，声音极度颤抖，能听出来已经陷入了深深的绝望之中，连一丁点儿活下去的底气都没有。

到底什么东西让那群人害怕成这样？男孩忍不住好奇心，悄悄探出一点儿头，看了一眼。这个时候他才看清了站在包围圈中的女人的样貌，虽然满身血污，还挺着大肚子，但是长得非常漂亮。而围住她的这二十来个追兵，赫然全是羽人。这些羽人就这样在光天化日之下出现在人类的领地，要么说明他们十分强横霸道、胆大妄为，要么说明——追捕这个女人的行动十分紧迫，已经让他们顾不得去考虑其他的危险。但是现在，猎物反过来成了猎手。女人的手里拿着一根样式奇特的"铁棍"，约有三尺长，通体都是深黑色，而"铁棍"的顶端有一个圆球，黑得像墨一样。羽人们注视着这根铁棍，一个个显得十分不安。

"我一直以为你身上带的那件用布包裹的长形物体是一把剑或者其他的兵刃，没想到，竟然是它……"领头的羽人叹息一声，"也罢，怪我们太过托大了，以为即便你们真有这样东西，也应该是放在那个男人身边……活该我们今天要命丧于此。"

他一声呼喝，羽人们立即准备发动进攻，有的拉开弓弦，有的拔出刀剑，但他们的动作都没有眼前这个女人快。女人什么都没有做，只是把那根"铁棍"微微向上一抬，嘴唇微动，像是在念咒。

接下来发生的事情对男孩来说实在不可思议。随着女人这个看似漫不经心的轻微动作，所有羽人像被按下了暂停键。弓箭刚搭在弦上，刀剑刚出鞘，羽人们的动作却完全停止了。紧接着，他们一个个硬生生地摔倒在地，就此完全不再动弹。

女人好像对自己的胜利充满自信，丝毫不加查看，径直离去。只是她步履蹒跚，喘息连连，可想而知受伤也不轻。等到女人的脚步声完全听不见了，男孩才敢从岩石后面钻出来。那些羽人仍旧倒在地上，没有一点儿动静。

他大着胆子一步一步靠近，发现羽人们还是没反应后，伸手去探他们的鼻息。他发现羽人们仍然有微弱的呼吸，心脏也还在极缓慢地跳动，却再也无法对外界做出任何反应。他们好像是在一瞬间被那根怪异的"铁棍"夺走了灵魂，化为了没有思想、没有意识的行尸走肉。

男孩吓呆了，感觉自己见了恐怖妖法。他两腿发软，走不动路了，幸好没过多久，他的父亲就找到了这里，当看见那一地不知该说是活着还是死去的羽人时，一下子就把准备好的对儿子的责罚忘得一干二净。

"这……这些扁毛是怎么回事？"父亲语声颤抖着问儿子。

吓坏了的男孩费了好大劲儿才讲清楚之前发生的一切。父亲皱着眉头，蹲下身来看这些失了灵魂的躯体，想了许久，然后开始抓住其中一个羽人的双脚，费力地把他往悬崖边上拖。

"你要干什么？"儿子不明所以。

"这些扁毛畜生，不管是死是活，都不能留在这儿，"父亲说，"不然会害得我们掉脑袋的。只能把他们通通……"

他做了一个刀割喉咙的手势，说明了自己想要做什么。男孩虽然年纪不大，倒也并不蠢，当然明白父亲的意思。澜州的人羽关系一向不太好，在这个小村附近突然出现二十来号不知死活的羽人，无论被附近的人类官府知道了，还是被北方的羽人知道了，都会是大麻烦。他狠狠一跺脚，走上前去，开始帮助父亲抬这些羽人。

一个对时之后，精疲力尽的父子俩阴沉着脸回到家里，家中的妇人先是把儿子数落了一顿，然后迫不及待地说："今天村里来了个好奇怪的女人，大着肚子，满身是血，长得还挺漂亮的，好像老鳏夫沈壮收留了她……你们俩怎么了？"

她陡然住了嘴，因为面前的丈夫和儿子脸色刹那间变得煞白。

雪怀青把男孩的讲述牢牢记在心里。许多年后，当她开始修习尸舞术并且对秘术有一定了解之后，她开始细细思索母亲是靠什么样的本事在一瞬间抹掉那么多人神志的，但无论怎么查阅资料，甚至偷偷翻看了师父收藏的邪恶禁书《魅灵之书》，仍然没有找到是什么样的秘术能起到这样的效果。事实上，有一些高明的秘术确实可以夺人神志，但要在一瞬间同时对几十个人起效，而且连任何准备时间都没有，实在是前所未闻。

后来她模模糊糊地有了一个判断，让羽人们失去灵魂的，并不是母亲的秘术，而是她手里握的那根"铁棍"。山村小男孩眼里的铁棍，可能是一根法杖，是一件凶恶的魂印兵器，这种兵器往往在打造过程中吸收了星辰之力，能发挥出远超普通人精神力的效用。

现在，被关在宁南城里，看着羽人们急不可耐的面孔，雪怀青更加确定：什么"寻找二十年前的凶手"，只不过是个漂亮的幌子。如今的人们，谁会在意二十年前的领主到底是怎么死的？他们想要的，其实就是那件魂印兵器而已。

可见不论什么种族，贪婪永远是智慧生物的本性，雪怀青得出了新的结论。

第二章

全九州的人都在找你

一

宁南城是羽族最大的城市，也是商业最发达的城市。商业最初兴起的时候，受到保守的旧贵族势力的各种嘲讽打压，因为羽族原本是一个摒弃商业的种族。但事实证明，再高贵的存在也离不开钱，宁南城的新兴贵族们通过商业赚到了钱，极大扩展了自己的势力，让当年挖苦他们的旧贵族只能自吞苦果。

繁荣的商业带来了种族之间的融合相处，宁南城里异族开设的商号鳞次栉比，随处可见。宛州很有名气的富商安市靳，就在这里开了一家安禄茶庄，专门出售来自宛州各地的名茶。后来安市靳因病去世，虽然他的儿子出人意料地没有继承家业，而是去做了长门僧，但家里的生意还是在旧部下的操持中继续进行，这家茶庄便是其一，老掌柜汪惜墨在羽人的地盘上一待就是三十多年。

不过最近的日子不大太平，一方面是人羽关系再度恶化，坊间传言有重开战事的可能性；另一方面宁南城所属的霍钦图城邦自己也在折腾，据说是找到了与二十年前领主分尸案有关的重要证人，于是开始草木皆兵地严防该证人的救兵，牵连城里大批人类商号也生意冷清，羽人们轻易不敢光顾，都怕惹上点什么事，到时候说不清楚。

汪惜墨丝毫不敢掉以轻心。按他年轻时在人类社会里的宝贵经验，一旦某个群体处于受敌视的状态，就很容易被趁火打劫。虽然现在是在羽人的地头上，保不齐也是一样的规律。他虽然年纪大了，身子骨却始终硬朗，据说年轻时还学过几天拳脚，因此这段时间索性在茶庄放了一张床，每天晚上都在茶庄睡觉，就是为了看店，要知道某些昂贵的茶品可是价比黄金的。

这一天夜里，伙计们都离开后，汪惜墨照例前前后后把店里巡视了一遍，关好所有门窗，上好门闩，这才上床休息，靠着床腿还放了一根粗大的木棍。睡到半夜，他听到一点儿轻微的响动声，立即醒了过来。从声音判断，应该是有人不知用什么手法打开了紧闭的窗户，然后翻了进来。

看来还是个手法熟练的贼！汪惜墨大大地警惕起来，从床上轻轻起身，抄起那根木棍，蹑手蹑脚地循声跟过去。他有些不解地发现，这个贼并没有摸到货柜或者仓库之类存放值钱茶叶的地方，反而是钻到了平时为伙计们做早午饭的厨房里。那里除了炊具、柴火之外，再无别的东西了，除了……喝剩下的半锅粥和几个吃剩的冷馒头。

汪惜墨握着木棍，一步一步靠近，走到厨房门口时，他听到里面传来清晰的咀嚼声，听起来，这个夜间闯入的毛贼像是饿极了。他不禁有点糊涂：如果这是一个只想偷点东西果腹的贼，为什么不去偷餐馆酒肆，非要来自己的茶庄？

不管怎么样，偷食物的贼肯定没什么大能耐，汪惜墨心里略微一宽，深吸一口气，猛地一脚踹开厨房门，在黑暗中模糊看到一个影子，于是举起木棍就当头砸下去。

但黑影的身手远比他想象的要敏捷，身子一侧已经躲开了这一记闷棍，接着不知怎么脚下一滑，居然就站在了汪惜墨的身边，用还沾着馒头屑的手掌捂住他的嘴。

"汪叔，是我！别作声！"黑影低声喝道。

"是你？少爷？"被捂住嘴的汪惜墨含混不清地发出一声惊呼。

"是我，汪叔，"黑影重复了一遍，"我是安星眠。"

这个半夜钻进宁南城的安禄茶庄偷馒头的贼，就是安星眠，一个出身富贵人家的长门僧，他的父亲正是汪惜墨的老东家安市靳。从汤家的墓穴里钻出来之后，天色已明，他没有轻举妄动，而是藏了起来，耐心地等到夜深之后，才溜进自家的店铺找点吃的。

"瞧瞧你，饿成这样！"汪惜墨很是心疼，"别吃冷饭，伤胃，我马上给你下点面条，你最爱吃的碎肉酸辣面！"

"妙极了！"安星眠把手里的馒头一扔。汪惜墨每次回宛州向安市靳汇报生意状况时总会给安星眠带点宁州特产的小玩意儿或者其他精心收集的玩物，他的妻子早亡，且一直没有续弦，更没有子嗣，一见到小安星眠就笑逐颜开，两人混得很是熟络。在安星眠心里，这个老掌柜其实也和父亲差不了多少。

一小会儿工夫后，汪惜墨把一碗红红亮亮、热气腾腾的酸辣面放到安星眠面前，后者也趁这段时间把自己的来由简单讲述了一遍。汪惜墨听完后，面带忧色。

"你要从王宫里抢人？"他紧皱眉头，"那绝对是不可能的。就算是一个弱小的城邦，王宫的守卫也会很严，更何况这里是霍钦图，羽族最强的城邦，如果让你孤身一人就能轻易闯进去救个人出来，那些羽人也就白混啦。"

"首先，未必要硬抢，偷偷带出来也是可行的，"安星眠吸溜着面条，"其次，别忘了，二十年前，也是在那么森严的守卫下，他们的领主被人杀了。事在人为嘛。"

"我说不过你，不和你争，"汪惜墨摆摆手，"何况你是我家少爷，我也不能硬拦着你，想要我做什么就尽管吩咐吧，反正我孤家寡人一个，这把老骨头不要也罢。"

安星眠放下空空的面碗，拍拍肚子："我才不会为了自己的事情去连累家里人，再说了，难道我要你揣着这根木棍跟我去硬冲吗？我只是需要你帮我安排一个稳妥点的藏身之处，让我能够在宁南城住一段时间，其余的我自己会想办法。"

"那没问题，"汪惜墨点点头，"我明天就帮你安排。只不过，这次你花那么大的心血，甘冒奇险去救那个女孩子，你一定是对她喜欢得不得了了？"

安星眠微微一笑，没有否认，汪惜墨拍拍他的肩膀："有情有义，才是男儿本色。看着你现在的样子，我都开始后悔年轻时没有再讨个老婆啦。"

"那你为什么这么多年都不再娶妻呢？"安星眠也禁不住好奇。

"也许我和你一样，心心念念着一些人和一些往事吧。"汪惜墨摇摇手，表示这个话题就此打住。

汪惜墨说到做到，第二天傍晚就为安星眠解决了住处。那是宁南城北的一间小院子，本是汪惜墨的一位生意伙伴买下来作为住处的。但随着局势渐渐紧张，这位生意伙伴决定离开宁州回东陆去，就把院子委托给汪惜墨替他售卖。因此，这是座空房子，名义上又和安禄茶庄不沾边，正好适合安星眠作藏身处。

于是安星眠住了进去，谨慎起见，他甚至到了夜间都不敢点灯。此前在东陆奔波追查长门僧被皇帝通缉的真相时，他曾在河络的帮助下易容改装，完全换成了另一张脸，但这一次，他走得匆忙，没来得及好好易容，在出门时只是简单地在脸上做了一些修饰，然后一见到有士兵出现就绕道而行。

他需要解决三个问题：第一，怎么样混进王宫；第二，雪怀青在王宫里被关在什么位置；第三，怎么救出雪怀青并且把她安全带出来。这三个问题，每个都能让人的脑袋大三圈。

霍钦图城邦之所以能在短时间内从一个新兴城邦一跃成为宁州的新霸主，除了风氏擅长经营积累之外，也少不了针对敌对城邦所采取的种种渗透手段。不但如此，他们对自身的防范也做得十分到位。以王宫为例，宫墙四周的岗哨相互交织，几乎没有任何视觉上的死角，而正门的身份验查也是极其严格，不管来的是什么人，没有表明身份的令牌一类东西一概不能入内。而负责王宫守卫的羽人大多是每天都能起飞的体质，能保证在第一时间飞到危险地带。

安星眠假扮成一个送货的苦力，扛着一口空箱子，在王宫附近转悠了几圈，发现确实没有硬闯或者偷偷溜进去的机会。此时此刻，唯一可想的办法，就是如他潜入宁南城的手段一样，看有没有可能混进去。但是最近是非常时期，任何官员贵族进入王宫都不能携带随从，而且这些官员，哪怕是已经在朝堂上为臣几十年的，也得验明官符才能进。

想到雪怀青，他更加心急如焚，不知道这个女孩的伤到底好了没有，不知道羽人们会怎样审问她。在过去的一年里，他在九州大陆上疲于奔命，为的是拯救长门，拯救他的信仰；而现在，他只是为了拯救自己心爱的女子而拼尽全力。

几天后，他终于取得了一些进展，那就是知道了一丁点儿雪怀青的近况。汪惜墨辗转找到了一个宫里的厨子，该厨子是个人类，专门负责给来城邦做客的人类做饭，因为人类和羽人饮食习惯迥异，他们往往难以适应羽族的食物。几年前，这个厨子在宁南城的餐馆生意失败，被债主们逼得走投无路，几乎要去寻死，汪惜墨替他还清了债务，又利用生意场上结识的上层关系帮他找到了宫中厨师的工作，算是救了他一命。厨师告诉汪惜墨，这些日子以来，他的确负责某个人类的一日三餐，虽然无法见到也不清楚具体的关押位置，但通过羽人们的谈论与流言，确认那个人就是被关押的雪寂的女儿。从每天供应的食品量来看，她的胃口还算不错。

"她没事，还活着。"汪惜墨对安星眠说。虽然只是简单的六个字，安星眠却从中得到了莫大的鼓舞。只要还活着，就总能有办法。

此时正是九月，夏日的暑气已经消退，宁南城正处在秋高气爽的美丽时节。徒劳无功的一个白昼过去后，安星眠枯坐在房间的黑暗中，出神地怀想着一年前的情景。差不多也是在九月的时候，为了寻找可能为他带来线索的尸舞者须弥子，他冒险进入幻象森林，并在那里结识了雪怀青。当时，为了假扮成尸仆随雪怀青一起混进尸舞者的研习大会，安星眠让她用尸舞术侵入了自己的精神。在那之后，两人之间仿佛多了一种割舍不开的联系。如今长门的劫难已经过去，他觉得自己的生命里只剩下了一件事，那就是一定要把雪怀青救出来。

他正在默默地发誓，忽然听到院子里有一点儿异样，那是某样东西落地的声音，很轻，也许只是一只迷路的猫儿，但也有可能是——轻身术很好的人。他并没有动弹，却已经集中了全部注意力，随时准备出手。

接着响起了说话声，来的果然是个人。但此人似乎不怀恶意，在院子里用压低的声音向他喊话道："请问是安星眠安先生吗？"喊话的人是个女子，听起来语气温和，安星眠却感到一阵背脊发凉。他这一路上自认为已经十分小心地隐匿行踪了，却没想到在宁南城才待了不到十天，就已经被人发现了。这是个什么人？想要干什么？他的脑子迅速开转，瞬间想到了各种可能性，并且得出结论：在这种时刻，装傻充愣已经不顶用了，不如大大方方地承认身份，且看看这个女人到底是什么来路。

"我是安星眠，"他也低声回应，"门没有闩上，请进吧。"

脚步声继续响起，很快来到门口。对方似乎犹豫了一下，在门口站了一小会儿，这才推门进来。黑暗中，安星眠只看出这是一个身材窈窕的女子，却看不清相貌。

"早就听说长门僧穷，可是安先生似乎是个有钱人吧？为什么待客连点蜡烛都舍不得呢？"女子虽然是在调侃，这一句话却也说明她对安星眠颇有了解。安星眠想了想，点亮了桌上的蜡烛。烛光照耀下，他看清了对方的脸，这是一个年轻的姑娘，和雪怀青差不多年纪，脸形也很美，右侧脸颊上却有一道长长的刀疤，从右眼一直连接到嘴唇部位，这让她的脸多了几分狰狞。他瞥了一眼，立即把视线转开，以免显得不礼貌。

"不必太在意，"女子看出了安星眠的心思，"这张脸已经如此了，不看它并不能让刀疤消失。我早就习惯了。"

"请坐吧，"安星眠不愿意继续容貌的话题，伸手替她拉过一把椅子，"我要问你的问题实在太多，索性就不问了，请你自报家门吧。"

女子微微一笑，在椅子上坐下，接过安星眠递过来的茶杯，啜了一口。然后她探手入怀，取出一个小东西，递给安星眠。安星眠接过来，借着烛光一看，不由得一怔。

那是一枚铁青色的扳指，一般是套在大拇指上开弓用的。指环的做工并不精致，样式倒是很古朴，磨损的痕迹也清晰可见，应该是一件古物。再仔细看看，指环上面雕刻有鹰头的图案，内侧好像还刻有一些细密的文字。

安星眠可以确认，自己从没有见过这样的指环，但他同时觉得，这指环的样式有些熟悉，似乎在一些书籍上见过相关的描述，尤其是鹰的图案。到底是从什么书里见到的呢？

他慢慢坐下，不由得分神陷入思索中。指环，指环……他像是挖掘到了一点儿什么，想起了某些和指环有关的历史，就在此时，他猛然感觉到一丝阴冷而尖锐的气息直指自己的心脏部位，来不及细想，几乎是本能，他的双脚蹬地，身体连带着椅子向后退出去数尺，正好躲过那道从身前掠过的寒光。

是那个面有刀疤的女子。她趁安星眠分神思考的时机，从袖子里滑出一柄短剑，向他的心口刺去，出招迅疾无比，而且直指心脏要害。这样集稳、准、快、阴险于一身的剑法，如果是一年前的安星眠，说不定就中招了。但经过过去一年的种种危难险阻后，安星眠的血液里似乎已经融进了某种对危险的本能抵御，所以这一个下意识地蹬地动作，恰好闪过致命的一击，但女子的剑尖还是划破了他胸前的衣服，微微擦破表皮。

好险！安星眠出了一身冷汗，不由得怒从心起。他从椅子上跳起来，一个箭步冲到女子身前，伸手就去扭她的胳膊。这是他擅长的关节技法，一旦抓实在，一下子就能把女子的关节卸掉，然而女子这个时候却纹丝不动，任由他一把拿住，没有做出丝毫的反抗。

安星眠捉住女子的胳膊，也不发力，冷冷地问："为什么不躲开？"

"躲开也没有用，"女子摇摇头，"我打不过你，只能用偷袭的法子，但没想到，本来算计得无懈可击，居然还是不能杀了你，那还不如被你杀掉。"

"我还没打算杀你呢。"安星眠说着，松开了手。他知道这个女子已经明白了偷袭他是没有用的，所以大大方方地转身，拉过椅子重新坐下，女子果然没有再次出手。

这真是一个有意思的女人，安星眠想着，开口发问说："你到底是什么人？"

"素闻长门僧知识渊博，安先生尤其博闻强识，从这枚指环还不能猜出我的身份吗？"女子话音里带着笑意，好像方才那险之又险的偷袭压根儿就没有存在过。

安星眠叹了口气，把指环抛还给对方："如果我没有猜错的话，那应该是一枚天驱指环。你是一个天驱，对吗？"

天驱、辰月、长门，这是九州存在历史最悠久的三个组织。但天驱和辰月在不同时期的明争暗斗，甚至到了你死我活、不死不休的地步，长门却从来没有参与其中。眼下一个天驱武士跑来寻长门僧的晦气，确实有点奇怪。

这到底是怎么了？安星眠在心里暗自奇怪，这两年简直是长门的颠覆之年。作为一个与世无争一心清修的门派，先是被皇帝当成死敌折腾个够呛，现在自己作为长门修士又被天驱刺杀，简直是一笔糊涂账。

"别误会，我来找你可和长门没什么关系，"女子好像能读懂安星眠的心思，"只是为了你而已。"

"为了我？"安星眠更加奇怪了，"你……难道是宁南城的人？"

话一出口，他立刻否定了自己的这个念头。如果真是宁南城的羽人们发现了他的下落，一定会高手尽出把这座院子团团包围，让他死无葬身之地，而绝不会就这样派一个女人来偷袭。

果然女子还是摇摇头。安星眠皱起眉头："我好像也没有什么仇家，何况你是个天驱，又不是收钱杀人的天罗……啊，我明白了！"

提到"钱"字，他忽然心里一动，通过联想终于猜到了对方的来意。他看着这个女天驱充满狡黠的面孔，长叹一声："你是为了那件叫萨犀伽罗的法器，也就是'通往地狱之门'，对吗？"

"安先生果然聪明，那么快就猜到了，"女子微微一笑，"所以请你把萨犀伽罗交给我吧，不然的话，我从此就要阴魂不散地缠上你了。"

她想了想，又补充说："也许还不只是我。运气不好的话，没准全九州的人都会来找你。"

二

日子一天天过去，雪怀青也渐渐习惯了在宁南城的软禁生活。无论如何，羽人们并没有对她施加什么酷刑，无非就是隔三岔五想法子掏出她脑子里的记忆而已，于她而言，反而可以当作一种意志力的锻炼。并且，这样的读心术带来了意外的效果，那就是不断侵入的他人的精神力反而刺激了她自身精神力的快速恢复，虽然身体还是很虚弱，行动不便，但精神力已经慢慢恢复了不少，甚至已经可以勉强驱动尸体。但她表面上不动声色，并不显露出来，希望这点意外的小成就能在关键时刻让羽人们措手不及。

为此，她也在暗中留意羽人之间的关系，想要弄清楚他们的身份及弱点。那个每次审问都到场、喜欢身着白衣的羽人是负责审讯她的主事人叫风余帆，年仅三十二岁，却已经是城邦虎翼司的副统领。而他的父亲则是宁南城前任城守风清浊，和被分尸的领主风白暮是表兄弟关系。

风余帆每次前来都会带一些不同的秘术士，其中有一个人却每次都在场，是城邦最有名望的秘道家羽笙。他是一个上了年纪的老人，表面看起来病恹恹的，一身深厚的秘术功底却不容小觑，并且是一个颇有野心的人。风白暮在位时，他一直担任国师，位高权重，而随着这位不幸的领主被杀害分尸，继任的新领主风疾弃用了他，可想而知他对当年的凶手有多么憎恨。他也的确是每次审讯时态度最粗暴的，总给人一种他可能一口吃掉雪怀青的错觉。

羽笙如今已经双目失明，而且身体也不太好，身上始终有一股难闻的药味，出行的时候总有一名弟子随侍，雪怀青注意到，跟在他身边的弟子总在换，她猜想或许是此人太过挑剔，所以不停地更换随侍。

除此之外，另一个值得一提的人就是一直负责为雪怀青端茶送水伺候她的叶浔。这个人是王宫里的低级杂役，沉默寡言、性情淡漠，之所以被挑选来服侍雪怀青，原因很简单：他年幼时脑子受过重创，精神力大异于常人，虽然本身完全不会秘术，但也不会受到读心术之类秘术的蛊惑，如果死去也很难被尸舞术操控。雪怀青是个重要至极的囚犯，风余帆不希望出任何意外。

而她也利用一切可能的机会在观察自己被软禁的地点。通过偷听他人的交谈，再加上自己推断，她判断自己被关在一个曾经专门为某位人类妃子修建的宫殿里，使用的是东陆风格。这样的庭院都是平房，四围的岗哨可以将院内的一切监视得清清楚楚，只需要发出一个信号，王宫里的羽族精英就能在一分钟内飞到这里。看上去，自己逃出去的希望极为渺茫，确切地说，无论是谁被关在这里，逃跑的希望都不大。

但她莫名地对安星眠充满了信心。她相信这个男人一定能用他聪明的头脑寻找到解救自己的办法。在过去的一年里，即便是面对东陆皇朝的重压，这个看上去信仰并不坚定的、好吃贪睡的长门僧仍然通过坚忍不拔的努力挽救了长门。如今这种重压不过是换成了羽族城邦罢了，在雪怀青心里，并没有什么太大的区别。

只是她总是忍不住去想，安星眠现在在什么地方、在做什么、在想什么。他是依然在苦苦谋划呢，还是已经冒险潜入了宁南城？他应该是个谨慎的人，绝不会不顾一切地硬闯王宫吧？那样可就糟糕了……

雪怀青正想着，门被打开了，风余帆走了进来，这一次却是孤身一人，身边没有带着羽笙，也没有其他的秘术士。这可有些不寻常，雪怀青暗暗警惕起来。

"我很想说一些嘘寒问暖的话套套近乎，但想了想，说出来你也不会相信，"风余帆在椅子上坐下，满脸的悠闲自在，"这些日子，每次我来见你，都是带秘术士来折磨你，现在才来装好人，已经太晚了。"

"确实太晚了，不过至少我确定一件事，"雪怀青说，"你并不像表面上那么正气凛然地一心为城邦效力。你能说出这段开场白，说明你来找我是另有目的的。"

"该怎么说呢？"风余帆并没有否认，"我早就清楚地知道，那些秘术士不可能从一个训练有素的尸舞者脑子里撬出什么东西来，但我还是不断徒劳地尝试，其实无非是走一个过场，好向上头交差。"

"你还真是直白。"雪怀青耸耸肩。

"但那并不意味着我没有其他个人的想法，"风余帆说，"也许我们可以做一笔交易。就我个人的性子而言，我也很不喜欢强迫他人，最喜欢的还是互惠互利的公平交易。"

"这话听了真让人感动，你打算给我什么样的惠利呢？"雪怀青说。她原本是一个不太爱说话的人，但和安星眠在一起待久了，也慢慢会说点笑话和一些反讽的语句了。

"你的情人，那个名叫安星眠的长门僧，已经来到宁南了，"风余帆故意慢吞吞地说，"我知道你不太在乎自己的生死，你们尸舞者大抵都是如此，但你也不在乎他的生死吗？"

雪怀青的心像是被人用锤子狠狠砸了一下，同时有另一种温暖的情怀悄悄泛起。"他来了，他终于来了，算我没有白信任他，"雪怀青想着，"但是现在我宁可他还没有来，因为我和他都没有想到，危险竟然是如此快地降临。"

"你们的消息还真是灵通。"她有无数的话想要说，但最后说出口的只是这淡淡的一句话。尸舞术的修习可不是白练的，她早已学会隐藏自己的感情，即使在生死攸关时，看起来也能从容淡定。她尤其明白，敌人越是想看到你的焦虑恐惧，你越是不能把内心的情绪表露出来。

雪怀青如此淡然的反应显然有些出乎风余帆的意料。他饶有兴趣地打量了雪怀青一阵子，哑然失笑："差点被你骗过去了。你的表情无懈可击，甚至眼神都显得那么冷漠，有那么一瞬间，我还真以为你不在乎他呢。"

"但是我的身体绷得太紧了，没办法，"雪怀青叹了口气，"受伤之后，我对身体的控制不像以前那样自如了。是的，我很在意他的生死，所以想听听你还有什么说法。比如说，你真正想要的是什么东西。"

"我真正想要的……"风余帆站起身来，在房间里踱了几步，脸上的表情看起来有些落寞，"这世上又有谁能说清楚他想要的究竟是什么呢？有些事情，不过是尽人事听天命罢了。"

雪怀青没有说话，静静地等他继续说下去。从这两句话，她可以猜出，风余帆想要得到的，一定是什么重要而艰难的事物。

"这么说吧，我们把你关在这里，名义上是为了寻找你的父亲，解开领主被杀之谜，"风余帆说，"但事实上，那不过是个冠冕堂皇的借口，对于所有知情人而言，寻找你的母亲可能是更为迫切的事。"

"是为了她持有的一样东西吧？"雪怀青淡淡地说。

风余帆微微一怔，若有所思："看起来，你比我想象的还要聪明。"

雪怀青心里已经十分确定，他们就是为了那根可能是法杖的古怪"铁棍"。她也猜到了，一定是这些羽人最终追到了那个村子，要么在悬崖下找到了尸体，从尸体的状况推断出了事情的经过，要么从当年那个小男孩的嘴里问出了真相。

这些羽人，真的是相当重视那根"铁棍"啊，她想着，同时心里涌起一股无法抑制的好奇心：那到底是什么东西？为什么会在母亲手里？母亲现在到底在哪儿，而那根该死的"铁棍"又在哪儿？

最终，她长长地吐了一口气："好吧，现在就算你不来逼问我，我自己都很想知道那玩意儿到底在哪了。"

风余帆盯着她："你这话的意思是说，你也不知道？"

"我当然不知道，"雪怀青回答，"事实上，我从来就没见过我的父母——除非算上两三个月大的时候。"

"这么说来，这几个月你一直都是在拿我寻开心了？你明明什么都不知道，却偏要做出极力隐瞒真相的嘴脸，居然连我都骗过了。"风余帆沉默了一小会儿，脸上却没有显示出怒意，与之相反的是一种自嘲。

这是个很善于隐藏情绪的人，雪怀青想着，对他说："那倒不是，因为我只是想隐瞒'那件东西在我母亲手里'这个事实罢了，我并不知道，你和我所知的是一致的，否则我就不用那么费力了。不过，你能告诉我那是什么玩意儿吗？"

"你现在不应该关心这个，"风余帆往椅背上悠闲地一靠，"现在你应该关心的是，你还能拿出什么理由让我不杀你，不杀你的情人。因为假如你不能提供我所需的信息的话，你就是一个没用的人。我不会留没用的人的。"

"我没有任何理由，"雪怀青摇摇头，"现在看起来，没爹没娘还真是件坏事啊。"

"今天晚上，我会安排厨房给你做一顿丰盛的大餐，尤其是你们人类喜欢吃的肉食，"风余帆看来丝毫没把人羽混血的雪怀青看作同族，"算是给你践行的最后晚餐。"

"谢谢你。"雪怀青淡淡地说。

风余帆离开后，她静静地躺在床上，许久都没有动弹。一股酸楚从心底涌起，流遍全身。作为尸舞者，雪怀青并不畏惧死亡，但是此时此刻，她却难免惋惜即将失去的生命，因为这个世间还有一个人让她牵挂，让她留恋，让她舍不得离开。她并不太在乎自己可能变成一具尸体，但一想到有一个人会为了她的死而悲痛欲绝，她就忍不住想流泪。

早知道如此，还不如当初就死在那个黑暗的地下穴里呢，她忽然这么想到，至少那时候能死在安星眠的怀中，而不是像现在这样形单影只。

晚餐送来的菜品果然很丰盛，既有东陆风格的精致饮食，也有令人闻到味道就垂涎三尺的北陆烤全羊，即便是对饮食很挑剔的安星眠在这里，只怕也挑不出毛病来。但雪怀青食不甘味，满桌子的饭菜几乎一口都没有动，心里始终在想着：如果我死了，安星眠会怎么办？

其实也没什么怎么办，她想，生活总归要继续。我死了，无非是有些人高兴，有些人无所谓，有些人悲痛万分，但悲痛过后，伤口会慢慢愈合，自己也会慢慢地被遗忘。当自己的尸体渐渐腐烂化为白骨时，安星眠的心里，也应该有其他的女人住进去了。那他会不会在某些时候突然想到自己呢……

雪怀青胡思乱想着，心里忽而甜蜜温馨忽而伤春悲秋，几次尝试用冥想来制止自己内心的波动，却转念一想：明天就要死啦，还克制情绪做什么？自己活了一辈子都在约束情感，为什么不在临死前释放一下？她索性放任自流，任由思绪在记忆的河道中东游西撞，任由灵魂深处的情感泛滥。

这是她自修习尸舞术之后就从来没有做过的事情。尸舞者的基本要求就是克制欲望、克制情感，追求一种近乎荒芜死寂的精神状态，以获得精神力的纯净，这一点倒是和安星眠的长门有些相似。从开始修习起，她一直努力地抑制情绪，抑制对外间一切的过激反应，即便是在面对死亡的时候也近乎完全的平静，这样的状态一直持续到她遇到安星眠。和这个如春风般和煦温暖的家伙在一起，她觉得自己所持守的修为好像是在一点一点被融化的坚冰，更可怕的是，自己还乐在其中。

雪怀青沉醉在自己的追思与怀想中，渐渐地淡忘了一步一步逼近的死期，也抛开了一直萦绕在内心深处的烦闷不安。在可能是生命中的最后几个对时的这个夜晚，她把一切的克制隐忍都丢在了脑后。她开始回忆自己童年在山村里和养父相依为命的寂寥与温暖，想起被村里孩童欺侮时的苦恼悲伤，想起入门后第一次制作尸仆时的惊骇恐惧，想起和安星眠分别时佯装的笑脸与内心的哀痛……

夜色渐渐深沉，再过两三个对时，天色就会亮起来。按照送饭时叶浔的传话，到了午间，她就会被处死。雪怀青长长地叹了一口气，觉得自己既然已经吃饱喝足，那何不再美美地大睡一觉，不做饿死鬼也不做困死鬼。紧接着她就意外地发现，自己的头脑静不下来了，方才那些怀念的情绪搅动在一起，好像是形成了一股精神力。

她不敢相信，稍微试探了一下，发现这种感觉并不是错觉，而是真实的。她的精神力正在恢复！

雪怀青不敢怠慢，顺应着这股精神力，慢慢开始运功，然后她发现，一旦她试图运用自己修习尸舞术时所常用的冥想，精神力就会变弱甚至难以捕捉；但假如她向相反的方向努力，并不是极度收敛情绪，而是让情绪进行发散与爆发，精神力就会增强。但是情绪的爆发是与尸舞术背道而驰的，这到底是好事还是坏事？

不管了，素来豁达的她想，反正还有半天就要死了，哪怕这股精神力会带来坏处甚至杀死自己，也不过是早死那么一小会儿，无足轻重，干脆尝试一下，说不定还能带来意外的生机。这么想着的她完全摒弃了冥想，而是努力回忆着那些能让她极度悲伤，或极度愤怒，或极度欢愉的事情，调动自己的感情迎合着精神力不断上涨。

"见鬼了，"雪怀青忽然意识到什么，"难道是我无意中找到了一条新的修炼之路，以至于让失去的精神力复得了？"

雪怀青没有猜错，她在不经意间误打误撞地找到了另一条修炼的道路，只不过这条道路并非来自人类或者羽人，而是来自巨人的种族——夸父。夸父由于体质的特殊，对于星辰力的感应比其他种族要低，所以无法利用冥想的方式去修炼精神力。于是他们反其道而行之，开始纵情释放自己的情感，用单纯而强烈的感情波动来获得精神力的提升。夸父天性粗放质朴，感情本来就较为纯粹，那些极度的狂喜、愤怒和悲怆，那些极致的恨与爱，使他们独辟蹊径，找到了修炼精神力的最佳方法。

对雪怀青而言，由于常年进行和夸父截然相反的冥想训练，情感波动被压抑到了最低处，在这个面临死亡的夜晚，她无意间全部释放了自己的情感，就如同被拉伸到极处的弓弦反弹出去一样，意外地领悟了和夸父族相仿的精神训练法。而这些日子以来，她所服用的大量珍贵补药，也在这个时候发挥了效用，刺激肉体和精神的配合。偏偏此时此刻她正好无所顾忌，发现异常也索性顺而为之，因此取得意料不到的效果。

天亮之前，她的精神力已经恢复了一大半，按她的估计，已经可以驱使三到四个尸仆了。但她现在虽然精神力大有进展，肉体却更加疲惫不堪，仍然无法与人动手过招。雪怀青有些遗憾，觉得自己要是能早点找到这条路子就好了，也许还能想办法和这帮混蛋的羽人拼个鱼死网破，不过事到如今，多想也无济于事。她干脆什么都不想，打算倒头睡觉，但就在这个时候，有人在外面敲门，从这熟悉的敲门声分辨，来的应该是叶浔。但他深夜来访，会有什么事呢？

"叶先生吗？请进吧。"雪怀青说。

进来的果然是叶浔。他小心翼翼地掩上门，来到雪怀青的床前，低声说："跟我走！"

"跟你走？"雪怀青大吃一惊，"为什么？去哪儿？"

"他们中午要杀你，"叶浔说，"你是好人。我带你逃出去。"

雪怀青这才明白，叶浔竟然是来救自己的，心里不禁一阵感动。这个看起来冷硬孤僻的怪人，其实内心深处也有温情存在，也有自己分辨"好人坏人"的准则。想来是王宫里的人都瞧不起他，憎恶他，雪怀青却始终以礼相待，所以在他心里，她成了"好人"，宁可冒着忤逆的大罪也要救她。

人心的善恶真是不能通过外表来判断啊，雪怀青一边想着，一边对叶浔摇摇头："谢谢你，叶先生，但这里守备森严，你是不可能救走我的，我不能连累你。"

"但是，你是好人，"叶浔吭哧吭哧地说，"你不能死。"

雪怀青微微一笑："不管好人坏人，生死之事总是无可避免的。但无论怎样，我非常非常感激你，至少在临死前，我还能结交一个善良的朋友，谢谢你。"

"朋、朋友？"叶浔的眼睛亮了一下，继而又暗了下去。他不再说什么，转身离去，仍旧小心地替她关好房门。雪怀青看着重新关上的房门，忽然觉得内心一片安宁，闭上眼睛，沉沉地进入了梦乡。

醒来时，窗外已经阳光普照。雪怀青揉了揉眼睛，意识到自己是被旁人推醒的，这个旁人就是风余帆。风余帆面色阴沉，看来隐隐有些怒火，和他往常从容自如的形象有些不太一样。

"怎么了？铡刀锈了所以没法砍我的脑袋了？"死期将至，雪怀青倒是越来越会讲笑话了。

"我实在没有想到，你竟然会和须弥子交朋友。"风余帆冷冷地说。

"须弥子？"雪怀青微微一愣，不明白对方为什么会提到这么一个不太相干的人，"我和这个人的确认识，也算是有一点儿关联吧，不过我肯定不能算他的朋友——在他眼里，我这样的小辈，哪怕是被人提到'是须弥子的朋友'，多半都是在侮辱他。"

"是吗？侮辱他？"风余帆涩然一笑，"那他为什么会绑架领主最喜爱的六孙儿风奕鸣，宣称如果不放了你，他就会杀死那个孩子并且做成尸仆？"

三

须弥子是这个时代最伟大的尸舞者，也是最可怕的尸舞者。

尸舞者是一个不太为外人所知的神秘行当，大部分人都只是听说过一点儿与这些驱尸人有关的恐怖传闻，而此类传闻往往过分夸张和渲染，失去了真实。真正意义上了解尸舞者的人很少，所以听说过须弥子名字的人并不多，但在那些知道他的人的心目中，此人就是恶魔的化身。

尸舞者的招牌就是用尸舞术驱动尸体，让尸体成为自己忠实的奴仆，为自己战斗，为自己完成各种杂事。但一般尸舞者无非是在墓穴里寻找合适的尸体，须弥子却与众不同，喜欢直接考查活人，然后把活人生生杀死，制成尸仆。这个人胆大妄为，只要是他看中了的人，不管是谁、身份有多么尊贵，都会想尽一切办法或明或暗地杀死对方，夺取尸体，羽族也不例外。许多年前，他就曾杀害澜州的羽族大城邦喀迪库城邦领主的二儿子，将其做成尸仆，为此还引发了后来一系列的风波。而眼下，他罪恶的手再次伸向了不可一世的羽族贵胄。

如今霍钦图城邦的领主是当年老领主的三儿子风疾。在当年的夺位战中，他一直表现得最低调隐忍，领主去世后，两位兄长打得不可开交，等到兄长们自相残杀实力大损后，他才突然出手，轻松取胜后拿下了领主之位。这是一个集冷酷、残忍、老奸巨猾于一身的枭雄，所以人们才惊讶，竟然有人胆大包天敢去碰风疾最宠爱的孙子。

被绑架的当夜，风疾的六孙儿被送到宁南城东的逸宁馆学习围棋。围棋是一种从东陆传入的棋术，很得羽人贵族们的喜爱，风疾尤其觉得，通过在这纵横十九道的棋盘上运筹帷幄，能够锻炼人对于大局的掌控判断，所以家族的子嗣在他的要求下，从小就必须学习围棋。

六孙儿风奕鸣今年不过七岁，聪明伶俐、年少老成，颇有点风疾年轻时的影子，因此风疾对他最器重，将他安排在由东陆大国手柳赟坐馆的逸宁馆学习，并由柳赟亲自指导。

但是约定时间已经过了半个对时，风奕鸣还没有到棋馆，这有些不寻常，因为风疾家教极严，从来不许家人在任何事上迟到。柳赟意识到不对劲，赶忙派人通知王宫，领主立即派出精锐进行搜寻，天亮前在棋馆附近发现了风奕鸣所乘坐的马车。马车是空的，风奕鸣早已失踪，随从和护卫全部被打晕在地。其中一名随从的手臂上被划出了一道深深的伤口，下手的凶徒就用伤口里流出的血在马车壁板上写了几个字：

三十日清晨前，放了女人。否则娃儿做尸仆。

须弥子

这几个字有些晦涩，外人看了完全摸不着头脑，但虎翼司副统领风余帆一看就知道其中的含义。这个名叫须弥子的尸舞者是在留言威胁，要羽人们释放被关押的雪怀青，否则他会杀死风奕鸣，并把这个小孩儿做成尸仆。时间是九月三十日清晨，也就是三天之后。

一具好的行尸，并不一定非要身强力壮，它可能会被培养成浑身是毒的毒囊，可能会被培养成施放秘术的载体，和年龄性别均不相干。须弥子既然放出此话，就一定不是空谈，风余帆一时间惊怒交集。他自以为自己很清楚雪怀青的底细，知道尸舞者们向来天性凉薄，少有同门之谊，只需要警惕她的情人安星眠就可以了，却万万没有料到，斜刺里居然会杀出须弥子这个凶神。这个人的凶残狠辣，完全不是长门出身的安星眠所能比拟的，毫不夸张地说，他的出现也许会让整个宁南城都不得安宁。

"挖地三尺，不管付出多大的代价，也要把须弥子找出来！"风余帆咬着牙对自己手下的虎翼司精英们说，"记住，你们只有三天。"

于是，虎翼司的虎翼们全体出动。虎翼司类似人类宫廷中的金吾卫，专门负责保卫领主或羽皇，个个都是千里挑一的精悍好手，但此刻要寻找一个尸舞者，却让他们有些不得要领。毕竟尸舞者是一群太特殊的人，普通人一辈子也难遇上一两个，更别提了解这帮人的习惯了。须弥子更是个中翘楚，遇见过他的人能活下来就算不错了。

他们只能盲目地寻找，从检查各种旅店客栈到闯入民居，自然是不可能有须弥子的任何踪迹的。这群精英几乎不眠不休地工作了两天，一个个累得手脚发软，还要受风余帆的训斥和责骂。更可恶的在于，居然还有同僚偷懒怠工。

"兰沐这两天哪儿去了？"风余帆问。

虎翼们你看看我，我看看你，谁都答不出来。风余帆哼了一声："看来，他是不打算在虎翼司待下去了，也许我应该让他滚回城务司去做杂役。"

风余帆说错了。这位叫兰沐的虎翼不但打算继续在虎翼司待下去，而且还梦想立功升迁，正因如此，他才没有徒劳地去那些注定找不到须弥子的地方瞎费工夫。比起旁人，他对尸舞者有更多更深入的了解，因为他曾有一个情人是尸舞者。

当时他只是城务司的一名杂役，但胸怀远大理想，并不惜为了这个理想牺牲一切。为此他先用甜言蜜语勾引了这位意外结识的女性尸舞者，蛊惑她去盗取一个宁南贵族世家的墓地，盗走了该世家刚刚在决斗中死去的一名年轻子弟的尸体，最后再将她亲手抓获归案。凭借这个功劳，他被调到了名头更响、地位更高的虎翼司。而在这一场虚假的爱情游戏中，他也从自己的情人口中获知了不少与尸舞者有关的小知识。

"你们平时在外面尤其是进入城镇乡村的时候，都住在什么地方？身边带着行尸应该很显眼吧？"那时候他这么问。

"其实行尸带在身边，一般人是看不出来的，所以我们可以轻松地住店，"日后会被他出卖的情人回答说，"不过假如去的是危险的地方，或者需要隐藏行迹，我们通常会……睡在坟墓里。"

"坟墓里？"兰沐倒吸了一口凉气。

"是的，坟墓里，"情人略有一丝得意，"首先，除了尸舞者之外，一般人就算武技再高，也会下意识地避开埋死人的地方；其次，如果在坟墓里遇到敌人，紧急情况下身边有充足的尸源可以用，虽然普通行尸并没有那么好用，但聊胜于无，何况腐尸也能让敌人从心理上……"

"别说啦！"兰沐怪叫一声，"这么一想，真是让人恶心。"

但现在，兰沐可顾不上什么恶心了。他避开自己的同僚，穿行于宁南城的荒野和贵族们的领地，细细搜查着。只有三天时间，他必须利用这三天抢在所有人之前找到须弥子，得到头功。对未来辉煌的渴求让他忘记了困倦和劳累，带着一身墓土的气息，他看起来也像是一具从坟墓里钻出来的行尸了。

"如果我是须弥子，我会躲藏在什么地方？"兰沐没有片刻停止思考这个问题。他从尸舞者情人那里听到过一些和须弥子有关的只言片语，虽然该情人也从未见过须弥子，不过是道听途说，但毕竟还是能让他稍微了解一些这个人的状况。据描述，须弥子应该是一个胆大妄为、什么危险偏要做什么的家伙，而且一向是尾巴翘到天上。因此他判断，须弥子如果要在宁南躲藏，躲在那些小墓里面实在有失身份。这个老混蛋多半会选择知名贵族家族的大墓，甚至……

转眼两天半过去了，已经是九月二十九日的下午了，如果在第二天清晨前再找不到须弥子的话，要么宁南城将不得不低头放人，要么领主最宠爱的孙儿将会被杀死，而且还要变成行尸，无论哪样，都足以让城邦的脸面丢尽。而兰沐仍然一无所获。他下定了决心，要为了自己的前程铤而走险。

深夜时分，兰沐潜入了王陵。之前在城务司做那些无聊事务时，他曾负责王陵重修工程的测绘，对于此地的道路布局十分熟稔，并且还借着测绘的机会悄悄观察过王陵岗哨的安排。他并不知道这个观察日后是否有用，但那是他的习惯，把一切可能对他的前途有所帮助的东西都记下来。幸运的是，他真的用上了，虽然一旦被发现就会带来杀身之祸，但他顾不了那么多了，想要成功，就得勇于冒险。

兰沐精确地躲过了所有巡查的岗哨，找到了通往陵墓的道路。说起来，风氏家族统治宁南城不过一两百年的历史，即便加上战争带来的死亡，里面埋葬的领主和其他王室成员也不算多，但如同一切的帝王世家一样，风氏把陵墓营建得庞大无比，似乎是做好在此千秋万世统治下去的准备——尽管这种事情在历史上从来不曾发生。

王陵的机关图是不允许兰沐这样的下级官员查阅的，但他并不需要自己去寻找和对付那些机关。他相信，以须弥子的才能，如果真的选择了王陵作为藏身之处，就一定已经关闭了所有机关，或者找到一条通道避开了所有机关。他在陵墓外围仔仔细细地寻找，在几近绝望的时候，终于发现地面上的泥土有异。他轻轻地刨开地面的泥土，下面露出了一个盗洞。

真是个多才多艺的尸舞者呢，兰沐无声地笑了，看来须弥子带了几个很管用的尸仆。他深吸了一口气，从盗洞里钻了进去。这个洞挖得很有专业水准，看似狭窄，周径却好像用尺子量过似的，恰好适合人体在其中钻行而不会被卡住。他并没有费多大事，就已经钻入了陵墓的内部。

前方是一片漆黑，再也没有星月可以提供光亮，他不敢冒冒失失地往深处闯，这里是王陵，步步机关、处处陷阱，一个不慎就会丢掉小命。然而，不往前行，怎么可能找得到须弥子的下落？

他想点亮火折，但这无异于通知须弥子：有人来找你了。到了这个时候，他才忽然想起，须弥子是一个多么可怕的对手，假如要动手，他实在没有半点儿取胜的把握。

兰沐犹豫了一会儿，左右权衡着，忽然一咬牙，跺了跺脚，大步向前踏去。于他而言，若不能获得足够的地位和权势，也许宁可一死。

幸运的是，一路走来并没有碰上任何机关，可能是须弥子已经把外围的机关关闭了。但是越往前走，他就越觉得不安，总感觉有一双看不见的眼睛，一直在暗处窥视着他。他猛然想到，尸舞者惯于在黑暗中视物，自己点不点火其实也没有太大区别。也许现在须弥子就站在不远处冷冷地注视他，而他手下的那些恐怖的尸仆正贴在他的背后，伸出冰冷的手……

这个想法让他浑身汗毛倒竖，不顾一切地掏出火折子并打亮了，然后他才发现，刚才他的想象实在是太浅薄了，因为真实的情景比他的想象还要更加可怕。

他已经被包围了，被一群行尸牢牢包围。这些行尸距离他大约十步远，站成了一个默契的圆圈，而他正好处在圆圈的中心。更为诡异的是这些行尸的样貌，它们一个个看上去都那么不同寻常，身上穿着半腐烂但做工精细且高贵的袍子，一个个脸上和手上都残留着干瘪的皮肉。确切地说，围住他的是一群干尸。

兰沐拼命抑制自己想要大喊大叫的冲动，并且很快反应过来这些干尸到底是什么——它们全部是王陵里风氏王族的历代祖先！羽族的贵族有一种独特的丧葬手法，在尸体内注入防腐香料，可以让尸身长年保持不腐烂，而只是慢慢脱水干瘪。这个混账的须弥子果然是胆大包天，竟然把这些沉睡几十年甚至上百年的高贵王族统统唤起，让它们充当他的随从和仆人！

"胆子不小，居然敢跑到这儿来找我。"一个倨傲的声音响起。兰沐循声望去，借助着火折子的微光，看到一个中年儒生模样的男人，正站在行尸圈外，抄着手望他。这难道就是须弥子？他不禁手一抖，火折子掉到地上，火苗熄灭了，视野里重新一团漆黑。

火光刚消失，他就听到耳边有劲风袭来，他仓促地想要出手应对，却被敌人不知用什么猛地撞到肋下，随即手肘、肩膀、双腿同时受到袭击，完全没有反抗之力地被擒住。他感觉被那些王族行尸用冷冰冰的手抓住，牢牢按在地上，嘴也被堵住，就像一头待宰的牲畜。

完了，兰沐颓丧地想，只是一个照面，就被须弥子用行尸生擒活捉，看来还是太高估自己的实力了。他早应该想到，能在王室护卫的手下抢走王孙的人，是多么厉害的角色，自己怎么能单枪匹马去捉拿之？可见利令智昏，这下偷鸡不成蚀把米，反而连小命也要葬送掉。

兰沐正在自怨自艾，黑暗中又响起了说话声。但奇怪的是，这次说话的不只刚才瞥到的须弥子，还有一个人，一个年轻男人的声音。这个年轻男人正在和须弥子进行对话。

"好了，收拾好捣乱的小杂碎，我可以继续教训你了。"先说话的是须弥子。

"你刚才已经把我揍得挺惨的了，何况我已经向你道过歉啦，为什么不能饶过我呢？"这是那个年轻男人。听他说话的声音，像是忍着痛，似乎真的被须弥子揍了一顿。不过尽管如此，他的口吻并不慌张，也并不含真正讨饶的哀求语气，反而略带笑意，倒像是和老熟人聊天开玩笑。而两人接下来的两句话，让兰沐彻底地震惊了。

"你胆敢如此败坏我的名头，我当然要好好教训你一下，"须弥子哼了一声，"我须弥子的名声，可比你这条小命贵重多了。"

"我知道，我当然知道，"年轻男子嘿嘿一乐，"可我实在是没办法了，不借用你的名头，怎么唬得住那帮羽人？这不也间接说明您老威名远扬嘛——一个冒牌的须弥子都能让羽族最大的城邦束手束脚！"

这话是什么意思？兰沐感觉自己的脑子快要变成糨糊了。这岂不是在说，绑架王孙的根本不是须弥子，而是这个黑暗中的年轻男人？这家伙真是胆大包天，一边敢对势力庞大的霍钦图城邦下手，一边敢冒充须弥子的名头，这两边随便哪一头都不是一般人开罪得起的。

"你别弄错了，冒充我这件事，我非但不生气，反而很激赏，"须弥子回答，"敢冒充我的名头，说明你胆子足够大，这一点儿还算招人喜欢。我最生气的在于你冒充得不到位，丢了我的脸。"

　　"是吗？我以为我留血书的口气还挺像的。"年轻男子喃喃地说。

　　"口气确实还勉强算行，其他的都一塌糊涂，"须弥子毫不容情地说，"第一，须弥子下手从来不留活口，而你居然把那些护卫随从只是打晕了事，传出去岂不让人笑掉大牙？"

　　"我们长门僧不喜欢杀生。"对方回答。这句话又是让兰沐心里一跳。他立刻明白过来，这个假冒须弥子威胁领主的家伙，就是城邦一直在防范的长门修士安星眠。只是据斥候的情报说，此人性情温良宽厚，从来不下狠手，也不做恶事，所以人们做梦也想不到，他会使出绑架孩童的招数。可见他为了救出自己的情人，真的是不顾一切了。兰沐忽然有些羡慕这样的真情。

　　"第二，就算是留血书，我也会直接砍掉他一只手，像你那样在手臂上留一条不痛不痒的伤口……你要不干脆用红色颜料来冒充？"须弥子显然是真的挺恼火的。

　　"我倒真那么想过，但是时间来不及，只好对不起那位仁兄了。"安星眠叹了口气。

　　"最可气的是，你带着这个小娃儿，躲到郊野的荒坟里，"须弥子越说越是怒气冲冲，"幸好被我找见了，须弥子是什么人？不住进王宫和领主抢地盘就不错了，躲到那种地方去装孤魂野鬼？"

　　这话刚一说完，兰沐就听到墓室里响起一阵噼里啪啦拳脚相加的声音，显然是须弥子说着说着又火大了，操纵行尸又去教训安星眠。他的耳朵里不断传来骨骼被折断时发出的清脆响声，这才想起来，斥候的情报里说，安星眠非常擅长关节技法。看起来，那些高贵得一塌糊涂的先辈尸身，先是被须弥子当成了仆从，然后又要被安星眠弄成残废，实在是罪过罪过。

　　过了好一会儿，打斗才停下来，安星眠气喘吁吁地说："喂，再打下去真要出人命了，这些僵尸打人挺疼的！"

须弥子又是一声冷哼："疼才能让你长点记性。"

"真是对不起这些羽人的先祖们啊，"安星眠很是无奈，"你明明自己有尸仆，偏要用别人的祖宗来打架，是想炫耀你的尸舞术登峰造极、连百年干尸都能驱动吗？"

"只不过是你这条小命还有点用处，我得暂时留着，我要是用自己的尸仆，你还有命在？"须弥子说着，语气忽然温和了一点儿，"再说了，这也算是奖励你，好歹给我找到了一个徒弟。"

怎么又扯到徒弟的话题上去了？何况把打人一顿算作奖励，也真是够匪夷所思的。兰沐正想着，更匪夷所思的事情发生了，因为墓穴里响起了第三个声音，一个很耳熟的声音。

"师父，你就饶了安大哥吧，他这几天把我照料得着实不错，也算是功劳吧？"这是一个稚嫩的童音，"更何况，我看他的身子骨不怎么结实，简直和我们羽人一样瘦，要是真打坏了，就没法帮你的忙了。"

这个声音兰沐曾经听到过，正是害得虎翼司上上下下苦苦找了三天的被绑架的王孙——风奕鸣。

领主最喜爱的王孙拜一个尸舞者为师？高贵的羽人王族要做一个尸舞者？堂堂的王族之后、未来领主的可能人选和城邦的死敌搅和在一起？兰沐觉得自己的脑子不够用了，过去三天到底发生了什么，他无从知晓，也永远没有机会知道了。须弥子好像直到这个时候才想起了他的存在，并且下定决心不能让他带着那么多的秘密走出去。按住他的那些干尸的手开始用力，他听到了自己的颈椎被拧断的声音。

在生命的最后时刻，兰沐迷迷糊糊地想起了许多年前被自己出卖的情人。"这世界还真是讽刺啊，"他用最后残存的意识想，"许多年前我出卖了一个尸舞者，现在，另一个尸舞者无意间为他的同类报仇了。"

四

四天前的夜里。

安星眠和不知名的女天驱杀手面对面而坐，看上去像两个老友在谈心，让人难以想象就在几分钟前，两人有一番短暂却惊心动魄的交手。

"萨犀伽罗……恕我不能交给你，"安星眠说，"也不能交给其他人。"

"这东西留在你身上，没有任何用处，因为你压根儿就不知道它到底是什么，"女天驱尖锐地说，"它唯一的作用，就是给你带来无穷无尽的危险和麻烦。"

你压根儿就不知道它到底是什么。女天驱的这句话，说到了安星眠的心坎上。多年以来，萨犀伽罗被伪装成他腰带上的一块饰物，一直跟随着他，他却从来没有在意过。他回想起不久之前，面对陷害长门的真凶，当众人陷入绝境时，萨犀伽罗忽然被唤醒，以一种不可思议的方式消解了对方看似不可阻挡的秘术。另一位和安星眠并肩作战的长门僧一口叫出了"萨犀伽罗"的名字，从那时候起他才知道，自己到底戴了一块什么玩意儿在身上。

和萨犀伽罗一样奇怪的还有教授他武技的风秋客。这个武艺高强的羽人从二十年前就一直暗中跟随在安星眠左右，保护他的安全，无论安星眠怎么恳求，他都阴魂不散。最初安星眠相信了他所说的话，以为他是向自己的父亲报恩，到最后他才明白过来，这厮压根儿就不是为了保护他，而是为了保护萨犀伽罗。这块东西仿佛重于一切，让风秋客这样一个能和须弥子打成平手的高手，抛下他原有的身份和生活，远离家乡长居东陆，一直像个保镖一样跟在安星眠身旁。

在这之后的日子里，他一面思考解救雪怀青的办法，一面也在猜想萨犀伽罗的真相。这到底是什么东西？和风秋客所在的城邦有什么关系？为什么会从小就被他带在身上？为什么风秋客不索性把这玩意儿直接收回去，而要任由这件至宝一直放在一个非亲非故的人类身上？

这些问题搅得他很头疼，却又找不到答案，博览群书的他从来没有在任何书本里见过这四个字，也不曾听老师提起过。那位叫出萨犀伽罗名字的长门僧，也只是在传说中听过它的名字，对其他细节并不知晓。离开藏身的河络地下城之前，他还专程向几位渊博的河络长老请教过，但河络们知道得并不比那位长门僧多多少。

"嗯，在一些古老的传说中，的确提到过这件法器，久远得可能得有几百年甚至上千年，"河络长老告诉他，"但是并没有任何文献精确记载过它的相关信息：制造者、外形、法力、持有者、交战的记录……一概没有。甚至没有人能证实它的存在，连'萨犀伽罗'这个名字都不敢确定，有不少人以为这只是一个捏造出来的东西。"

"现在看来，它是真实存在的，"安星眠把腰带解下来，递给几位长老，"就是这块翡翠。"

他大致讲述了之前发生的事情，长老们沉吟许久后，对他说："我们并不知道它消解秘术的原理是什么，但是你记住，不到万不得已危及生命的时刻，千万不要动用它。它现在还处在沉睡的状态，一旦唤醒，会有让人意想不到的威力，不是你可以控制的。"

"可是假如它真的想要醒来，也不是我可以控制的，"安星眠苦恼地说，"但愿这一次去宁州，我能找到办法解决掉它。说真的，一不小心被它干掉犹在其次，如果风先生真的要因此跟在我屁股后面一辈子的话，我宁可找根绳子把自己勒死算了……"

此时此刻，回想起过往的一切，安星眠心里还是一片茫然。眼前这位美丽的女杀手看来知道得比自己略多一点儿，但她多半是不愿意告诉自己的。但他还是抱着试一试的态度提出了疑问。

"想都别想，"女天驱冲他扮了个鬼脸，"那么重要的事情怎么可能告诉你？"

安星眠闷哼一声，无计可施。这如果是个男人，搞不好他还可以抓住对方逼问一下，但面对一个年轻姑娘，尤其脸上带着一道令人怜悯的刀疤的姑娘，他实在没法下手。

"怎么了？是不是想要对我用刑，看着我脸上的刀疤，又不忍心了？"女天驱就好像会读心术。安星眠不知自己是该点头还是摇头，还没等他回应，女天驱就做了一个让他哭笑不得的动作——她伸出手，把那块伤疤撕了下来。原来这伤疤是假的。

"你为什么要伪装这道伤疤？"安星眠问。

"因为根据我掌握的资料，安先生是一个怜香惜玉的人，"女天驱笑嘻嘻地说，"脸上多一道疤，会让你对我多一分同情，这样刺杀你的时候会多一点儿成功的可能性。遗憾的是，你的反应比我想象的还快，这样都没能得手。"

看着女天驱充满遗憾的脸，安星眠更是无奈："你倒还真不像天驱，而是像个把刺杀解构成一门艺术的天罗……那你现在为什么又不伪装了？"

"刺杀失败了呀，留着也没用，"女天驱惊奇地看着安星眠，"难道你喜欢脸上留着刀疤过一辈子？我这样子不好看吗？"

安星眠说不出话来。这个女天驱显然是那种口齿伶俐而又十分有心计的类型，嘴上一会儿认真一会儿顽皮一会儿插科打诨，看似口无遮拦，但绝不会把半句不该说的话说出来。这当口，他有点儿希望自己的好朋友白千云在身边。白千云是一个粗鲁的好人，但在必要的时候，他的心肠会比安星眠刚硬得多，会把这个女杀手当成男人看待而毫不留情地对付她。但安星眠不是白千云，纵然女天驱刚才差一点儿干掉他，他也没法真的对一个女人痛下狠手。

尤其是当这个女人长得很美的时候。

长得很美的女天驱叹了一口气："安先生该问的也问了，我不该答的也一样没有答，看来你也不打算留下我促膝谈心 —— 那我可以走了吗？"

这会儿她看上去又活像一个干了错事后耍赖皮的顽劣小孩儿。安星眠再次无话可说，做了一个"请"的动作，女天驱吐吐舌头，快速地走了出去。安星眠愣在原地，过了好久才想起来，自己甚至忘记问这位女天驱的名字了。她就像一阵风一样，来去都不容人有点儿反应的时间。

好像我一直都在认识一些不太正常的姑娘，安星眠在心里低叹，不禁想起刚认识雪怀青时，她把一只巨大的蜈蚣拿在手里细细赏鉴的情形。

这个奇怪的女天驱的出现，又勾起了安星眠关于雪怀青的种种记忆，这让他无比想要马上见到对方。但现实似乎总和人的愿望背道而驰，就在第二天中午，他去茶庄找汪惜墨打探消息，坏消息传来了。其时有人上门来求见汪惜墨，安星眠赶忙躲到了后堂，但依然可以听到外面的声音。

"我是宫里派出来采买的，顺便替郎大厨来跑腿。"上门的这个少年羽人拘谨地说。郎大厨就是汪惜墨所认识的那个在王宫里负责为人类宾客做菜的厨师，安星眠知道，这一定是和雪怀青有关的消息，忍不住一阵兴奋。

"哦，他说了什么？"汪惜墨不紧不慢地问。

"他要我告诉汪掌柜，今天晚上，他要做一桌特别丰盛的好菜，只给一个人吃，但厨房里的好茶叶被老鼠弄脏了，"少年人说，"他想请汪掌柜替他备一些好茶，供那位客人饮用。"

安星眠有些摸不着头脑，汪惜墨却立马让伙计装了一些东陆好茶，让这个御厨里的采买帮工带走。回过身来，他连忙钻进后堂，一脸紧张地对安星眠说："不好，出事了！肯定出大事了！"

"出事了？怎么了？"安星眠心头一紧。

"小郎不会无缘无故来找我的，如果只是要茶叶，在铺面上找伙计购买就行了，"汪惜墨眉头紧皱，"他专程派那小子来找我，其实是为了传话，告诉我，雪姑娘会在明天被处死。"

"你说什么？"安星眠失声惊呼，"他不是只说了点儿做菜的事情吗？"

汪惜墨叹息一声："这是羽族跟人类学来的 —— 处死犯人之前，最后一餐让他吃得好一点儿。那小子专门说了，小郎要做一桌好菜，却只给一个人吃，那就是在暗示我，是给雪姑娘做最后的一顿晚餐了。也就是说，到明天中午之前你还想不出别的办法，雪姑娘……就没救了。"

安星眠如同遭了雷击，一下子握紧了拳头。他不知道王宫里到底出了怎么样的变故，让雪怀青一下子要被处死，但他知道，没有时间了。明天中午雪怀青就会被处死，留给他的时间只剩下不到一天。在这不到一天的时间里，他必须混进王宫，找到雪怀青，还要把她带出来 —— 而这是过去若干天他冥思苦想都没能做到的。

也许可以去找风秋客帮忙？但风秋客居无定所、行踪诡异，往往只有他找安星眠，而不是安星眠去找他。况且此人所关注的只是安星眠身上的那块萨犀伽罗，眼下他多半还不知道雪怀青已经被定了死期。

该怎么办？到底该怎么办？安星眠在房里来来回回地转圈儿，脑子里一片混乱，甚至连放火烧掉王宫这种显而易见无法实现的念头都一度冒了出来。汪惜墨在一旁忧虑地看着他。最后他猛地抬起手，给了自己一记重重的耳光。

冷静。必须要冷静下来。越是火烧眉毛，越不能乱。他索性盘膝坐在地上，开始强迫自己陷入冥想，用长门僧的修炼方式来把一切无关杂念都排出去。渐渐地，内心的烦乱消减了一些，他也终于想到了一个曲线救国的方法。当然，这个方法仅是一个设想，能不能有那样的运气去实现，完全看天。但是，时间不允许他去想出一个周密的万全之策了，不走出这冒险的第一步，一切都是空谈。

之前通过死人棺材进入宁南城也是如此。谋划的时候，他一直犹豫不决，觉得这个法子太冒险，因为进入棺材之后，能否找到两位盗墓贼这件事就完全不可控了。假如盗墓贼没有上当，或者挖洞时出了什么偏差，他就只能被困在汤氏的墓穴里活活饿死。这并不太符合他的行事风格。但后来他还是采用了这个计划，原因就如同他对两位盗墓贼说的那样："人活一世，总有一些值得用生命去冒险的事情要做。"

世上不会有永远完美无缺的计划，没有风险也就不存在成功，安星眠最后得出了结论。更何况，这是为了雪怀青。

那一天下午，前去茶庄传话的王宫采买小厮购齐了所有物品，正准备驾马车回宫，忽然觉得脖子一紧，像是被什么人勒住了，瞬间喘不过气来。他的耳边响起一个低沉的声音："别乱动也不许叫，不然我就拧断你的脖子，听明白了吗？"

小厮勉强点点头，对方这才松开手。他大喘了几口气，回头一看，身边站着一个奇怪的人。此人的头发是银色的，瞳仁是淡蓝色的，那是羽人常见的发色和眼瞳颜色，但是脸形又不太像羽人，身材也没那么瘦，更像是一个人类。他很快反应过来，这应该是个伪装成羽人的人类，走在大街上打眼一看可以糊弄过去，但是要仔细打量就会露馅。

"我需要你帮我一个忙，"这个伪装羽人的人类自然就是安星眠，

"我要你把我藏在你买菜的车里，带我进王宫，不然我就杀了你。"

他的语气冷若冰霜，显得十分严酷残忍，这是跟雪怀青学来的。雪怀青身上天生有一种尸舞者蔑视生死的气度，不必装狠装凶，自然而然就能让人寒从心起，哪怕她说话时脸上还带着笑容。然而小厮的反应大大出乎他的意料。

"那你就杀了我吧，"小厮哼唧了一声，"把你带进王宫，万一被发现，我自己也是个死。还不如被你杀掉，至少捡个痛快的。"

安星眠有点不知所措。他没想到这个看起来有点呆头呆脑的小厮居然那么硬气。这要是换了其他人，说不定真的会把小厮干掉，但安星眠并不是一个喜欢杀戮和折磨人的人，他还真不知道自己拿这个小厮怎么办。好在他的头脑还是转得很快的，一愣之后，他又有了新的主意。他从怀里摸出了一张银票，在小厮面前晃了晃。

"要么拿走这个，把我带进去，要么我只能真的杀了你再硬抢你的令牌和车，"安星眠努力让自己的腔调听上去煞有介事，"我没有时间了。"

方才视死如归的小厮接过银票，仔细看清楚上面的数额，沉吟了一下："我就是在王宫当一辈子差也拿不到这么多钱……成交！"

"但得等我安全进入王宫之后才能给你钱，"安星眠一把抢回银票，重新收入怀里，"要不然你半道把我出卖了怎么办？"

小厮遗憾地叹了一口气，开始在车里给安星眠整理出一个可以藏匿的地方。安星眠看他手脚麻利，忍不住问："你连我是谁，想进王宫干什么都不问一句？"

"关我什么事啊？"小厮无比干脆地回答，"你就算是去杀我亲爹，我也不会拦你，只要你给钱就好。"

安星眠在心里想：以后谁他娘再跟我说，羽族是一个高贵的种族，我就撕烂他的嘴。

果然一路上没有任何波折，小厮把安星眠带进了专门的驿馆厨房。此处和御膳房是分离开的，避免过于浓重的肉味儿让羽人们闻了不快，但也正因为如此，这里的看守很松，让安星眠可以从容地下车溜进去，并且找到那位姓郎的厨子。

"你来干什么？"郎大厨一张红润的胖脸一下子变白了，慌忙把安星眠扯到后厨，"让人看见了，我是要掉脑袋的！快点离开这里！"

"谢谢你替我传递信息，郎先生，但现在我还需要你的帮助，"安星眠说，"我的朋友明天中午就要被处死了，我必须把她救出来。"

"那和我没关系，没关系！"郎大厨拼命摆手，"我让人给你传话已经冒了很大的风险了！你不能害我啊！"

"我不会害你的，我也不会拿刀子逼你去替我救人，"安星眠摆出一张和颜悦色的脸，"我只想再问你几个小小的问题。"

"其实我也想帮你，大家都是人类，谁愿意看到自己的同胞被羽人杀死呢？"郎大厨低声叹息，"可是我确实不知道你的朋友关在哪儿，一般宾客我们可以送菜过去，对于囚徒，我只负责做菜，送菜都是由王宫的专人去送，厨房的人不能插手。要不……晚饭的时候你偷偷跟着过去？"

"不，我现在找到她也没用，我一个人没有办法救她出去，"安星眠极力压抑自己想要马上见到雪怀青的冲动，"我需要找点别的办法，先让他们把动手杀人的日期推迟一些。"

"你想怎么做？"郎大厨很是意外。

"我的想法是……"安星眠正准备细说，忽然听到一旁的桌下传来窸窸窣窣的轻声响动。有人偷听！他心里一惊，立刻一个箭步跨过去，出手就是最狠辣的杀招。他往常和人动手总是留有余地，但这一次，他必须一击致命，不能有丝毫闪失。

然而杀招用到一半，他就不得不硬生生地收势，由于用力过猛，脚下一个踉跄，腰撞到了桌角上。这一下疼得好生厉害，他不由得倒吸了一口凉气，然后强忍疼痛对桌下的人咬牙切齿地问："你躲到这儿来干什么？"

这个躲在桌子下面的"偷听者"，竟然是一个七八岁的羽族小孩。这个小孩长得倒是眉清目秀讨人喜欢，但匪夷所思的是，他的嘴油光灿灿，手里正捧着一块腊肉——通常只有人类会吃、羽人绝不会去碰的腊肉。

"我只是来偷点肉吃，"小孩说，"别那么紧张。"

说着，他把手里的肉放到嘴边，又咬了一口。无论说话的语调还是动作，都显得这个孩子格外沉稳，安星眠一时有些摸不着头脑，但郎大厨已经大惊小怪地惊叫起来，随即发现不对，又赶紧放低嗓音，但听起来还是紧张异常。

"天哪，你是……你是……"郎大厨结结巴巴地说，"你是领主的孙子！上次领主设宴招待宛州商会的客人时，我上菜的时候见过你！"

"是啊，作为唯一一个混在人类的桌子上吃肉的羽人，你应该对我印象挺深的，"小孩大口大口地嚼着肉，"那次你做的烤全驼真是棒极了。不过现在，麻烦你出去，我和这位先生聊一聊。"

郎大厨求之不得地逃了出去，剩下安星眠有些难以置信："你是……领主的孙子？你们羽人的贵族不是家教极严，禁止吃肉的吗？"

"规矩是挺多，但总有办法避开，"小孩咽下嘴里的腊肉，"以后等我做了领主，一定要在羽人社会里推广吃肉。"

安星眠又是一怔，发现这个孩子说到"等我当了领主"的时候，口气随意自然，好像那是板上钉钉的事实一般。他转念一想，笑了起来："我听说，羽人的贵族从很小的时候就开始培养权力观念。现在我觉得你是领主的孙子了。"

"所以我可以帮你，我们各取所需。"小孩吃光手里的肉，满意地掏出一块丝巾，细细地擦干净手和嘴。

"你帮我？各取所需？"安星眠以为自己听错了。

"你们俩刚才的对话我都听到了，"小孩说，"很显然，你就是安星眠——那个宁南城最近一两个月来一直在严防的长门僧，而你冒险潜入宫里，是因为那个叫雪怀青的女人快要被杀死了，你必须救她出去。"

安星眠的心里微微泛起一股寒意。这个孩子看上去也就七八岁大，说话谈吐却完全像个大人，思路敏锐、清晰，言语简练、老到，非同一般，日后注定是个不平凡的人物。但不知为什么，他始终不太喜欢那种过于老成的小孩，总觉得孩子就应当天真烂漫一点儿才好。不过眼下，假如这个领主的孙子真能助他救出雪怀青，哪怕是个千年老妖怪，他也会毫不犹豫地跳进火坑。

"是的，我会不惜一切代价救她出去，但这件事对你有什么好处？"安星眠问。

"现在负责审问雪怀青的，是虎翼司副统领风余帆，他的父亲是前任宁南城城守风清浊——虽然不在位了，背后的势力仍然不小。在未来的领主人选上，这父子俩都支持二王子，也就是我的二伯。我父亲排行老四。"小孩看似答非所问，但安星眠一听就明白了。

"我懂了，你是想要让风余帆狠狠地丢面子，甚至被责罚降职，以便削弱二王子的支持势力，让你父亲成为领主的机会变大一些，是这样的吗？"安星眠问。

"不只是丢面子那么简单，"小孩说，"据我所知，风余帆想找到雪怀青的父母，绝不仅仅是追查上一任领主的死因。或者说，他根本不在乎这个死因，最大的目的还在于寻找某些东西。"

"什么东西？"安星眠并不算意外，这倒是印证了他部分猜测。之前他也一直有着和雪怀青同样的疑惑，那就是追查一个二十年前的凶手何必如此兴师动众、如临大敌。

"暂时不方便告诉你，"小孩摇摇头，"不过你放心，我们并不想得到那件东西，因为我们不能确定它带来的是好是坏。因此最好的结果是，谁也得不到它。"

又是一个"不能告诉你"，安星眠气闷地想。与萨犀伽罗有关的一切不能告诉我，与雪怀青有关的一切还是不能告诉我，我简直就像一只无头苍蝇一样，四处乱撞。但他表面上并没有显露出来，只是淡淡地点点头："那样最好。"

"那样确实最好，"小孩笑了笑，"什么都不知道，就是最安全的，也是人们最渴望得到的平静。难道你不希望赶紧解决眼前的一切，从此所有麻烦都远离你吗？"

安星眠下意识地点了点头，内心深处对这番话十分赞同，但紧接着，他悚然一惊，发现自己竟然有意无意地在跟着这个小孩的暗示进行思考。

"太可怕了，"他想，"我现在真的怀疑这是一个不死的千年妖怪，看着小小的年纪，居然已经学会玩弄和蛊惑人心。但是眼下，只有他才能帮助我，我别无选择。"

"你打算怎么帮我？"安星眠问，"我倒是有一个主意……"

"我知道，绑架我，然后威胁他们放人，"小孩接口说，"从你们刚才的对话我已经大致猜出来了。这是现在唯一可行的办法。"

"这的确是我之前想的，"安星眠说，"没想到运气那么好，能够遇上一位王孙，我开始只是想绑架一个领主的宠妃什么的……不过，你该不会恰好是领主所讨厌的孙子吧？"

"忘了自我介绍，"小孩拍了拍脑袋，"风奕鸣，四王子的儿子，领主的第六个孙子，也是他最宠爱的一个孙子。因为我的缘故，他也越来越喜欢我父亲了。"

"完全看得出来，"安星眠喃喃地说，"以你的头脑，你可以让全九州任何一个人喜欢上你。"

"你不提这句话我还真忘了，"风奕鸣说，"我愿意帮你的忙，不只是为了打击风余帆，还有另一个原因——我想要让一个人喜欢上我。"

"什么人？"

"你猜猜看。提醒你一句，我对你的资料很熟。"

于是安星眠开始猜测。自己认识的人里面，有谁会让风奕鸣如此感兴趣呢？自己的结义兄弟白千云？地下城的河络朋友们？曾是顶尖杀手的长门僧骆血？势力庞大充满野心的宇文公子？还是……

他猛地一激灵，猜到了答案。眼前这个小小的孩童风奕鸣，堪称自己这一生所见到的第二号怪物，那么能让他感兴趣的，多半就得是第一号怪物了。

"你想要结识须弥子，是吗？"安星眠问。

"不只是结识而已，因为须弥子那样的人物，是绝对不会供人驱策的，也不会和不相干的人交朋友，"风奕鸣摇了摇手指，"所以我想要拜他为师。"

"拜他为师？"安星眠大吃一惊，"可是……但是……你……"

一向善于说话的安星眠竟然一时找不到合适的词句，风奕鸣却已经替他说了下去："我知道你想要说什么。我完全不像一个七岁的小孩，甚至比七十岁的人还要老成。我精明世故、虚伪圆滑、玩弄人心、一肚子坏水，而且一定还有你现在看不出来的恶毒和残忍 —— 也许毫不逊色于须弥子的恶毒和残忍。"

"你总结得比我都精当。"安星眠叹息一声。

"正因如此，你觉得须弥子一定不会喜欢我，而且更不会收我为徒弟，"风奕鸣说，"那我只能得出这样的结论：你虽然和须弥子有一些渊源，却半点儿也不了解他。"

安星眠眉头微皱，忽然明白了对方的意思："你说得对。想要继承须弥子的衣钵，必须是一个和他一样凶恶、一样精明狡诈、一样残忍的人。不具备这样的素质，天资再高他也看不上。而以须弥子的自负，他才不会担心你日后会背叛他暗算他什么的 —— 你不那么做他可能反而会失望。"

他想了想，又补充说："你从没见过须弥子，却能把他的性格猜得那么准，他一定会迫不及待地收你做徒弟的。"

"他一定会。"风奕鸣自信地一笑。

第三章
又相见

一

时隔三个月，终于可以再次见到雪怀青了，安星眠觉得自己的手心里全是汗。他禁不住想，雪怀青现在看起来什么模样，她的身体好些没有，见到自己的时候会是什么反应。过了一会儿他又想，真蠢，马上就要见面了，哪还需要这样的空想。

如他之前所料，须弥子的威名——或者说恶名——的确具有相当的震慑能力。三天之后，风余帆并未找到须弥子和风奕鸣的下落，而他也绝不敢用风奕鸣的性命去冒险，毕竟一方面会招致领主的愤怒，另一方面也会让雪怀青的重要性被他人发现。所以他只能把雪怀青的表面身份拿出来做文章：这不过是一个"可能帮助找到当年凶手"的线索人物，绝不值当牺牲领主的孙儿去留住她。

所以风余帆妥协了。虽然雪怀青并没有在第一时间被释放，但她在三天后被送出了王宫，软禁在一处民居里。接着双方各显神通，用隐蔽的方式进行了暗号沟通，最终确定了互换人质的方式。按照约定，这一天下午，羽族方面将先释放雪怀青，等安星眠带走雪怀青，须弥子再释放风奕鸣。这是因为须弥子虽然不为大多数人所知，但听过这个名字的人都知道，他一向言出如山，绝无反悔。

"不过师父，你真的不打算带我走吗？"风奕鸣问，"我好歹也是个王族，要避人耳目传授我功夫可不容易。"

"你不必用言语激我，"须弥子说，"你这一套，在我面前毫不新鲜。不过如你所说，我确实不打算把你带走，决定就在宁南城教授你。我也不需要编造谎言去欺骗你，我留在这里，当然有我的目的。"

"我也不需要编造谎言欺骗你，"风奕鸣微笑着说，"我会想办法打探出你的目的的。"

"你们这对师徒简直是绝配，"安星眠喃喃地说，"我都能想象以后你们师徒在一起会有多热闹。不过我还是忍不住，你已经是最受领主喜欢的后辈了，以后本来就很有希望坐上领主宝座，为什么偏偏要一门心思地拜须弥子先生为师，学习尸舞术呢？"

"因为我需要一些别人无法掌握的独门秘技，"风奕鸣说，"宁南城人才济济，我想要学习弓术或者秘术都不难，但这些功夫都有办法克制。而尸舞术对于绝大多数人来说，都非常陌生，学会了尸舞术，我就有希望在未来的竞争中压别人一头。"

"你首先需要好好跟我学习一下撒谎，"须弥子冷冷地说，"有你这样的头脑，就算手无缚鸡之力，一样可以轻易解决掉宁南城的那群废物羽人。你根本就是另有目的。"

"既然这样，也把它算作我的秘密吧，"风奕鸣笑容不变，虽然谎话被当场拆穿，却半点儿也不显尴尬，"我们师徒可以比拼一下，谁先揭穿对方的秘密。"

这对师徒针尖对麦芒，虽然须弥子还是占了上风，但风奕鸣能应对自如，已经十分难得。安星眠不禁想，这个孩子以后长大了，将会成为一个什么样的怪物啊？以他的头脑和野心，区区城邦领主之位恐怕并不能满足他。在未来的岁月里，他甚至有可能成为改变九州格局的关键人物，而且绝对不会是向好的方向去改变。

算了，别去为这些久远的事情头疼了，还是想想当前开心的好事吧，安星眠想着，忽然心里隐隐觉得有些不对。虽然他身上并没有带较为精确的络族计时钟，但从太阳的位置来判断，时候已经到了。可是雪怀青并没有出现。

"你们羽人……都是这么不守时吗？"他有些不安地问风奕鸣。

风奕鸣摇摇头："别人或许会，风余帆不会，守时是他十分看重的品质。在他手下，迟到哪怕半刻的属下，通常都会不问情由直接解职。"

"那就不太对劲了。"安星眠说着，心里却越来越安定。当不祥之兆已经被确定后，反而没必要担心了。假如他和雪怀青之间注定要一次次地饱受折磨，一次次地难以如愿，那他已经做好了心理准备去承受这一切。大不了再闯一次宁南，再闯一次王宫。

倒是须弥子的脸色有些难看，"这些羽人胆子不小，在我面前也敢耍花招。"

"师父，您不会打算撕票去报复他们吧？"风奕鸣摆出一张恰如他年龄的天真面孔。

"如果没有收你做徒弟，我真会那么干，"须弥子说，"不过现在嘛，我大概会考虑多杀几个领主喜欢的人，儿子也行，孙子也行，妻妾也行。"

"别杀到我父亲身上就行，最好能把我二伯干掉，那我就省事多了。"风奕鸣笑得很灿烂。

"我收的徒弟是你，别人在我眼里没有任何区别，"须弥子冷冰冰地说，"不过如果你再想撺掇我为了你们那些无聊的王位之争出力的话，我会先把你的老头子干掉。"

风奕鸣吐了吐舌头，不敢再多说。他转向安星眠，语气里也充满了疑惑："安大哥，我觉得可能是出了什么意外。以我对风余帆的了解，他固然非常想得到……他所寻求的东西，但眼下的身家性命是他不会轻易舍弃的。如果我死了，他的处境会十分不妙，他不会拿这个冒险。"

"风余帆不会，难保别的贵族也不会，"安星眠思索着，"也许有什么权势更大、胆子也更大的人知道了你所说的这个什么秘密，不惜一切代价也要把她留下来呢？"

"这倒很难说，这个秘密，对某些人来说吸引力还是挺大的……啊，有人来了！奇怪！"风奕鸣说到一半，忽然叫了起来，视线看向天空。

安星眠也抬起头，看到几个白色的影子从远方的空中划过，向这边飞来，不觉也有些诧异。飞行是羽族区别于其他种族的最显著特征，但一般而言，羽人不愿意在人类面前飞行，假如有人羽之间的约会，羽人一般都会选择车马或者干脆步行。更何况是释放人质这种事，羽族吃了亏，更会在表面上摆足架子，而绝不会这样急匆匆地飞来。

"不管怎么说，我们俩先避开，看看情况再说。"须弥子对风奕鸣说。

约定地点是一处郊外的野地，旁边有一片小树林。须弥子带着徒弟先躲了进去，安星眠留在原地。不久后，几个白点逐渐靠近，落在地上。那是三个羽人，有两个安星眠不认识，当先的一个他却熟得不能再熟——就是教授他关节技法，又一直阴魂不散地跟着他的风秋客。

风秋客脸上没有一丝笑容，落地后收起羽翼，快步走向安星眠。安星眠深吸一口气，尽量平静地发问："出什么事了？"

"是我们的疏忽，"风秋客说，"我们原本以为，这场交易只涉及城邦与你们，但是没有想到，还有第三方的势力插了进来。"

"先告诉我到底出什么事了！"安星眠不觉火起，把刚才一直在心里念叨的"镇静""平和"扔到了九霄云外。

"她失踪了，"风秋客说，"我们原本把她放在城西的一座宅子里，有九十名守卫分三班轮流看护。但是她就在这些守卫的眼皮子底下消失了。"

"怎么可能？她只是个尸舞者，而且身上还有伤！"安星眠觉得不可思议，"你不会是编造谎言来骗我吧？"

"我的确骗过你很多次，"风秋客苦笑，"但是这一次，我真的没有骗你。事实上，之所以这件事由我来通知你，就是因为他们知道，派别人来告知，你一定不会相信，换了我，至少你还愿意听我说几句话。"

安星眠再次深吸了一口气，努力压制住内心的愤怒和惊惶。"好吧，你说得对，至少我应该把你的话听完，你说吧。"

"这是一个蓄谋已久的计划，"风秋客的语气很严肃，"我们的内部出现了奸细，那座宅院之所以被挑中，是有奸细在其中运作。我们都没有发现，她所居住的卧室里面藏有一条地道。对手就是通过那条地道把她带走的。"

"会不会是她自己发现了地道，然后偷偷溜走了？"安星眠还存一丝侥幸。

"不会，现场发现了其他人的脚印，而且她的随身物品都没有带，显然走得很匆忙，"风秋客说，"现在我们只能希望，带走她的人不怀恶意，甚至是她的朋友。"

"我们可没有这样神通广大的朋友，"安星眠面色阴沉，"那你所说的奸细呢？抓起来没有？"

"那个人，已经被灭口了。"风秋客叹了口气。

安星眠把身体靠在树上，觉得无话可说。他相当怀疑这是风余帆玩的手段，这个人不敢正面和须弥子对抗，于是玩这样贼喊捉贼的招数。另外，也不排除风秋客说的是实话，因为雪怀青身负的秘密未必只有宁南风氏的人才知道——自己的萨犀伽罗不就被天驱知道了吗？

那一瞬间他的脑子里转过了无数的念头，其中甚至包括拒绝放回风奕鸣，要挟羽人们限期找回雪怀青，否则就撕票。但他很快想到，假如这件事真是风余帆做的，那他就是铁了心要扣押雪怀青，不惜用风奕鸣的生命做代价；如果这不是风余帆干的，要挟他们也是徒劳。

最重要的是，他感到自己和雪怀青似乎又被卷进了某个大旋涡。在过去的一年里，他为了挽救长门而苦苦奔波，就总有那种陷入巨大的旋涡无法自拔的感觉。那是一种以渺小的个体去对抗一座庞大无比的高山的无力感，或是一种乘了一艘独木舟漂浮在无垠的海洋上的恐惧感。现在，这种感觉又回来了，他可以肯定，这一次自己和雪怀青要面对的，又是一件大事。

"为什么大事总喜欢落到我的头上啊。"他悲哀地叹了一口气。过了一会儿，他已经做出了决定，用平淡的语气对风秋客说："既然这样，此事也不能怪你们。我去和须弥子商量一下，劝他把王孙还给你们。"

风秋客十分意外："那……你打算做什么？"

"做我该做的事，你不需要担心了，"安星眠拍拍他的肩膀，"今天夜里，领主的孙儿就能回到家，我保证。"

风秋客看来很想说些什么，但他身边还跟着另外两个人，所以那些话最终没有说出口。他只是低叹了一声，对安星眠说："万事小心。"

夜里，安星眠枯坐在房里，面前摆着一壶酒和一个酒杯，他在慢慢地自斟自饮。对于人而言，失望并不可怕，真正难以忍受的在于怀着巨大希望之后突然遭受的失望。这几个月来，他心里所系所想无非是把雪怀青救出来，而眼下，想要见的人却再次不知去向，这实在让人有些难以承受。

但安星眠必须承受。他一杯一杯缓慢地把一壶酒全部灌进肚子里，烈酒并没有让他失去理智，反而让他能更加清醒地权衡利弊。他知道，除非这件事得到妥善的解决，否则即便找回了雪怀青，他们两人也将永无宁日。而他们就算再厉害，就算偶尔能得到朋友的帮助，终究只是两个人，面对数之不清的敌人，胜算十分渺茫。

下午和风秋客交谈的时候，他就已经有了一个模模糊糊的念头，此刻在烈酒的刺激下，这个想法更加清晰。看得见和看不见的敌人都对雪怀青的父母十分感兴趣，显然是他们对某些东西或信息有所图谋，另外，还有一批人，对另一样东西也有所图谋……

那就是曾经深夜刺杀他的天驱武士。

尽管天驱早就不像乱世时代那样势力庞大、一呼百应，但百足之虫死而不僵，这帮人的力量仍然不可小视，至少要论到打架动武或是背后耍弄阴谋，天驱比与世无争的长门僧可会多了。当然，要求助天驱的话，他就必须要付出代价，那就是交出萨犀伽罗。

如果是在过去，安星眠无论如何不会生起这样的念头，因为这件"通往地狱之门"的法器并不属于他。尽管他对自己被迫帮助羽族保管这件法器颇有怨念，但是别人的就是别人的，他不会把这玩意儿当成自己的私有财物。可眼下，形势大不相同，为了雪怀青，他宁可抛弃一切原则，把自己变成一个小人、坏人、恶人。

"就让我打开地狱的大门吧。"安星眠自言自语。

这时，他又听到院墙边传来的脚步声。看来，这些不速之客都不太喜欢敲大门。他开始以为是上次那位神神道道却又守口如瓶的女天驱，不由得精神一振，但细听对方翻墙落地后的脚步声，却又不像。

"安先生，请开门，是我。"对方已经来到屋门外。还是个女声，却并非上次的女天驱。但奇怪的是，这个声音安星眠也感觉很熟，以前一定听到过，只是一下子想不起来。他有些疑惑地开了门，将来客让了进来，烛光下，他看着对方，是一个蒙面女子。

虽然蒙着脸，但这个女子的身形和声音，安星眠都还记得。这是在调查长门事件中曾经给予过他重大帮助的女人，不过这个女人不是真正的主角，她只是为她背后的主人服务而已。

一个神通广大、野心勃勃的主人。

那一刻，安星眠豁然开朗，一下子明白了雪怀青的下落。他稍微放宽了一点儿心，因为假如雪怀青落入这个人的手里，至少暂时不会有性命之忧。因为这位主人是个聪明且善于谈判与交易的人，他带走雪怀青，自然是为了从她手里获得什么东西。这样的话，双方还有的谈。

安星眠关好门，替蒙面女子倒上茶。"真没想到，连宇文公子也会对这件事感兴趣。"

二

当风奕鸣向安星眠提出，他要利用对方的关系见一个人时，安星眠心里涌起许多猜测，其中一个猜测的对象就是宇文公子。宇文公子的真名叫宇文靖南，是东陆当朝的大将军宇文成的长孙，为人豪爽、平易近人，不喜欢过问朝堂中事，而一向乐于结交各种奇人异士，在市井中威望很高，因此被尊称为公子。

几个月前，为了找出皇帝戕害长门僧的真相，安星眠曾经寻求过宇文公子的帮助，从那个时候他知道了，宇文公子那受人欢迎的表象背后，隐藏着巨大而不可告人的野心。如今，在营救雪怀青的时候，因为风奕鸣的一个要求，宇文公子的名字快速在他心里闪过。他却没有想到，这位结识不久的新朋友，竟然真的牵扯到了整个事件中。

宇文公子既然是大将军的长孙，家自然在帝都天启城，但他常年在外走动，很少回家。他住得最多的一处宅院，在宛州的淮安城。淮安是宛州第二大城市，虽然繁华程度比南淮稍逊，交通便利却是有过之而无不及。宇文公子把大本营设立在这里，自然是为了方便结交四方宾朋。

这座宅院门口只有一个看门人，除此之外看不到任何护卫，市井中的朋友在门口通报一声就可以大摇大摆地走进去。在宅院里面，随时都有饭吃，有酒喝，有床睡觉，如果缺钱需要救急，只管向账房先生提出来，宇文公子从来不会拒绝。当然，如果你以为你可以来这里骗钱，那就错了。这里的所有人，都是宇文公子现成的义务斥候，不只一次有人试图在这里骗钱，却被见多识广的宾客辨别出来，然后被打得半死不活地扔出去。到了后来，再也没有人敢到这里来行骗，倒是这座宅院的名气愈发响亮，人们都想给它起一个响亮的别名，最后宇文公子自己解决了这个难题。

"大家就把这里当成一间朋友们的大客栈吧，来去自由，谁都可以到这里做客，"宇文公子说，"就叫它'客栈'好了。"

他后来真的手书"客栈"两个大字，让下人制成牌匾挂在大门口。从此宇文公子的大名更加响亮了。

然而，在这座看起来比菜市场还热闹的客栈里，依然隐藏着一些鲜为人知的秘密，而且是要命的秘密。

九月的某一天夜里，宇文公子陪一些新来的朋友喝了一场酒，带着微微的醉意回到自己居住的小楼。和大门差不多，小楼外面也只有两名面貌和善的守卫，他们总是很耐心地对待任何求见宇文公子的客人，从来不摆任何架子。

人们所不知道的是，这两个人只是表面上能看到的守卫，在小楼的附近，还潜藏着数十名武艺高强的守卫，他们可以确保任何心怀不轨的人都不能进入小楼，发现宇文公子的秘密。

现在宇文公子就在走向这个秘密。他走进那间曾接待过无数客人的简朴书房，从书架第三层抽出左数第二本书，从第四层抽出右数第七本书，然后两手分别伸入拿掉书后的缺口处，扳动机关。这个机关设计得非常小心，因为寻常人即便伸出双手，也没有办法同时够到这两个地方，而宇文公子学过一些异术，能够短暂地拉长手臂的骨骼，这才将将够到。

机关扳动后，书柜旁边的墙上一块活板无声地移开，露出一个大洞，宇文公子从洞里钻进去，活板很快重新关上。

现在宇文公子站在一间密室里，密室里面立有若干根上面带有金属锁链的铜柱，不过现在绝大多数锁链都闲置着，只有一根铜柱上绑着一个遍体鳞伤的男人。这个人浑身上下几乎没有一块完整的皮肉，满脸的血污也让人难以看清他的容貌，但在血污之下，一双眼睛仍旧充满凶光，显示出某种不屈。

"你的这双眼睛，真是让我想起瀚州草原的狼，"宇文公子说，"可惜那些想要吃掉我的狼，最后都死在了我手里。"

被捆绑的囚徒艰难地呸了一声："死在你手里也没有什么值得害怕的。"

宇文公子耸耸肩："有些时候我真是很佩服你们天驱，一次次被剿杀，一次次接近覆灭，但你们居然像灰堆里的火星一样，抓住机会又一次次重新燃烧起来。"

"你不必佩服，因为你根本不懂天驱。"囚徒轻蔑地说。

宇文公子好像完全不把对方的轻蔑放在心上："懂与不懂，我并不在意，人与人之间的关系，并不一定需要相互了解。比如毁灭与碾压，就根本不必了解。"

"也许现在你心里就巴不得赶快毁灭我，"囚徒说，"你已经在我身上尝试了三十七种刑罚，却依然没得到你想要的。也许你还有三百七十种，我等着你。"

"我的耐心是有限的，"宇文公子叹息一声，"虽然我的确很需要一个答案，但不能把时间都耗在你一个人身上。你是一个男人，意志顽强，不惧怕任何折磨，我很钦佩，但女人就不一定了。你明白我的意思吗？"

"你……你是说……她？"囚徒的语声陡变，竟然像是有了一丝惧意。

"是的，你深爱的那位女天驱，那位刺杀高手，已经出现在宁南城，她的目的想必和我是一样的，"宇文公子说，"所以呢，如果你现在愿意把我想知道的都告诉我，我就不必去请她了，她还可以自由自在地过她的生活。否则的话，搞不好我可能真的会准备三百七十种手段去请她一一品尝。你不在乎自己的生死，那她的呢？"

宇文公子说话时，一直面带迷人的微笑，语气斯文和缓，就像是在和老朋友品茶谈心，但因徒浑身已经开始微微颤抖，仿佛站在自己面前的是一匹嗜血的恶狼。这匹恶狼并不真正地食肉饮血，却拥有一种直接刺穿他人内心的可怕力量。在他面前，就算是铁人都很难不屈服。

三

蒙面女斥候还是和过去那样，不喜欢絮叨，也没有什么故人重逢的家常，一开口就直接重复她的开场白："请不要提别人的名字。我记得早就和你说过，我没有名字，也不认识任何人。"

"我明白了，不提他的名字就是，"安星眠说，"怀青在他手里，对吗？"

"没错，雪姑娘现在确实在那个人那里，不过礼遇十分周到，你不必担心，"女斥候说，"他要我先向你致歉，因为他原本不会对朋友使用这样的非常手段的，只是现在情势急迫，不得已而为之。"

"好一个朋友，好一个不得已而为之……"安星眠气得笑了起来，"他到底想要干什么？"

女斥候的回答让他微微有些吃惊："其实这一次，他本来不是冲着雪姑娘来的，雪姑娘不过是一个意外收获。"

"意外收获？那么不意外的收获是什么……等等！"安星眠恍悟，"他其实是想找我，为了萨犀伽罗，对不对？"

"所以说，你和雪姑娘实在是天生的一对，"女斥候十分难得地说了一句和正题无关的话，"你们俩不在一起，还有谁能在一起呢？"

"这话我听着都觉得肉麻了。"安星眠咕哝着。

玩笑归玩笑，在安星眠的心里，说不清到底是发愁还是隐隐有些高兴。从他和雪怀青结识之后，就发现两人看似毫无渊源，却总有一些外部的事件把他们紧紧地联系在一起。一年前，他试图拯救长门，雪怀青试图查清义父一家惨剧的真相，这两件事一件是牵涉一个古老组织生死存亡的大事件，另一件只是微不足道的某个山野村夫的个人悲剧，看起来毫不相干，但谁也没料到，最终这两件事竟然会纠缠在一起，把两人的命运也缠在了一起。

现在又是这样。有人在寻找雪怀青的父母，有人在觊觎自己身上的这个羽族法器，表面上又是两件独立的事件，但从眼下的形势来看，这二者之间，很可能又有某些奇妙的关联。

"那么，宇文……那个人到底需要我做些什么才肯放过我们俩呢？"安星眠问。

"他会当面和你细说的，"女斥候说，"他要我告诉你，对于这一次的事件，他一定会亲自向你道歉，并且愿意付出任何代价来向二位赔罪。"

"前提是我们俩先满足他所提出的要求，不然不是他赔罪，恐怕得我们俩赔命，"安星眠一耸肩，"不过也只能如此了。也就是说，我得跟你去宛州？"

"不必，只要南下去澜州就可以了，他已经在那里等你了，"女斥候说，"雪小姐今天下午已经动身，也在去往那里的半途上。不过抱歉，我不能带你走同一条路。在和他会面前，你们两个暂时不能见面。"

"明白了，明天天亮我们就动身吧，"安星眠点点头，"不过我还是很好奇，他是怎么把怀青从羽人的重重护卫里劫走的？要知道按照你的说法，他只是临时起意，而不是早就谋划周密。"

"他所罗织的远远超过你的想象，"女斥候轻描淡写地说，"事实上，那座宅院原本就是属于他的秘密产业，随时准备在某些关键时刻派上用场。至于城邦内部所埋伏的眼线，也远不止死掉的那一个。"

安星眠觉得自己再次触到了宇文公子的勃勃野心。正如同风奕鸣的远大计划绝不仅仅包含霍钦图城邦一样，宇文公子也绝不只是垂涎于东陆皇朝。他不禁想，也许只有等到风奕鸣成年后，这座城邦才能有实力去抵抗宇文公子的侵袭。风奕鸣对抗宇文公子……那绝对是被写进坊间地摊小说的精彩篇章。

就在安星眠为了这些一波未平、一波又起的曲折而彻夜难眠时，雪怀青正躺在一辆舒服的马车里，被送往宁州南部的港口。在那里，她将换船南渡霍苓海峡，到澜州和宇文公子会面。女斥候没有欺骗安星眠，她的确沿路一直被以礼相待，但带她离开的三位高手也把话说得很明白：如果她试图耍什么花招，他们就会被迫使用强硬的手段。

雪怀青并没有耍花招。她的身体虽然恢复了不少，但依旧比常人虚弱一些，不能长时间走路，骑马也很可能会摔下来，在这样的环境下，她无法凭借自己的力量逃脱。这三名高手个个非同一般，否则也不可能从羽人的眼皮子底下劫走她，就算完全健康，她也看不到和这三人动手的胜算。

但她也并没有放弃希望，因为在掌握了那种新的修炼方法后，她的精神力以一种极快的速度在增长。过去她最多能控制五个尸仆，现在凭她的感觉，八九个甚至十个都不成问题了。

所以她只是不动声色，一路上没有找任何麻烦。三天后，马车来到宁州南部的海港城市厌火城。远远望去，可以见到海面上白帆点点，数不清的船只在这里进进出出，让这座小城显现出繁忙的生机。

作为一个重要的入海口，厌火城一向是兵家必争之地，即便现在九州暂时和平，此处的防务依然没有丝毫放松。但宇文公子看来的确有通天之能，一行四人都有过硬的身份证明和通行文书，没有受到丝毫阻碍就上了一艘南下澜州的大客船。一般情况下，一艘快船一天就能跨越海峡，这样的大客船走得慢点，两天也足够了。

"为什么宇文公子不索性派一条船来接我们呢？"雪怀青问。

"因为那样太招摇，"护送或者说押送她的一名高手回答，"不到万不得已，老虎不应该轻易亮出爪牙。"

雪怀青巴不得这只老虎不亮出爪牙。假如是宇文公子派来的船，船上无疑都是他的手下，很难有可乘之机；如今混在一船陌生人里，她也许有机会制造混乱，然后趁乱脱逃。

这条客船的条件中等，虽然没有什么豪华的舱室，至少还是有一些单独的船舱提供给稍微有钱的人。四人自然是包下了一个舱室，不与外人接触。

雪怀青仍然是一副骨头全断了的蔫蔫的模样，一进船舱就缩到床上作闭目养神状，耳朵却凝神细听着舱外的动静。她身上倒是藏着一些毒物，但押送她的三人都是行家，她不敢轻易对他们下手，只希望能有人带着动物上船。动物对气味的敏感程度比人类高得多，如果能用药物让这些动物发狂，那就能趁乱做点文章了。

让她没有想到的是，她的运气还真不错，上船的"东西"远比动物要好。那是在距离开船只剩很短的时间，船工已经准备收回船板的时候，甲板上忽然传来一阵激烈的喧哗声。争吵的人声音异常响亮，雪怀青的耳朵本来就灵光，很容易便听清了吵架的内容。

"他们三个是我的兄弟，我的亲兄弟！"一个男人怒吼道，"为什么不能让他们上船？"

"按照规定，他们就是不能上船！"回答的船工也丝毫不客气。

"难道我们没有付船资吗？"

"钱当然是付了，但是付钱的时候你们没说清楚，他们还是不能上船。我可以退钱给你。"

"退你老娘！凭什么不能上船？"

"本船恕不接待死人！"

雪怀青慢慢听明白了他们在争吵些什么，原来是三个男性人类试图带着三具尸体上船。这是从澜州北渡宁州做矿工的一家六兄弟，辛辛苦苦好不容易攒了点钱，回家途中却遇到羽族的劫匪，有两个兄弟被当场射死，第三个伤重拖了十来天，还是死了。于是活着的三兄弟一人背一具尸体，要把死尸带回澜州家乡去安葬。可想而知，这三人一定心情恶劣，尤其痛恨羽人，但让三具尸体上船这种事，任何船方都会犹豫的吧。

双方吵吵嚷嚷许久，三兄弟大概是郁积了太多的火气，简直就要抄起家伙和船工们拼命了，而六兄弟一下子死了三个，无论如何也算是惹人同情的大惨事。再有霍岑海峡不算太宽，两天也就过去了，所以在三人答应多加点钱包下一个独舱，并且保证不会把尸体带到甲板上之后，船主还是勉勉强强同意让他们上船了。

对于旁人而言，这不过是多了一点儿茶余饭后的谈资罢了，但对雪怀青来说，她有了三具尸体可供驱策！而且运气很好的是，三具尸体所在的独舱距离雪怀青他们的独舱并不远，中间只隔了一个船舱，以她现在进展神速的精神力，完全可以用尸舞术进行远距离的驱策。

晚餐的时候，雪怀青不顾晕船带来的些许恶心，强迫自己吃下了不少东西，以便积蓄力量。入夜之后，船上渐渐安静下来，船外海面上的风声和涛声能听得很清楚，这是一个风大浪急的夜晚，船舱不断地摇晃倾斜也能说明这一点。这样的风浪也许会给逃跑带来极大的困难，但她不能再等了。她很清楚，宇文公子的内心远比他脸上的笑容可怕百倍千倍，落入他的手里，再想逃跑就不容易了。要得到自由，就得趁现在，在这个让人疏于防范的茫茫大海之中。

否则，她担心自己这辈子再也见不到安星眠了。

看守她的三名高手轮流休息。其中一人已经入睡，剩下的两人都醒着。他们倒是时刻警惕，尽管雪怀青看上去弱不禁风，也没有丝毫掉以轻心。但尸舞术的运用并不需要写在脸上，他们只能看到雪怀青外表上毫无异状，却无法觉察到她精神力的波动。宇文公子百密一疏，派来的三个人都是武士，否则的话，如果有一个高明的秘术士在场，就有可能会发觉雪怀青的小动作。

雪怀青首先感应到三具尸体的存在，然后尝试用精神力侵入。尸舞者有一种特殊的秘术，叫作印痕术，可以把普通尸体制作成只为自己所驱策的尸仆，感应极强，几乎如同主人的手指头一样灵活。现在无法使用印痕术，以她有限的实力，只能勉强操纵这些尸体做出一些动作，而无法展现出复杂的招式或者秘术。但这些简单的动作在这时候已经能起到关键的作用了。

她一点一点地把自己的精神力注入尸体的体内，然后利用尸体本身扩大了这样的精神感应，借此察觉到陪伴这些尸体的三个活人的方位，他们都躺在床上，没有动弹，估计是睡着了。她操纵三具尸体，一点一点解开了裹在身上的裹尸布，先后站立起来。

然后她要让这些行尸找到那个独舱里的蜡烛，这可有些不容易，因为蜡烛不能散发出精神力，而那种纯精神的感知也不能和真正用肉眼去看相比。她只能通过行尸的精神去寻找细小的热源，难度十分大。费了很大工夫，她额头上汗都出来了，才感受到了一丁点儿热度，她从热度的方位及自己所在的船舱的布局，猜测蜡烛应该是放在一张桌子上。

很好，她想，让行尸打翻蜡烛，引燃船体，就能制造一场大混乱。至于这场火会不会烧起来就难以控制，与她无关，因为船烧掉后，别人可能会很为难，但雪怀青却不会——因为行尸不怕溺水。这些行尸完全可以背她游回到岸上。

这就是一个尸舞者所拟定的作战方案，完全没有考虑太多他人处境的作战方案。尽管雪怀青和安星眠相处很久，受他的感染不少，但本质上，她依然是须弥子的同类。当遇到状况时，她不会像安星眠那样瞻前顾后。旁人的安危与她无关。

一具行尸开始在雪怀青的指挥下走向那张放着蜡烛的桌子。她尽量控制行尸的脚步，让它走得很轻，以免吵醒睡梦中的三兄弟。一步、两步、三步……一切进行得似乎还算顺利。然而，当行尸走出第七步的时候，忽然一声巨响从那间舱室传来，即便有风浪的呼啸，那响声在深夜里也相当清晰。

紧跟着就是惊醒的三兄弟撕心裂肺的惨叫声："尸变啦，尸变啦！""救命啊！尸变啦！""兄弟，我是你们的亲哥哥，你们不能害我啊！"

坏了，雪怀青心里一沉，我光顾着去算计桌子的方位，却忘了桌子前很可能还摆放着椅子。一定是那具行尸一下子撞翻了椅子，惊醒了还活着的三兄弟。她愤懑地想，这三个废物，不过是三具行尸嘛，至于怕成这样吗？他们这一番尖叫，海底的珊瑚虫都能吓醒，更别提自己身边的几位武学高手了。其实她不过是以尸舞者之心度常人之胆了，这三兄弟在深夜里懵懵懂懂地醒来，居然看到已经死去的三位亲人站了起来，在舱室里行走，如此诡异可怖的场景，没有当场吓死算是他们胆子大了，怎么能去苛责他们惊叫出声呢。

虽然不知道发生了什么，但押送雪怀青的三人立即警惕起来。这三个人，有一个擅长势大力沉的掌法，有一个善用剑，有一个善使暗器，此刻各自摆出架势或者亮出家伙，严阵以待。他们的经验都十分丰富，一遇到突变，第一个念头就是不要让人浑水摸鱼趁乱抢走雪怀青。

该怎么办？雪怀青焦虑地思考着。现在已经没时间细想了，假如不抓住这个稍纵即逝的机会，恐怕就再也跑不掉了。耳听那三兄弟还在哇哇乱叫，甲板上人声鼎沸，看来已经惊起了不少原本熟睡的人，她咬咬牙，瞬间想出了一个作战方略。能不能行不知道，但行不行都得冒险一拼了。

雪怀青下定决心，利用尸舞术发出指令。瞬间，隔壁的舱室，也就是夹在雪怀青和六兄弟之间的那间船舱，传来几声木头破裂的巨响。隔壁舱室里的尖叫声随即响起。

紧跟着，雪怀青所在的船舱壁板砰砰几声响，出现了三个大洞，三个皮肤灰暗、散发浓烈防腐药物气息的"人"从洞里钻了出来。它们神情木然，动作僵硬，步伐却是丝毫不慢，撞破舱壁后各自选中一个目标，扑了上去。正是向看守雪怀青的三位高手而去。

这就是雪怀青所操纵的三具行尸。它们选择了最直接的路线，直接撞破两层木板，以最快的速度出现在这间舱室。而三名高手在短暂的惊讶之后，已经明白到底发生了什么。

"螳臂当车！"掌法高明的那位武士哼了一声，"你以为临时抓来这三具尸体，就能打败我们三个救你离开？"

雪怀青没有回答，全神贯注地操纵着行尸，三位高手的动作无疑比行尸更快，抢在行尸之前就已经出手。宇文公子知人善任，敢派这三个人出马，就说明他们的武艺非比寻常。三人和行尸交手，只不过一个回合，就已经很明确地分出了胜负：长于掌力的武士一掌拍出，咔嚓一声脆响，奔向他的行尸的肋骨不知道断了多少根，以至于胸口都明显地塌陷下去了；剑客出剑如风，一道寒光闪过，已经将他的对手一剑刺穿了心脏；至于暗器高手，站在原地几乎没有动作，但他身前行尸的额头和咽喉上已经各自插上了一枚毒镖。

这的确是身经百战的三个人，别说这三具临时操纵的行尸，就算是施用过印痕术的培养多年的尸仆，也不可能是他们的对手。然而，雪怀青的目的似乎也并不是让他们正面拆招对抗，而是……

三具各自遭受重创的行尸脚下丝毫没有停步，继续向前冲去，张开双臂，紧紧地抱住了三名高手。而雪怀青已经趁这个时间从床上一跃而起，以最快速度冲出舱门，奋力一跃，跳进了海里。

这就是雪怀青在那短短的一刹那想出来的方法。这三名武士武技高超，经验丰富，但正因为经验太丰富了，当面对突然袭击的时候，他们会近乎本能地施展自己最熟练的手法，对敌人实施一击致命，比如一掌震碎胸骨和心脏、一剑穿心、用喂毒暗器攻击要害。

但他们在听凭身体本能做出反应时，却忽略了一个最基本的事实——所谓一击致命，只有对活人才能奏效，而对死人是没有用的！它们的躯体虽然被击伤刺穿，却不会有痛觉，仍然可以继续做出下一个动作——那就是紧紧抱住这三名高手，好像三根绳索一样，死死捆住他们，延误他们的行动。而雪怀青自己，就抓住这稍纵即逝的机会，逃离了三人的看守，跳进大海。

海水很冷。

雪怀青骤然跳进冰冷的海水里，浑身一激灵，尸舞术短暂地失效了，三位高手趁此甩掉行尸，追到甲板上。但面对这样的风浪，面对咆哮的怒涛，即便他们武技再高，也不敢贸然跳下去。

而他们此刻的犹豫，实际上是犯下了第二个错误。正当三人沉浸在惊愕和悔恨中时，身边又掠过三个黑影。那是刚刚被他们甩脱的三具行尸。雪怀青已经重新施展尸舞术，驱使三具尸体跟她跳进海里。这是她计划中的第二步，因为她只是一个病弱的女子，假如没有行尸驮着，跳海也就等于自杀。

很快地，在她呛进去好几口腥咸的海水之后，三具行尸靠近了她，其中一具把她背在了身上。雪怀青顾不上喘息，以最快的速度给背着她的这一具行尸使用了印痕术。现在这具行尸成了她的尸仆，虽然这可能是她有史以来驱策过的素质最差的尸仆，体现出某种饥不择食的无奈，但在这样的关键时刻，这就是一根最重要的救命稻草。

身边不远处忽然溅起几道异样的水花，雪怀青心中一凛，知道是那位暗器高手不甘心放弃，正在袭击她。幸好现在风大浪急，再好的暗器名家也不可能有准头，但万一瞎猫碰上死耗子了呢？她赶紧驱使行尸们带她离开。

然而就在这个时候，她觉得船上似乎传来了一声奇特的惊呼。那声音在风浪中丝毫不响亮，甚至像错觉，但不知道为什么，却令她莫名地回头瞥了一眼。这一回头，她立刻呆住了，差点儿连尸舞术都停了下来。

那是安星眠！已经好几个月完全没有任何音信的安星眠！

而安星眠的身边，还站着另一个人，这就更加让人出乎意料了：那居然是号称要在澜州等着见她的宇文公子！

但雪怀青完全顾不上去计较宇文公子到底是怎么回事，她的全部注意力都在安星眠身上。她不敢相信自己的眼睛，还以为是疲累和紧张之下出现的幻觉，赶忙伸手揉了揉眼睛，再定睛一看，没错，真的是他。安星眠正站在船舷边，手舞足蹈地冲她大喊大叫。虽然完全听不清他在喊些什么，但在那一刻，雪怀青陡然心里一热，然后觉得眼泪不受控制地涌了出来。

"我终于见到你了。"她想。

接下来的事情似乎顺理成章，安星眠没有任何犹豫，纵身一跃，也跟着跳进了大海，并且开始奋力向她游了过来。

"真好，"雪怀青泪眼模糊地想，"活着也好，死了也好，总算我们又能在一起了。"

四

女斥候带来了两匹快马，周详策划好甩掉羽族监视者的方案。天亮之后，她和安星眠一同出发，直奔宁州南部的港口城市厌火城。两天后的上午，他们抵达了厌火城，在那里，一艘小船已经在某个僻静的下水处备好了。

"我说，我们不会打算坐这艘船渡过海峡吧？"安星眠打量着这艘小船，"这玩意儿，就算是能拉到海里，搞不好都得翻船。"

"你要不要见她？"女斥候淡淡地问，"要见她，就跟我上船。"

安星眠别无选择，只能跟女斥候上了船。这艘小船上的艄公悠闲地摇橹启程，把船划到了另一处热闹的港口，停靠在了一艘大船的旁边。大船上垂下一条软梯，两人顺着软梯爬了上去。此时还没到其他旅客上船的时间，整艘大船显得有些空荡，只有少量船工在忙上忙下。

"这还差不多，不过我们为什么不直接到这个港口上船呢？"安星眠问。

"我只负责听命行事，别的不知道，"女斥候说，"就是前面这个房间，进去吧。"

进去之后，门被关上了，女斥候留下一句"想见她就别出去"，然后悄然离开。安星眠恍惚觉得自己变成了一个六岁小孩，在父母"想吃糖就乖乖听话"的利诱下收束心性，扔掉木刀木枪捧起书本。现在雪怀青就是那颗糖，为了得到此糖，安星眠比天底下的小孩儿都听话。

他枯坐在房间里，等到了午饭时间。正在用餐，外面响起了一阵阵喧哗，正在无聊中的他自然竖起耳朵把这场热闹听完了。原来是一家来自澜州的六兄弟死了三个，活着的三个人想把兄弟们的尸体背回澜州，而船工不让死人上船，这才吵了起来。

真是可怜，他禁不住想，这六兄弟离家来到宁州这片羽人的土地上，忍受羽族的歧视白眼，无非是想求碗饭吃。但为了这碗饭，他们最终丢掉了三条性命。生命与金钱，抑或生命与权力、生命与女色、生命与仇恨，究竟孰轻孰重，一个正常人都能够很轻易权衡出来。然而，人们却总是做出错误的抉择，总是把生命放在天平的末端，以至于失去一切，才追悔莫及。

也许长门僧就是看透了这一点吧，安星眠忍不住叹一口气。一年前，虽然他身入长门好几年了，能够把一切经义讲解得头头是道，却从没有在内心深处认同过长门，也没有把自己当作一个真正的信仰坚定的长门修士。但是，经历了过去一年的种种剧变，以及最近两三个月的殚精竭虑，他才忽然发现，他真正开始羡慕和向往那种内心的宁静，并且希望自己也能进入这样的境界。

他晃了一下脑袋，决定不再胡思乱想下去，因为现在必须要积蓄精力，准备靠岸后和宇文公子的会面。也许这是一场不需要动手打架的会面，却可能比动手打架还要累，面对老奸巨猾的宇文公子，一不小心脑子就会不够用。

于是他盘腿坐在床上，开始冥想，用这种方法让自己的思维沉静下来，暂时不去想那些让人恨不能敲破自己脑袋的烦心事。在海浪的颠簸中，他让头脑陷入某种近乎空灵的状态，浑然忘了时间，当重新睁眼时，周围已经暗了下来，饭菜的香气从门外飘进来，原来已经是晚饭的时候。

"安先生，您的晚饭需要送进来吗？"门外正好有人发问。

安星眠随口回答："请送进来。"但当门外的人真的走进来之后，他却愣住了。

走进门来的赫然是宇文公子。曾经和他有过一面之缘，给他留下了深刻印象，并且在长门事件中帮过他大忙的宇文公子，也是以雷霆的手段绑走雪怀青，以便胁迫自己的宇文公子。

宇文公子的脸上依旧带着和蔼亲切的微笑，自己伸手拉过椅子，在安星眠身边坐下。安星眠这才意识到自己仍旧以盘腿冥想的姿态坐在床上。他慢慢地伸腿下床，慢慢地穿上鞋子，力求在宇文公子面前显得泰然自若、毫不慌乱。

"抱歉我说谎骗了你，"宇文公子说，"这艘船才是我选择好的碰面地点。"

"很像你的作风，"安星眠说，"让人出乎意料，难以应变。而且在茫茫人海中，就算我想逃，也无能为力。"

他忽然想到了什么，心脏剧烈地跳动了一下，但脸上还是若无其事："怀青也被你的人带到了这艘船上，对吗？你之所以用小船绕路送我上来，就是为了防止我和她不小心碰面。"

"因为骑马比马车的速度快，马车走了三天，骑马只用了两天，所以你们二位在同一天到达厌火城，上的也是同一条船。"宇文公子气定神闲地回答。

"那你就不怕我现在打倒你，以你为人质去威胁你的手下？"安星眠忽然目露凶光。

宇文公子笑容不变，优雅地伸出一根手指头，在安星眠身前的桌子上轻轻一戳，木头桌面上立刻出现了一个圆滑的小洞。安星眠不觉一怔，宇文公子已经收回了手指："我已经很多年没有和人动过手了，但这并不意味着离开别人的保护我就没法活命。"

"看来我只剩和你谈判这一条路可走了。"安星眠叹了口气，"那我们言归正传吧，你究竟想要得到什么？确切地说，你找我无疑是为了萨犀伽罗了，那么怀青呢？她有什么让你感兴趣的东西？"

宇文公子轻笑一声："我原本只是为了你而来，却万万没有想到，雪小姐会身怀一个丝毫不逊于你的秘密。这样的话，找到了两位，就有办法找齐我想要的两样东西。不过现在，我暂时不能告诉你真相，明天吧。"

"为什么要等到明天？"安星眠很想这么问，但他最终没有问出口，因为他知道，宇文公子这样的人，如果不想开口，是不可能从他那里问到任何东西的。但他的脑子并没有闲着：现在他、雪怀青和宇文公子三个人都在船上，无论想说什么话都可以，为什么一定要等到第二天？

宇文公子不再多话，离开了房间，然后由真正的仆人给安星眠送来晚饭。安星眠草草吃过东西，揣测了一会儿，想到了一些可能，但无法确定。最后他哑然失笑：就算猜出来了又如何？雪怀青在对方手里，他无论如何也不会轻举妄动，所以还不如养精蓄锐，静待明天的到来。

安星眠再次进入冥想的状态，直到听见船上传来一连串的惨叫声。他仔细聆听，隐隐听到似乎是有人在叫"尸变"，不觉在心里叹息一声，猜测是海船在风浪中的颠簸让那三兄弟的尸体移位，以至于被当作尸变。愚民毕竟是愚民，总是相信那些吓人的奇谈怪论。人死了就是死了，灵魂已经消失，留下的只是空空如也等待腐烂的躯壳罢了，怎么可能再动……

想到这里，他一下子跳了起来，顾不上穿鞋，也顾不上宇文公子不许他离开房间的禁令，光着脚冲了出去。尸体的确不能自己动，但假如是被旁人所驱使的呢？他瞬间猜到，这一定是雪怀青搞的鬼，如果此刻不赶过去相助，只怕自己要抱憾终生。

安星眠一路狂奔冲到船的另一侧，没有见到雪怀青，却看见不少人在对着海里指指点点，他赶忙扑到船舷旁，这一看让他觉得有什么东西突然在心里炸裂开，极度的狂喜和惊骇同时爆发，刹那间填充了全身。他禁不住大叫一声，仿佛要让所有的复杂情绪都随着这一声竭尽全力的喊叫释放出来，否则的话，身体难以承受这样的冲击。

他看到了雪怀青，几乎每天晚上都会梦见的雪怀青。

但是雪怀青竟然在海里，在这片茫茫无际、怒涛狂卷的大海里。她看上去是那么的柔弱无助，就好像一片树叶，随时可能被撕得粉碎。

而宇文公子也在此时循声赶来，先前已经略微见识过一点他的厉害，要是被纠缠上就不妙了。安心眠心一横，不顾一切地纵身一跃，跳进了波涛汹涌的大海里。

第四章
浓雾中的亡歌

一

已经有一个来月没有开张了，冯老大最近的火气格外的大，动不动就出手揍人。作为游弋在这片海域里最有名气的海盗，连续一个月不开张确实有些让人难以容忍。但这些日子实在是运气太差了，不是风浪太大无法出航，就是白白在海面上巡逻一天，却始终碰不到船只，再不然就是好不容易发现了船只，旁边却跟着官兵的护卫舰。

前一天夜里，霍苓海峡风浪大作，狂风吹折了冯老大座船的桅杆，这可是极大的恶兆，这让冯老大的愤怒上升到了顶点。尽管从师爷到手下一再苦劝他今天不要去做生意了，"折了桅杆太不吉利了"，但他还是一意孤行，等到天刚亮风浪止息，就跳上另一艘船离岛而去，坚决地出海了。

这一次的运气好像依然不怎么好，离岛一两个对时了，还是什么都没发现。冯老大正在指天咒日，一名手下忽然跑过来报告："岛主！前方发现有几个人漂浮在海上，好像是浮尸，要不要捞上来搜一下身？"

"没出息的混账东西！"冯老大狠狠给了手下一记耳光，"我们是海盗，有身份的人，怎么能干这种下三烂的丢脸勾当？"

"我……我只是想着好久没开张了，万一搜出点儿银票珠宝什么的，也算填一下缺口嘛。"手下很委屈地说，"有两具尸体的衣服看上去不错，没准儿是有钱人呢。"

冯老大踌躇了一下，终于一跺脚："娘的，这话说得也有点儿道理……捞上来吧！"

于是手下们放下小舢板，把海里的那四男一女捞了上来，然而这五具尸体的形貌让海盗们产生了困惑。乍一看，这些尸体应该是落水不久的，因为他们都没有被海水泡得肿胀起来，但尸体与尸体之间还不太一样。其中三个看起来像贫苦村夫的，显然死去很久了，而那一对"看起来像有钱人"的青年男女则仿佛刚刚断气。这一男一女如果活着，真算得上一对璧人，男的相貌英俊，带有几分书生的儒雅之气；女的是个羽人，有一头亮眼的金发和一张美丽纯净的面容。常年在海上漂荡的海盗们，很难见到这样的漂亮姑娘，就连一向铁石心肠的冯老大都忍不住深表遗憾。

"他娘的！这么漂亮的妞，就这么死了，真是太可惜了！"他狠狠一拍巴掌。

没想到，这一声巴掌就像是某种信号，这一男一女竟然睁开了眼睛，唬得海盗们连连后退。不过他们毕竟是一群亡命之徒，马上反应过来，这两个人不过是在装死。

"原来还活着！"冯老大狞笑一声，"那就太好了！老子正好缺个压寨夫人……怎、怎么回事！"

冯老大话说到一半，忽然惊呼起来，因为他看到另外三具尸体也缓缓动了起来。如果说这一对郎才女貌的青年男女还可以用装死来解释的话，另外三具尸体可都是肤色灰黑、肢体僵硬，隐隐可以闻到尸臭，一看就是全死透了啊。可是现在，死透了的三个人竟然开始行动，慢慢从甲板上站了起来，胆小的海盗禁不住要转身逃走。

"娘的！诈尸了？"冯老大能当上海盗头子，自然有过人的胆量。此刻即便面对死尸复活，也并没有被吓破胆，反倒是凶性大发，管他三七二十一，迎上前去照着一具尸体就是当胸一拳。他拳力沉重，经常吹嘘自己能一拳打死一条鲨鱼，这一拳，打得尸体的胸口都凹陷下去了。

但尸体还是没有丝毫停步，继续大步向前。当冯老大终于反应过来"这他妈的是尸体根本不怕疼啊"的时候，三具行尸已经欺近身前，一个拉胳膊，一个拽腿，一个按头，把冯老大拉到地上死死按住。

"谁敢乱动，就把他的脖子拧断！"那个英俊的年轻人张口喝道，"把你们手里的兵器都扔了！"

事关老大的生死，海盗们谁也不敢动，乖乖听话扔掉兵刃。冯老大气得满脸通红，也可能是被臊的，因为他还从没在手下面前这么丢脸，但是面对复活的行尸，他实在没什么办法。而且这些行尸有着超乎寻常人的大力气，以他的蛮力都没法挣脱，他只好老实下来，不再挣扎了。

"这就对了，识时务者为俊杰，"年轻人很满意，"麻烦各位帮我们找几件干净衣服，再给我们一些食物，最好能烧点姜汤驱寒——啊，贵船还有女海盗，那就更好办了，女孩子的衣服也麻烦借一身吧。"

行尸们对待冯老大如此粗暴，但这年轻人说话却相当客气礼貌，只是这背后隐藏的仍旧是不怒自威的胁迫。他发完指令，海盗们赶紧扑进船舱去为他准备，生怕步子慢了惹怒他，当真把冯老大的脖子咔嚓一声拧断。年轻人顿了顿，低下头看了看自己的一双赤脚："有多余的鞋子也麻烦给我一双，谢谢。"

这一对青年男女，当然就是半夜跳入海里的雪怀青和安星眠。雪怀青用尸舞术将三具行尸变成能自己发力的浮囊，驮着二人在海里漂浮，凭借行尸惊人的力量，苦苦支撑了一夜。天明之前，风暴终于止息，海面上恢复了平静，而两人的运气也实在是好，竟然遇上了急于开张的冯老大，这才算真正脱离险境。

雪怀青本身有一些尸舞者独特的术法，可以迅速让衣物干燥，但用精神力指挥行尸们在海上漂流了一夜，就算是她健康时也会吃不消，何况现在身子还没有痊愈，所以她尽可能不再使用尸舞术，换上了女海盗的衣服，倒是别有一番风韵。

"我之前曾一遍又一遍地想象，我们俩重逢的时候会是什么样，我应该对你说一些什么话，"同样换了一身海盗服饰的安星眠扶她躺到一张软榻上，"可我实在没有想到，我们会在随时可能淹死人的海水里重逢，忙得一晚上都顾不上说话。现在我很想对你说些什么，但是脑子好像被咸水泡坏了，什么都说不出来。"

"那就什么都不必说，"雪怀青微微一笑，"你我之间，原本就不必多说些什么。"

她轻轻靠在安星眠身上，安星眠伸过左臂搂住她，用右手一勺一勺喂她喝热气腾腾的姜汤，每一勺汤都先吹一吹以免太烫。喝过半碗姜汤后，又嚼了一些鱼干虾干之类的干粮，雪怀青苍白的脸上终于有了一丝血色，身子也不再发抖了。安星眠长出了一口气，对她说："你睡一会儿吧，这位冯岛主已经被我用缆绳捆住了，除非他是夸父，不然不可能挣脱，你不必再运用尸舞术了。"

雪怀青信赖地点点头："我的确累啦，就交给你吧，小心点儿。"

安星眠小心地松开手臂，把她放在榻上，雪怀青的呼吸慢慢变得平缓，进入了睡梦中，一直雄起起气昂昂站在一旁的三个行尸立即像泄了气的皮囊，软倒在地上。尸舞者原本可以通过精神联系在睡梦中也让尸仆保持运动，可以进行简单的站岗，但雪怀青太累了，而和安星眠的重逢也让她终于找到了一个可以完全信赖的人。所以她彻底放松了精神，不再驱使那三具可怜的尸体。

看着熟睡的雪怀青，安星眠几个月来一直悬着的心放了下来。虽然此刻两人置身在一艘大海里的海盗船上，还有无数穷凶极恶的海盗环伺周围，但他终于和雪怀青重新在一起了，两个人在一起，似乎就胜过了一切。

冯老大恶狠狠的说话声打断了他的遐思："喂，你刚才说'尸舞术'？这个妞儿，是不是传说中可以让尸体帮忙打架的尸舞者？"

安星眠点点头，冯老大狠狠啐了一口："可恶！老子还以为那些传说都是假的呢，没想到今天遇上了真的！"

"放心吧，我不会为难你的，这位当家的，"安星眠说，"我们只是需要一条船把我们送回大陆而已，到了岸上，我不但会把船还给你，还会付你船资。"

冯老大从鼻子里哼了一声："我们是海盗，耽误了生意，你那点儿船资能补得回来吗？"

安星眠听他说完，伸手从换衣服时掏出来的杂物里拿出一个小小的油布包："幸好上船前我早有准备，用防水油布裹住了这几张银票，应该还能用。"

他解开油布包，把包里的东西递到冯老大面前，果然是几张略有点潮湿但还没有破损的银票。冯老大看清楚上面的数额，眼睛一下子瞪圆了："这些……全给我？他奶奶的，大半年不用做生意啦！"

"君子一言，驷马难追，"安星眠说，"不过我知道你心里还是有些不服，觉得我们是靠尸舞术的出其不意才制服你的。"

"那当然了，老子十四岁上了海盗船，在这片海域纵横三十多年，从来没有活人能挡得住我的拳头！"冯老大又是一瞪眼。

"我刚才发现，你是一个粗鲁暴躁的人，但你的手下对你非常忠心，在你被我们抓住后，他们不敢有丝毫违逆，我说什么他们就做什么。"安星眠没有接话茬儿，而是有些奇怪地转移了话题。

"那当然！"冯老大十分骄傲，"老子一身的伤疤，有一小半都是为了救这些兔崽子的小命而添上的！"

"这说明你至少是个讲义气的人，按照我的推断，讲义气的人一般都信守诺言，对吗？"安星眠又问。

"这片海里混的人都知道，我冯老大说出口的话，比海底的珊瑚沙金还硬，从来没有反悔过。"听到安星眠的语气里有赞扬的意味，冯老大的口气也和缓了一些。

"既然这样，我们来打个赌吧。"安星眠说着，走上前去替冯老大解开了绳索。冯老大大为惊诧，恢复自由后，居然没有立即向安星眠出拳，而是有些结结巴巴地问："你、你想要干什么？"

"我知道刚才的事情你不服，死人不怕痛，不惧怕你的拳头，那我陪你过几招吧，"安星眠活动手腕，"你要是赢了，可以踢我们下船，我顺道奉送全身上下所有的财物；你要是输了，就麻烦你这艘船供我驱策一段日子，当然，钱会照付。"

冯老大有些摸不着头脑："你是不是在海里被泡傻了？"

"没有，事实上我比任何时候都清醒，"安星眠说，"但这个赌我必须打，因为我不只是要活命，还得借用这条船完成一些很重要的事情，否则的话，即便这一趟侥幸脱逃，下次难保还得跳海。"

"我明白了！"冯老大作恍悟状，"你是要去追把你扔下海的人，干掉他们永绝后患。但你自己没本事追上他们，就想用我的船。"

"你猜得挺接近，大概就是这么回事吧。"安星眠说，"怎么样？赌不赌？"

冯老大想了一会儿，大吼一声："赌了！"

这一场甲板上的决斗吸引了全船的海盗来围观，刚才冯老大被几具尸体制住，确实海盗们心里都不怎么服气，眼下有机会翻盘找回颜面，自然不容错过。冯老大也确实不愿占便宜，愣是要安星眠多休息一天，因为他在海浪里挣扎了一夜，体力显然有所欠缺。

"抱歉，我等不及了，我必须立即出发追赶那艘大船，多等一个对时都有可能追不上了，"安星眠说，"现在开始吧，我的体力足够。"

冯老大皱起眉头，想了想，忽然抡起右拳，重重地朝自己的左臂上砸了一下。这一下力道十足，发出一声闷响，安星眠不觉一愣。

"好了，老子的左臂很疼，打起来也发不了力，咱俩算扯平了，"冯老大的脸上丝毫不显疼痛，"来吧，开始吧。"

他又扭头对海盗们说："你们这帮兔崽子都听好了，这是公平的赌赛，谁要是敢多事，老子剁了他的狗爪子！"

海盗们自然是唯唯诺诺不敢有半个不字，安星眠点点头，示意冯老大出招。冯老大深吸一口气，虎吼一声，右拳只一晃，竟然已经到了安星眠的面门。

劲风扑面，安星眠心里微微一凛，急忙扭头闪开，这才知道自己有些托大了。他先前看三具行尸一个照面就制住了冯老大，以为他会很好对付，但没想到此人还是有些真材实料的，刚才真是太轻敌了。现在他身背赌赛的压力，自然全力以赴，这一拳速度力量俱佳，换成一般的武士，恐怕很难抵挡得住。

安星眠闪身避开后，右手上举，反拿冯老大的右臂，想要拧脱他的关节。但这冯老大强壮异常，用力之下竟然卸不脱关节，反倒被他用力一振，震得自己肩膀生疼，不得不仓促放手。冯老大转过身来，右拳如风般挥舞，招式看起来简单朴实，但胜在力道强劲、速度惊人，逼得安星眠连连后退，不敢与他硬碰。

真糟糕，这回太轻视对手了，安星眠心里暗暗焦急。其实如果是在精力充沛的时候，他对付这样纯粹刚猛的路子还是稳操胜券的，但冯老大之前说得没错，在海里挣扎了一夜，他的精力实在有些不济，反应也比平时慢了不少。

但他必须咬紧牙关打这个赌。从上了这艘海盗船，他就下定决心，一定要利用这艘快船去追击宇文公子。但他也知道，以武力胁迫一群海盗，只能得逞一时，毕竟他和雪怀青只有两个人，而雪怀青至今尚未痊愈，周围却是群敌环绕，更何况自己对航海一窍不通。万一海盗们故意走上一条错误的航路，甚至出点岔子反被偷袭，那就一切都完了。所以他只能冒险和冯老大赌赛，希望能堂堂正正地指挥海盗船为他效力。

冯老大的左臂果然不怎么灵活，力道也不足，但他集中精力使用右臂，反而威力更增。而且他在大海上纵横多年，实战经验原本丰富，安星眠屡屡故意示弱试图诱他露出破绽，他却始终不上钩。大概是之前因为过于大意而在行尸身上栽了跟头，冯老大现在异常小心谨慎，攻势虽猛烈，但每一招都留有余力，绝不让对手乘虚而入，一点一点消耗着安星眠的体力。

这下子难道要偷鸡不成蚀把米了？安星眠的背已经湿透了，汗水滚滚而下，一半是因为剧烈的搏斗，另一半是因为紧张。他有些后悔自己把话说得太满了，但事到如今，别无退路。假如这一战败北，他和雪怀青的处境将会如何，真是难以想象。

想到雪怀青，他不由得勇气倍增，横下一条心，突然变招，招式开始变得凶狠。这仍然是风秋客传授他的关节技法，而且是精华中的精华，据说来自古老的羽族鹤雪术，但他平时很少使用，因为这些招式杀伤力太大，中招的人不会只是关节脱臼那么简单，而是骨头会被狠狠折断，甚至留下终身残疾。安星眠心地仁善，和人动手往往留有余地，但眼下，再留余地的话，他连雪怀青也保护不了了。

冯老大毕竟只是一个海盗，虽然一身蛮力，但没有接触过真正高深的武学。安星眠使出这些来自鹤雪术的精妙关节技法，他登时有些抵挡不住。但他一向性情倔强，虽然手上的招式都有些乱了，却仍旧勉力支撑。

海盗们虽然也没有什么上道的武学造诣，但对自己老大渐渐被逼入劣势的处境还是一目了然的。他们个个心急如焚，却也没有任何办法。冯老大发出的命令，没有人可以违拗。

激斗之中，安星眠忽然脚步一乱，为了避开冯老大的一记反手劈掌，身子微微倾斜，肩部露出一个破绽。这只是他的诱招，之前类似的手法用了很多次，打架经验丰富的冯老大并没有上钩。但这一下，冯老大正被逼得手忙脚乱，已经顾不上冷静判断了，一见到破绽，不顾一切地急忙出手，右拳狠狠地向安星眠的右肩击了出去。

安星眠等的就是这一下。冯老大的右拳刚伸出，他陡然变招，右肩下沉躲开冯老大的拳头，接着双手圈拢，如同一个合拢的捕兽夹一样，把其右臂夹在其中。这是风秋客所传授的羽族关节技法中相当毒辣的一招，因为羽族本身力量不如其他种族，假如不小心陷入近身肉搏，下手必须凶狠。这一招以双臂夹击对方的单臂，一旦吐劲发力，对方手臂立即被绞断，而且断骨处会片片碎裂，难以续接，只能留下终身残疾——假如此人在这一战中没有丧生的话。

冯老大一拳挥出，却发现安星眠早判断出了他的动作，这一拳没有打中，紧跟着自己的右臂就被对方牢牢绞住。他心里一凉，知道这一招的厉害，一时万念俱灰，忍不住闭上眼睛，开始在头脑里想象自己日后失去右臂、变成一个独臂海盗的情形。

接下来的事情却让他没有想到。安星眠的双臂不知道为什么，竟然没有发力，反而松开了。冯老大顾不上去想这是为什么，几乎是本能地一屈臂，化拳为肘，重重顶到安星眠胸口。安星眠被这一记肘击打得连退了七八步，仰天摔倒在甲板上，挣扎了好几下才踉踉跄跄地站起来，一口鲜血喷了出来。

海盗们眼见他们的首领从劣势中反败为胜，都大声欢呼起来，连雪怀青也被惊醒了。她走出船舱，看见安星眠面色惨白，嘴角还在流血，不由得大为吃惊，准备用尸舞术召唤尸仆上去拼命，却看到冯老大猛一挥手，制止了海盗们的嘈杂。他转向安星眠，恶狠狠地问："刚才你明明可以把我的右臂彻底废掉，为什么手软了？"

安星眠抚着胸口咳嗽了几声，苦笑说："我和你又没有什么冤仇，说起来，我们的命还是你救的，我不能下那样的重手。其实，追上那艘船对我真的很重要，但是我……我是个蠢货。"

此时他也看见了雪怀青，心里一下子涌起无穷的悔意。一念之仁，他没有对这位性情爽直的粗鲁汉子痛下杀手，到这个时候他才意识到，这样做的后果是什么。就算眼前这个海盗大发善心，愿意送自己一条小船让两人逃生，失去了这个利用海盗船要挟宇文公子的黄金机会，他和雪怀青不知道猴年马月才能在各方势力的追杀下慢慢找到真相。

这样做对吗？他一时很迷惑。他没有对冯老大下狠手，或许算是对得起自己的良心和原则，但绝对对不起自己所爱的人。如果这一念之差害死了雪怀青，他就是杀死自己一百遍，也不可能洗刷掉内心的痛苦与悔恨。

就在这迷迷糊糊神游天外的时候，他感到一个人靠近了他，扶住他，然后一只略显冰凉的手握住了他的左手。他猛然回过神来，发现扶住他的是雪怀青，她的双眸清澈明亮，没有半分怨怼。

"虽然我的选择可能和你不同……但你做得没错，"雪怀青轻声说，"坚持自己内心的信念，那才是我喜欢的你。"

这是安星眠第一次听到雪怀青把那句话说出口。两人彼此心意相通，其实不需要口头的表白，虽然眼下形势险恶，随时有性命之虞，但听到这句话他仍旧感觉到，仿佛有一道温暖的阳光照进了心头。一刹那他觉得自己好像什么都不愁不惧了，只要雪怀青还在他身边。

"我输了，请岛主发落吧。"他转向冯老大，嘴角浮现出一丝真正的微笑。

冯老大上前几步，像是看怪物一样上下左右打量安星眠，忽然发问道："你他娘的真的是蠢货吗？"

安星眠一时不知道该如何作答，似乎不管给出肯定还是否定都不太妥当，只好保持沉默。冯老大狠狠地往地上啐了一口："你这个蠢货！我冯老大是什么人？当着这帮兔崽子的面，明知道是你先让我一招，保住了我的胳膊，我还有脸认自己是赢家吗？"

安星眠从他的话里听到一点儿转机，不觉精神一振："如果冯岛主的确是个英雄的话，大概……不会那么认为吧？"

"英雄你奶奶！"冯老大怒吼道，"老子是个海盗，干的是杀人烧船抢东西的勾当，狗屁英雄！"

接着他语气稍微温和了一点："但是不是英雄也得要脸面！这一场，该是你赢了，这条船现在开始归你指挥，到解决了你的仇家为止。不过得有个期限，不然你要是一辈子找不到那艘船，我总不能一辈子不做生意。"

"多谢岛主，那我就不废话了，"安星眠十分感激，"你常年在霍苓海峡打……做生意，对于一般商船的航路应该挺熟悉的吧？"

"那是当然。"冯老大挺了挺胸脯。

"那就麻烦岛主按照一般客船走惯了的航线，沿路追下去，如果到靠近海岸的地方还追不上，我们的约定就算终止。"安星眠说。

冯老大二话不说，立即开始向属下们发布命令。雪怀青抿嘴一笑："你看，始终坚持你的内心，好像也不一定是坏结果。不过换了是我，可能就不会像你那样手软啦。"

安星眠也笑了："这一回算是运气不错。其实我当时没有下狠手，一方面固然是心软，另一方面也是觉得……这个海盗，隐隐有点像我的结义大哥白千云。"

"这倒是，把他们俩放在一起比拼粗话，估计三天三夜难分胜负。"雪怀青点点头。

二

海盗船下掉旗号，开始全速追赶宇文公子乘坐的那艘客船，雪怀青也终于可以安稳地睡上几个对时。直到她醒来，安星眠才找到机会和她叙一叙分别这几个月来发生的事情。在此之前，两人都在尽力想象对方的处境究竟是怎样的，此刻说起来，才发现彼此的猜测其实都猜错了。而雪怀青尤其感兴趣的是，老怪物须弥子居然真的来了。

"我当时听到他们说起，就觉得须弥子不可能来救我，那一定是你安排的圈套，"雪怀青说，"现在我才知道，这确实是你的计谋，但是须弥子真的来了。他有没有告诉你他到底来干什么？"

"没有说具体的，他只是说，你对他还有用，所以他暂时不能让你死，"安星眠说，"他并不知道你被宇文公子带到海上了，现在估计还在宁南城待着呢，一边教徒弟，一边监视羽人们的行动。"

"可我想不到我对他能有什么用，"雪怀青皱起眉头，"我师父留下的遗物里，最有价值的可能就是那些她写的《魅灵之书》残章，但是须弥子早就说过，那是一本邪书，上面记载的秘术对人有害无益。以他的为人，绝不可能在这种事上说谎。"

"他确实不会，而且《魅灵之书》还未必入得了他老人家的法眼，"安星眠说，"其实从遇见宇文公子之后，我突然有了点儿念头，也许老怪物也是为了你父母的信息而来的？"

"我想起来了，说不定真是那样！"雪怀青忽然想到什么，"我刚才不是和你讲过我母亲和那根能夺人魂魄的奇怪法杖吗？这个故事除了你之外，我只给一个人讲过，那就是我死去的师父姜琴音。"

"而姜琴音把这件事告诉须弥子也不足为奇，"安星眠恍悟，"这下子就明白了，须弥子也是为了那根莫名其妙的法杖来的。"

他伸出手指头开始计数："首先对此感兴趣的是以风余帆为代表的宁南城的羽人，其次是须弥子，然后是宇文公子。这三拨人，只不过是浮在水面之上我们能看到的，还有更多藏在水下未曾露面的。另外，我身上这块萨犀伽罗，也引来了天驱。我们俩现在就像是两块放在盘子里的大肥肉，引来了无数垂涎欲滴的食客。"

"最惨的是，大肥肉还不知道自己为什么会吸引那些食客。"雪怀青叹了口气，"你身上这块宝贝，除了上次在那个地下石室里帮助我们活命，还有别的功用吗？"

"一无所知，"安星眠颓然摇头，"风秋客那个老家伙，这也不能说，那也不能说，很多时候我都想把他的嘴生生撕成两片。"

"嘴好像本来就是两片吧，"雪怀青一乐，"别那么焦虑了。不管怎么说，我们还活着，现在还有这帮海盗帮忙，总有希望的。哪怕是被困在羽族王宫里的时候，我也坚信，无论如何你都会找到办法把我救出去。"

"其实有那么一阵子，我也挺绝望的，"安星眠看着船外一望无垠的海面，"我总感觉我们就像一只小独木舟，被扔进了这样的大海里，随时都有可能倾覆沉没。但对我而言，心里还有一口气撑着没有断，那就是，如果一定要沉没，至少我们俩得在一起，不能分开……"

雪怀青握住安星眠的手，觉得自己的眼眶有了一些温暖湿润的感觉，过了好久，她才发现，安星眠轻轻靠在她身上，睡着了。

"睡吧，"雪怀青抚摸着安星眠的头发，"你实在是累坏啦。"

冯老人果然如他自己所吹嘘的那样，言出必行。在承认输给安星眠之后，他立即命令海盗船全速前进，甚至路上遇到两艘普通商船都没有打劫——当然，安星眠给他的银票也可能起到了一定的作用。

海盗船速度奇快，天黑之前就已经可以通过千里镜看见宇文公子所在的那艘客船了。冯老大大喜，正要下令追赶上去，却被安星眠制止了。

"为什么？"冯老大不明白，"你的仇人不就在那艘船上吗？赶紧追上去，把他拖出来一刀杀了，不是很痛快吗？"

"那是因为……那是因为……"安星眠结巴了两句，忽然灵机一动，"那是因为他可能身上带有藏宝图！"

"藏宝图？"冯老大的眼睛立即亮了起来，但随即又黯淡下去，"不行，按照海上的规矩，找到了也是属于你的。不过我一定会帮你的，我冯老大说出来的话……"

"如果找到宝藏，我们对半分。"安星眠打断了他。

冯老大愣了愣："你这话……当真？"

"当然当真。"安星眠硬着头皮说。其实他倒真有点儿喜欢上了这个直率粗鲁、讲义气守信诺的海盗，如此说谎话诳之，难免稍有内疚，但他显然不能把真话说出来。好在所谓宝藏云云，倒也不算完全不着边际，除非萨犀伽罗和雪怀青的母亲所持有的法杖不能算宝物。至于对半分，那就只是说说而已了。

冯老大既欢喜又发愁："可是这海峡很窄，那艘船走得再慢，明天一早也能靠岸啦，你再不下手，就来不及了，我们毕竟是海盗，不能离岸太近。"

安星眠很是犹豫，不知道是否该追上去。事实上，他心里清楚，追上去也没什么用，宇文公子绝对不会轻易就范，最多两边大打出手，解决不了任何问题。他之所以要海盗船急追那艘客船，是因为他想起他和宇文公子在船上见面时对方所说的话。

"找到了两位，就有办法找齐我想要的两样东西。不过现在，我暂时不能告诉你真相，明天吧。"那时候宇文公子这么说。

这句话当时就让他心生怀疑：为什么一定要等到第二天？之后他经过思索，总算明白过来，宇文公子之所以一定要等到第二天才和他们谈话，是因为只有到了这一天，客船的航程才刚好能到达这里，到时候或许会有一些事情发生。因此，与其正面冲突，还不如监视宇文公子的动向，也许能发现一些线索。

但是现在，安星眠又有些动摇了，因为船已经快靠岸了，宇文公子却没有任何异动。难道自己的判断是错误的？又或者是在自己和雪怀青在海上挣扎的那小半天里，宇文公子已经见到了他想要见的事物？

他正在踌躇难定，冯老大也在一旁抓耳挠腮急不可耐，显然完全相信了他关于"藏宝图"的信口胡诌，雪怀青却忽然从船舱里走了出来。安星眠看她衣衫单薄，连忙解下外衣给她披在身上："怎么出来了？外面冷，回去吧。"

"我听到一点儿奇怪的声音，"雪怀青说，"可能你们的耳朵捕捉不到，但我的耳朵比一般人要灵敏一点儿，只是混杂海潮的声音让我有些不好判断。"

雪怀青的神色看起来有点严肃，安星眠微微一怔，忽然想到什么："去年我和你在幻象森林里，在那片沼泽地的边缘，曾经目睹了两位尸舞者的决斗，当时他们都在……"

"没错，亡歌！"雪怀青点点头，"这片海域上，正有尸舞者在运用亡歌。"

所谓亡歌，是尸舞者的一种战斗方式。通常情况下，尸舞者纯粹使用精神力量就能操控麾下的尸仆进行战斗，但如果遇上让自己吃不消的劲敌，就可以通过喉部发出一种奇怪的声响，以这种极细微却十分刺耳的喉音来刺激尸仆爆发更大的力量。当然，使用亡歌会加速消耗精神力，甚至损害身体，所以不到紧要的关头不会被使用。

但是现在，在这片汪洋大海上，竟然响起了尸舞者的亡歌。会有什么样的事情发生呢？

冯老大一个劲追问亡歌是什么意思，安星眠耐心给他解释，雪怀青已经站在船舷边向远处眺望。她发现，那艘大客船停了下来。

"咱们也停下来，"安星眠说，"看看他们的动静再说。"

于是冯老大发布号令，海盗船也降帆抛锚停了下来，三人仍旧用千里镜窥探客船的举动。这个时候，三人忽然发现，千里镜里的视界开始变得模糊起来，他们把千里镜从眼前移开，才知道是怎么回事。

"见鬼，大半夜的怎么起了那么浓的雾，"冯老大不安地说，"这可不能再行船了，这样的环境下根本看不清礁石，会撞上的。"

"没关系，反正他们的船也没动，"雪怀青说，"我还能勉强看清，我来监视吧。"

安星眠和冯老大索性扔下了千里镜，因为他们看了也是白看，只能听雪怀青的解说。雪怀青不断向他们说着远处的动向："那艘船始终没有动……好像有人去甲板上了……奇怪！"

"怎么了？"安星眠问。

"我看到了一大堆人影，就好像全船的人都从船舱里出来了，在甲板上集合，"雪怀青说，"真是奇怪，那么晚了不睡觉，跑到甲板上干什么？看夜雾吗？"

安星眠也感觉费解，而且他还记得之前那位女斥候告诉他的，这并不是宇文公子的专船，而是一艘普通的客船，船上大部分都是一般的旅人，而非宇文公子手下，他们不应该是接到什么命令才在甲板上会集的。而他也忽然发现，耳朵里多了某种奇怪的声响。

"亡歌！我也听到了！"冯老大已经怪叫起来，"这是啥意思？那个尸舞者唱亡歌的声音变大了吗？"

"不，应该不是声音放大了，"雪怀青摇摇头，"而是那个尸舞者……靠近了。"

亡歌的声音越来越清晰，也越来越刺耳尖锐，让海盗船上的所有人都感觉到不舒服。雪怀青目不转睛，死死盯着远处的动向。不久之后，她又发现了一些什么。

"来了一艘船，"她说，"比那艘客船小一些的船，样式很怪，我从来没见过。"

"那一定是去和客船会合的，"安星眠说，"没有猜错的话，正在吟唱亡歌的那位尸舞者，就在船上。"

"两艘船靠近了……不知哪条船上的人扔了一根绳索之类的东西到另一条船上，我看不太清楚，两条船正要并到一起，肯定是有什么力量在拖拽，"雪怀青继续说，忽然语调有点儿变了，"好像真的是在拖拽一根绳索或者是铁链，但竟然是全船的人在排好队一起行动！"

"大概是船上的人都被宇文公子胁迫了吧，"安星眠猜测，"当然也有可能是花钱收买，不到万不得已，他不会诉诸武力的。"

雪怀青接下来所描述的场景更加让人摸不着头脑："两条船靠在一起了，好像是搭上了板子……那些人都踩着板子去了那条刚出现的船上！几乎所有人都过去了，客船上留下的人很少，也许都是宇文公子的人。"

"也就是说，除了宇文公子和他的手下，其他的普通乘客都离船去了这条浓雾里冒出来的怪船。为什么呢？真的是被胁迫了吗？"安星眠皱起眉头。

而这个时候，亡歌声越来越响，雪怀青明白，那说明发出亡歌的尸舞者所需要动用的尸舞术程度越来越深，越来越需要通过亡歌来增强自己的力量。浓雾、怪船、客船乘客们奇怪的举动、海上响起的亡歌……她忽然心里一片雪亮，终于猜出眼前到底发生了什么。

她这才明白过来，之前那位押送她的高手所说的"因为那样太招摇""不到万不得已，老虎不应该轻易亮出爪牙"纯粹是谎言。以宇文公子的能力，备一艘他自己的船在宁州的港口停泊，根本就是轻而易举的事情。但宇文公子并没有那样做，而是选择了一条普普通通的、搭载了许多"外人"的渡船，那只是因为：

他要把整条船上的乘客作为礼物送给这位浓雾中的尸舞者。但是，他送出去的，可并不是活人，而是……

雪怀青忽然觉得很冷，不由得拉紧了安星眠给她披在身上的外衣，而开口说话时，她发现自己的声音也在发抖，她不能确定这是因为冷，还是因为某种来自内心深处的恐惧。

"我刚才看见的那些乘客，都已经不是活人了，而是礼物，死去的礼物，"她的声音好像也沾上了浓雾里湿冷的水汽，变得沉重而黏滞，"宇文公子杀害了全船的人，把他们送给了那个吟唱亡歌的尸舞者为尸仆。"

"我们所听到的亡歌声，就是这位尸舞者操纵全船的人时，激发自己的尸舞术所发出的声音。你得知道，上百个乘客，那可是桩大工程。"

三

正当雪怀青和安星眠在浓雾里的亡歌声中惊疑不定的时候，宁南城却是夜色清朗。但什么样的天气都无法阻止须弥子，他很轻松地出现了四王子的府邸，找到了他的徒弟风奕鸣。在开始练习尸舞术之前，两人先有一番友好的交流。

"安星眠失踪啦，"风奕鸣说，"虽然派了人密切监视，还是让他跑了，但据说在他失踪之前，有人看见一个蒙面人从他所住的地方出来。"

"这件事我知道，而且我亲眼见了风余帆那个废物暴跳如雷的样子，以我的判断，不像是假装，"须弥子点点头，"所以我可以得出结论，那个小女娃儿的确是被外人绑架的，而不是你们羽人故布疑阵。我本来打算绑架几个领主的宠妃，这下倒也省了力气了。"

"声威赫赫的宁南城简直成了你的后花园……"风奕鸣喃喃地说，"那你为什么还留在这里，不去找她呢？你不是说她对你很有用吗？"

"安星眠那个男娃儿已经去了，"须弥子说，"这个人虽然头脑迂腐呆板了一些，总算有点儿小聪明，身手在一般人里也还过得去，就交给他去办吧。"

"要是办不成呢？你就那么信任他？"风奕鸣微微皱眉。

"如果他失败了，算是我判断失误，"须弥子说，"这就是我今天教给你的第一课：你可以认为自己是天下第一，可以认为谁都不如你，但如果做每一件事都提心吊胆不信任旁人，你唯一的结局就是把自己活生生累死，或者活生生吓死。要做大事，就必须有肚量，既有信任手下的肚量，也有容忍失败的肚量。"

风奕鸣沉思了许久，忽然站起身来，向须弥子深深地鞠了一躬："这一课我记住了，你所说的，正好是我的重大缺陷。谢谢师父。"

须弥子随意地挥挥手："其实这番话我也就是说说而已。我就是因为从来不相信别人，所以才选择做一个尸舞者，可以少和活人打交道。"

风奕鸣哭笑不得："我算是看出来了，我这辈子也不可能变成你那样的怪物。"

师徒俩开始练功。尸舞术的入门从练习冥想开始，说起来简单，想要让自己的头脑真正保持一片空白什么都不想的状态，可着实不容易，更何况风奕鸣是一个如此聪明的人，要把各种各样纷至沓来的复杂念头通通驱赶出去，实在很艰难。但这个小小的孩童有着罕见的毅力，一直不停地练习、尝试，从半夜一直到中午时分，终于慢慢找到了一点儿窍门，就连眼高于顶的须弥子都忍不住要夸奖他两句，虽然这夸奖的用词换在别人嘴里活生生就是批评："这样的进展速度，比那些废物垃圾还是要快些的，也算是勉强合格了。"

"说到那些'废物垃圾'，我一直有个问题想要问你，"风奕鸣疲惫不堪地揉着额头，"从你的尸舞术大成之后，一直到现在，你就真的没有遇到过任何一个比你强的对手？所有对手都只是废物垃圾？"

"当然没有，"须弥子斩钉截铁地说，"不过倒是有一个人，我始终战胜不了他，他也战胜不了我。"

"你是说风秋客先生吧？"风奕鸣说，"他是我们羽族的第一高手，无论弓术还是近身的格斗武技都无人能敌，大家都说他可以赶得上当年的羽族箭神云灭。他和你能打平手倒是不必意外。但是除此之外呢，你的尸舞术真的如同传说中那样，远超你的任何一个同伴吗？就没有一个人哪怕是稍微接近一点儿你的水准吗？"

"他们还不配当我的同伴，"须弥子依旧倨傲，"如果我是大海，他们只能算是小小溪流吧……"

须弥子说到这里，忽然顿了一顿，好像是想起了些什么："大海……大海……说到大海，我还真想起了一件事。"

须弥子虽然骄傲，但也会在和敌人的对战中使用一些诡诈阴险的骗局和谎言，甚至其他有身份的高手不屑为之的"下三烂"招数，不过在战斗之外的其他场合，他却绝不愿意说谎话，也绝不愿意粉饰。他认为自己天下第一，是出自真心，但当他想到一点儿可能动摇这一判断的事情时，他也会毫不犹豫地承认，尽管他的表情看上去十分勉强。

"什么事？"风奕鸣忙问。

"一件直到现在我都还在迷惑的事，"须弥子说，"我始终无法确定，那件事的真相究竟是什么。但我必须承认，如果，我是说如果，那件事是真的的话，也许这个世界上真的有能超越我的尸舞者。"

他想了想，又很不情愿地补充说："而且这种超越的程度，可能不算小。"

二十年前，须弥子在九州各地游历，寻觅适合的尸仆。此时他已经是当之无愧的当世第一尸舞者，即便在尸舞者的群体之外，可能也只有寥寥无几的人能和他旗鼓相当，譬如老冤家风秋客。但他是一个从来不会满足的狂人，仍然坚持严谨的苦修和钻研。他不只要征服敌人，也想要征服自身、超越自我。

这一年再往前推四年，也就是东陆纪年圣德二十年的冬天，他经历了一场惊险的伏击，险些被敌人利用山崩活活埋葬，不过他毕竟躲过了这一劫，并且用凌厉的反击全歼敌人。在把敌人全部杀死前，他通过偷听得知，这些杀手都是由澜州的羽族城邦喀迪库城邦派出的，用以报复自己曾杀害了城邦领主的二儿子。

所以此事追根溯源，还要怪到须弥子的头上，但须弥子自然不会将此事归咎到自己身上，倒是立刻将全九州的羽人都视作眼中钉。此后的数年里，他频繁来往于宁州和澜州北部，专门和羽人作对。

那一年夏天，他又去了一趟宁州，从羽族的都城青都找到了两个素质绝佳的贵族子弟，将他们杀死并做成尸仆，然后乘客船回澜州。不过这一趟回程很不顺利，先是遇到了大风浪，然后在距离澜州只有半天路程的时候，又遇上了大雾，客船船主不敢在雾中行驶，只能暂时停了下来。正好这时也到了晚饭时间，为了安抚乘客，晚餐多加了一道鱼汤。

这鱼汤香气诱人，闻上去就十分鲜美，乘客们个个抛开大雾带来的不安心情，尽情享受着美味的鱼汤，须弥子也喝了下去，但他的心里同时在冷笑。作为一个一辈子和各种毒物打交道的大行家，他用鼻子一闻就知道，这些鱼汤里放了致命的三叶蜈蚣的毒汁，只需要喝上一小碗就足够让一个普通人死个二十次。

当然，这样的毒药对须弥子不可能有用，但这也激发了他的好奇心。就他往来宁州与澜州乘坐数次渡船的经验，一般的客船是不可能对客人下手的，在海面上干坏事的通常只有海盗船而已，何况这艘客船他以前曾坐过一次，还记得船主的长相。

也就是说，是有其他人想要杀死这条船上的所有乘客，这个"其他人"的身份可能是普通乘客，也可能是船主的手下，但他究竟为什么要用这么厉害的毒药杀死全船的人呢？即便是海盗，通常也只杀敢反抗的人，像这样不分青红皂白把所有人通通毒死，实在是太狠了。

"简直有点儿我的作风了，"须弥子满不在乎地喝光了鱼汤，"有点儿意思。"

很快地，三叶蜈蚣的毒性发作，船上的乘客们纷纷倒下，暴毙而亡。须弥子停掉尸舞术，随身的两个尸仆立即倒在地上，失去了行动能力，而他自己也索性倒在床上开始装死。装死这种行为，在一般的高手眼里或许觉得有失大家身份而不屑为之，但须弥子丝毫不在乎，他关心的只是自己是否是最终的胜利者，除此之外一切过程都百无禁忌。

过了一阵子，须弥子听到了脚步声，那无疑就是下毒的人。他们一间一间地检查所有的船舱，看是否还有活人，须弥子自然是闭气装死配合。最后都检查完毕，一个人来到甲板上，向他的头领汇报："人都死了。"

须弥子有些惊诧，因为这个汇报者的声音听起来十分稚嫩，像是个十岁左右的男孩。

"很好，"头领回答，"第一次亲自检查死尸，紧张吗？"

"这有什么可紧张的，"小男孩的声音确实很镇定，"我见过的死人比这多多了。"

"您真有大将之风，大少爷。"头领的话语里有一些恭维的意味。

"我已经说过了，不要叫我大少爷，"小男孩隐隐有点责备，"这一趟我既然跟你出来历练，就是你的手卜，令行禁止，有功当赏，有错必罚，只是一个普通人。"

"你说得对，"头领立刻改换了称谓，不再用"您"字，"那你就注意着天气的变化吧，现在雾气还不够浓，当发现雾变得更浓，马上来通报我。"

小男孩应声而去。仍旧在装死的须弥子开始思考这几句对话所包含的意义。首先，这批人应该是来自同一个家族，并且在执行某项他们似乎完成过不止一次的任务，也就是说，像这样把一船的乘客全部杀光，他们已经干过不少次了。

其次，这个小男孩是家族里的大少爷，看样子是小小年纪就跟着出来历练，头领的地位反倒应该比他低。听他的声音虽然很嫩，但说话语气老成持重，完全不像一个孩子。这到底是个什么家族？

最后，头领让这位大少爷去留意天气，尤其要注意雾变得更浓的迹象。这句话让须弥子意识到，他们毒杀这些倒霉的无辜乘客，是为了等待一场大雾。为什么？为什么要有大雾？

忽然，须弥子的脑海里闪现出一个久远的传说，那是他往来于这条海峡时无意中听来的。据说，在霍苓海峡这片海域里，一直存在着一艘幽灵船，它总是在大雾的天气里出现，掳走被困在雾中的渔民和水手，留下一艘空船。又据说，被鬼船掳走的人们，会和魔鬼签下契约，从此成为魔鬼的终身奴隶，不老不死，永受驱策。

须弥子这种视鬼神如无物的恶棍自然不会相信这种荒诞无稽的愚昧传说，但是眼下，他却灵光一现，隐隐想到了一些这个传说背后可能蕴藏的事实。当然，还有很多细节暂时不清楚，他还得继续假扮死尸，直到真相一点一点从大雾的海面下慢慢浮出。

他继续闭目装死，当然，实际上也没有人前来第二次检查尸体，所以即便他站起身来活动一下也无妨。不过他还是耐心地等了下去。大约半个对时之后，他听到那位大少爷说话了："雾色明显加深了，现在能见度比之前低了很多，几乎什么都看不清了。"

"很好，留神倾听，当你听到某些异响的时候，我们等待的那个人就会出现了。"头领回答说。

异响？须弥子正在琢磨这个词，忽然，他的耳朵敏锐地捕捉到了一种奇特的声响，一种刺耳的、像是有什么东西在震颤的声音。瞬间他就明白了这是什么，因为这种声音他再熟悉不过了，每当一名尸舞者遭遇强敌，需要发挥出最大的力量去击败敌人的时候，他们的喉部都会发出这样的声音。

亡歌！这是尸舞者用来提升自己力量的亡歌！这群人等待的浓雾中的神秘来客，竟然是一名尸舞者。

这可太有趣了，须弥子想，一个尸舞者正在装死，等待另一个尸舞者的召唤。正当他兴致勃勃地想着索性装死到底、扮作行尸去一探究竟时，他猛然间感受到了一阵令他难以置信的精神力量。

那是对方正在运用尸舞术，在须弥子的一生中，从未遇到过如此强大的尸舞术，这个力量竟然超过了他，这让一向骄傲的他简直不敢相信。但接下来发生的事证实了并非是他的错觉：他所带在身边的两具掳来的尸体从地板上爬了起来，并始向门外走去，与此同时，他能听到整条船上的死人们的开门声和脚步声。这些刚刚被毒死的人们，此刻都响应了某种无声的召唤，纷纷来到了甲板上集中。

"他的船出现了！"大少爷虽然此前一直很镇定，但此刻也忍不住声音有些微微颤抖，不知道是因为船还是因为那些可怖的行尸。

"过一会儿他会抛一根粗重的绳索过来，你们不必管，那些行尸自己会拉动绳索，让两条船靠近，然后搭板子的事儿也会有行尸去做。"首领说。

这番对话自然也都钻入了须弥子的耳朵。从对话来判断，这些尸体已经开始统一行动，并且很快将分别去完成不同的任务，以便让两艘船靠近并搭上板子。搭板子的目的是什么呢？须弥子已经从过往的传说里得出了答案：这些行尸将会通过板子走到雾中的鬼船上，完成一次大转移。至于那个家族的人，估计也会有别的方法脱身，最后海面上将留下一艘空船。

所以，这就是那个鬼船传说的真相。鬼船的主人是一个尸舞者，他利用浓雾的掩护，把困在雾气里的乘船者全部杀死，然后用尸舞术带走。至于这些人被杀死的方式，可能有许多种，不过眼下须弥子已经知道了其中的一种，那就是借助那个家族的力量，在海上将一艘客船的乘客毒死。

至于鬼船出现时一定会伴有的浓雾，也许是特地用秘术制造出来的，一方面是渲染鬼船的神秘色彩，另一方面也是掩人耳目，即便附近海域还有其他船只碰巧经过，在大雾的遮挡下，他们也无法看清雾气里发生的一切。

当然，这也只是揭开了鬼船的表象而已，还有许多隐藏在表象之后更加深入的问题：这个尸舞者是什么人？为什么要从海上掳走那么多尸体？他拿这些行尸来干什么？配合他行动的那个家族又是些什么人？他们为什么要这样做？

不过现在须弥子顾不上去想这些问题了，另一件事更让他难以释怀。他粗略估计，去掉来自那个家族的人，这条船上大概还有一百来名乘客，全部被毒死后，也就是一百来具尸体，而现在，这个大雾中出现的尸舞者运用尸舞术，一次就操纵了这百来名行尸。

操纵行尸数量的多少，一向是尸舞者之间相互比拼的重要内容。一般的尸舞者在战斗中能操纵十来个尸仆已经很不错了，这个时代的几位尸舞者高手，也不过能操纵二十多个。但须弥子天赋异禀，又自己钻研出了独特的窍门，一次能同时操纵超过五十个尸仆，远远把其他的同伴甩在了身后。他估计自己如果全力施为的话，在亡歌的提升之下，可以带动六十多具到七十具行尸，但要再多，恐怕就力不从心了。

可是眼下，这个浓雾中的鬼船主人，居然能同时操纵上百具行尸，须弥子简直觉得这是在被人扬起巴掌打自己的脸，而且是打得啪啪作响。一向以"有史以来最伟大的尸舞者"自居的他，此刻不愿意相信身边发生的事实，却又不得不信。

他倒是也有另一种猜测，那就是这上百具行尸并非同一个人操纵的，而是几个人合作，那样也可以从理论上解释得通。但是他耳朵里听到的亡歌声分明只有一个人，更何况，一般尸舞者是不喜欢双人或者多人合作的。

无论这是哪种情况，须弥子可以得出结论，自己如果去和这样的敌人交手，胜负着实难料。而如果再加上船上的那些帮手，就很难讨好了，更何况自己最得力的尸仆都没有带在身边，可谓实力大损。须弥子虽然狂傲，却绝不糊涂，也绝不拿自己的性命开玩笑，当他判断出形势之后，立即作出决定：两具刚从宁州抢来的行尸不要了，任由敌人运用尸舞术带走，而自己则迅速在船舱的角落里躲藏起来，并且收敛精神力，以确保不被发现。

鬼船主人和他的帮手们显然没有料到船上会藏有一个没有被毒死的人，所以也并没有再次检查。鬼船很快装走了所有的行尸，而在大雾散去后，另一艘船来到这儿接走了那个家族的人，海面重新恢复平静，仿佛什么都没有发生过，只剩下这艘客船和客船上唯一的幸存者——须弥子。

"也就是说，那很有可能是一个比您更厉害的尸舞者？"风奕鸣有些兴奋。

"那只是一种可能性……你这么兴高采烈干什么？"须弥子哼了一声。

"成天看您老人家眼睛长在头顶，偶尔瞅见您摔个跟头，我还是挺开心的。"风奕鸣诚实地说。

须弥子又是哼了一声，并不搭腔，风奕鸣却好像有无穷无尽的问题："那后来您调查出来那个家族和那个尸舞者到底是怎么回事了吗？"

须弥子摇摇头："没有。天下的世家多如牛毛，而那样的事，只有十分赶巧才遇得上，存心去找的话，一辈子在那片海域游弋也未必有用。"

"这倒是，"风奕鸣很遗憾，"真想弄明白那到底是怎么一回事。我尤其对那个大少爷很感兴趣，总觉得……他有点像我。"

"所以你也可以明白了，为什么我那么爽快地就收你为徒，"须弥子说，"因为我在你身上看到了那个大少爷的影子。我想要培养出一个不逊色于他的人才。他如果活到今天，应该三十多岁了吧，理当是一个可以独当一面的人物了。"

四

"宇文公子杀害了全船的人，把他们送给了那个吟唱亡歌的尸舞者作为尸仆。

"我们所听到的亡歌声，就是这位尸舞者操纵全船的人时，运用自己的尸舞术所发出的声音。"

雪怀青说出这番话后，安星眠开始意识到此事的严重性。他和雪怀青倒是早就知道了宇文公子的野心和手段，但其他人则很难知道，因为这是一个非常善于隐藏自己真面目的人。而现在，宇文公子亲自来到了海上，亲自向这位尸舞者送礼，无疑是冒了非常大的风险。他之所以甘冒风险来做这件事，一方面固然有亲自和安、雪二人会面的因素，另一方面也说明了，这个尸舞者的身份或者说他背后所牵连的事物十分重要，重要到宇文公子不能放心别人去替他完成，而要亲自出马不可。

"你听说过那么有来头的尸舞者吗？"安星眠问雪怀青。

雪怀青摇摇头："我知道的知名尸舞者，都在上次尸舞者大会上告诉你啦。我毕竟和这些同门交往很少，不知道倒也正常，我们可以问问这位海盗大哥，他们长年在这片海域……你怎么啦？"

安星眠顺着她的目光看向身边的冯老大，发现冯老大脸色惨白，牙关咬得咯咯作响，双手也在微微颤抖。他和冯老大相处时间虽短，却也知道这个海盗勇武粗豪，有一股天不怕地不怕的劲头，可现在，他竟然显出害怕的神情，这可颇不寻常。之前被雪怀青的尸仆制服时，他都没有表现出丝毫的惧意。

"你怎么啦？"安星眠也忍不住发问。

"我知道那艘船是什么了，"冯老大的声音也有点发抖，"那个传说居然是真的！"

"什么传说？"安星眠和雪怀青异口同声地问。

"鬼船！"冯老大从牙缝里挤出这两个字。

冯老大把鬼船的传说向两人讲了一遍，两人对视一眼，从对方的目光中看出了彼此的想法。他们都在这短短的时间推想出了这个恐怖传说的真相：鬼船的确是存在的，不过并不是像传闻中那样是什么掳走活人做奴隶的恶鬼，而是一个抓走死人用作尸仆的尸舞者。大雾多半是用秘术制造出来掩人耳目的，而且在雾中，还有其他的帮手帮他先把活人变成死人。至于不少人信誓旦旦地说，在鬼船上会见到失踪几十年的亲人，相貌一如往昔，也没什么可奇怪的，因为死人不会老。

"这个尸舞者的凶狠程度，可一点儿也不亚于须弥子啊。"雪怀青喃喃地说。

"那他的实力如何？你估计他和须弥子谁更厉害？"安星眠说。

"那艘船上恐怕有上百个乘客，"雪怀青说，"如果都是一个尸舞者所操控的，这样的尸舞术……恐怕比须弥子更强。"

安星眠倒吸一口凉气："比须弥子还强的尸舞者……咱们俩的运气可真够好的，一路走来遇上的都是惹不起的角色。这样的尸舞者和宇文公子联手，恐怕真得向天驱求助才能有活路了。"

"其实我现在还顾不上想这个呢，"雪怀青的脸上绽开一个甜美而邪恶的坏笑，"我现在琢磨的是，如果这事儿让须弥子知道了，他老人家会作何反应呢？"

虽然眼前的形势颇不明朗且看上去险阻重重，雪怀青的这句话还是逗得安星眠哈哈大笑起来。他想象着须弥子面对一个比他还强的对手，气得吹胡子瞪眼的那张臭脸，觉得这真是世界上最美妙的一幅图景。

当然，须弥子的臭脸即便能被见到，也得是很久以后了，眼下的事情才是要紧的。冯老大虽然平日里胆大包天，说起这流传已久的鬼船，还是难免心里惴惴不安。

"你们真能肯定这只是一个尸舞者？"他嗫嚅着问，"万一真的是妖魔呢？老子再厉害，也不过是个普通人，还是没本事和妖魔干架的。"

"这世上是没有真正的妖魔的，"安星眠拍拍他的肩膀，"妖魔只在人心里。"

"你们这些有学问的人就是喜欢说话云里雾里，"冯老大抱怨着，"那我们现在怎么做？冲上去和鬼船拼命吗？"

安星眠哭笑不得："你上一句话还怕得不行，　扭头又要上去拼命了……当然不去，我们对鬼船还一无所知呢，先远远跟着吧。"

"那样一定会被发现的，"雪怀青说，"如果那真是一个尸舞者，至少眼力不会比我差。"

"那也得跟着，"安星眠坚定地说，"好容易才撞上它，怎么能轻易错过？"

不久之后，亡歌声停止了，海雾也很快散去，那是尸舞者撤掉了操纵天气的秘术。而此时在更远处，一艘小船飞速离开。

"船上应该是宇文公子，"安星眠说，"咱们放他离开，单追鬼船就行了。冯岛主，鉴于情势有变，我……"

"不必多说了，"冯老大挥挥手，"咱们追。也别提加钱的事儿，老子也很好奇，想要弄清楚这鬼船的真面目，要是能把这个流传了几十年的传说摆平了，以后在这片海域里就更有面子啦。"

安星眠一笑，不再多言。海盗船穿过仍然带着残留雾气的海面，开始改换目标追击鬼船。奇怪的是，鬼船并没有向南而行靠近澜州，也没有向北而行靠近宁州，而是开始向西行驶。冯老大有些疑惑："难道这也是和我一样占岛为王做海盗的？"

"根据传说，被鬼船劫掠过的船只，只是人员失踪，却从来不丢东西，"安星眠说，"你做海盗不抢东西吗？"

"说得也是，"冯老大搔搔头皮，忽然做恍悟状，"对了！一定是人贩子！"

安星眠哭笑不得："人贩子也得贩活人好吗？拿死人去剔骨卖肉吗？"

冯老大又搔搔头皮："说得也是……"

不管怎样，有这位线条略粗的冯老大在一旁插科打诨，倒是颇能消减一些紧张的氛围。大家虽然嘴里说笑，心里却很清楚，他们在追踪的是一个闻所未闻的怪物，其残酷凶狠程度很可能不亚于须弥子，而且如雪怀青所说，这个怪物肯定也已经知晓了他们的追踪。接下来会发生什么，只能祈祷天神庇佑了。

鬼船一直行进得不紧不慢，这让安星眠产生了另一种想法：它是有意让海盗船跟上去的。这艘鬼船的主人，很可能在策划某些阴谋，准备对跟踪者实施打击和杀戮。虽然身边有一大群勇武善战的海盗，但鬼船主人究竟还有什么样的本事，身边有多少帮手，他们毕竟一无所知。

天色渐渐明亮起来，冯老大看着罗盘，又有些不安："前面那片海域向来气候恶劣，经常有船只沉没，所以很多船都宁可绕道而行。这会不会是……那个鬼船主人的阴谋？"

仿佛是为了印证这句话，刚亮起来的天空忽然又阴沉下来，黑色的云层迅速堆积，并且隐隐带有闪电的轰鸣声。安星眠猛然醒悟过来："如果他能制造海上大雾，自然也能制造雷电风暴！我们赶快离开！"

但是好像已经有点儿晚了。短短的时间里，聚集的乌云遮蔽了天空，然后又被闪电所撕裂。海面上狂风大作，不安分的波涛狂卷而起，海盗船开始剧烈地颠簸。海盗们倒是见惯了这样的天气，因为他们原本也会趁着天气恶劣的时候去打劫，因此一个个迅速地绑上绳索固定身体，继续坚守岗位。海盗船在惊涛骇浪中艰难地掉头加速，虽然船身一次又一次的倾斜让安星眠怀疑它随时可能被倾覆，但还是渐渐地离开了这片危险的区域。

好厉害的秘术！安星眠想，这样大规模的风雨雷电不太可能是一个秘术士操作出来的，也就是说，鬼船主人还有同伙。他之所以把海盗船诱到这里来，大概就是要借助同伙的力量将追踪者一举歼灭。幸好自己觉悟得早，而海盗们的航海技术又很过硬，这才算勉强脱离险境。

至少，用秘术制造出一个大漩涡还是需要一些时间的，安星眠透过如注的暴雨，看着刚离开的那片海域里那个不断扩大的漩涡，在心里暗暗庆幸。但就在这个时候，一名海盗匆匆从舱底跑到甲板上，一脸的惊惶："不好了！船底漏了！"

"胡说！老子的船怎么可能漏！"冯老大急得一把揪住了对方的衣襟。

"是真的！"海盗哭丧着脸，"不知道为什么，底舱破了两个大洞，根本堵不住！老大……咱们的船要沉啦！要沉啦！"

冯老人暴跳如雷，不管三七二十一，劈面就给了这个报信的海盗一记大耳光。在冯老大手下做事，无辜吃耳光乃是家常便饭。问题在于，就算他给这个海盗一百记耳光，被打肿的脸也没法拿去堵住船底的漏洞。

"把逃命的小舢板拖出来，先让这对狗男女上去！"冯老大虽然用词很粗野、很不讲究，但这句话的内容却让安、雪两人都吃了一惊，继而颇有些感动。安星眠的第一反应是拒绝，但想到雪怀青，已经到了嘴边的话语却怎么也说不出口。他不禁又想起了前一天雪怀青对他说的话。

"坚持自己内心的信念，那才是我喜欢的你。"那时候雪怀青这样对他说。

如果是在过去，安星眠虽然经常搞不清楚自己的信念到底是什么，但只要是他认定了的准则，就会毫不动摇地坚持到底。然而，从去年秋天开始到现在，他渐渐地发现，他变得不那么坚定了。或者用另一种说法，他好像只剩下了唯一的一条准则，那就是对雪怀青有利、保护雪怀青、让雪怀青快乐。为了这一条准则，别的准则似乎都可以被抛弃，而一旦违背了这条准则，他的内心就会涌起巨大的悔意，就像之前没有对冯老大痛下杀手的那一次。

他正在犹豫不决，忽然感觉雪怀青握住了他的手，转过头时，雪怀青正在微笑："我知道你不想抛掉同伴自己上去，我也不愿意，但你还看不出这位冯老大的驴脾气？争执的结果是谁都跑不了啦。"

安星眠恍悟，一时竟然有脊背上隐隐冒汗的感觉。我这是怎么了？他想着，那么简单的事实，为什么我都反应不过来？是不是心里的顾虑太多了，反而失去了智慧的本色？

一刹那他有一种奇怪的感觉，自己修炼了这么多年长门的心经，无非是想要扔掉心灵上的重负，寻求最终的解脱，可是现在看来，自己怎么也做不了一个合格的长门僧了，因为自己的心里已经有了一些无法被移除的事物。

他心里胡思乱想着，脚步却丝毫不停，听从了冯老大的安排，正准备带着雪怀青跳到舢板上去，雪怀青也用尸舞术招来了之前在海里帮了大忙的那三兄弟的尸体，冯老大却忽然又怪叫起来："等一等！不用上去了！有救了！"

安星眠抬头一看，从远处又驶来一艘快船，样式和现在众人乘坐的这艘海盗船差不多。只听冯老大哈哈大笑，重新神气活现起来："那是我岛上的小崽子们看我老不回去，派船出来找我啦！"

安星眠长舒了一口气，这才有余暇看向另一个方向。在那里，风暴依旧犀利，而鬼船早已消失得无影无踪，仿佛是被大漩涡整个吞进去了一样。

"又得从零开始了，"安星眠低叹一声，"看来我真不应该做一个长门僧啊，这一辈子都陷在那句该死的诅咒里难以逃脱了。"

"什么诅咒？"雪怀青好奇地问。

"生命就是一道道没有尽头的长门，"安星眠说，"现在我开始体会到这一点了。"

第五章
往昔所累

一

杜林城是宁州的一座小城，既没有丰富的物产，也没有值得一提的光辉历史，不少人压根儿都没听说过它。然而，正是因为杜林的幽静和不引人注目，再加上宜人的气候，它才渐渐有了另一种属性：羽人贵族们的养老休闲之所。

这座城市的常住居民里，有一小半都是到这里安享晚年的老贵族、老臣子。他们远离了羽族的权力中心，远离了种种是非，只求一个清净自在。因而，在羽族的朝堂里，渐渐形成了一个约定俗成的惯例：如果某位王公大臣想要表示他从此不再过问政治，打算去做一个人畜无害的退养老头儿，他就会在杜林城买一座或者建一座宅子，然后常年住在那里。对于做出这种姿态的大臣，他的仇敌也将因此不再与之发生纠葛，而将过去的恩怨统统抛掉。就某种程度上而言，杜林城就是一个避祸免灾的去处。

杜林城里原本大都是纯粹羽族风格的树屋，随着羽族越来越多地吸纳了东陆人族的文化，羽人贵族们也渐渐发现了东陆式房屋的舒适之处，所以修建这种样式的房屋的退休老臣也越来越多。到了现在，杜林城乍眼一看已经有点儿像一座小一号的宁南城了，树屋和庭院混杂而立，倒是别有一番风味。

在杜林城城北，就有这么一座东陆人类风格的小院子。这座宅院并不算大，不过上门的客人络绎不绝，那是因为宅院的主人非常喜欢收集古董字画，尤其是来自东陆的古物。这倒也不算离奇，因为主人是一个人类，出生于东陆的人类。

宋竞延，昔日霍钦图城邦城务司的断案使，也是羽族历史上为数不多的人类官员之一，告老之后就住在这里。用他的话来说，在宁州待惯了，再要回中州去，气候水土什么的都很难适应了。"何况我在羽人的城邦当了那么久的官，家乡人也未必欢迎我。"

羽族的城务司断案使，主要负责各类刑事案件。这位宋竞延文质彬彬、不通武技，被人们戏称为"只动脑不动手"。他有着过人的头脑和敏锐的眼光，屡屡侦破各种疑难案件，所以即便身为人类，还是很得同僚的信任和领主的赞许。

宋竞延今年六十五岁，退休的时候只有四十五岁，正是年富力强之际。他辞官的原因很简单，二十年前，领主风白暮离奇被杀并且惨遭分尸，乃是百年来羽族的第一大案。一向办案无往不利的宋竞延却在这个案子上狠狠栽了跟头，始终无法找到真凶，乃至最后不得不引咎辞职。其实这桩奇案本来就诡异难解，人们倒也没有归罪于他，何况此人平时性情和蔼亲切，一贯与人为善，在官场上也从来不争名夺利，即便身为异族，在同僚当中人缘也极佳。当此案陷入停滞后，继任领主并不打算为难他，其他大臣也纷纷劝说，但他还是果断地辞官离去，在此后的二十年里都住在杜林城，收藏古玩，颐养天年。人们偶尔路过他家门口，也不过会说上一句："这里面住的就是那个失败的断案使。"

十月末的某个下午，一个年轻貌美的人类女子敲开了宋府的大门。没有人留意她的到访，因为宋竞延酷爱收藏古玩，平日里总有各种各样的访客登门，没有人上门反倒是稀罕事。而女子手里也确实拎着一个大包袱，很像是在里面装了些古董。

人们所看不见的是，她进了宋府之后，直接走进了宋竞延的书房，一路上没有任何仆人拦她，而宋竞延也早已坐在房内等候她。进入书房后，她关上门，再转过身时，忽然屈膝跪在了地上，已经是泪流满面。

"求宗主为我报仇！"她抽泣着说。

宋竞延神色肃然，往昔总是带着微笑的和善面孔此刻却像铁一样坚硬，这是过去几十年里，他的同僚们从来不曾看到过的一张脸。他站起身来，弯腰接过女子手里的包袱，缓缓地解开，里面露出一个粗糙的檀木匣子。

"这里面装的……是阿恒？"宋竞延问。

女子点点头："是我把他火化了的。尸体送回来时，体无完肤……很惨！"

她的脸上显现出某种极度痛恨的情绪。宋竞延轻叹一声，把她扶起来："但是你能确定是安星眠干的吗？以我了解的信息，他不像是残忍好杀之人。"

"我原本也那么以为，"女子咬着牙关，"在宁南城，我曾夜袭试探过他，虽然我的武艺不如他，但他并没有为难我，看上去还有几分君子气度。可是我万万想不到……万万想不到……"

"既然你都说他不像是那样的人，为什么又那么肯定是他干的呢？"宋竞延问。

"三个原因，"女子说，"首先我在阿恒的藏身之所找到了安星眠留下的字条，我见过他的笔迹；其次阿恒身上看似都是种种酷刑留下的外伤，但我仔细查验，发现他有几处筋骨断裂，很像是安星眠所擅长的关节技法，可能是在被捉的时候受的伤……"

"字迹是可以伪造的，在秘术士的帮助下更是可以将字迹伪造得毫无破绽，"宋竞延打断了她的话，"关节技法更不能说明问题，完全可以是他人诬陷的。"

"但我还有第三个证据，"女子说，"安星眠从天性来说，的确不是残忍嗜杀之人，但这一次，他是不得已而为之。"

"不得已而为之？"宋竞延眉头一皱，"此话怎讲？"

"他是被人胁迫的，有人以他情人的性命威胁，要他打探出我们的秘密，"女子恨恨地说，"如果这个胁迫来得早一点儿，也许我当天在他手里就没法逃脱了。但我情愿死的是我……"

女子的眼泪又流了下来。宋竞延背着手在书房里走来走去，仔细推敲，过了好一会儿才继续发问："胁迫他的人是谁？"

"我也不知道，但应该是宁南城内部的另一股势力，"女子说，"除此之外，尸舞者须弥子也到了宁南城，形势十分混乱。"

宋竞延点点头，又陷入了思考中，最后说道："人死不能复生，这件事先这样吧，你暂时不要去向安星眠寻仇。"

"为什么？"女子一下子跳了起来，"我恨不能立即剥了他的皮！为什么不能找他报仇？"

"不要打草惊蛇，"宋竞延说，"那个能在背后胁迫安星眠的势力必然非同小可，须弥子也是个极其难缠的角色。先不要进行正面对抗。"

宋竞延的声调并不高，但沉缓的语句中却包含着某种不容人抗拒的力量。女子几次想要顶嘴，最后却什么都没说出来，只能默默地垂着头站在一旁。宋竞延又是一声叹息，走到女子身边，像慈父一般轻轻抚摸她的头发："我知道你和阿恒的感情，但我们天驱，从来不是为了自己而活的。很多时候，我们不得不隐忍，不得不等待，等待偿还的那一天……"

他收回右手，从怀里取出一枚铁青色的指环，凝视上面粗糙而古朴的花纹："我隐姓埋名背井离乡，来到羽族的宫廷为官，几十年来几乎每一夜都会梦见故乡……但我还是忍下来了。我们所做的一切，都是为了那五个字，只是那五个字而已。"

他把指环套在拇指上，高高地举向天空，低声而清晰地说："铁甲依然在！"

"依然在！"女子也神情肃穆地回应。

二

安星眠并不知道自己已经被宇文公子栽赃嫁祸了，现在他的心情还算不错，因为他终于和雪怀青一起躲在了一个相对安稳的地方——冯老大的海岛上。说来也奇怪，他原本是一个受人尊敬的长门僧，走到哪里都能收获人们的赞誉，现在却只能躲到海盗窝里才能求得暂时的宁静了。

日子不知不觉进入了十一月，雪怀青的病体终于差不多痊愈了，这要归功于冯老大的固执。他坚决地否定安星眠要雪怀青躺在床上静养的计划，而要求她每天出去走动，多吹吹海风。用他的话来说，海风和海水才是最好的养伤良药，躺在床上只能让身体越来越虚弱。安星眠细细一想，觉得这个说法也不无道理，于是开始每天早晚陪着雪怀青到海边走走，看朝阳、夕阳，捡拾一下退潮后留在沙滩上的贝壳、海星。不承想，雪怀青自从误打误撞找到了另一条修炼之路后，体内的精神力不断快速增长，借着每天的走动锻炼，这些精神力一点一滴发挥出来，作用于身体上，让恢复速度一下子快了很多。再加上冯老大每天差人送去许多营养丰富的海鱼和虾蟹，反而令她的身子比以前强健了。

安星眠刚开始还试图劝诫冯老大，别再干海盗的营生了，后来却觉得，这大概就是真实的人生和真实的人世。冯老大的岛上有好几百号人，自己以后或许可以想办法慢慢帮他们走上正经的道路，眼下却是有心无力，多想也是徒惹烦恼。离开老师独自一人历练了那么久，他早就明白书本上的道理和现实往往是难以结合的，很多时候只能顺其自然。

相比之下，雪怀青更加快乐一些。她从小身边就没有什么朋友，村里的孩童对她人羽混血的身份颇为歧视。后来跟随师父姜琴音修炼，她是个性情古怪、暴躁的女人，而尸舞者这个群体本身就彼此提防戒备，难以结交朋友。所以活了二十岁，雪怀青一直是和死人待在一起的时间长，和活人在一起的时间短，对于人心的复杂多变与尔虞我诈更是心怀恐惧。如今到了海盗岛上，身边都是一些直肠直性没什么心机的海盗，虽然一个个都粗鲁莽撞，却反而更对她的胃口。

"我发现，漂亮姑娘就是受男人的欢迎，"冯老大对安星眠说，"你看看，从小雪上岛之后，我这些小崽子们一个个跟嚼了迷叶一样，天天都兴奋得不得了。"

"其实也是她的性子好吧，能和大家打成一片，"安星眠说，"像我这样'说话酸不溜丢咬文嚼字'的，反而和大家略有隔阂。"

"你还真是了解你自己。"冯老大哈哈大乐。

黄昏时分，没有出海"做生意"的海盗们正聚在海滩边摔跤技击，虽然只是游戏竞赛，但每个参与的海盗都在不伤人的范畴内使出了浑身解数，这无疑是有雪怀青在旁边观看的缘故。安星眠还记得，刚认识雪怀青的时候，这是一个只会在脸上挂出虚假的礼貌微笑，却对一切都淡然处之、几乎没有什么事情能让她真正开心的姑娘。后来和自己相处渐久，她的性子也越来越像一个正常人了。而现在，在夕阳的映射下，她的金发闪耀着美丽的光芒，正在拍手纵情欢笑，和胜利的海盗击掌相庆，和围观者们一起取笑败者躺在沙滩上的难看姿势，甚至从海盗们手里抢酒喝，完全就是一个普通爱笑爱闹的二十岁的女孩子。这一幕让安星眠只觉得内心一阵温暖、安宁。

忽然之间，他的脑子里冒出了一个奇怪的念头：是不是应该放弃追究那一切呢？也许这样活着就挺好呢？他依稀记得，一年多前，当整个长门陷入空前的无妄之灾时，老师章浩歌想凭借自己的力量去化解这场劫难，他也是如此劝说老师的："千万别动这种荒唐念头了，皇帝要消灭长门就让他消灭，你跟我去瀚州，我们可以开一个牧场……"

是的，安星眠是一个有钱人，而且是一个聪明的有钱人。宇文公子势力再大，也不可能把爪牙布满九州的每一个角落，失势已久的天驱亦如是。他完全可以带着雪怀青去一个僻静的地方，可以去瀚州草原，可以渡海去西陆的雷州，隐居起来，安安稳稳地过一辈子。实在不行的话，哪怕就住在这个海盗小岛上也没什么不可以。至少在这里，两个人都过得很开心。

一个没有宇文公子，没有天驱，没有尸舞者，没有夺人魂魄的法器和萨犀伽罗，没有羽人和须弥子的世界……安星眠禁不住陷入了这种憧憬。一年前，他也曾偶尔想过，生活是否太过平淡，难道自己真的要一辈子做一个生活寡淡无味的长门僧，就这样平静地度过一生？但接下来的一年里，种种险阻、挫折、生离死别，难免让他心生厌倦。是的，这一年过得很精彩很丰富，但精彩丰富的背后，是疲于奔命，是忧伤悲愤，是无可奈何。

真希望能抽身离开，逃开这一切的旋涡，而且……生活也不会因此变得寡淡无味，安星眠看着夕阳下雪怀青的笑靥，怔怔地想。

　　这天夜里海上下起了小雨，整座岛屿笼罩在蒙蒙的雨雾中。安星眠睡到半夜醒来，听着淅淅沥沥的雨声，不知怎么就没了睡意，索性披衣起床，推门走出去。雨并不大，他干脆没有打伞，信步走到一块海边的礁石上，看着脚下翻滚的海潮，傍晚时所想的那些又涌上了心头。

　　不知过了多久，他才忽然注意到，不再有雨滴落在自己身上，回头一看，雪怀青正撑着一把伞站在身旁，替他挡雨。他不禁笑了起来："看来你也在我的无防备名单上，你都站了好久我才发现你。"

　　"大半夜的不睡觉跑到这儿来看海做什么？思考人生吗？"雪怀青揶揄他。

　　安星眠接过她手里的伞，把她搂到身边："你还真猜对了，我确实是在思考一些这方面的问题。"

　　他把自己傍晚时的所想告诉了雪怀青。雪怀青听完后，一直默然不语，让安星眠心里有些忐忑："这只是我个人的一点点想法，我绝不会强迫你做你不喜欢的事情。如果你不喜欢的话……"

　　"不，我喜欢，我很喜欢，"雪怀青打断了他的话，"别忘了我是一个尸舞者，从小就习惯了孤独和清静。我只是觉得，那并不是你内心深处真正想要的。"

　　"是这样吗？"安星眠很是意外。

　　"你不过是因为过去的一年里受了太多煎熬，才产生了这样的念头，"雪怀青说，"但从骨子里来说，你并不是那种会抛弃俗世的一切追求清静的人。美酒、美食、音乐、诗歌、山水人情……你喜欢的一切，都在这个热闹的九州世界里，而不在那个荒僻安静的九州世界里。多的不说，真的要隐居起来的话，你会舍得从此再也不见白大哥和唐姑娘？再不回地下城去探望那些河络朋友？甚至再也不和长门有所来往？"

　　这一番话问得安星眠哑口无言。雪怀青不说他还没有觉得，现在听完这一席话，他才恍然发觉，自己的确不是那种能抛开一切的人。从这个角度来说，自己这些年长门的修炼，好像也没能起到纯净内心和摒弃欲望的作用。

他陡然又记起了几天前自己和冯老大的一番对话。当时他陪冯老大喝酒，冯老大喝了几大碗后，忽然开口问："你们打算什么时候走？"

"走？"安星眠一愣，"我还暂时没想过，但如果我们在这儿打扰你了……"

"别他妈放屁了！"冯老大毫不客气地打断他，"你知道我喜欢你们俩，依我的性子，你们在这岛上住得越久越好。别的不说，小雪在这里，那些可以一年不洗澡的狗崽子们居然都学得爱干净了……但是你真能长住下去，什么都不管了吗？"

"这个……"安星眠一时语塞，"我还没想那么远呢，住在这儿确实挺快活的。"

"那就抽空想想吧，"冯老大替他斟酒，"你们和我们，终究不是一路人，迟早都得走。在我的岛上待得过于安稳了，腿脚会发软的。我知道你心里在意小雪，生怕事情不顺利连累她受到伤害，但是人活一世，有些事情越害怕就越躲不过，还不如鼓起勇气对着天大骂一句：去他娘的，老子干了。我是个粗人，不会说什么有学问的话，但你是聪明人，应该听得懂。"

安星眠当然听得懂，只是当时他喝了不少酒，酒劲正在上涌，没有顾得上去细想冯老大的话。现在回想起来，连这位粗豪的海盗都能看出来，他不属于这里，那么自己脑袋里那些安逸的念头，是不是真的只是完全不现实的空想呢？

"不要想得太多，你每次想太多的时候，总会做出不那么明智的选择，"雪怀青掏出手绢，替安星眠擦掉头发和额头上的雨水，"我还记得，在幻象森林里，在我苦恼是否应当继续追查那件看上去和我关系不大的养父的往事时，你对我说了一些话，那些话我一直记到现在。"

安星眠一怔，随即回想起来当时的情形，而雪怀青已经继续说了下去："那时你对我说：'撰写《长门经》的觉者，把生命比喻成一道又一道的无尽长门。我们这些凡俗的生灵，就是要跨过一道道长门，得到最终的平静与解脱。长门僧的修炼，是为了得到这种平静，而你，也可以为了这样的平静而努力，那就是放手去做，做能够让你得到宁静的事。'"

"我确实是那么说的……"安星眠喃喃地回答，已经领会到了雪怀青的话中之意。

"所以，如果你真的抛弃一切隐居起来，你所得到的，无非是表面的宁静，"雪怀青说，"而你的内心深处，其实是不会平静的，那样真的很好吗？至少我不那么认为。"

"那就……容我再考虑考虑吧，"安星眠一声长叹，"人活于世，果然是步步艰辛呢。那么……"

他的话还没有说完，就听见远处传来几声急促的呼喊。声音尖锐凄厉，可以听出惶恐的情绪，并且中气不足。

"那是什么喊声？"安星眠问听力出众的雪怀青。

"他喊的是：有官兵夜袭！"雪怀青叫出了声，"快去通知冯大哥！"

两人连忙往回跑。此时海岛的四围突然亮起了无数的火光，那些火光来自数十艘巨大的战船。这些战船把整座海岛团团围住，并且已经发起了攻击。

海岛上乱作一团，睡梦中的海盗们纷纷惊醒，仓促地抓起武器迎战，但这次来的官兵显然事先做好了充足的准备和周密的布置，在黑夜里首先用密集的箭雨射向敌人，海盗们不断中箭，死伤惨重。在强弓硬弩的掩护下，官兵们陆续登岸，开始肉搏。

"怎么搞的，娘的！"匆匆爬起来的冯老大连上衣都顾不上穿，提着一把大刀赤膊冲了出来，"这些官兵平时和我们都有默契的，我也每年通过线人给他们进贡……怎么会突然就撕破脸了！"

不过冯老大毕竟见过大风大浪，在最初的震怒和暴跳如雷后，很快冷静下来，并且判断清楚了形势："不行，来的官兵太多了，不可能挡得住，快点上船突围！"

他又转向安星眠："臭小子，你们俩跟着我，别乱跑！"

"我可以帮忙抵挡官兵……"安星眠话刚说到一半，就被冯老大打断了。冯老大伸手在他后脑勺重重拍了一下，显得十分恼火："蠢东西！

我们都是光棍汉子，你还得留条命守护好你的女人！再废话老子不如先一刀砍死你！"

冯老大的这一拍，安星眠当然能躲得过，但他并没有躲开。头被拍得生疼，更疼的是内心。他当然明了冯老大的好意，毕竟雪怀青伤势初愈；他也知道，官兵们来势汹汹，多加一个自己未必能起到什么用。但是眼睁睁看着朋友去送命，自己却躲到一旁，并非他的作风，而雪怀青也绝不是那样柔弱怕事的弱女子。

他侧过头，看了一眼雪怀青，发现雪怀青已经扔掉了雨伞，十指间隐隐有银光闪动，那是她已经用手指扣好了毒针。两人心意相通，无须多说什么，安星眠微微一笑，开始活动起手指关节。

然而就在这个时候，又有海盗跑过来禀报，说出的内容让所有人都大惊失色："船……船底都被凿漏了！所有船都在开始下沉！"

"这不可能！"冯老大狠狠一拳砸在身旁的一棵树上，"我们在水下都装了防护网和机关刀刃的，官兵的水鬼哪儿有那么大本事，那么短时间里就弄沉我们所有的船？"

冯老大也只能嘴上骂两句而已。现实的状况是，官兵已经攻入海岛，而海盗们的船全部被凿穿底部慢慢下沉，岛上的人已经无路可逃，只能坐以待毙。

安星眠和雪怀青这一年来屡屡陷入各种险境，此刻倒也并不慌乱，做好了恶战一场的准备，但冯老大又拦住了他们。

"别白费力气了，"冯老大的声音很难得地低沉，"敌人十倍于我们，你们俩本事再大也不行，何况打劫犯案的是我们，和你们没关系，不必赔上两条性命。赶快进我的房间，床底下有一个应急逃命的密室，开启办法是……"

安星眠想要说话，冯老大以一个坚决的手势制止了他："别多说什么了，相处时间虽然不长，老子是真的很喜欢你们两个，把你们当成自己的兄弟和妹子。要是你们也把我当成大哥，就听我的话。我必须和岛上的兄弟们共存亡，他们认我做老大，我就得和他们一起死，不能独自躲起来，你们俩却必须得保住性命。"

"我不能这样扔下你们不管！"安星眠喊了起来，"你们也是我的兄弟！"

"放你娘的屁！"冯老大火了，"凭你那点本事你管得了吗？上去也是白白送死！你死了也就算了，要让小雪妹子也给你陪葬吗？混蛋玩意儿！"

安星眠无话可说。他清楚冯老大说得在理，此刻硬要和海盗们一起迎战，也不过是白白多赔两条命，却不可能救回来半个人。与其那样，不如自己活命，至少还能留下替冯老大报仇的机会。在这一刻，冯老大的样子仿佛又和结义大哥白千云重合了，那种熟悉而亲切的感觉让他禁不住想要流泪。

"走吧，"雪怀青拉住他的手，轻声说，"听大哥的话。"

冯老大冲两人咧嘴一笑，随即回过身去，嘶吼着提刀冲向了前方的火光。他的身影很快混杂在了无数的人影之中，无法分辨。对于安星眠和雪怀青而言，过去数十天那短暂的欢愉时光，就像海盗们前赴后继的躯体一样，在雨水也无法洗刷干净的血腥气味中被片片撕裂。

三

剿灭盘踞在海峡内的知名海盗冯田及其部属，实在算得上是大功一件，羽桓对此十分得意。作为澜州北部多米格策城邦的镇海使，羽桓一直都想在清剿海盗方面有所作为，苦于斥候部门工作不力，得不到可靠的情报。但这一次，机会从天而降，一位贵人给他带来了精确的海岛地址和详细的兵力分布图，让他得以亲率大军一举全歼冯田的海盗，加官晋爵不在话下，未来的仕途也将因为这一场大捷而发生转变。

不过这一战损失也不小，那些海盗在绝境中仍然有惊人的战斗力，给他的水军造成了不小的杀伤。尤其是冯田本人，简直像一条受伤拼命的鲨鱼，带着浑身几十处伤口还屹立不倒，一直到死还怒目圆睁。羽桓对此当然很不高兴，因此在战斗结束后，下令把冯田的头颅割了下来，挂在城门口示众，任由乌鸦啄食。他很满意地看到，过往的人们看到这个狰狞的人头，无不显露出畏惧之意，这就对了。

"就是要好好吓唬一下你们，"羽桓想，"吓怕了就不敢和官府对着干了。"

这一夜，羽桓出席了他已经记不清这是第几场的庆功宴，那些过去总是用轻蔑和不信任的眼神审视他的贵族老梆子们，现在却换了一张张谄媚的笑颜，争先恐后地拉拢巴结他，这让羽桓格外解气。他痛饮了几十杯酒，喝得酩酊大醉，这才由侍从送回府上。

羽桓醉得连衣服鞋子都懒得脱，斜靠在床上，拉过半边被子盖在身上，很快进入梦乡。也不知道睡了多久，他忽然感觉到一阵刺骨的冰凉从头一直侵袭到全身，顿时酒醒了，张嘴想要惊呼，却发现嘴巴被什么东西牢牢堵住了，发不出声来。他又下意识地想要挣扎，却感到身体也被紧紧地束缚住了，无法动弹。

糟糕！羽桓的酒一下子醒了。他睁开眼睛，果然发现自己被绳索牢牢捆住，嘴里也塞了一团破布，而刚才的那种冰凉来自浇在他身上的一盆冷水。现在他的整个身子被湿淋淋地倒吊在半空中，下方的地面上站着一男一女，而这一男一女的相貌，看上去十分眼熟……

他猛地想起来了，数天之前，那位神秘的贵人来找他、要求他出兵攻打海盗岛屿时，除了给了他与海盗有关的详细情报外，还特意说明，他想要在海盗岛上找两个人，务必要抓活的。

"不过不必因此而畏首畏尾不敢发动进攻，"那位贵人告诉他，"如果在这样的环境下他们都没点自保能力的话，对我也就毫无用处了。"

可惜的是，在打下海岛之后，羽桓命人全力搜索，却始终没有找到那两个人。他有点怀疑那两人根本不在海岛上，那位贵人也并没有责备他："在多半是在的，应该是趁乱溜掉了吧，不过那两个人原本不是寻常人物，你抓不住他们也属正常。"

于是，羽桓把这件事抛在脑后，安心地享受大功之后的种种庆祝，万万没想到，十多天之后，这两个人竟然会自己找上门来，而且是这样令人猝不及防的夜袭。他开始相信那位贵人说的话，这一男一女果然不是寻常人物，可惜的是，自己觉悟得似乎稍微晚了一点儿。

"我们准备取下你嘴里的布团，但是你如果敢喊出声，我就立刻拧断你的脖子。"那个相貌儒雅的年轻男人说。羽桓艰难地点点头，随即嘴里的布团果然被扯了出去。

"你们……你们想要做什么？"羽桓努力让自己的声音听起来更加威严，"你们知不知道，绑架朝廷命官是……"

"我如果是你，就不会这么徒劳无用地威胁他人，"年轻男人说，"既然敢闯入你的府邸把你倒吊起来，自然对一切后果都不会那么在乎，倒是你应该好好动动脑子：把你绑起来而不是立即杀掉，说明你还有利用价值，但你如果还要继续激怒我们……"

"我明白了！你们要什么我给什么！"羽桓也不笨，立刻改了口，"要什么给什么！"

"你还真识趣，"那个疑似羽人的金发年轻女人点点头："那我们也不用绕弯子了。请告诉我们，是谁让你们去攻打冯田的海盗岛屿的？那个人有没有给你交代过别的事情，比如说，活捉两个人？"

羽桓这才明白，这两人原来是为了这件事而来。他懊悔无比，觉得自己早知道就不该应承下这件麻烦事，至于不应承是不是会招致那位大人物更严酷的对待，那就顾不上想了。所谓火烧眉毛，且顾眼下，羽桓深吸了一口气，像背书一样一口气说了下去："不错，攻打冯田一事确实是有人背后指使，目的也确实是为了抓捕两位。那个指示我的人是一个很有势力的大人物叫宇文靖南，听说朝堂之外的人都叫他宇文公子……"

"那么，你有什么办法可以和宇文公子联系？"男人问。

"宇文公子从来不在外暴露他的身份，行踪很隐秘，从来都是他单线联系我，"头下脚上的羽桓继续竹筒倒豆子，"但是如果有什么紧急事务要找他，我可以在澜州中部的寒溪镇某处地方留下暗号，说明具体事宜，如果事情足够紧急，他会派人来找我。"

"那就麻烦你给他留几句话，记住不许耍任何花招，否则的话，你就拿不到解药了。"女人一面说，一面伸手在他背上一拍。羽桓只感觉背上一痛，似乎是被针刺了一下，痛感随即消失。他知道自己一定是中了什么厉害毒药，不由得眼前一黑，但也知道此刻讨饶不会有丝毫用处，只能苦笑一声："两位这么厉害，我当然不敢耍花招，不知你们想要留什么话？"

"我们要见他，而且必须是我们选择时间和地点，不同意的话，就把他想要的东西毁掉。"男人说。

"我明白了，马上就办！"羽桓说，"不过麻烦两位先把我放下来啊……"

十一月末的一个清晨，声名赫赫的宇文公子来到了澜州北部的秋叶山城。他向来出行都轻装简行，这一次更是单枪匹马，身边半个随从都没有。他慢慢地骑着马进入城门，马蹄在铺满新雪的地面上踩出几道清晰的蹄印，仿佛是为了让人看清楚他的行止。

按理说，以宇文公子这样的身份，无论走到哪里，都会有乐意接待他的人，但这一次，他似乎并不愿意打扰任何人，而是径直去往了城东一家普普通通的小客栈。他把马匹交给店伙计，报出了一个假名，原来已经有人替他订好了房间。进入房间后，宇文公子在抽屉的夹缝里找出一张纸条，纸条上写了一个地点，却是在秋叶山城北。他二话不说，离开了客栈，并没有骑马。

这一天，宇文公子在秋叶山城转悠了至少七八个地方，看上去是有人在恶作剧捉弄他一般，但他没有丝毫怨怼或者懈怠，不断按照对方的指示改换地点，当他最后来到城郊的一片树林中后，发现有一匹马拴在那里，马鞍上贴着一张纸条："从此处向东三十里，清源河边。"

宇文公子只能打马向东，来到那条叫作清源河的小河边，上了一艘渔船，此时天色已近黄昏。刚一上船，艄公就摇橹将船驶向河中央，而船舱里也传来了说话的声音："第一次和你的女斥候见面，就是在这样的小船上，现在我不过是照搬而已。请进来说话吧。"

"我看得出来，这虽然是一艘小船，却并不是真正的渔船，而是特制的小型快船，"宇文公子掀开帘子弯腰进去，"你们两位何必如此谨小慎微？"

坐在船舱里的正是安星眠和雪怀青。安星眠看着宇文公子，微微一笑："和你打交道，再怎么小心也不算过分。"

"你说得对，"宇文公子叹了口气，"我确实在秋叶山城早有所布置，但我毕竟不是神，没法把势力扩散到澜州的任意角落。在这里，你们的确是安全的。有什么话就问吧。"

"我有很多问题想要问，"安星眠说，"比如说，萨犀伽罗也好，怀青的父母所持有的法器也罢，终归不过是死物。虽然我知道，你曾在我大哥白千云那里定制过不少上等的武器，其中就包括魂印兵器，但你并不像是那种会过分看重法器这种玩意儿的人。因为你的目标并不只是简简单单的仇杀而已，法器再强，也不可能左右一场真正的战争。尤其是现在，仅是因为我威胁要毁掉萨犀伽罗，你竟然就甘冒大险来和我会面，这更加深了我的困惑。"

"战争……或许吧，"宇文公子苦笑一声，"有很多事我没法告诉你，但我会尽可能地把可以告知的事情都讲出来。"

"我的问题还有很多，比如说，作为大将军的孙子，怎么也应当听说过自己的祖父当年征讨鲛族的丰功伟业吧，却怎么会去给鲛人做帮凶？"安星眠又说。

之前提到萨犀伽罗的时候，宇文公子的面容还算镇静，此刻听安星眠说出"鲛族"两个字，他却陡然面色一沉，双眼在一刹那闪出凶光。雪怀青心里一惊，只觉得一股无形的杀气弥漫开来，正准备用尸舞术召唤尸仆迎战，那凶光却迅速收敛，杀气也消失得无影无踪。

"你是怎么想到鲛人头上去的？"宇文公子问。这话问得含含糊糊，既不肯定也不否定。

"因为那位镇海使对海盗岛的攻击太顺利了，未免让人生疑。我分析过了，能神不知鬼不觉凿穿那么多海盗船，实在是一个很巨大的工程。而在此之前，我们跟踪那艘雾中鬼船时，船底也是在不知不觉间被破坏了。能在大风暴之中潜入海水深处破坏船底，绝不是人类可以做到的，只能是在海水中能呼吸、能自如行动的鲛人！"安星眠回答。

"而且这也可以解释为什么他使用出来的尸舞术会那么强大，甚至超越了不可一世的须弥子，"雪怀青插口说，"我听说，鲛人能用咽喉部位的软骨振动，发出一种特殊的声音，叫作鲛歌，具有震慑人心的力量。如果能把鲛歌和尸舞者的亡歌结合起来，就能极大地放大尸舞术的力量。须弥子再骄傲，毕竟只是个人类，喉头没有软骨，这一点他肯定拼不过鲛人。"

安星眠接着说："从海盗岛离开后，除了做准备去找那位镇海使的晦气之外，我也细细调查了一下你的家族历史。你的祖父宇文成年轻时东征西讨，除了攻打蛮族、羽族之外，还曾经和中州南部海域的鲛人交过手。而且就是在那一战中，你的祖父虽然取胜，却也受了重伤，班师回朝后就再也没有行军打仗了。"

宇文公子闭上眼睛，过了好一会儿才睁开："我还是低估了你，安先生。没想到你竟然能找到鲛人这条线索。"

"所以现在的线索就十分奇怪了，"安星眠说，"宇文世家、用鬼船掩护自己的鲛人、羽族和他们的神器萨犀伽罗、和萨犀伽罗同等威力的吸人魂魄的法器、天驱、须弥子，再加上我这个被莫名其妙和萨犀伽罗捆绑在一起的倒霉的长门僧。到底是一个什么样的故事，一段什么样的历史，可以把这么多元素搅和在一起？"

"听你这么一说，连我都觉得复杂起来了，"宇文公子说，"最初认识你的时候，我并不知道你和萨犀伽罗有牵连，否则，那时候你就已经没法再离开了，可惜啊。"

"我要是知道会惹出那么多麻烦，恐怕也未必会愿意结识你，不过现在说这些话已经太晚了，"安星眠说，"你间接杀害了那些海盗，他们都是我的朋友，这个仇，我不会忘的。但是现在，我需要你先解释清楚这一切。"

"而且鲛人尸舞者也很不寻常，"雪怀青说，"我并不认识什么鲛人，但我的师父好像认识。按照她的说法，鲛人对'灵魂'这种东西十分笃信，他们的鲛歌，虽然表面上听起来没有歌词也没有意义，实际上却是一种传自远古的对灵魂的召唤。正因为如此，他们十分厌弃没有灵魂的死物，行尸这种东西，对于鲛人而言，就属于没有灵魂却偏偏能行动的污秽之物。这个鲛人居然选择了做尸舞者，而且修炼出那么强大的尸舞术，实在是太罕见了。"

宇文公子沉默了半晌，最后说道："千头万绪，三两句说不清楚……先从你口中的那件'吸人魂魄的法器'说起吧，它有一个名字，叫作苍银之月，不知道你听说过没有。"

"苍银之月？"安星眠一怔，"这个名字很熟啊，我一定是在哪儿听到过的。苍银之月……苍银之月……"

他忽然一下子跳了起来，结果脑袋砰的一声撞到了矮小的舱顶，他甚至顾不上喊痛，就低声叫了起来："是那把苍银之月！辰月教的苍银之月！"

"什么辰月教的苍银之月？"雪怀青问。

安星眠深吸了一口气，一边揉着头顶重新坐下，一边缓缓地说："在数百年之前，辰月教的势力还很庞大的时候，曾经委托一位叫作炼火佐赤的络族星焚术大师，打造了一柄恐怖的邪灵兵器，那就是苍银之月。据说这把魂印兵器一旦出手就无人可以阻挡，辰月教借助它疯狂地屠杀了许多敌人，尤其是他们的死对头天驱武士。但是由于年代太久远，而且辰月有意识地消除了相关记载，我也是只知其名，并不知道苍银之月到底有怎样的威力，而现在，我们清楚了。"

雪怀青脸色发白，想起了自己幼年时听到的那个场景："原来那时候我母亲手里拿着的，就是这把苍银之月……能够在一瞬间夺人魂魄的魂印兵器。"

"是的，就是那把苍银之月。"宇文公子说。

四

"所谓的夺人魂魄，其实并不太确切，"宇文公子说，"千百年来，并没有任何人能够证明魂魄这种东西是真正存在的，所以说得精确一些，苍银之月能够消除人的精神。当苍银之月被持有者催动时，在一定的范围内，所有的活物都会在一瞬间失去精神和意识，虽然还有呼吸和心跳，有血液的流动，躯体却再也不能动，不能说话，不能思考，变成活死人。

最可怕的在于，从苍银之月被锻造成功并由历代辰月教主掌握以来，在很长的一段时间里，没有人找到过抵挡它的方法。苍银之月一旦被催动，就是无可阻挡的，处于它力量范围内的人必定中招，从无例外。"

"无可阻挡？"安星眠喃喃地说，"那也未免太强横霸道了。"

"是的，而在这种强横霸道之下受害最深的就是天驱了，"宇文公子点点头，"那时候虽然天驱和辰月都已经处在君王们的防范甚至剿杀中，但各自的根基还在，彼此之间互相倾轧争斗已经持续了许多年，谁也吃不掉谁。苍银之月的出现打破了这个平衡，短短几年，天驱中的高手有一半毁于这把恐怖的魂印兵器，他们不得不采取了暂时避让的战略。那段时间，辰月的气焰嚣张到了极处，而且没有了天驱的制衡，他们终于又可以开始想办法拨动战争的转盘了。"

"这倒是辰月教的本色……"安星眠低声说。

"然而天驱永远是不能忽视的存在，他们分析了历次与苍银之月交手的情形，发现这柄法杖在每次使用的时候存在一个短暂的间隙，就好像人在剧烈活动时需要喘气休息一样。于是他们策划了一次无懈可击的精密行动，付出了四十多位精英天驱的性命，利用苍银之月被催动的短暂间隙，抓住了唯一一次机会，封印了这把法杖。"宇文公子说。

"但是很显然，后来它又复活了，对吗？"雪怀青问。

"确切地说，算是重制，因为苍银之月里所封印的邪魂后来被转移到了一个名叫云湛的游侠身上，失去了邪魂，苍银之月只是一个空壳了，当然邪魂只是形象的说法，说精确一些，应该是苍银之月所包含的巨大星辰力，"宇文公子说，"但辰月毕竟是不屈不挠的，大概在一百来年之前，他们似乎是掘地三尺找到了当年炼火佐赤的笔记，竟然想方设法复制了一柄。在那个时候，天驱和辰月都日渐式微，再进行相互消耗也没有什么意义了，但苍银之月还是派上了用场，因为在那段时间，羽族正陷入内乱中，宁南云氏被外来者驱逐……"

"原来宁南城易主也有辰月的幕后推动啊，"安星眠有些吃惊，"这帮家伙真是无所不在。等一等！宁南城……易主……辰月……风秋客……我……"

"你怎么了？"雪怀青有些担心，觉得安星眠仿佛是陷入了某种谵妄的状态，开始胡言乱语了。但安星眠的下一句话表明，他的头脑非常清醒："我明白了。宁南城虽然易主，新主人风氏却一直受到辰月的威胁，他们之所以如此看重萨犀伽罗，就是为了用它来对抗苍银之月。"

那一瞬间安星眠想明白了许多关窍。为什么羽族会那么在乎萨犀伽罗，为什么风秋客几乎不惜一切代价去保护携带萨犀伽罗的自己，那是因为萨犀伽罗是他们对抗苍银之月的希望。而雪怀青的父母既然和苍银之月有所牵连，自然也会成为他们囚禁逼问的目标。自己和雪怀青，因为这两件威力惊人的法器，而被迫卷入一场牵连甚广的纷争，但最可气的在于，他们俩原本对此一无所知，完全就是稀里糊涂地被拉下了水。

"真是倒霉啊，"安星眠长叹一声，"真他娘的倒霉透顶。匹夫无罪，怀璧其罪。"

"你猜得没错，萨犀伽罗是这世上唯一可以抗衡苍银之月的东西，在萨犀伽罗的一定范围内，苍银之月会失效，"宇文公子说，"当时宁南风氏病急乱投医，四处搜罗羽族历史上曾经存在的古老法器，希望能有威力与苍银之月相当的，无非是求个鱼死网破，反正一整个城邦的人手还是比辰月教要多，拼个两败俱伤，吃亏的也是辰月。就是在这种情况下，他们从一座古墓里发掘出了萨犀伽罗，虽然一切羽族的密文里都将萨犀伽罗称为禁忌的兵器，甚至当初命名就以'通往地狱之门'来作为警告，但风氏还是顾不得那么多，把这件禁器据为己有。结果没有想到，萨犀伽罗竟然恰恰是克制苍银之月的利器，那可真是踏破铁鞋无觅处，得来全不费工夫了。"

"那我呢，我和萨犀伽罗到底是什么关系呢？"安星眠问。

宇文公子摇摇头："这个我也没有查出来，我所知道的是，似乎只有你才能保证萨犀伽罗'活着'，所以那位叫风秋客的羽人才会一直保护你。"

"活着？这是什么意思？"安星眠皱起眉头，感觉难以理解。除了自认为头脑比较聪明外，他活了二十多岁，始终没有觉得自己有过一丁点儿异于常人的地方，凭什么只有自己才能让一件法器"活着"呢？

他摇晃了一下脑袋，决定先不去想太多，以免自己的头炸开。"那么那个鲛人尸舞者呢？他又怎么会掺和进这件事来？"

宇文公子的脸色阴晴不定，显得有些踌躇，最后终于叹息一声："这件事就算我想瞒也瞒不住，你迟早会自己发掘出来，不如现在告诉你，虽然这件事实在有些令家族蒙羞。事情要从当年那场征讨鲛人的战争说起，那是三十五六年前的事了。当时受到潮汛的影响，澜州东部海域的鲛人食物来源大减，但渔民们照常去远海捕鱼，可以说是和鲛人争夺口粮，为了生存，他们选择了袭击人类，于是我的祖父被派去平息这场祸乱。

"那场战争本身没有太多值得一提的，因为双方实力相差太远了，鲛族虽然能在大海之中行动自如，但人口稀少，又短缺食物和武器，每死一个战士都是重大的损失。而祖父打仗只求取胜，从来不择手段，甚至在某一片鲛人较为集中的水域里散布了一种能游动的毒虫，诱使鲛人中毒，收到了很好的效果。战争很快走向了尾声，祖父甚至连班师回朝的日子都确定了。但就在这个时候，那一带海域的状况忽然变得异常起来，先是持续的大风暴，然后是地震和海啸，一座海底的死火山竟然也喷发了。

"祖父开始感到不安。他是个谨小慎微、算无遗策的人，一旦发现情形不对，立即暂停进军，也打消了班师的念头，派出大量斥候去打探此事。但是鲛人方面始终严守秘密，斥候们并没能得到太多有价值的情报，他们唯一能确定的是，鲛人们一定是在进行某些阴谋，而且很有可能是巨大的阴谋。

"就这样，在种种猜疑和困惑中，到了那个决定命运的夜晚。那一夜，祖父正在海船上巡查军纪，忽然有鲛人夜袭。自战争开始以来，鲛人自己也知道在正面战场完全无力抗衡，所以经常采取这样的偷袭，原本半点儿不新鲜。水鬼们很快抓住了那名鲛人，几名水鬼把他五花大绑，带到祖父的面前。这名偷袭者看起来是经过了一场激烈的搏斗，身上布满伤痕，嘴里也不停地咯血，显得伤势颇重，虚弱不堪。

"人们一看到受重伤的人就会放松警惕，再加上看似牢牢地捆绑，就更会麻痹大意。"雪怀青忍不住插嘴说，"我想你祖父多半中招了。"

"你说得半点儿也不错，"宇文公子苦笑，"这个鲛人被押到祖父面前，看起来捆得很牢，身边还有手拿兵刃的水鬼看押，他自然不会过多提防。但没想到，他刚开口问了一句话，鲛人竟突然挣脱了束缚，手中握着一把钢刺，一下子抵住了祖父的咽喉，而原本押着他的那几名水鬼，一致举起兵刃围住两人，刃口却是冲着外围前去营救的卫兵们。在这些水鬼的阻挡之下，卫兵们错过了转瞬即逝的救人机会，祖父被这个鲛人生擒了。"

"这很简单，那个鲛人是一个尸舞者，先杀死那几名水鬼，然后以尸舞术操纵他们，做出捆绑押送的假象，趁你的祖父和卫兵们麻痹大意时，再暴起偷袭，"雪怀青说，"这是尸舞者对付外人最常用的手法之一，半点儿也不新鲜——我就用过好多次。只不过一般人平时很难有和尸舞者打交道的机会，所以总是会中招。"

"这一次的中招，对我们宇文家来说，付出的代价太大了。"宇文公子的语声里包含某种难以言说的悲戚。

"祖父就这样被挟持，鲛人把他带到了一个单独的船舱里。在那里，鲛人对祖父说，他其实是来帮助祖父的，因为他虽然身为鲛人，但不忍心看到九州大地化为焦土和废墟。这个说法相当惊悚，祖父也一下子忘记了自身安危，迫不及待地要听他继续说下去。祖父还记得，这个鲛人有些口齿不清，嗓音也很嘶哑，就像是喉部受过伤。

"鲛人问祖父，最近有没有察觉到大海的异动，这是一个多余的问题，只要是活人，都能感受到那种令人不安的波动。他告诉祖父说，那些并不是普通的自然现象，而是人为的，因为鲛族的王并不甘心就这样被人类击败，已经失去了理智，他驱使鲛族的秘术士们，试图唤醒一条沉睡在海底的巨龙，这条龙被鲛人们称作'海之渊'，据说是创世神留下的神器，用来护卫鲛族的终极神器。

"祖父听完，内心十分紧张，因为在出发之前，他阅读了大量和鲛族有关的资料，在不少的古籍里都看到过关于海之渊的记载。按照鲛人的神话传说，在开创这个世界的时候，天神知道这片大陆和海洋迟早会被邪恶所侵蚀，于是留下了神器海之渊。谁也不知道它到底是什么，但在传说中，谁掌握了它，就将拥有无穷无尽的力量，可以替大神惩处世间的邪恶。"

雪怀青又忍不住插嘴问："没有人知道它是什么？那他们怎么知道这是一条龙？这世上真有人见过龙？"

"那是因为古书里有另一些记录表明，在远古的某个时期，海之渊曾经被唤醒过，并且给九州带来了巨大的灾难，"宇文公子耐心地解释说，"按照当时留下的断章残篇的记录，海之渊的形态，很接近传说中的龙。虽然龙本身也只是一个无法证实的传说，但由于不同的典籍都反复提到了这一点，祖父不敢大意，始终留意着这方面的动向。却没有想到越害怕什么偏就来什么，鲛人们竟然真的动用了海之渊——你怎么了？"

他的最后一句话是问安星眠，因为听完宇文公子关于海之渊的描述，安星眠的表情显得很奇怪，似笑非笑，颇带一点儿嘲弄的意味。

"我只是想到了一些不久之前发生的事情，"安星眠回答，"我并不怀疑这个世界上一定存在着一些未知的、强大的，甚至远远超出我们想象的事物或力量，我只是怀疑另一点。"

"哪一点？"宇文公子问。

"作为一些渺小卑微的存在，我们是否有足够的幸运，在有生之年真的撞上这些事物。"安星眠说，"你明白我的意思吗？"

宇文公子沉默片刻，轻笑一声："不愧是安先生，一下子就窥破了其中的玄机。我的祖父当年能有你这样的睿智就好了。"

"我相信一个当世名将绝对不会不睿智，"安星眠说，"只是当局者迷。在他的全部精力都放在战局上的时候，难免会上当受骗。"

"你们是什么意思？"雪怀青问，"海之渊是假的？"

"海之渊未必是假的，龙也未必是假的，"安星眠说，"对于我们没能亲眼见到的东西，急于否定是一种错误的态度，但我基本可以肯定，在那场战争中，所谓鲛人准备动用海之渊的说法是假的。这只是那个鲛人尸舞者用的计策，他想要吓唬宇文将军，以便开启谈判之门。"

"谈判之门……不会就是后来出现的鬼船之类的玩意儿吧？"雪怀青的脑子也不笨。

"的确是，不过鬼船和死尸只是一些附属品，"宇文公子说，"他向我的祖父提出，他可以制止海之渊被唤醒，与之交换的最主要条件是，他要祖父帮他寻找两件法器，不用说你们也明白是什么。"

"怪不得你会那么急于寻找这两件东西呢，"安星眠喃喃地说，"可这个鲛人到底是谁？为什么想要这两件玩意儿？以及你为什么会那么听话？以你的性子，想办法赖账甚至杀掉他，并不是不可能，毕竟他威胁的是你的祖父，而你不太像是很在意别人生死的那种人。"

"谢谢夸奖，可惜事情远比你想象得复杂，"宇文公子的语声里除了无奈，还隐隐有一种咬牙切齿的怨毒，这样的语调和他日常的风度实在是大相径庭，"关于你的第一个和第二个问题，我要是能知道为什么就好了，第三个问题的答案是三个字：契约咒。"

安星眠和雪怀青面面相觑。他们都听说过契约咒，这是一种极其艰深而又充满邪恶的咒术，施咒之后，被施咒者必须要完成施咒者所交代的任务，或是做某件事，或是禁止做某件事。一旦违背了约定，就会遭到咒术的反噬，后果有可能比死亡更悲惨。只是契约咒威力虽大，练习太难，而且据说光是要学会这个秘术就得付出相当的代价，所以两人都只是耳闻，却从未亲见。

"那个鲛人尸舞者……和我的祖父订立了一个无比恶毒的契约咒，"宇文公子恨恨地说，"如果祖父不能替他找到苍银之月和萨犀伽罗，我们的家族就将世世代代遭受诅咒，所有的子孙都活不过四十岁。事实上，我的父亲，我的几位叔伯，还有我的姐姐，都是在四十岁之前去世的。"

"什么？"连一向看淡生死的雪怀青都忍不住皱起了眉头，"这也太狠了吧？"

"所以你才会那么积极地寻找这两件东西，"安星眠说，"你也已经三十多岁了，距离四十岁不会太遥远，假如死期是一种可以看到、可以倒数计时的玩意儿，换了谁都会受不了。我之前某些时刻恨不能把你碎尸万段，现在却稍微有点理解你了。"

"不必提我的事了，"宇文公子摆摆手，"说回正题吧。这个契约咒是双向的，对我祖父而言，他也必须要鲛人保证，让海之渊始终处于沉睡状态。但你们知道，假如原本就没有谁打算去唤醒海之渊的话，这个契约自然就算完成了，对他没有丝毫损害。事实上，海之渊到底在哪儿，到底是否存在，我想当世没有任何一个人能说得清楚。"

"那你们家可吃了大亏啦，就这样被他捆绑了一代又一代，"雪怀青显得有些同情，"可当时的那些地震、海啸又是怎么回事？"

"前些日子在海上的时候，你们已经见识过这位鲛人操控天气的本领了吧？"宇文公子说，"雪姑娘是尸舞者，自然知道尸舞者可以通过精神联系把自己的尸仆改造成秘术的发生机器。他在鲛歌的帮助下，把尸舞术发挥到了极致，上百个尸仆一起产生共鸣时，能对特定区域的天气产生很大的影响。我猜想，在当时，鲛人的王原本只是在海底想法子引发了那座休眠的火山，想要给人类的进攻制造一些混乱，却被这个聪明的尸舞者所利用。他制造了大风暴，再利用火山喷发的力量制造了海啸，让一切看起来都相当糟糕，也难怪祖父会上当。"

"要是我，或许也会受蒙蔽，"雪怀青感慨地说，"自然是没有那么多巧合的，巧合总是人类谋算出来的。不过我还有一个问题，他制造鬼船的假象，弄走那么多人类尸体，是为了什么？"

"这也是我最大的疑问，"宇文公子说，"尸舞者起初只是告诉我的祖父，由于鲛人的王已经初步唤醒了海之渊这条巨龙，他需要定期使用秘术来让海之渊镇静下来，不至于彻底醒来，所以他需要很多尸体，来使用阵法令尸舞术的效用最大化。但后来我祖父经过缜密的调查，得出结论，所谓海之渊被唤醒纯属子虚乌有，只是他设计的一个骗局，那么这个说法显然也不成立了。"

"但你仍然在给他提供尸体，并且装作什么也没有发现。"安星眠说。

"身上背着契约的诅咒，和他撕破脸有害无益，为他提供尸体虽然很麻烦，至少还在宇文家的能力范围内，"宇文公子说，"而且我也很希望能暗中调查清楚，这个鲛人要那么多人类的尸体来做什么。如果有可能的话，我希望把他加诸在我们宇文家族身上的噩运，加十倍还给他。"

宇文公子说出这句话时，脸上仍然带着淡淡的微笑，但言语中所蕴含的仇恨，似乎可以把一切东西都碾成粉渣。雪怀青禁不住打了个寒战，心里想着，宇文公子这个人，外表的光明温暖和内心的黑暗冷酷都是那么极端，这样一个人，要是以后真的成就了某些他心中所愿的"大事"，对于九州来说，或许又是一个灾难吧。

安星眠却仍旧还有不少问题想要问。现在，对于宇文公子为什么会那么执着地插手这件事，以及雾中鬼船的真相，总算是大致有数了，虽然对于那位鲛人尸舞者的最终目的还不是很清楚。然而，天驱和须弥子为什么会卷入？这两件法器和二十年前宁南城领主被杀案有什么关系，和雪怀青的父母又有什么关系？苍银之月作为辰月教的圣物，为什么会被雪怀青的母亲带走？自己又为什么会和萨犀伽罗捆绑在一起？

这些疑团，宇文公子也无力解开，还得靠自己去发掘真相。他所能肯定的是，如果不能一一解开它们，自己和雪怀青仍然永无宁日。那么，下一步应当做些什么呢？眼前的宇文公子是杀害冯老大等海盗朋友的仇人，但自己是否可以暂时抛开仇恨和他合作呢？

退一万步说，如果与宇文公子合作的话，合作的方向指向哪里？对于宇文公子来说，似乎没有任何商量的余地，如果不能抢到两件法器交给鲛人尸舞者，他就会在四十岁之前死去，但自己并不愿意这么做。毕竟苍银之月是如此凶悍的一件杀人利器，而萨犀伽罗的恐怖之处甚至自己还没能体会到——没准比苍银之月破坏力更强呢，把它们交给一个身份不明动机不明的鲛人……天晓得后果会怎样。

于是他又陷入了思考许久却始终没能想明白的矛盾之中：究竟是应当凡事恪守自己在长门里所学到的信仰、道德、正义和尊严，还是应当凡事以雪怀青和自己的安危为重。一个长门僧的持守和一个男人的责任，这两者孰轻孰重，好像很难在天平上称量出来。

他正在细细琢磨着这些令人头疼的问题，忽然感到有一只手在轻轻摇晃他，回过神来一看，是雪怀青。雪怀青眉头微蹙，低声说："我好像听到水下有什么奇怪的声音。"

"什么声音？"安星眠有些心不在焉，"这里是内河，鲛人怎么也不可能……"

话还没有说完,船身猛然一阵巨震,像是撞上了什么障碍物。紧跟着,船外传来一阵嗖嗖的响声,似乎是弓箭之类的远程袭击。安星眠一惊,知道中了埋伏,第一个反应是这些都是宇文公子的手下,终于还是追上了,可是看看宇文公子的反应,竟然是迅速抽出自己的腰带,做出迎敌姿态,原来那是一柄软剑。

　　紧跟着,船舱被无数的箭支击破了,安星眠顺手抄起一块木板,雪怀青的尸仆更是用身体抵挡在主人身前,加上宇文公子的软剑挥舞生风,这才把射进来的箭支全部挡住。

　　"那不是你的人吗?"安星眠问。

　　"我的人要是敢对他们的主人放箭,那就是他们都活腻了,"宇文公子紧握软剑,"不是我安排的。有别人盯上了我们。"

　　"多么刺激的人生啊。"安星眠扔下木板,从怀里掏出那副能抵挡刀剑的特制手套戴在手上。他已经听到岸边传来的脚步声,听起来,来的敌人不但很多,而且很强。

第六章
突　变

一

　　如风奕鸣所言，须弥子这个老怪物真是把堂堂的宁南城当成了他自己的后花园。他所擅长的，绝非是操纵尸体的能力而已，至少每一次神不知鬼不觉地潜入四王子的府邸，都没有任何人发觉。而宁南城的世家贵族大墓也被他像逛街一样逛了个遍，从中搜刮了不少盗墓贼都没法找到的珍稀物品。

　　"您当初真应该去干盗墓贼，"风奕鸣说，"这样的话，恐怕早就成九州首富了。"

　　"我倒不是视金钱如粪土，钱这种东西，人活着总是需要的，"须弥子悠悠地说，"只不过我所需要的快乐，金钱买不到，尸舞术才能提供。况且我弄出来的这些东西，并不是为了钱，而是它们都对你的修炼有帮助。"

　　"用老祖宗们陪葬的东西来修炼邪恶的尸舞术，"风奕鸣扮了个鬼脸，"被家里人知道了，非得把我抓起来砍手砍脚不可。"

　　此时他跟随须弥子修炼已有两个多月，须弥子平时对他要求极严，几乎没有什么笑脸，但在心底里却是非常满意。风奕鸣不仅懂得操弄权术，在尸舞术的修行上进展也极快，而且能够忍受任何严格到近乎残酷的要求和磨炼，毫无怨怼。须弥子尽管总是板着脸，偶尔也会送出一两句难得的称赞，这样的称赞在正常人那里是绝对听不到的。

"也许将来，我真的可能死在你的手里。"须弥子的最高赞美是这样的，"那样的话，我总算是教出了一个像样的徒弟。"

时间已经进入十二月，宁南城气温骤降，已经下过几场雪。须弥子很开心，因为一到下雪的天气，他就可以好好地折磨一下他的好徒弟了。此刻风奕鸣正跪在他自己的房间里，浑身上下没穿一件衣服，还沾满了雪块。须弥子坐在一旁，舒舒服服地一边喝着热茶一边烤火："十分钟之内，雪不能化尽，不然加罚半个对时。"

风奕鸣紧咬牙关，努力催动秘术，让自己体表的温度不断降低，以便保证那些雪块不会在温暖的房间里迅速融化。他冻得瑟瑟发抖，却巴不得自己的身体能再冷一点，因为他清楚，须弥子不会有丝毫怜悯，不管是对徒弟还是对一个小孩，假如自己不能达到师父的要求，就会遭受更严厉的惩罚甚至被扫地出门。

好不容易熬过了一刻钟，身上的雪化掉了一大半，好歹还有小部分残留，算是完成了师父的基本要求。尽管如此，须弥子还是很挑剔："昨天剩了大概四分之一的雪，今天连五分之一都不到，退步了。"

"那是今天火盆里的炭火烧得足！"风奕鸣哼唧着，抖掉雪块，扯过一张毯子裹住自己。须弥子冷笑一声："炭火烧得足？"

他手掌摊开，刚才风奕鸣抖掉在地的一团雪块浮空而起，落到他的掌心。须弥子捏住这团雪，把手直接放在火盆中跳跃的火苗上方，那灼热的火焰却不能伤他分毫。过了许久，他才收回手，重新摊开手掌，刚才那团雪仍然在手心，半点儿也没有融化。

"慢慢练吧，任何本领都不是一日之功，"须弥子扔掉雪团，"但是下次再敢找借口，我剥你一层皮。"

风奕鸣吐吐舌头，不敢多说。就在这时，一阵脚步声传来。

"我不是已经下令下人们不许靠近吗？"风奕鸣脸色一变，"难道是我父亲来了？师父，恐怕您老人家得暂时避一避。"

"不必，我已经从脚步声听出来是谁了，"须弥子说，"是一个熟人，无妨。去开门吧。"

"你来闲逛，你的熟人也来闲逛，真的变成后花园了……"风奕鸣扔下毯子，匆匆穿好衣服，打开了门。他的眼前出现了一个美丽的金发女子，虽然从未亲眼见过，但以他聪明的头脑，已经猜出了这是谁。

"是雪怀青雪小姐吧？"风奕鸣笑容可掬地说，"请进。"

雪怀青点点头，走了进去，风奕鸣重新关好门。须弥子看了雪怀青一眼："又来给我找麻烦了？"

雪怀青轻声叹息："我知道的，你不会因为我是师父的徒弟而对我有任何亲近，如果不是万不得已，我也绝不会来求你。可是现在，除了你，我想不到还有谁有这个能力帮我了。"

她这话似乎是无心说出来的，但是"想不到还有谁有这个能力帮我"这句话，显然是深合须弥子的胃口。他原本绷得紧紧的脸也略有一点儿放松："是那个姓安的小娃儿又惹出什么祸事了吧？"

"确切地说，他现在自己就身处祸事中，"雪怀青虽然眉头微蹙，但说话仍旧镇定，并不显得慌乱，"他落到了天驱的手里。"

"啪"的一声，须弥子把手里的茶杯摔到了地上，茶杯立刻被摔成碎片，瓷片四处飞溅。风奕鸣知道事情不妙，立即缩到角落里，不去触师父的霉头。

"成事不足败事有余的废物！"须弥子低声怒骂，"净会给我找麻烦！难道非要老子把你们放进摇篮里才能省点心吗？"

"你有什么资格把我们放进摇篮里？"雪怀青跨前一步，站到须弥子面前，直直地和他对视，"你不过是想要通过我找到我的父母，得到苍银之月，又不是真的关心我们的死活。我们凭什么一定要给你省心？你是我们的什么人？"

这个小妞不要命了！即便是风奕鸣也吓得有点不知所措。他虽然并未见过师父和其他人相处，但很容易能够想象得出，这个老怪物是绝不允许任何人忤逆他的，而眼下，雪怀青居然敢指着他的鼻子指责他，简直就是自己拿根绳子往脖子上套。以须弥子的实力，大概一根手指头就能要了她的命。

"从来没有人敢这样对我说话，"须弥子的语气反而平静下来，只是脸上就像罩上了一层严霜，一股无形的杀气慢慢弥漫开来，"你真以为你是她的徒弟，我就不敢杀你？"

"我已经说过了，我从来不认为你会因为我师父而对我和安星眠有任何的特殊对待，"雪怀青仍旧毫无惧色，"所以你来到宁南城的目的，本来就是为了苍银之月，你之前试图救我也是为了苍银之月，而不是在意我的生死，难道堂堂的最强尸舞者连实话都不敢听？更何况，你也未必真的是最强的尸舞者。"

你未必真的是最强的尸舞者。这句话听在风奕鸣的耳中，简直无异于一场地震。须弥子最不能容忍的，并不是有谁敢和他为敌，敢于向他挑战，而是有人敢怀疑他的实力。眼下雪怀青敢说出这种话，是嫌自己活得太长了吗？

果然，须弥子的嘴角浮现出一丝残忍的冷笑，那是他打算动手杀人的先兆。他的双目闪着灼灼的光芒，就好像眼瞳在燃烧："你说什么？我未必是最强的？你再说一次？"

"我在海上，遇到了一个迷雾中驾驭鬼船的鲛人，"雪怀青说，"他未必不如你。"

须弥子满身的杀气忽然消散了。他看着雪怀青，表情有些意外，还隐隐有一些让人不解的喜悦："你遇见了那个人？你是说，他是一个鲛人？"

"这么说，你也见过他？"雪怀青反问，"那你就应当知道，我并没有胡乱夸大，他一次能操纵上百具行尸。"

"哼，你说他是鲛人，那就再明白不过了，"须弥子的脸上居然有了笑容，"鲛人有一种抒发情感的方式，叫作鲛歌，是运用喉头的软骨震荡，可以发出很特殊的声音。这样的发声方法和尸舞者的亡歌有些异曲同工，如果能把鲛歌和亡歌结合起来，就能够放大尸舞术的效果。这一点是其他种族的尸舞者做不到的，只有鲛人才行。"

他越说越高兴："所以他能操控超过一百个行尸也就没什么奇怪了，不过是依靠鲛人特殊的体质取巧罢了，那只是无可扭转的种族差异，就好比人的力气永远大不过夸父，论真实的尸舞术的本事，应该还是不如我，肯定不如我的。哈哈！哈哈哈！哈哈哈哈哈！他不如我！他不如我！"

风奕鸣目瞪口呆地看着师父如此忘乎所以地纵声大笑，一面唯恐这笑声会招来家里的人，一面却禁不住想，这个老家伙果然还是对这桩二十年前的往事耿耿于怀。对他而言，要承认这世上有人胜过他，实在是天大的屈辱，如今这样的屈辱不复存在了，难怪会如此高兴。而此人前一分钟还杀气腾腾，眼看就要让一个美女死无葬身之地，一分钟后却笑逐颜开、老怀大畅，实在堪称喜怒无常，真是对得起他的怪物之名。

"看来我想要变成你那样的怪物，还有很长的路要走呢。"风奕鸣悄声自言自语。

"很好，既然你给我带来了好消息，趁我现在心情好，我就付你一点辛苦费，"须弥子好像完全忘记了片刻之前他是如何差一点就一怒之下杀死雪怀青，"我来想想办法把那个男娃儿弄出来。把事情的详细经过告诉我。"

"我实在不应该求你去救人的，"雪怀青斜他一眼，"早知道我就应该开口要做九州的皇帝，反正现在提什么要求你都会答应。"

二

雪怀青被囚禁在宁南城的时候，安星眠总是禁不住要去想象，她到底在经历怎样一种生活，而现在，他总算有机会自己去体会阶下囚的生活了。

不过相比之下，宁南城毕竟是大城邦首府，雪怀青虽然被囚禁，生活条件其实很不错，只不过是限制自由的软禁罢了，羽人们还耗费了大量珍贵药材替她疗伤。而眼下，安星眠的待遇可不怎么好，他被关在一间地下囚室里，甚至连可以见到阳光的天窗都没有，四围只有一片黑暗，还有稻草发霉的气息。每一天，天驱们会给他送来一些简单的食水，刚好维持他的生命，却又让他始终饥肠辘辘，以便消耗他的体力。

总算不错了，安星眠自嘲地想，看着那个女天驱仇恨的目光，他一度以为自己马上就要被剥皮开膛呢。说来也奇怪，自己和这位女天驱第一次见面时，虽然她一出手就刺杀自己，但在刺杀失败后，还能和自己像朋友一样谈笑风生，这一次见面却像是不共戴天的世仇一样，不但没给自己好脸色，押送自己回这个据点的一路上还动辄拳打脚踢。他甚至怀疑，自己在这里每天只能吃点清水馒头，大概也是这位女天驱在背后刁难。

原来在天驱们正义的外表之下，藏的就是这些啊，他想，真够讽刺的。

十天前，遭到伏击之后，安星眠等三个人迅速做出反应，利用雪怀青带在身边的尸仆做肉盾挡住利箭，然后弃船上岸。他们一边沿岸逃命一边摸清了对方的实力，一共来了十一个人，个个身手不凡，仅凭三个人是没办法取胜的。而安星眠从追兵中认出了一个熟悉的身形，虽然天色已暗，且对方脸用黑布蒙着，但动作姿态是不会变的。

"我没有认错的话，那个人是曾经半夜刺杀我的女天驱，"安星眠说，"也就是说，这伙人是天驱。"

"这不像是天驱，倒像是强盗。"雪怀青评价说。

"别以为天驱就代表正义，某些时候他们还不如强盗，"宇文公子说，"我们分两路走吧，对方人数不多，兵分两路对我们更有利。"

"其实是甩开我们你更安全吧，"安星眠看了他一眼，"你和天驱并没有直接的利益冲突，和我们在一起反而危险。"

"所以我说，兵分两路对我们更有利，"宇文公子没有半点羞惭，"至少可以多活我一个。"

"你走吧，"安星眠有些无奈，"和你在一起，我需要担心的反而更多。"

"聪明的选择，后会有期了。"宇文公子微微一笑，换了另一个方向冲出去。天驱们果然没有追他，仍然全力紧跟安、雪两人。两人一路靠着尸仆抵挡箭支和其他暗器，不知不觉被追到了一条山路上。山路崎岖蜿蜒，不知道前方到底通向什么地方，但两人别无选择，只能硬着头皮继续向前。毕竟现在夜色已深，在暗夜的深山里逃命，或许能更容易甩开追兵，前提是别自己钻进死路里。

然而仿佛老天要故意和两人作对，沿着这条山路奔跑了一段时间后，安星眠的耳朵里听到了隐隐的水声。他心里暗暗叫苦，却也不敢停下脚步，再跑了一阵子，眼前豁然开朗——居然跑到了一处断崖，下方是一个深潭，四面环山。除此之外，断崖边还有一条几乎不能算路的小径，通向另一端的崖顶，那也必然是一条死路。

　　更加糟糕的是，一路上遭受的打击实在太多，雪怀青带在身边的三具尸仆也无法支撑了。由于身上布满伤口，维持机体运动的药物伴随黑色的血液几乎流干了，而雪怀青并不具备须弥子那样高强的尸舞术。眼看尸仆们一个个栽倒在地上，两人这下子连肉盾也没有了，彻底陷入了绝境。

　　"还有一个办法，"雪怀青看了看断崖下的深潭，"这个悬崖不算高，如果躲到潭底避一阵子，等追兵离开了，还可以原路爬上去逃命。"

　　"没可能的，"安星眠四下打量了一下，"这附近只有这一个藏身之所，我们又不是鲛人，憋气的能力是有限的，天驱很快就能把我们找出来。"

　　"这两点都不难办，"雪怀青说，"自从在海上遇到了鬼船，我就一直在想，万一以后要在水里和鲛人之类的作战，呼吸是一个大问题。所以我在海盗岛上的时候，按照师父留下的方子炼制了一种药，可以让人短时间内在水里呼吸。"

　　"可是，我们突然消失，他们一定会怀疑到水潭的。"安星眠说。

　　"我还没说完呢，你着什么急，"雪怀青在安星眠的额头上伸指弹了一下，她每次做出这样亲昵的举动，似乎都是两人濒临绝境的时候，"我第一次试炼这种药，没有经验，费了很大工夫也只炼出了一颗。所以正好，你吞下药躲起来，我向悬崖上方那条小径攀爬去引开他们。你比我能干，朋友也比我多，相比让我费神费力地去想法子救你，不如还是换成你救我，我正好偷偷懒。别磨蹭啦，我已经听到他们的脚步声了。"

　　说完，她伸出手，白皙的掌心上摊着一颗淡粉色的药丸。安星眠点了点头，左手接过药丸："也只能如此了。"

　　雪怀青微微有些诧异，她原本以为安星眠肯定会不同意，肯定会和她争执，没想到他竟然会那么痛快地就接过了药丸。还没等她回过神来，安星眠突然伸出右手捏住了她的面颊，手指用力恰到好处，雪怀青不由自主地张开了嘴。紧跟着，安星眠的左手飞快地探出，把药丸塞进了她的嘴里。雪怀青想要抗拒，却又不能对他使出杀招，这么稍微一犹豫，药丸已经溜入了喉头，吐不出来了。

她这才明白了安星眠的用意，心里一阵酸楚一阵甜蜜，但追兵已经接近，再耽搁时间就来不及了。她只能深深地望了安星眠一眼，低声说："你一定要活下去，等着我！"

安星眠微微一笑，在她的嘴唇上轻轻一吻，随即转过身，开始重手重脚地向高处攀爬而去。雪怀青趁他故意蹬落的山石发出响亮声音的刹那，迅速地滑入了水潭，把整个身体没在水里。尽管在水中，她还是能听到天驱们追赶的脚步声，那些脚步越过她的头顶，向高处追去。

原来人在水里也是可以流出眼泪的，雪怀青想。

所以现在安星眠就被关在小黑屋里，待遇很差，除了女天驱不知为何对他恼恨非常之外，其他人好像也不太喜欢他。他仔细想想，兴许是因为本来这一次天驱可以把两件法器的线索人物一网打尽，但由于他的计谋，让雪怀青脱身逃走了，任务只完成了一半，难怪他们会如此恨自己。

而天驱们还有一点没想到的，就是萨犀伽罗竟然只是一块镶嵌在他腰带上的翡翠。他们得到的情报只是说萨犀伽罗在安星眠手中，却并不知道其形貌，因此并没有拿走它，这让安星眠多了几分转圜的余地。就看那位有一面之缘的女天驱似乎能射出刀子的目光，假如萨犀伽罗被拿走，失去利用价值的自己搞不好就要被活剐。

"你到底为什么那么恨我？"有一天傍晚，当女天驱阴沉着脸来给他送发馊的馒头和水时，他终于忍不住发问，"我好像没有做过什么得罪你的事情吧？除了不让你杀死我……"

女天驱看了他一眼，放下手里的木碗，一言不发地转身离开，令他徒叹奈何。好在他在长门修炼多年，老师章浩歌更是一个主动寻求苦难来提升自己的人，他这辈子已经经受过不少相当糟糕的环境，所以尽管这间囚室条件恶劣，他还能泰然处之。没事的时候，他只能干两件事：

睡觉和冥想。

睡觉倒是他生平的第一大爱好，但要沉下心来进入真正物我两忘的冥想状态就很难了，因为有一个人的面容总是在脑海里挥之不去，让他不能安宁。雪怀青现在在哪里？她还好吗？她能不能找到解救自己的方法，又或者是会不顾一切地硬闯？

千万不能硬闯啊，安星眠在心里成千上万次地念叨着。这是天驱武士，有时候显得很正义，有时候显得不那么正义，但任何时候都强硬无比、坚决无比。在某种程度上，这群人比宇文公子和宁南城的羽人还难对付，因为后两者或许有谈判交易的余地，天驱却没有。他们要做的事情，就一定要做到，哪怕付出尸山血海的代价。

这个时候他有些体会雪怀青被关在宁南王宫时的心境了，既要在意自身的安危，却更提心吊胆所爱之人的安危，真是一种不折不扣的煎熬。也许最好的办法是自己想法子逃出去，这个念头在他心里一次一次地冒出来，但看来似乎缺乏可操作性。这间囚室四壁都是石头，没有窗户，门是用铁板做成的，门上送饭送水用的小口小到连条胳膊都塞不进去。

他还想过挖地道，因为这间囚室的地面并不是石板铺成的，但一来没有工具，二来门外随时有人监视自己，稍微有一点响动都能被听到。看起来，这真是一个绝境了。

无聊的时候，他只能借着每晚送饭的机会不停向女天驱问话，哪怕对方只留给他一个冰冷的背影，几天之后，她终于忍耐不住，第一次回应了安星眠的问话。

"你并没有直接伤害我，但比伤害我更加严重，"女天驱说，"如果不是为了萨犀伽罗，我已经杀你一百次了。"

她猛地把盘子摔到地上，拂袖而去，又不理睬安星眠了，留下后者一阵阵地纳闷儿。难道是她对天驱太忠诚了，因为自己不愿意交出萨犀伽罗而横生恨意？

这一晚安星眠没睡多久就被饿醒了，因为女天驱之前摔在地上的馒头被一只机敏的老鼠抢先夺走了。尽管那只是普通的馒头，还经常带着馊臭味，却是他在这里唯一的口粮，少吃一顿就会饿得很难受。

他在发霉的稻草堆上翻了个身，抚摸着空瘪的肚子，无意中手触到腰带，发现自己被关了这几天后，居然饿瘦了一圈，腰带都变松了。

快要比羽人还细了，又需要换腰带了吗？他有些自嘲地想。从小到大，随着体形的不断变化，他换过很多条腰带，每一次都按照父亲生前的千叮咛万嘱咐，一定把"保佑平安的护身符"——也就是伪装成翡翠的萨犀伽罗镶嵌在腰带上。可惜的是，这块护身符现在成了凶符，总是给他带来灾难，也许下一次换腰带的时候，它就已经不在了吧。如果萨犀伽罗不在我的身边……

突然之间，就像是暗夜里闪过的一点火光，安星眠的脑子里冒出了一个模模糊糊的念头。如果萨犀伽罗不在了……如果萨犀伽罗不在了……他连忙凝聚心神，全心全意地顺着那一点儿思维的火花继续思考下去，慢慢地，他把握到了这个念头的实质。

如果萨犀伽罗不在自己身边，是不是就可能被唤醒？安星眠在黑暗中狠狠地一捏拳头。

他又想起了风秋客。风秋客几乎是抛掉一切，用自己的一生来保护安星眠，当然其实是为了保护萨犀伽罗，却始终没有把这件羽族的至宝带回去，也许是因为他知道，这件法器离开安星眠，就会带来灾难性的后果。那会是什么样的后果呢？

比如说，从沉睡中醒来的萨犀伽罗会爆发某些常人难以想象的力量，捣毁掉这间充满了霉臭味和各种小生物的囚室？

如果是过去，安星眠肯定情愿这玩意儿永远沉睡下去，千万不要被唤醒。但是现在，他似乎别无选择了。也许萨犀伽罗能好好地捣捣蛋，让天驱们疲于招架，这样兴许自己就可以趁乱逃出去。

至于萨犀伽罗的爆发或许可能危害到自己，他并非没有想到，但在此特殊时刻，就当是冒一次险吧。反正自从去年的长门事件之后，自己的生活就是一场接一场的冒险，早就习惯了。

他正在想着，脚旁有什么毛茸茸的东西擦过，那是囚室里的一只老鼠。说起来也奇怪，这囚室里的囚徒自己都吃不饱，老鼠却一只只养得肥头大耳，也许它们有什么通往外面的密道。

安星眠本来想伸腿踢开这只老鼠，但到了最后，他却猛然伸出手，把这只老鼠抓在了手里。老鼠发出吱吱的惨叫声，却无力挣脱。

如果要想办法逃脱，至少得先养足力气，而要养足力气，首先必须有足够的食物，天驱们每天送来的那点馒头恐怕不够用。安星眠强忍胃部的不适，用力捏死了这只老鼠。他的脑海里又浮现出那幅让他许久都难以忘怀的画面：在幻象森林里，在那棵用来避雨的大树中，雪怀青轻描淡写地抓起一只足以把寻常女孩子吓晕的大蜈蚣，细细研究它是否可以用来炼药，那只蜈蚣抓在她手里，倒像是一个普通的姑娘抓着一个布娃娃。

"我们俩真是越来越像了呢。"他自嘲地想。

这一天的深夜里，安星眠结束了一次长长的冥想，深吸了一口气，从腰带上取下那块二十年来从未离身的"护身符"，把它放到了石室里离自己最远的角落。

接下来，就等着看会有什么事情发生吧，安星眠躺在稻草垫上，安然入睡。他希望自己能梦见雪怀青。

三

"我不是有意要背叛的！"跪在地上的年轻人痛哭流涕地喊叫着。他似乎想要拼命挣扎，但是四肢都被某种黑色流光的符印闭锁住了，无论怎么用力挣扎，四肢都纹丝不动。在年轻人的身前，一个中年女子意似悠闲地站着，手掌上却闪烁着秘术的紫黑色光亮。

这里是澜州，或者说整个九州最让人感到恐怖的地方之一 —— 夜沼。这一片沼泽常年云雾笼罩，地形环境复杂而恶劣，走在这片沼泽中，稍微踏错一步就有可能陷入灭顶之灾。而夜沼地域的森林俗称"黑森林"，不但终年弥漫有毒的黑雾，据传还总有各种怪兽毒虫出没。这两个人敢进到夜沼深处，看来绝非寻常人等。

"背叛不分有意无意，只看结果，"中年女子冷冷地说，"更何况你是向我们的死敌通报消息，根本就罪无可赦。"

"我当时根本就不知道啊！"年轻人声嘶力竭地说，"宋大人……宋竞延平日为人很好，我们母子俩蒙他收容，诸多照顾，我怎么可能想到他是天驱？"

"他不只是天驱，而且还是天驱内部很有身份的人，甚至可能是个宗主。"中年女子的语气依旧冰冷。她虽然年纪不轻，面容却依旧姣好，风韵不减，乍看上去仿佛三十许，只是一张脸绷得紧紧的，好像全九州的人都欠她钱似的，稍显凶悍。

"可我不知道啊，我压根儿就不知道！"年轻人急忙说，"再说他只是随口问一下我的行程，我以为没什么要紧的，就告诉了他，我怎么知道他会派人跟踪我，偷听我们的机密……"

"总而言之，我们的机密已经泄露，"中年女子转过身，不再看他，"背叛信仰者，必须处死。"

"不要啊！饶了我吧！"年轻人惨号，却丝毫不能打动这个冰山一样的女人。她并没有做出任何动作，年轻人身上的黑气却骤然变浓并收紧，他的皮肤也开始变黑。随着黑气遍布全身，年轻人的叫声渐渐止息，终于头一垂，身子软软地倒下，停止了呼吸。

中年女子轻轻勾了一下手指头，黑气竟然开始燃烧起来，转化为黑色的火焰，很快把年轻人的尸体全部烧尽，只剩下一堆灰烬。焦臭难闻的气息在沼泽里散布开，又很快随风消散，不留半点痕迹。

中年女人从身上取出一块干净的白布，细细地把年轻人的骨灰收集起来包好，这才转身离开。但刚走出两步，她就猛然停下，面色虽然不变，眼神却警觉起来。不过这种警觉稍纵即逝，她又重新放松，轻轻叹了口气："你怎么会来这里？"

她那张原本毫无表情的脸上，竟然现出了一丝温柔的神色。而随着这句问话，从沼泽的另一侧走过来一个人，一个脸上有伤疤的中年儒生模样的男人。

这个人，就是尸舞者中的最强霸者，须弥子。

"我来往九州，还需要任何理由吗？"须弥子说着，已经走到了她跟前，"五六年不见了吧，阿离？"

被称作阿离的女子垂下头，脸上隐隐有红晕，但更多的是一种不加掩饰的伤感。之前在那个年轻人面前，她是冷若冰霜的、严酷无情的，然而在须弥子面前，她好像完全变成了另一个人，半晌才轻声回答："五年零七个月。"

须弥子微微一怔："你倒是记得清楚。这些年来，你还好吗？"

这个狂人平日眼高于顶，和谁说话都是一副老子天下第一的狂傲德行，但不知为什么，在阿离面前说话，居然大为收敛，而且竟然会问出"你还好吗"这样的话来，实在是相当难得。

"无所谓好与不好，对于辰月教徒而言，自身的好坏微不足道，"阿离淡淡地回答，"倒是你……琴音走了，你虽然嘴上不愿承认，心里一定很难过吧？"

"我嘴上为什么不承认？"须弥子凄然一笑，"这是我生平最大的憾事，我恨不能扫平天下来摆脱此恨，有什么不能承认？"

这个回答显然大大出乎阿离的意料，她凝视须弥子许久，眼圈微微有些红："你变了。这世上果然只有琴音才能让你改变……只有她……"

须弥子摆了摆手，似乎是想将胸怀中的复杂情感抒发出去。他顿了顿，又说："不过你的消息还真灵通。琴音死了的消息，只有寥寥几人知道而已。"

"辰月的消息总是很灵通的，"阿离有些失神地看着须弥子，"更何况，琴音的事，也就是你的事。"

须弥子摇摇头："如果我能早二十年意识到这一点，她也就不会死了。不过也好，至少现在，我再也不会丢下她一个人了。"

他缓缓地挽起右手的袖子，手腕上赫然戴着一串手链，这是一串灰白色的手链，由几十颗大小不一甚至形状都不太规则的圆珠穿成。阿离微微一怔，随即反应过来："啊，这是琴音的骨灰……能这样长伴你左右，她一定很高兴。"

"也许吧，高兴或不高兴，我永远也无法知道，"须弥子又是重重地一摆手，"这些陈年旧事不提，我来找你，是有事想要你帮忙。"

阿离微微一笑："果然琴音的去世改变了你很多，换在几年前，你无论如何也不会说出'帮忙'这两个字的。你想要我做什么？"

"据我所知，你们辰月和天驱，可能在近期会有一场大规模的冲突，所以我肯定，你们对天驱的动向相当地了解，对吗？"须弥子问。

阿离迟疑了一下："这个……好吧，你知道我是永远不会瞒你的。你说得不错，我们的确严密监视着现时天驱的动向，但我个人并不知晓。辰月有阴、阳、寂三支，我属于寂，只负责裁决惩处教内事务，和天驱的战争是阳支的责任。"

"但你可以帮我打听得到。"须弥子说。他虽然在阿离面前已极力收敛，但那种向他人发号施令的作风仍旧藏不住。

"你到底要做什么，能先告诉我吗？"阿离问。

须弥子从鼻子里哼了一声："我对人做出了承诺，要去天驱手里救一个又蠢又笨的废物小子。我倒是巴不得他早点死掉，但是须弥子说出的话，答应的事，从来没有反悔的。"

"会做出这样违背你本愿的承诺，一定是那个人做了什么让你很开心吧，"阿离抿嘴一笑，刹那间风情万种，"你的老毛病，只要一开心，就会什么事情都答应下来。"

须弥子摇摇头："你对我还真是了解。这么多年来，除了琴音，或许你就是最了解我的那个人。"

这句话似乎又触动了阿离的心事，她低头沉默，最后说："好吧，告诉我详细情况，我去帮你打听。三天之后，我们还在这里见。"

"这还真不像你呢，"须弥子一笑，"我所认识的阿离，不是张口闭口总是以辰月教为重吗？"

"大概是因为从你嘴里说出了'帮忙'两个字吧，"阿离的脸上又微微有些泛红，"大概还因为……我帮了你这个忙，三天之后，还能再见你一面。"

须弥子没料到阿离会这么说话，一时竟显得有些狼狈，为了掩饰尴尬，他急匆匆地把安星眠的事大致说了一遍，随即转过了身，"如此……多谢了。三天后我再来。"

他大踏步地走开，并没有回头看阿离一眼。阿离凝视他远去的背影，一时就像痴了一样。

　　数天之后，须弥子出现在了宁州的杜林城，身边跟着雪怀青。按照阿离告诉他的消息，安星眠被擒获后，转送到了杜林城，被关押在一个名叫宋竞延的官员的府邸里。宋竞延之前曾是霍钦图城邦城务司的断案使，据说破案如神，所以身为人类也颇得羽族的尊敬，可惜最终栽在了领主分尸案上，引咎辞职，跑到杜林城这个养老之地来享受清闲，并且渐渐被人们淡忘。然而，就在一个月前，辰月在派出斥候追踪一名他们跟踪已久的天驱女杀手时，意外地发现她竟然进入了宋竞延在杜林的府邸，并且和宋竞延秘密会面。到了这个时候，辰月才知道，这位昔日的神探竟然也是天驱中人，而且地位不低。

　　"天驱和辰月这帮没出息的东西，为了一些无聊的事物斗来斗去，一个宣称要弘扬神的旨意，一个自称要维护和平与正义，其实都是狗屁！"坐在杜林城的茶铺里，须弥子一边喝茶一边大放厥词，神采飞扬的表面之下，却似乎是在掩饰什么。

　　"喂，不要轻易岔开话题，我对什么天驱、辰月的宗旨理想才不感兴趣呢！"雪怀青笑眯眯地说，"那位女辰月教徒，居然会帮助你，这可真是太阳从西边出来了……我说，你和她真没有什么故事吗？"

　　"放肆，你这是要盘问我吗？还从没有人有这么大的胆子！"须弥子瞪着眼睛，满脸怒容，但雪怀青仍然带着一脸天真无邪的笑容，充满期待地看着他，就像一个央求祖父讲故事的可怜巴巴的小女孩。过了好一会儿，他终于叹息一声，脸上的怒容也消失了："早知道在幻象森林里就该把你们这两个麻烦的小娃儿都杀了做成尸仆……都是些陈年旧事了，提它作甚？"

　　"因为我很想多了解一点儿你嘛，"雪怀青殷勤地替他倒茶，"一般人哪有这种运气认识九州最强的尸舞者呢？"

　　这个马屁拍得很生硬，但仍旧拍对了地方，须弥子闷哼一声："就在几天之前，你还指着我的鼻子说，在海里有一条鲛人比我强呢。好吧，稍微说一点儿，我和阿离是在二十来年前认识的。那时候我瞧上了三个体质不错的人，一路跟踪他们，没想到那三个人背负了刺杀的任务，竟然是去刺杀一个年轻的女子，不过这正合我意。我抓住他们全心攻击那年轻女子的机会，偷袭得手，获得三具完美的尸体。事后，我准备带三具行尸离开，却发现那女子十分痛苦地半坐在地，像是受了很重的伤，腰间也不断有鲜血流出来……"

"哦，那个年轻女子想必就是阿离了！"雪怀青拍手作恍悟状，"你一定是看她长得漂亮，于是就起了恻隐之心……"

"不，年轻漂亮这种事，从来不会入我的眼，"须弥子认真地摇摇头，"只不过在那时，我刚和琴音大吵了一架，还打烂了她好几具用得很顺手的尸仆，气得她拂袖而去，难免心里有些小小的愧疚。而阿离受伤后的那张脸，明明很痛苦，却又强忍着痛，而且绝不愿意向我求助，那种倔强、骄傲的样子，让我一下子想起了琴音。所以我没有离开，而是救了她。"

雪怀青不再问了。她看得出来，须弥子陷入了某些令他缅怀而又伤感的回忆。这个当世最了不起的尸舞者，在旁人面前的形象大抵是神秘可怖、杀人不眨眼的凶神恶煞，但此时此刻，却流露出了难得一见的人情味。

就让这样的人情味在他身上多停留一会儿吧，雪怀青想，哪怕是片刻也好。她不再打扰须弥子，却不禁开始去琢磨那个名叫宋竟延的断案使。按照阿离的说法，宋竟延之所以早早地退出官场，就是因为他没法侦破领主的分尸案，可见这个案件确实扑朔迷离。可是自己父母的最终下落，也和这个案件密不可分，能不能找到办法从宋竟延嘴里打听出什么呢？

两人在杜林城的一间小客栈住下来。须弥子仍然使出他高超的夜行本领，经过三个晚上的侦查寻找，确定了安星眠被囚禁的位置。然而位置虽然打探出来了，想要救人却十分困难。天驱们显然对安星眠十分重视，整个院子里至少安排了二十名天驱武士，即便以须弥子的能耐，要一次对付这二十人也殊为不易，更何况还得防着对方下手伤害安星眠。好在须弥子见惯了这样的阵势，他过去为了得到一具自己看上的尸仆，可以潜伏跟踪几个月，如今的情形对他而言也不过是小儿科，雪怀青却焦急异常。

"急什么？天驱既然是为了萨犀伽罗，就一定不会要那个臭小子的性命，不过是多关几天多吃点小苦头罢了，不必担心。"须弥子的口气听起来就像安星眠是关在宋府里疗养。

"我现在才知道，救人的滋味实在是不好受，"雪怀青耷拉着脑袋，"真是情愿被关的是我，那样至少不会像现在这么着急。"

"没点志气！"须弥子嗤之以鼻，"为什么就不能想想是你把敌人抓起来磋磨？"

"我又不是你这样杀人不眨眼的怪物……"雪怀青嘟哝。虽然她明白须弥子说的话半点儿也不错，但一想到安星眠身陷囹圄，不知道会受到什么样的折磨，还是一阵阵心急如焚。

这一夜北风怒号，雪怀青听着客栈窗外呼啸不息的风声，一腔心思又转到了安星眠身上：现在已经是严冬时节了，那个家伙被关在哪里？囚牢会不会漏风？有没有暖和的被子盖？过了很久她才发现，自己过去似乎从来没有这么婆婆妈妈过，但是现在，关心一个人的习惯就像是渗入了血液里，再也去不掉。这样的改变，都是那个叫安星眠的男人给她带来的，而她自己似乎也不排斥这样的改变。在某种程度上，她很欣慰自己有了这样的改变。

思绪一旦飘飞出去，就再也停不住了，雪怀青越想越觉得难以放下，干脆披衣起床，走出客栈，来到宋竞延的府邸外。她知道自己的实力不能和须弥子相提并论，里面那二十个天驱武士，或许自己打一两个都很费劲，所以不敢靠得太近，只能远远地看着。

我真是废物！她忽然很忧伤。如果没有须弥子的帮助，面对天驱这样强大的对手，自己就束手无策了。许多年前，她抱着"让别人害怕我不敢接近我"的目的，毅然选择了尸舞者这么一个令人畏惧的行当，多年来过着孤寂冷清的生活，在安星眠之前甚至没有任何一个朋友，事到如今，她却有些隐隐后悔了。

正在胡思乱想着，忽然感到背后一阵凉意，还没等她反应过来，嘴巴已经被一只冰凉的大手捂住了。这只手力道十足，而且出手速度奇快，让她根本来不及防备就已经中招了。幸好这个时候，她听到后面有人说话。

"连我的一个尸仆都挡不住，还想去和天驱过招？"须弥子阴森森地说，"就你这点修为，还是乖乖地在客栈房间里待着比较好，免得变成我的累赘。"

雪怀青没有出声，只是默默地运起尸舞术，捂在她嘴上的那只冰冷的行尸之手慢慢地挪开了。须弥子微微有点惊讶："一年不见，你的尸舞术进展很快啊，虽然我未出全力，但你能干扰到我的精神力，强制移动我的尸仆，已经算是相当不错的成就。"

雪怀青微微一笑："所以你看，我也并不是完全像你所想的那么没用……怎么回事？"

她和须弥子都听到了，远处的宋府里突然传来一阵骚乱的声音，原本在外墙附近巡逻的几名天驱也都离开外墙，跑向了内院，看起来是有什么事情发生。

"一定和那个臭小子有关，"须弥子果断做出了判断，"他虽然蠢笨，运气好了还是有些鬼精灵的……我们进去看看！"

雪怀青巴不得他这么说，连忙跟在他身后，翻墙进去。好在府内骚乱一起，外面无人看守，倒是可以轻松进入。两人循声来到宋府后院，前方可以看到火把亮起，无数人影在乱窜，显得一片混乱。

"难道是有其他人来救他了？"须弥子有点疑惑，"你是不是还求了其他人？"

"我没有，"雪怀青赶忙说，"虽然这一年来我也认识了一些其他的朋友，但除了你之外，我根本就想不到还有谁有这个本事来救他。我去求别人，不是把他们也推向死路吗？"

"这倒也是，"须弥子显然对这个回答十分满意，"但是看眼下这么混乱的场景，来救他的人，是不是应该人数不少呢？"

须弥子说得没错。前方是一座东陆风格的小花园，里面原本有假山、池塘、花木和石雕，但现在，这座花园已经变成了一片狼藉的废墟，假山完全被毁坏，成了一堆丑陋的石块，树木也都被碰得弯折甚至倒下。

"就像是有一个夸父在这里面狠狠地捣了一下乱。"雪怀青做出了一个形象的形容。

须弥子没有搭腔，仔细查看花园里乱糟糟的现场，忽然指挥一具尸仆弯下腰，抬起了一块被打断的石板，然后示意雪怀青过去看。雪怀青凑近一看，不由得倒吸一口凉气：石板上印着一个深深的手印，像是被人一掌打断的。但是这个手印的大小，分明只是一个体格正常的人类或羽人的手，而绝不是体型巨大的夸父。

"人也能有这么大的力气？"雪怀青喃喃自语，"就算是最强壮的尸仆也很难做到这一点吧？"

眼看宋府里乱作一团，两人索性再向前靠近了几十步，来到这座花园被打塌大半的围墙边缘，借着断壁残垣的掩护往外窥探。只见地上已经躺了好几具尸体，而且一个个都浑身鲜血，看起来惨不忍睹。

须弥子运起尸舞术，让其中一具尸体以不易察觉的速度一点一点在地上爬行，爬到了两人身前。他俯下身，查看了一下，眉头微皱："下手好狠，肋骨全被打断了，内脏估计也完全毁了。我在九州各地行走多年，从来没有见过人类或是羽人用这么重的手法杀人，难道是那个臭小子还认识什么你不知道的朋友？"

"没有听他说起过啊，"雪怀青也很疑惑，"他有一个结义大哥，武技倒是一直走刚猛路线，但也达不到这种程度。也许是长门里的什么人？长门藏龙卧虎，或许有一些我们不知道的高手。"

须弥子不答，双目炯炯地注视前方。在那里，十多个天驱武士各执武器，正在围攻一个浑身浴血看不清面目的人。这些天驱从身形就能看出，个个都是一等一的高手，但十多人一起围攻那个人仍然非常吃力。更为奇怪的是，那个被围攻的人身上还隐隐闪烁着五彩的光芒。

"精神力失控，"须弥子说，"精神力失控的时候，就可能会溢出光芒。这就更奇怪了，一般只有秘术士才会精神力失控，但那个人的身法分明是个武士。"

被围住的那个人的确是武士，并没有使出任何秘术，而是单凭拳脚和天驱武士们对垒。他的招式非常简单，或者可以说，几乎就没有什么招式，只是一拳一脚地直来直去，但偏偏没有任何天驱敢正面招架。

当然了，此人也并非全无破绽，天驱们抓住机会，还是可以用刀剑在他身上增添一点伤口，但他好像没有任何痛觉，即便被刺伤砍伤，动作也不减慢分毫，更可怕的是，伤口一开始还会流血，随即就渐渐愈合了。雪怀青这才明白过来，这个人尽管浑身浴血，但那些鲜血未必都是他自己的。

"这个人简直就不像人！"雪怀青忍不住感慨地说。

"这么说，你看上了一个不像人的家伙。"须弥子说。

"你说什么？"雪怀青一呆。

"睁大眼睛，好好看看，"须弥子的语调听来很是怪异，"那个正在大打出手的不像人的家伙，不就是你的小情人吗？"

他双手托腮，陷入了沉思："从来没看出这个废物小子那么能打，看来我得重新评估一下你挑男人的眼光了。"

四

安星眠下定决心后，解下了一直佩戴在身上的萨犀伽罗，放在了囚室里距离他最远的角落。其实他并不知道到底萨犀伽罗距离他多远才会远离他身体的影响，所以这个举动其实也只是碰碰运气。现在萨犀伽罗和他只隔了数尺远，万一只要他在一百尺范围内都不能唤醒，这个计划就完全没有意义。

无论怎样，现在只能干等。安星眠继续在囚室里寻找老鼠充当食物，一面暗中活动筋骨，以免长久不动身体不灵便。当下定决心设定某个目标之后，心里反而安宁下来，于是他减少睡眠，把大量的时间用于冥修，以便让精神更专注。

就这样过了第一天，萨犀伽罗在角落里纹丝不动，既没有发出什么声音或者光亮，也没有其他的异动，似乎完全就是一块纯粹的死物。这让安星眠十分失望。但到了夜晚，他却做了一个很奇怪的梦。

他梦见自己失去了形体，变成了一团云雾状的东西。他努力地想要感应到自己的身体，却什么也没能找到，只是觉得一切都无法控制，好像只剩下了意识的存在。而周围的一切也都变成了虚无的混沌，令他完全分辨不清到底哪里是"自己"，哪里是"世界"。

但奇怪的是，这种状态并未让他觉得有什么不适应，反而越来越惬意，似乎他的生命就应该是这样才合理。他仿佛完全不存在，又仿佛无所不在，能穿行于任何角落。那是他做"人"的时候从未有过的新鲜体验。

醒来之后，他还在回味那种独特的感觉，一时间难以理解自己为什么会做那么奇怪的梦。再看看黑暗中的囚房角落，萨犀伽罗仍然没有丝毫异状，他不禁失望非常。"难道我的判断是错误的？"他想，"萨犀伽罗即便离开我也不会被唤醒？"

接下来的两天仍然在平静中度过，萨犀伽罗还是没有任何变化。他就是再淡定，也难免有些焦虑的情绪，而这样的情绪被那位老是和他作对的女天驱发现了。这天晚上送饭的时候，她忍不住向安星眠发难。

"怎么了？着急了？"女天驱的语调里充满挑衅的意味，"着急的话，把萨犀伽罗交出来啊。"

"没你想象的那么着急，"安星眠接过馒头，迫不及待地咬了一口，"在外面我还得自己挣饭钱，在这里有人管饭呢。"

女天驱冷笑一声："你用不着讲笑话，富家大少爷……我只是想提醒你，你拖得越久，对你的情人来说，就越危险。"

安星眠浑身一震，女天驱接着说："你心里清楚，她是一定会来救你的。但以我们天驱的实力，她的胜算很小。更何况……我是不会轻易放过她的。"

"我和你到底有什么仇，你要这么恨我，甚至恨屋及乌？"安星眠忍不住大声发问。

女天驱不答，转过身飘然而去，直到走到走廊的尽头，才甩来一句刀一样锋利的话："我只想让你也尝尝心爱的人被杀的滋味。"

安星眠呆住了。他大致明白过来，这位女天驱心爱的人被杀了，但为何要报复在他身上？难道以为是他杀的？安星眠不必仔细想也知道，自己生平和人动手都很有分寸，只下过一次重手，那是在数月前调查长门案时，由于心情苦闷，对着几名敌人下了狠手，但似乎也只是把他们打到重伤，不至于丧命。何况这位女天驱的情人若是那些走狗，也未免眼光太低了。

但现在，他顾不上去分析到底女天驱的情人是谁、和他到底有什么干系，也许是她误会了，也许是有人栽赃陷害，但现在都不重要。女天驱所说的最要命的一句话在于，她要对雪怀青下手。这个女人的手段他是见识过的，她的笑里藏刀、装傻充愣，以及出手一击的凶狠果敢毫不留情，此人实在是个狠手。雪怀青虽然头脑聪明，但见识过的阴谋手段毕竟太少，万一真被她碰上了，说不定就要糟糕。

一想到雪怀青可能遇到极大的危险，安星眠心里再也无法平静。他一跃而起，从铁门口向外大喊大叫，却始终无人应声。女天驱似乎就是专程来向他的心头扎一根针，扎完就走，把痛苦留给他慢慢承受。

这一夜安星眠在稻草垫子上辗转反侧，再也无法保持心绪的平静，各种念头就像一锅沸腾的汤，咕嘟咕嘟翻腾着滚烫的泡沫。想得越多，心里就越乱，却又偏偏没办法制止自己的胡思乱想。

这样到了半夜时分，他忽然感到有些不对，好像全身都有些发烫，难道是发烧了？但是除了温度略高之外，也并没有其他地方不舒服，就是身上越来越热，活像一眼温泉。他再试着催动一下精神力，发现隐隐有一股古怪的力道在体内潜伏，但藏得很隐秘，不易捕捉。

这是怎么回事？他有些纳闷，甚至一度怀疑是不是那位女天驱偷偷给他下了毒，但仔细想想，要杀他，何必偷偷下毒？更何况自己对天驱还有用，萨犀伽罗还没到手呢。

他想不明白其中的关窍，只能默默忍受，还试图安慰自己"兴许睡上一觉就好了"。但一觉醒来天已经亮了，那种难受劲半点儿也没有消失，反而越来越严重。他的身体不再是发热，而是一会儿凉一会儿热，有时候又会控制不住地莫名震颤——这是一个相当糟糕的新症状。他想起自己以前跟随老师章浩歌游历行医时，就见过不少这样的病人，或者是年纪太大了，或者是脑袋被碰撞受过伤，双手会不由自主地颤抖，甚至连东西都拿不住。

我这是怎么了？安星眠想，我可没撞到脑袋啊。

这一个白天对安星眠而言简直比一年还漫长，身体越来越难受，无论怎么想办法冥想调息都没用，身上忽冷忽热，每一处肌肉都不受控制地发抖，头痛欲裂，意识也渐渐模糊，似乎已经感受不到时间的流逝。

到了晚饭的时候，女天驱在外面招呼他，他只能哼唧着，无比艰难地爬行到窗口，刚伸手拿住饭碗，立刻手一抖把碗摔在了地上。女天驱好像早料到他会如此表现，冷笑一声："别装了，以你的身体，就算是装病我也不会信的，除非你砍掉自己一只手一条腿。老老实实待着吧。"

安星眠无从申辩，甚至连说话的力气都没有了。他用颤抖的手抓起一个掉在地上的冷馒头，却又马上把馒头扔在了地上——不知道怎么搞的，这个普普通通的冷馒头捏在手里，竟然有一种冰块般的寒冷。

他重新挪回到稻草垫上，心里百思不得其解，甚至产生了"我是不是就快要死了"的感觉。想到死，他的心里又是一颤。对于长门僧而言，死亡是那一道道无尽长门中的最后一道，跨过了这道门，也就求得了最后的解脱。但他却并不情愿解脱，因为他从来就不是一个真正意义上的虔诚的长门僧，相比起追求那看不见摸不着的真道，人生之中还有一些更重要的事物值得珍视，让他舍不得就此离开。

头越来越痛，连视线也开始有些模糊了，安星眠努力转动眼珠子，生怕连眼睛都不能动弹了。这个时候他才发现，自己的头一直朝向囚室的某个角落，那是他放置萨犀伽罗的地方。

萨犀伽罗！安星眠猛然醒悟过来。在这之前，他的头脑里一直所想的是，萨犀伽罗离开了他的身体之后，究竟会如何发挥，却始终没有反向思考：如果反过来，萨犀伽罗离开他，他又会怎么样呢？

之前他一直在疑惑，明明自己就是一个普通人，怎么可能对萨犀伽罗起到那么重要的作用。但是现在，他开始从另一个角度去思考问题了：他之所以显得'普通'，或许也是因为萨犀伽罗在对他起着反作用。他和萨犀伽罗是相互依存的。那么，如果把这块宝物从腰带上拿下来，让萨犀伽罗远离自己的身体，会带来怎么样的后果呢？

难道就是眼下自己所体验到的这种生不如死的感觉？如果这样的感觉持续加剧，自己会不会真的死掉？

想到这里，安星眠无奈地摇摇头，用手臂支撑着越来越虚弱的身体爬向萨犀伽罗，决定把它重新嵌回到腰带上。无论怎样，眼下还是先保住性命才能谈得上别的。但爬出去一两尺后，他发现自己的肢体已经僵硬，手脚都不听使唤了。他咬紧牙关，努力想要再往前挪动一点，却怎么也没法移动分毫，全身一会儿像被火烤一会儿像被冻在殇州的冰原上，脑子里则像是有无数把尖刀在搅和，安星眠终于支撑不住，晕死过去。

昏迷之后，他又沉入了之前的那个梦境，梦见自己化为一团虚无，失去了原有的形体，在一片混沌中永无止境地飘散。肉体的痛苦消失了，或者说，肉体的一切感觉都消失了，剩下的只有无拘无束的自由。那是一种他从未体会过的自由，让他觉得非常享受，尽管也有一丝淡淡的迷惘。

他沉浸在这种奇妙的状态里，浑忘了时间的流逝，当最终醒来时，似乎自己仍然是那团没有形体的虚无之物。然而梦总归是要醒的，当四肢的酸痛和头颅的胀痛一起回归时，他也逐渐恢复了意识，想起了自己到底是谁，想起了自己到底在什么地方。

他猛地睁开双眼，然后整个人都惊呆了。自己已经没有在那间黑暗肮脏的因牢里了，而是站在一片开阔的空地上，空气中飘散着一股浓浓的血腥味，这样的血腥味同样浸染了自己的全身，让他在迷迷糊糊中有一些恐惧：我到底做了些什么？

视线渐渐清晰起来，他看见，周围站着好几个人，其中一个是须弥子，这些人都和自己保持着距离——除了一个人。那个人正在抱着自己，紧紧地抱着自己。她金色的长发摩擦自己的面颊，发丝里传来一阵熟悉的幽香，那是自己做梦都不能忘记的气息。

身体的感觉也渐渐回来了，安星眠轻轻动弹酸麻的手臂，拥住了怀里这柔软的身躯，用嘶哑的嗓音问："是你吗？真的是你吗？"

"是我。你终于醒了。我又找到你了。"怀里的女子温柔地回答。

五.

那个正在像疯子一样浴血搏杀的凶神，赫然是安星眠！雪怀青怎么也不敢相信自己的眼睛。眼前的这个人，和她记忆里温文有礼、和敌人打架都从来不忍下重手的安星眠，相差实在是太远了。但她不会看错，须弥子也不会看错，这的确是安星眠。

但这显然是一个她完全不认识的安星眠。这个人浑身都是鲜血，打出的拳脚看起来全无章法，嘴里还不断发出野兽一般的嘶吼，和往常那个即便出手打架也动作优雅的长门僧毫无相似之处。

他的出手虽然杂乱无章，却每一拳都隐隐带着风雷之声，让围住他的天驱只能竭力躲闪，而不敢有所招架。当然了，这样的拳脚破绽不少，天驱们手里的刀剑不断招呼到他身上，但以这些天驱武士的功力，却只能刺破表面的皮肉，无法刺入肌肉之中。更为可怖的是，身上新添的伤口过上一小会儿就自己慢慢愈合了。

最让雪怀青揪心的是，此刻的安星眠除了动手之外，仿佛完全没有其他的意识。在打斗中，他的视线好几次从雪怀青身上飘过，却没有任何反应，那血红的双瞳和木然的眼神，令安星眠成了一个彻底的陌生人，一个癫狂嗜血的恶魔。

"他居然连我都认不出了……"素来镇定的雪怀青此刻竟然也六神无主，下意识地拉住须弥子的袖子，"他这是怎么了？到底怎么了？"

自见到安星眠这副疯狂的模样后，须弥子就一直在沉思，听了雪怀青的问话，他慢慢开口了："让人发疯的法子可能有上千种，但让人发疯后力量大增的却不多，再加上伤口都能自动愈合，以我所知，只有两种可能性。"

"哪两种？"雪怀青急忙问。

"第一种，是历史上曾统治北陆蛮族的帕苏尔家族，他们有一种世代相传的家族印记，叫作青铜之血，说白了就是狂血。并不是每个帕苏尔的后人都有狂血，那样的战士每出一个就能以一当千，当狂血被唤醒后，狂血战士将会变得力大无穷，不畏惧普通的伤害，而且在狂血的主宰下会变得狂暴，自控力不足的就会变成暂时的疯子。"须弥子说着，忽然伸手拉过雪怀青，往旁边一闪，那是一名天驱没能躲过安星眠的拳头，被一拳打飞出来，径直撞向了两人。幸好须弥子反应迅速，两人躲开之后，那个天驱狠狠撞在地上，骨头碎裂的声音清晰可闻。

"那你的意思是，他……现在是狂血爆发？"雪怀青脸色发白。

"不，应该不是，"须弥子摇摇头，"虽然其他方面比较像，但狂血的爆发不涉及精神力，而他身上闪烁的那些光芒，更像是精神力失控，这并不是青铜之血的标志，何况他的长相也不像是蛮族后裔。那样的话，也许是第二种可能，也是最糟糕的可能……"

雪怀青正准备询问是哪种可能，却突然感到一阵劲风扑面，竟然有些让她呼吸不畅。抬头一看，安星眠正向她扑过来。看来如今的安星眠确实是完全没有任何神志可言，只要发现一个目标，就会本能地冲上前进行攻击，根本不分敌我。

她赶忙闪身避开，须弥子哼了一声，操纵随身带来的四名尸仆攻向安星眠。这是他使用已久的几具尸仆，每个拉开架势都能抵得上一名一流高手，雪怀青的第一反应是求须弥子手下留情，但旋即发现这个念头纯属多余。安星眠迎着第一名尸仆直冲冲地右拳击出，竟然把这名强壮的尸仆当胸打穿，紧跟着左掌一切，尸仆的颈骨被生生切断，头颅飞了出来，这一掌似乎比刀还锋利。这一具尸仆，被安星眠两招废掉。

须弥子应变也快，发现安星眠的破坏力大得异乎寻常，立即让剩下三名尸仆退开，避免无意义的损失。接下来做的事就有点损了——他居然用尸舞术唤起了之前被安星眠杀死的几名天驱，用他们的尸体来和安星眠周旋。这就是最典型的须弥子作风，无论嘴上多么狂傲不羁，一旦进入战斗，就会开始一丝不苟地精明算计。

这些临时抓丁的行尸，当然不可能像施加了印痕术的尸仆那样驱策自如，威力更是大大不如，但须弥子的尸舞术实在是到了出神入化的境界，同时操纵几具尸体不断撩拨躲闪，绝不正面对抗，让安星眠每一拳每一脚都打空。

不过这么一来，两人的行踪自然也就暴露了，剩余的十余名天驱看着这两个不速之客，都很是疑惑。但很快地，一个苍老的声音开始发号施令："带上死者和伤者，离开这里。"

"可是，他还没有交出……那样东西！"一个女天驱急忙说，"而且这两人身份不明……"

"情势已经失控了，他现在这样，不是我们可以挡得住的，"这位苍老的首领说，"趁现在，快走！我留下相助！"

他的言下之意很明白，现在这两个陌生来客意外地吸引了安星眠的注意力，正是他们离开的时机，不然就要全军覆没。且无论这两人身份如何、来意如何，算是他们帮了天驱们一把，所以他会留下来相助对抗安星眠。雪怀青一直紧蹙的眉头微微舒展开来，心里想着，看来天驱不像我之前想的那么坏，至少还懂得讲义气。她又想，这个讲义气的首领，应该就是那位名叫宋竞延的断案使吧。

宋竞延看来地位颇高，说出来的话无人违拗，天驱们尽管不甘心就这样放掉安星眠，仍然立刻领命退去。宋竞延并没有走，他手里握着一柄长剑，重新走回了斗圈，出剑向安星眠攻去，一看出手动作就知道武技颇高，可见之前所谓的"只会动脑不会动手"是他在羽人面前刻意伪装的结果。安星眠自然不加分辨，惊人的拳力把他也笼罩其中。

"这位朋友能这么熟练地操控死者，一定是尸舞者中的绝顶高手，"宋竞延身法飘忽，一边躲避安星眠的拳头一边说，"再想到和这位安星眠小哥的关系，没有料错的话，你就是须弥子先生吧？"

好敏锐的判断力！雪怀青微微一惊。须弥子并不否认："既然知道是我来了，你居然没有听凭这个发了疯的傻小子和我同归于尽，还要留下来蹚浑水，我是应该说你愚蠢呢，还是应该说你持守最后一丁点儿所谓天驱的道德呢？"

"这二者在你的心目中恐怕是一回事，"宋竞延微微一笑，"更何况，我之前已经绑架并且囚禁了安星眠，无论如何，天驱的招牌已经被我甩上一团烂泥了。"

"不必说下去，说多了也不过是那些车轱辘话，责任、义务、使命、不得不……"须弥子显得十分不屑，"不如直截了当地说一句：为了目标不择手段。那样我还能稍微佩服你一点儿。"

"你们到底为了什么非要拿到萨犀伽罗不可，甚至为此去刺杀囚禁一个无辜的人？"雪怀青忍不住插嘴问道，"这种事情，难道不应该是那些强横霸道的邪教之流才会做的吗？"

"是为了辰月教吧，"须弥子说，"我听说，辰月和天驱近期有可能发生战争。在历史上，你们这两群无聊的人凑在一起大打出手也不是一次两次了，彼此之间也互有胜负，但是如此急切地寻找萨犀伽罗，很可能是因为，离开这样东西，你们就一定会惨败，就像以前发生过的那些……"

"等等！你的意思是说……"雪怀青突然想到了些什么，"萨犀伽罗的一个作用是……可以克制苍银之月。你是说，辰月教找到了苍银之月？那也就是说，他们找到了我的父母？"

"恐怕是这样的，雪姑娘，"宋竞延长叹一声，"我们得到的消息是，辰月教已经掌握和你父母的行踪有关的重要消息。这就是为什么我们必须要得到萨犀伽罗，否则，天驱会遭到毁灭性的打击。而一旦天驱被压倒，辰月一直在图谋的另一件大事就很可能成功，那样的话，死去的人恐怕会数以十万计。"

"你是说，一场大规模的席卷九州的战争？"须弥了问。

"恐怕是这样的，"宋竞延说，"为了制止这场战争，我们只能什么都顾不得了。"

雪怀青渐渐有点明白了。天驱之所以一直纠缠安星眠，甚至不惜使出卑劣的手段，是为了击败辰月教以制止一场战争。这倒是非常符合天驱一贯的作风，为了那些看起来冠冕堂皇的伟大理由，不惜牺牲一些"小节"。她无力去辩驳这样的所谓"大义"是好是坏，因为她原本就不是关心这些事物的人。但她冒出了这样一个不可遏止的念头：幸好安星眠不是一个天驱。

而这番对话更让她震惊的在于，辰月教已经得到了她父母的消息，虽然还未知他们究竟是死是活，也不确定能否真找到这两人，但毕竟这样的消息能让人更接近答案。父母究竟是什么人？为什么会卷入这起事件？为什么会持有苍银之月？父亲到底有没有杀害领主？母亲为什么抛下自己再也没有回来？这一系列的疑团，一直横亘在她心里，而现在，这些谜团都有可能解开了。

她心里千头万绪，不觉陷入了沉思，却忽略了身前的危险形势，直到须弥子大喝一声："小心！"雪怀青悚然抬起头时，安星眠已经离她几步之遥。须弥子飞快地操纵一具行尸试图挡在她身前，但安星眠一脚横踢，将行尸踢飞到一旁。宋竞延也飞出手里的长剑想要阻止，安星眠浑然不觉，任由这柄锋锐的宝剑刺入自己的后背，又被肌肉的力量生生弹出，坠落到地上。

当长剑落到地上发出"当"的一声时，鲜血的气味扑面而来，安星眠已经以难以置信的速度来到雪怀青面前，挥拳击向她的额头。雪怀青完全没有闪避的余地，只能闭目待死。

真没想到，我竟然会死在你的手里，雪怀青闭上双目，等待死亡来临的那一刻。但是过了一刻……想象中致命的打击却没有到来。她慢慢睁开眼睛，不由得惊呆了：安星眠的拳头距离她只有不到半寸，却硬生生地停住了，悬在半空中。他的双眼血红，目光中满是凶煞之意，脸上的肌肉近乎扭曲，再加上浑身上下沾满血迹，活脱脱就是一个从地狱中走出来的魔鬼。然而，他住手了，喉咙里发出一阵阵低吼，表情渐渐显得十分痛苦。

他认出我来了！雪怀青猛然醒悟过来。安星眠并没有完全失去理智，在他像一个杀人狂魔一样在这个优雅的府邸里大打出手时，他仍然残存那么一丁点儿的理性，这一点儿理性的来源就是她——他所爱的那个人。千钧一发之际，他认出了雪怀青，强行收住了自己的杀气。

雪怀青只觉得眼眶发热，忽然感到，为了这样一个男人，自己之前所受的种种苦楚，都如此值得。她上前一步，轻轻伸手握住安星眠指节凸出的拳头，安星眠再次发出一声野兽般的愤怒低吼，仿佛是把一切来自外界的接触都当成威胁，然而——他并没有发力挣开这只小手。

"你还认得我，对吗？"雪怀青轻声说，"我知道的，不管变成什么模样，你一定不会忘了我。"

她的手一点点用力，温柔而坚决地扳开安星眠的手，在此过程中，安星眠全身的肌肉都绷紧了，似乎随时有可能一拳打出让她当场殒命。但他的身体抽搐了几次，最终并没有出手。

"这小子……还真是难得呢。"连须弥子都禁不住发出一声赞赏。

"醒过来吧，"雪怀青的嘴唇贴着安星眠的耳朵，"醒过来，这不是真正的你，快回来吧。没有你的话，这个世界也没有什么意义。"

她张开双臂，把眼前这个魔鬼一样的男人拥入怀中。她抱着他，不断在他耳边说着话，好像是唯恐安星眠听不到自己的声音又会重新发疯。安星眠任由她摆布，看起来就像一尊不能动弹的雕像，但眼睛里的血红色在一点一点地消退，也不再发出野兽般的嘶吼。

也不知过了多久，安星眠慢慢闭上眼睛，重新睁开时，眼睛已经恢复了澄明。他又重新回到了雪怀青的身边。

第七章
通往地狱之门

一

安星眠并没有苏醒太久，因为之前的疯狂杀戮对身体的消耗太大，他很快又陷入了昏迷中。但在昏迷之前，他还记得在雪怀青耳边悄悄说了一句："你身后那间房子有个地下囚室，囚室角落里放着萨犀伽罗。拿回来，紧贴我的身体放置，不要让天驱老头知道。"

所以他总算又活了下来。雪怀青把萨犀伽罗重新嵌在那条腰带上，放在他身边，直到他能走下病床。由于须弥子在场，宋竞延知道留不住安星眠，只能自己离开，而须弥子也果然是算无遗策，竟然通过徒弟风奕鸣提前安排好了藏身之所。所以现在，三人仍旧留在杜林，只是住进了另一名退休老官员的家里。至于此人为什么会那么听风奕鸣这个小小孩童的话，须弥子没有问，但三人都可以想象得到。

"你这个徒弟，最好是早点掐死，不然以后会变成一个了不得的大怪物。"雪怀青说。

"你对他的评价很高嘛，"须弥子好像很喜欢别人用"怪物"这个词来形容他或者他的徒弟，"他对你的评价好像也不错，上次见了一面之后就念念不忘，似乎很喜欢你。"

"喜欢我？"雪怀青一时没反应过来，"他才几岁？还是个小孩子吧？"

"每个把他当小孩子看待的人都会吃大亏的。"须弥子阴沉地一笑，不过并没有继续这个令雪怀青颇有些尴尬的话题。

"对了，那天晚上你说，他这样的……发疯有两种可能性，"雪怀青也巴不得岔开话题，"一种是那什么青铜之血，但你已经说了不像，另一种是什么？"

"是啊，到底会是什么？"安星眠说，"我过去一直以为是我保住了萨犀伽罗，现在才知道，原来反过来，是萨犀伽罗保住了我的命。"

"可能是你的体内被封入了一股强大的异种精神力，"须弥子说，"这样的精神力能在你的体内不断成长，让你全身的血脉始终处于沸腾状态，这样你很快就会死去。但不知道为什么，萨犀伽罗好像压制了这种沸腾，才能让你始终正常。这也只是猜测，在弄明白萨犀伽罗的原理之前，不能妄下定论。"

"萨犀伽罗是属于你的宝贝徒弟家族的，你没问过他？"安星眠问。

"连他和他父亲也不知道，"须弥子说，"萨犀伽罗一向掌握在城邦领主的手里，属于最高的机密。即便是后来到了你身上，他们也并不知晓详情，只是听命行事罢了。"

"那也就是说，只有领主才知道？"雪怀青愁眉苦脸，"我们总不能把领主绑起来问吧。"

"除了领主，也许还有其他的一些高层贵族知道，但人数一定很少，"安星眠说，"不过我想，还有一个人会了解，至少了解一部分，只不过这个人的口风太严，去找他多半也没用。"

雪怀青的脸看上去更愁苦了："你说的是那位'抱歉我不能说''抱歉我不能告诉你''虽然我知道但是我就是不说''就算你们急死了我也不说'的风秋客大人吗？我宁可想法子去绑架领主，那样还能省事一点儿……"

"须弥子先生，我还没问你呢，你为什么对苍银之月那么感兴趣？"安星眠转头问须弥子。

"不能说。"须弥子冷冷地扔出三个字。

"好吧，那么，按你的意见，接下来我们应当怎么办？"安星眠说。

"是你们应当怎么办，"须弥子板起脸，"我又不是你们的保姆。我该走了。"

"这个老怪物就是死鸭子嘴硬，"看着须弥子飘然远去的背影，安星眠悄声对雪怀青说，"他既然打定主意想得到苍银之月，就绝对不会放弃。我估计他会通过他徒弟一直掌握我们的动向，甚至自己悄悄跟着咱们。"

"他和风秋客简直就是天生一对，怪不得要斗得你死我活呢。"雪怀青撇撇嘴。

须弥子走了，并没有给出"接下来应当怎么办"的意见，但剩下的两人总得商量出个结果。眼下似乎有很多条线索可以追查，就看先追哪一条了。

"先追辰月那条线吧，"安星眠说，"如果能借助他们找到你的父母，那是最好不过的。"

"我还是希望能先查清楚萨犀伽罗的底细，"雪怀青说，"我可是差点儿死在你的手里，不想那种事情再发生一次。"

"没关系的，只要一直把萨犀伽罗带在身边就没问题，"安星眠说，"所以……"

"行啦行啦，再说下去，我觉得我们就像故事里那些虚情假意的男女了，"雪怀青说，"我明白你想要先帮我找到父母，但没这个必要，我和他们从来没有见过面，并没有多么了不起的深厚感情。倒是你……"

她顿了一顿，坚定地说："你比其他的一切都重要。所以，一定要先弄清楚萨犀伽罗是怎么一回事。"

安星眠一笑，不再坚持，"那就照你说的办。我们回宁南城。"

回宁南城的一路上总算平平稳稳，没有出什么波折。或许无论是天驱、宇文公子还是宁南城的羽人都料想不到，这两个人会那么大胆，偏偏要往最危险的地方钻，所以反而没有在这一路布置兵力。尤其是霍钦图城邦，绝对想不到安星眠好不容易把雪怀青救出去了，竟然会掉头回来，因此连之前的种种禁制和海捕公文都撤掉了。

不过两人依旧小心翼翼，乔装改扮混入宁南城后，连汪惜墨都不敢再去找了——之前那位女天驱既然能找到他一次，就说明汪惜墨可能已经被盯上了。他们只是寻了一处偏僻的客栈住下来，然后想法子去找风秋客。

但风秋客又失踪了。这个永远行踪飘忽不定的羽族第一高手不在宁南城，谁也不知道他去了哪儿。从他的府邸离开后，安、雪二人对望一眼，倒是都不意外。

"他一定是找你去啦，"雪怀青说，"只不过现在你隐匿行踪的本事比以前高了，他也找不到你的下落。"

"我倒不这么想，"安星眠说，"我觉得，其实我躲在哪里、在做什么，他仍旧知道。你和他打交道太少，不知道这个家伙找人有神通的，生平唯一的失败也许就是当年领主被杀后没有找到你的父母。他现在，可能是知道此事麻烦，不讲给我听不太好，讲给我听也不太好，于是干脆自己躲起来。"

"这个风秋客真是我见过最矫情的人，亏他还是羽族第一高手，"雪怀青撇撇嘴，"有时候我真希望须弥子能打败他，好好治他一下。"

"那他肯定宁可自杀，"安星眠忍不住笑起来，"但他要是自杀，倒是正好遂须弥子的愿。"

找不到风秋客，两人只能重新回客栈，走到半道上，忽然发现前方的街道上气氛有异。所有的行人和路边小摊都消失了，店铺紧闭，穿军服的士兵反倒多了一些。两人"做贼心虚"，唯恐此事和自己有干系，连忙退回去，躲到了路边的一条小巷里。

没过多久，前方传来一阵音乐声，这让雪怀青很是疑惑："怎么抓人还带奏乐的？"

"我想是我们估计错了，"安星眠说，"那不是冲我们来的，而是羽族在搞什么活动。也许是迎接什么贵宾？要不就是什么王公贵族的婚娶？"

雪怀青放了心，探头出去一看，"好像是……出殡？"

的确是出殡。从长街的另一头走过来一支长长的队伍，全穿着素净的白衣。队伍分成了好几段，前方是数十个羽人少女，手里捧着洁白的花朵，中间是一辆大车，车上放着一具棺木，再往后是吹着长笛的乐手。这种长笛和东陆的长笛有所区别，音色更加哀婉沉缓，笛声飘到耳朵里，自然而然地带给人一种肃穆悲凉的感觉。整支队伍人数虽多，但行动整齐划一，没有什么了不起的大声势，却把丧葬的氛围散布开来。

"相比起来，人类的那些丧葬仪式……还真是恶俗啊，"雪怀青忍不住说，"光是这个音乐声，对比一下人类的敲敲打打和喇叭、唢呐，简直就是天籁。"

"羽族是一个非常讲究仪式礼仪的种族，而且是各种烦琐到吓死人的种族礼仪，"安星眠说，"这样的丧仪，至少得折腾半天，现在你看到的从长街上经过，只不过是其中小小的一个环节。你第一次见到，难免觉得新鲜高贵有品位，看多了会想吐的。"

"那也等看多了再说呗，"雪怀青笑眯眯地说，"我还真来了兴趣，可不可以悄悄跟着他们，把这场丧仪看完？"

安星眠有些犹豫，毕竟这样会节外生枝，但是看着雪怀青那张期待的面孔，却怎么也说不出劝阻的话来。这个女孩子在遇到自己之前的十九年里，不是居住在人人都歧视她的小山村里，就是跟孤僻古怪的师父离群索居，这样的新奇场面真的没有什么机会见到。想到这里，他轻轻握了一下拳头，下定决心，不管怎么样，一定要把雪怀青生命中缺失的那些欢乐给她补回来。

"那我们跟去瞧瞧吧，"安星眠说，"看来一定是很重要的什么人物死了，我也蛮好奇的。"

两人远远跟着这支队伍，并且很快发现，其实不用特别小心。虽然这支丧葬队伍戒备森严，但远远地还是跟了不少好奇的路人，毕竟即便是在羽族社会中，这么大场面的丧仪也很少见，更不用提遍布宁南城的异族生意人了。两人可以轻松地混在人群里，正好还可以打听清楚这到底是谁死了。

"是领主的妹妹，怀南公主，"一个看热闹的路人说，"好多年没有这种身份的大人物死掉了。"

"嗯，皇亲国戚，死了也得折腾百姓，但再怎么也不过是一抔黄土。"另一个路人故作深沉地说。

怪不得这么大场面呢，安星眠想，真是难得遇上一次。

丧仪队伍在城郊的一株巨树下停了下来，巨树边搭有宏大的祭坛，那是王族举行丧仪的专用地点。接下来的场面，繁复精美而又冗长，就像是制作一道精细到了极点的菜肴，反而让人难以品出真味。但不管怎么样，光是策划出这么一套复杂的仪式，设计好那么多的程序、用品、服装，就足够折腾人了，恐怕修建一座房屋也不过如此。

"我听说，羽族皇室和各城邦的贵族高层，都设有一个地位很高的职位，叫作'丧仪师'，"安星眠对雪怀青说，"丧仪师别的事儿不干，就是专门设计主持这样的贵族丧仪。听说贵族们得罪谁都不敢得罪丧仪师，以免自己日后的丧仪不够隆重风光。"

"死后的事情，反正人死了也看不到了，何苦那么在意，竟然还专门有丧仪师，"雪怀青听得连连摇头，"还不如请我们尸舞者去，能让死者站起来跳舞，不是更好？"

安星眠拼命忍住笑："你真是越来越会讲笑话了，亏你想得出来……咦，你看那个人，举动好像挺奇怪的。"

他伸手指向一个四十岁上下的矮个子羽人，这个羽人一直目不转睛地盯着这场华丽的丧仪，但脸上的表情并不像其他旁观者那样或欣赏或羡慕或不以为然，而是充满了憎恨，一种深沉刻骨的憎恨。他的手里还捏着一块不小的石头，更是有些危险的兆头。

雪怀青一眼看过去，不由得失声惊呼："叶先生？"

"叶先生？你认识他？"安星眠问。

"那个人叫叶浔，是王宫的杂役，"雪怀青说，"性情非常孤僻古怪，几乎不和人说话，但是在他的心里，自己有一套分辨好坏善恶的准则。因为我一直对他礼貌友善，他把我当成了好人，我被判死刑的那一天晚上，他曾试图救我出去。"

"那可真是不容易，"安星眠微微感到诧异，"这么一个不起眼的小人物，竟然有那样的勇气。"

"虽然我知道他本领低微，跟他逃走其实是推他去送死，所以并没有同意，但我心里是很感激他的，"雪怀青说，"咱们注意点他，我看他有些不正常。"

"是的，他的眼神里充满了憎恨，我很少看到人的眼睛里流露出那样让人不舒服的目光，"安星眠点点头，"难道那位怀南公主和他有什么深仇大恨？"

"难说，一个是宫里的杂役，一个是领主的妹妹，兴许就有什么恩怨纠葛呢，"雪怀青说，"未必是大事，也许只是打一耳光踢一脚这样在贵族眼里根本什么都不算的小事，但对于叶浔来说，这样的仇可能会记一辈子。"

"照我看，他搞不好现在就要报仇，"安星眠说，"咱们快去阻止他……糟糕，来不及了！"

此时，一位司祭模样的白发老羽人正走上祭坛，准备主持下一个步骤。而安、雪两人都看得分明，叶浔的愤怒已经难以遏制了，他猛地抡起胳膊，把那块一直抓在手里的石块扔了出去。两人离得太远，为免被人注意又不能大声呼喊，因此来不及阻止，只能眼睁睁看着石头飞出去，径直落在——老司祭的鼻头上。

那块石头并不大，但硬度当然不是鼻子能比的，再加上老司祭年老体弱毫无防备，这下被砸个正着，甚至连叫都没有叫出声来，就一头栽倒，从祭坛长长的台阶上滚了下去，正好压在主导一切的丧仪师的身上。丧仪师的头重重磕在地上，登时头破血流。

人群顿时哗然，这样的事情，在看重礼仪的羽人社会里实在是闻所未闻。卫兵们即刻赶上，不费吹灰之力就抓住了根本没有打算逃跑的叶浔。即便是被打倒在地捆绑起来的时候，叶浔也依然奋力挣扎着、怒骂着，仿佛是想要把丧仪上的一切都砸得稀巴烂。

"拉下去，砍了！"负责治安的军官恼火地下了命令。于他而言，这不只是颜面问题，而是安保出错，属于失职，后果可能十分严重。四名士兵走上前，拉过五花大绑的叶浔，带着他向荒郊走去。

"看来我们得想办法救他。"安星眠悄声说。

雪怀青坚定地点了点头："叶先生虽然性情古怪，但一直很照顾我，我不能眼睁睁看着他死。"

两人离开乱糟糟的人群，悄悄跟在押送叶浔的士兵们后面。按理说，冲撞祭祀的人犯应当先关押起来，审后再斩，但那位军官显然已经足够生气，而叶浔天生就一张下层贱民的脸，就算砍了想来也没人在意，所以士兵们按照命令直接把他带到荒僻的地方，连名字身份都不必问，一刀杀了了事。

很快地，叶浔被带到了一处无人的废弃田地。几名士兵七手八脚地把他硬按在地上跪下，另一名士兵高高举起了腰刀。

他正要用足力气照叶浔的脖子砍下去，忽然感到浑身发软，随即眼前一黑，扑通一声晕倒在地，几名同伴也遭遇相同。而跪在地上的叶浔，同样晕了过去。

"你的毒药还真好使，"安星眠一边上前替叶浔松绑一边说，"不过有必要连叶先生一起迷晕吗？"

"这人脑子一根筋，不迷晕他，说不定一转身又要去找怀南公主的麻烦，"雪怀青说，"我们先把他带走再说吧。"

叶浔虽然身材矮小，但毕竟是成年人，没办法这么大模大样地扛回城里的客栈。安星眠只能先背着他绕出去很远，寻到一处林场，谎称同伴生病，再花了点钱贿赂，把叶浔带到看林人的小屋子里。

"谢谢你，我没有看错，你是个好人。"醒来后的叶浔对雪怀青说。他想了想，又转向安星眠，"你也是好人。"

"叶先生，你为什么那么恨那位怀南公主？"雪怀青问，"人死了，一切也都了了，何苦还要破坏她的丧仪呢？"

叶浔咬牙不答，脸上又现出那种极度愤怒的神情，让安星眠暗中担心他会不会跳起来再冲向那个丧仪现场。但最终，他只是重重摇了摇头："我什么都不能说。我要回去了。"

走出几步后，他又停下来，郑重地说："你们都是好人。我一定会报答你们。"

两人没有阻拦他，却暗中跟在他后面，直到看见他确实进了城，才算松了一口气。雪怀青有些感慨："有些时候，这些看似头脑简单的人，反而更难对付，因为他们永不放弃。他要是哪天趁人不备把怀南公主的陵墓砸掉，我可是半点儿也不会吃惊。"

安星眠却沉思了一会儿后说："我觉得这个叶浔有点问题。"

"什么问题？"雪怀青不解。

"说不上，某种直觉，"安星眠说，"如果他真的对怀南公主有那么大的仇，以至于不顾性命搅扰她的丧仪，为什么之前不找机会去报复活人呢？横竖都是死。"

"也许……之前完全没有机会接近？"雪怀青猜测，"那你打算怎么办？"

"我们也许可以找他聊聊，"安星眠说，"羽人对他们的秘密肯定守口如瓶，但叶浔可是把我们俩都当作好人的。"

"他只是一个杂役，能知道的，无论如何不可能比风奕鸣更多吧？"雪怀青说。

"但风奕鸣未必会把他知道的都说出来，"安星眠说，"这个小孩子的狡猾阴险远远超过大多数的成年人，他表面看起来坦诚，心里到底打什么主意，我们都不知道。反倒是叶浔，他是宫里的杂役，难保偶尔听到一些消息，即便和萨犀伽罗无关，也有可能和苍银之月有关。"

这话提醒了雪怀青："是啊，二十年前，我的父母来到城邦，应当算是客人，搞不好真的和叶先生打过交道。能从他那里得知一些和我父母有关的事情，也是好的。而且他住在王宫里一个偏僻的角落，防卫很松，正好方便我们去找他。"

"关于这个叶浔，你还知道些什么？"安星眠问，"他的身世你了解吗？"

"他这个人性子古怪，从来不和别人谈自己，"雪怀青说，"我只是无意间听别的杂役闲谈讲到过，他是一个弃婴，出生之后就被抛弃在王宫附近，是当时羽族一位有名的丧仪师纬桑植收养了他，后来又把他送进宫里。"

"丧仪师？"安星眠眉头一皱，模模糊糊想到些什么，又不能确定。

两人一边说话，一边也进了城，向客栈方向走去。经过一个路边的小食摊时，桂花糕的清香飘过来，雪怀青不禁有些馋，安星眠一笑，掏钱给她买了两包。摊主是个老人，手脚不太利索，找零时不小心手一抖，几枚钱币掉到了地上。安星眠眼疾手快，回身在地上捡起来，然后拉着雪怀青若无其事地离开。

"别回头看，装作什么也不知道，"安星眠低声说，"有人在跟踪我们，刚才捡钱的时候我瞥见一个影子。他虽然马上闪身躲开，但还是被我看清了脸。"

"想找我们的人太多了，你看得出属于哪一拨吗？"雪怀青问，"霍钦图城邦？宇文公子？还是天驱？"

"都不是，"安星眠的面色十分古怪，"是我的另一个老熟人。"

"什么老熟人？"雪怀青很惊讶。

"还记得我和你说起过吗，我刚来宁南城试图救你的时候，靠父亲老部下的帮助，找到了住处，那位老部下名叫汪惜墨，是我家开的安禄茶庄的掌柜，"安星眠说，"我刚才看见的那个追踪者，就是汪惜墨手下的一个羽族伙计。"

二

老掌柜江惜墨坐在自己的房间里，面前火炉温着水，沏着一壶茶，除了自己的茶碗外，还放了两个空茶碗，似乎是在等待客人的来访。

到了凌晨，门外响起脚步声。汪惜墨抬起头，镇静地说："都进来吧，门开着。"

门开了，安星眠和雪怀青走了进来。雪怀青还很有礼貌地点头致意，安星眠却一反常态，冷着脸一屁股坐下，然后双目炯炯地死死盯住汪惜墨。

"不用看了，"汪惜墨微微一笑，"我知道你现在一肚子的火气，也有很多怀疑。是的，无须否认，我有很多事情都骗了你，但是我得告诉你，如果没有我的话，你三岁的时候就已经死了，根本不可能活到今天跑到这里来找我算账。这么说，你能不能稍微消点儿气？"

安星眠心中悚然，雪怀青也吃惊非常："三岁？这是怎么回事？"

"我没有记错的话，你跟随我父亲超过了三十年，而我三岁的时候，不过是二十年前而已，"安星眠说，"难道你三十年前就已经有预谋？"

"不，我的计划，只是持续了二十年而已，不过你所认识的汪惜墨，已经不是你父亲认识的汪惜墨了。"汪惜墨回答。

这话有些拗口，安星眠想了一会儿："你的意思是说——你是冒充的？你在二十年前取代了真正的汪惜墨？"

汪惜墨的目光中隐隐有一些悲凉："我染了发色，用络族磨制的晶片遮掩了瞳色，易容成他的样子，用他的嗓音说话，过他的生活，二十年过去，几乎已经忘记了我真正的模样了。"

随着他的这几句话，雪怀青忽然感受到一阵异样的精神力波动，不由得暗暗警惕起来。汪惜墨似乎发现了她的警惕："不用担心，我不是要对你们动手，只不过是想要让你们知道我的真实身份罢了。"

他一面说，一面来到房屋的中央站定。他的背上渐渐发出轻微的噼啪声响，并且闪现出了蓝色的弧光，那道弧光渐渐拉长，转化为纯白的光芒，而那些耀眼的光芒聚合在一起，慢慢地有了形状——羽翼！汪惜墨的背后凝出了一对白色的羽翼！

"你是一个羽人！"安星眠霍然站起。

"没错，我是一个羽人，"汪惜墨的脸上充满沧桑，"在变成汪惜墨之前，我是霍钦图城邦的世袭贵族，名叫鹤鸿临。"

房间虽然不小，但羽人的羽翼很宽大，这位真名鹤鸿临的老羽人血统似乎又很纯正，凝出的羽翼更加巨大，所以他并未展翅，而是很快收回，重新坐下。他还是那一张苍老平庸的人类的面孔，完全符合一个老掌柜的身份，但在羽翼凝聚出来的一刹那，他的身上确实有了一种和过去截然不同的气度，用一个很烂俗的形容来说，多了几分天然的高贵气质。

安星眠惊疑不定地看着他，努力回想过往的一切。汪惜墨是父亲的老部下，三十多年前就跟随父亲一起经商，后来长居宁州，不过每年都会回东陆一两次。从自己四五岁能记事开始，就记得汪惜墨对自己一直比较亲近，每一次回东陆都会给自己带许多好吃好玩的东西，然后牵着自己去逛街。安星眠的父亲一直对他要求比较严，相比之下，汪惜墨更像是一个慈父。人们都以为，这是由于汪惜墨早年丧妻，一直没有子嗣，所以把对小孩的疼爱转移到了安星眠身上的缘故。

除此之外，安星眠对此人的其他方面还真说不出太多，他不太关心父亲的生意，也没有去宁州探望过汪惜墨。汪惜墨就像是一个小孩子们最喜欢在新年时看到的慈和大方的长辈，见到时会很亲热，但如果见不到……也就那样。

"你到底是什么人？为什么会假扮汪叔叔一直潜伏在我身边？"安星眠沉着嗓子问，声音里仍然有掩饰不住的怒意。

"越州兰朔峰三烘三晾的青芽，你最喜欢的茶叶之一，"鹤鸿临伸手指了指火炉和茶具，"自己动手吧。今晚要说的话很多，不用急。"

"里面没有毒，可以放心。"雪怀青说。

"他不会下毒的，"安星眠一面倒茶一面说，"他如果想杀我，过去二十年里有无数的机会。所以我才不明白他究竟想要做什么——是为了萨犀伽罗吗？"

"可以说是，也可以说不是，"鹤鸿临的下一句话让安、雪两人都无比震惊，"因为你身上的这块萨犀伽罗，原本就是我给你的。"

"你给我的？"安星眠手一抖，碗里的热茶泼出来洒在手上。但他仿佛不觉得痛，直直地瞪视鹤鸿临："萨犀伽罗是你给我的？到底是怎么回事？"

"我的目的，原本只是利用你保住萨犀伽罗，但是萨犀伽罗反过来也保住了你的性命，所以我其实算得上是你的救命恩人，"鹤鸿临说，"这件事说起来，话就太长了，千头万绪。我想，我还是从头开始说起吧，从我儿子的死开始说起。就是这一件事，让我一个原本安享太平的贵族，开始注意到萨犀伽罗的存在。"

二十七年前，鹤鸿临还是一个年富力强的中年人，居住在宁南城。

他是世袭三等贵族，相当于人类爵位中的伯爵，俸禄优厚，衣食无忧。鹤鸿临为人端方正直，年轻时曾怀有为国效力的崇高理想，却不断在现实面前碰壁，终于彻底看透官场的肮脏黑暗，早早地抛弃了政治野心，只寄情于风雅之物，尤其偏好东陆的诗词书画和音乐。他没有在朝堂上领任何职务，只是每天和三五知己在一起研讨诗词音律，日子过得轻松、惬意。

唯一让他头疼的就是他的儿子鹤梁。这个孩子顽皮淘气、不务正业，喜欢和许多同样不务正业的贵族子弟混在一起，在宁南城里横行霸道，欺负平民。鹤鸿临的妻子早亡，只留下这个独子，他不忍心下重手管教，平时总是睁一只眼闭一只眼，终于酿成大错。

那一年的秋天，这一帮贵族子弟在一次挑衅中，招惹了一个看似不起眼的平民青年，不想这位青年虽然身份低微，却有一身好武艺，以一敌五，反而把几个贵族子弟狠狠揍了一顿。为首的贵族子弟也就是当时五王子的次子，对此十分恼恨，怂恿鹤梁在一个夜晚去放火烧掉那位平民青年的房子。鹤梁头脑简单，没有想太多，只想尽量在老大面前表功，就毫不犹豫地接下了这个任务。

然而他却闯下了弥天大祸。放火的那一夜，天气突变，突如其来的大风大大扩展了火势，于是这一把火迅速蔓延开来，烧掉了一整条街的平民房屋。这一天不但不是起飞日，还是一个月里月力最弱的时段，普通血统不纯的平民根本无法凝翅起飞，结果烧死了三十多个人，其中大部分是妇孺。

这可是一桩大案，在宁南城轰动一时，民怨沸腾，人人要求严惩凶手。由于影响太大，即便是身体不好的领主也不得不亲自出面处理此事，面对震怒的父亲，五王子也无力保住他的次子，这位带头的不良贵族子弟被判流放充军，终生不得离开边境。

其他人也各有重罚，至于亲手放火的鹤梁，作为这起惨案的直接制造人，被判处三天后处以绞刑，并且不许家属收尸，尸体直接扔在荒野，由野狗啃食。对于一向对死后的尸身十分看重的羽族而言，这种人死了还糟践尸体的做法，无疑是最严酷的刑罚之一了，也只有这样才能稍微平息一点儿民愤。

鹤鸿临如遭五雷轰顶。儿子只有三天的性命了，他却发现自己完全束手无策，因为他多年来不在官场混迹，和其他贵族也很少打交道，连求人都不知道该找谁。最后他终于想起，几年前，曾有一位一等大贵族想要买他收藏的一幅东陆大画家庞诚彦的名画《落霞秋水图》，被他断然拒绝，对方当时很生气。但现在，为了儿子，别提一幅画了，叫他拿自己的身家性命去换只怕也情愿。

"你拿着这幅画来求我，可见算是诚心，"那位大贵族倒也有几分气度，没有计较与鹤鸿临几年前的龃龉，"但是实话实说，你儿子这个案件，别说只有三天，就算给三个月时间去活动运作，也绝对不可能保住他的性命。这件事不是死了几十个人那么简单，更牵涉贵族和平民之间长达千年的相互对立，领主就是要借你儿子的命抚平平民的怒气。他已经是一个政治筹码了，谁也没本事救他的。"

这个道理，鹤鸿临当然明白，但亲耳听大贵族说出来，他才算完全死心。大贵族拍拍他的肩膀，用同情的口吻说："不过呢，死无全尸也稍微惨了点。既然你把这幅宝贵的画送给我了，了了我多年的心愿，我也帮你一个忙吧。这三天之内，我帮你打听出抛尸的地点，到时候你可以把你儿子的尸体偷回来，至少留个全尸，还能有副棺木埋在陵墓里。不过要小心，别被抛尸的士兵看到，那就是给我找麻烦了。"

鹤鸿临很不甘心，但他也知道，这是他唯一能为儿子做的事情。他如行尸走肉一般浑浑噩噩地过了三天，大贵族果然守信，把抛尸地点告诉了他。他没有勇气去目睹儿子如何被公开处刑，于是提前来到抛尸地，躲在一棵大树上，悲伤地等待。和他一起等待的是附近一群饿红了眼的野狗。

到了黄昏时分，果然来了一辆马车，几名官兵很麻利地把一具尸体扔下车，又很快离去。鹤鸿临强忍悲痛，耐心等到马车消失后，才赶紧从树上跳下来，抢在野狗扑上去之前护住了尸体。他赶走野狗，含着泪把尸体头上套着的黑布摘了下来，立刻惊呆了。

这不是他的儿子！这具尸体虽然也是个年轻人，但是脸形和儿子完全不同。更加古怪的是——尸体非常枯瘦，几乎就是皮包骨头，只有长期的饥饿才可能让人瘦到那种程度。

鹤鸿临有些不解。他仔细检视尸体，发现尸体的脖颈处有新鲜的勒痕，说明是刚被绞死的。也就是说，这一场公开的绞刑的确绞死了一个人，但不是他的儿子。那儿子呢？到哪儿去了？

虽然这段日子被儿子的事情搅得心神不宁，但鹤鸿临毕竟是个有头脑的人，从这件简单的换尸事件上，他看出来，背后一定隐藏着什么文章，甚至可能是一场大阴谋。他决定要调查一番，哪怕仅仅是为了做替罪羊的儿子。

何况，眼前的尸体并不是儿子的，这让他心里也隐隐燃起一丝希望：也许儿子还活着呢？

鹤鸿临深夜将尸体背回自己家里，细细检查。他发现，这具尸体不仅是枯瘦而已，浑身上下还布满了脓疮，肌肉萎缩得十分厉害，体内脏器、包括头颅里的脑子也都萎缩干枯，就像是……被某种不知名的怪物吸干了身体的元气。它现在完全就是被一层皮包裹着的骷髅，与其说是人，不如说像地狱里钻出来的恶鬼。

想到"恶鬼"这个字眼，鹤鸿临猛然浑身一颤，想起了一些久远的往事。在他小的时候，曾经被父亲带着去看过一场火刑，受刑者是他家的一位远房亲戚，一个叫作鹤澜的星相师。鹤氏是羽族十大姓之一，分支众多，鹤澜不过是远亲，两家来往不多，鹤鸿临对此人原本也没有太多的印象。但他受火刑的原因非常有名，因为他建立了一个邪教，宣称末日将要来临，地狱的大门即将洞开。

按照鹤澜的说法，在几个月前那个著名的孛星降临之夜，天神让他亲眼见到了地狱打开的景象，虽然那只是天神制造出来的幻象，但其中的寓意是明白无误的。而他所形容的地狱中的恶鬼的形貌，和几十年后鹤鸿临所见的这具尸体，竟然十分相似。并且，这具尸体的手腕脚腕上也有长期被镣铐锁住的痕迹。

"恶鬼……一模一样的恶鬼……这不会是巧合，绝不会是巧合！"鹤鸿临看着眼前这具令人不寒而栗的恐怖尸身，自言自语着。

三

"你们能不能猜一猜,这些恶鬼的真相是什么?"鹤鸿临讲到这里,故意停下来卖个关子。

"你得先把孛星之夜的详情讲给我听,我才能有凭有据地猜。"安星眠说。

鹤鸿临点了点头,把鹤澜当年推算出孛星坠地、决定去守候的事情及后来目睹的一系列奇景都告诉了安星眠。安星眠思索着:"这些东西,都是鹤澜后来做了邪教教主后,讲给信徒听的?"

"是的,后来官府给他定罪后,这些大火、地狱、恶鬼的说法都被当成他胡编乱造的,深夜造访的天神使者更加不可信,"鹤鸿临说,"但是在我亲眼见到'恶鬼'之后,我开始重新思考他的那一番话。万一他看到的是真的呢?能不能有'地狱之门洞开'之外的合理解释呢?"

"假定恶鬼是真实存在的……"安星眠在屋里走来走去,苦苦思考着。雪怀青替他倒了一杯茶,他把茶碗端在手里,却忘了喝。鹤鸿临又看向雪怀青:"虽然我们是第一次见面,但星眠早就和我提过你,他说你是一个十分聪明的姑娘,而且由于是尸舞者,思路经常和常人不同。你能不能大着胆子也猜一猜呢?"

"不是恶鬼,是人。"雪怀青说了六个字。

"为什么呢?"鹤鸿临说。

"我是一个尸舞者,什么怪诞可怕的死尸都见过,"雪怀青说,"我相信世上没有鬼,人们所见到的鬼,不过是外表的恐怖让他们丧失了常理的判断罢了。"

"没错,鬼和地狱,只不过是鹤澜在极度恐惧之下找出来的非常理解释而已,"安星眠重重地放下茶碗,"如果从常理出发去推断,抛弃光怪陆离的邪说,那一夜发生的事情其实很简单。"

"哦?那你说来听听?"鹤鸿临说。

“所谓的恶鬼，不过是一群人，一群被囚禁起来饱受酷刑的人，”安星眠说，“而那个地狱，也不过是一座地下囚牢。那颗孛星无巧不巧，正好撞到了囚牢上方的地面，把囚牢打开了一个大口子，并且引发了火焰的剧烈燃烧。那些囚犯不顾一切地借机逃命，当然也可能只是为了逃避灼热的烈焰，从那个被撞开的缺口爬了出去，正好被鹤澜看见，就被他当成地狱的景象了。”

“想通了这一点，夜半潜入他家的所谓神使也就很容易理解了，”他接着说，“那就是囚牢的主人派来的。可能他们原本打算灭口，却发现鹤澜已经把这件事讲出去给别人听了，光杀掉他无济于事，反而引人怀疑。既然如此，还不如说谎话骗诱他，让他真的以为自己看到了地狱洞开的图景。这样的话，他再往外宣扬此事，最后也不过会被当成邪教教主蛊惑信众的谎言，不会被重视。这样的话，真相也就被掩盖了。”

“由此可见，这是一个绝大的秘密，”雪怀青说，“不过我想，汪叔……鹤先生你，已经解开这个秘密了吧？”

时间回到二十七年前。

鹤鸿临从这具荒野里捡回来的无名死尸，联想到昔年邪教教主鹤澜所亲眼看见的“地狱恶鬼”，决意要去调查一下。他想办法搜集当年孛星坠地的记录，找到了孛星大致坠地的方位，却发现那里已经变成了一片农田，原来那片荒地是被东陆人买下来了。好在鹤鸿临家境殷实，掏钱买下了这片农田，然后开始艰苦地挖掘。他相信，当年大爆炸发生之后，当事人一定是以最快速度转移了那些“恶鬼”，然后填埋了现场，所以事后什么都找不到。但他坚信，如果那里真有一座地下监牢，那么规模不会小，即便是匆匆填埋了，也一定会有蛛丝马迹。

这件事不能让别人知道，所以鹤鸿临只是雇工人在周围修筑了围栏，防止外人进入，然后自己一个人动手挖地。羽人本来体格就偏瘦弱，鹤鸿临又做了一辈子贵族，虽然也按照贵族的传统习武，但练得并不刻苦，眼下干这种重活，实在是生平未有的苦累。然而这件事几乎成了鹤鸿临人生中唯一的意义，所以无论多么艰难，无论磨破多少皮，流出多少血，他都咬牙坚持。

几个月后，在挖掘出无数个大坑之后，鹤鸿临终于挖到了一样东西：一根生锈的铁制脚镣。他大喜过望，知道已经找到了，接下来的几天里他不眠不休，拼了命地在找到脚镣的地点附近向下挖掘，终于找到了那个被填埋的地牢。他被这个地牢的规模吓住了。

这间地牢并不算太大，基本就是一间宽大的石室而已，未必比富贵人家的堂屋大多少。但在地牢的墙上，却密密麻麻布满了固定镣铐的底座，鹤鸿临数了一数，有接近两百个。也就是说，这间比富人家的堂屋大不了多少的地牢，竟然关押了两百名囚犯。

这是怎样的一种惨景！鹤鸿临浑身汗毛倒竖，却又无法控制自己去想象当时的情景：幽深黑暗的地牢里，没有一丝光明，充满腐败的恶臭，被镣铐牢牢锁住的人挤在一起。他们骨瘦如柴奄奄一息，浑身流着脓血，如行尸走肉一般苟延残喘，等待生命的终结。这样活着，真是远不如被一刀杀掉痛快。

为什么？为什么要让这些人遭受如此悲惨的境遇？他们都是些什么人？关押他们的又是些什么人？鹤鸿临苦苦地猜测着，思考着。另一个更加让他心颤的想法是：儿子会不会也被关在一个这样的地方，变成那样骷髅状的活死人？

他忽然想到儿子被执行绞刑时被替换的原因：他们需要儿子去补缺。看起来，那些幕后的黑手需要维持这种恶鬼般的囚犯数量，所以会把即将死去的扔出来，换回儿子这样健康的。他忽然意识到，这个幕后黑手，既然能在官家的死囚上面动手脚，说明他们和官家关系很密切，甚至……他们本身就是。

这个念头吓坏了鹤鸿临，却难以被驱散掉，各种各样的痕迹反而使这个想法越来越清晰。他冷静地重新把地牢掩埋起来，开始想办法搜寻这座地牢现在的位置。他推测，儿子这样的死囚犯很有可能是地牢里囚犯的一个重要来源，所以，应当找到法子打探死牢的消息。

他装作若无其事地回到家，开始频繁地和一些以往他不愿意交往的有权有势的贵族来往。他原本就是个风雅善谈的人，又有贵族身份，再加上他非常大方地把毕生收藏的种种书画古玩精品拿出去当礼物送人，很快就结交了不少新朋友。年轻时，他受不了官场的种种黑暗阴险，这才远离政治，现在却不得不捡起各种各样的手段，活得简直就像一个高级斥候。

付出终于得到了回报。经过一年多耐心地罗织，他总算认识了一个曾经当过宁南城死囚典狱官的人。这个名叫木孝的典狱官只是个末等贵族，加上典狱官的身份，没有其他贵族愿意和他亲近，但鹤鸿临如获至宝。他不顾其他贵族的鄙视，经常请木孝到家里做客，终于有一次，木孝在他家喝得烂醉，说出了一番令人震惊的真言。

"其实，什么典狱官，不过是摆在外面好看的空架子，"木孝醉醺醺地举着手里的酒杯，"宁南城的死囚牢，其实就是空的。不只是宁南城，整个城邦的死刑犯和那些没有家人的重刑犯，其实都没有待在他们自己的囚牢里。"

鹤鸿临心头狂跳，但还是努力控制住自己的情绪，一面殷勤地给木孝倒酒，一面装作漫不经心地说："你开玩笑的吧？我们城邦的律法森严，每年都有那么多犯事的人，不关在囚牢里，又能关在什么地方呢？"

"这你就不知道了，"木孝像拨浪鼓一样摇晃着脑袋，"城邦内部，一直有一个秘密的机构，在筛选重刑犯。那些囚犯一旦被选中，就会被提走，从此永远消失。"

"消失？他们被带到什么地方了？"鹤鸿临赶忙问。

"这我哪敢打听？"木孝把酒杯往桌上重重一放，"我是什么人？一个身份低微的典狱官而已，就算要把我拉出去弄死，我也只能乖乖认命，哪儿还顾得上去管那些原本就该死的人呢？"

鹤鸿临知道木孝所知也就那么多了，于是不再多问。木孝所说的，证实了他的猜测，那些恶鬼状的可怜囚徒，果然是从官府的死囚和重刑犯中挑选出来的。接下来的事情虽然依旧很难办，但至少有了一个方向，那就是偷偷监视死囚牢。

宁南城的死囚和重刑犯们，被关在一座单独的监狱里，这座监狱位于郊外，远离市民的居住区。似乎是为了掩人耳目，尽管监狱里已经没有太多囚犯，监狱的守卫还是相当森严，鹤鸿临武技不精，没有办法避过看守的耳目潜入。好在他既然下定了决心要弄清楚这件事，倒也并不着急，始终耐心等待，终于让他等到了机会。

监狱里唯一的水源不知为什么受到了污染，无法再饮用，在污染消除之前，必须每天靠城里的水车送水。鹤鸿临贿赂了驾车人，每天随他去送水，借机观察，总算在送水送到第十二天的时候，发现了一辆特殊的囚车。他跟踪这辆囚车，找到了"地狱"的真正所在——宁南城北面的一座荒山。

"我冒死杀掉了一个卫兵，假扮成他的模样，混了进去，发现一切正如我所料想的那样，"二十七年后的鹤鸿临说，"那不是地狱，却比真正的地狱更加恐怖。

"有差不多两百个囚犯，就那样密密地挤在狭小的石室里，与其说那是关人的囚牢，不如说是牲畜栏，但是牲畜也不会被那样用铁链锁住。他们一个个几乎只剩下了骨头，形状就如我之前给你们形容过的，但最令人战栗的还是他们的眼睛。那是一双双完全没有半点儿生气的眼睛，无喜无怒、无哀无乐，尽管身处那样的惨境，却既不害怕，也不畏惧，更没有一丁点儿痛苦。是的，他们就像是完全麻木了，根本感受不到任何痛苦，我怀疑他们除了在本能驱使下还能进食和排泄之外，已经什么都不知道了。

"我试图在囚犯中找出我的儿子，后来发现根本不可能，因为那些人已经完全变得一模一样了，除非能走到他们当中近距离细细地查看才可能分辨出来，但我没有这种机会。我只能怀着满腹的惊恐和疑惑离开，那些人的眼神……那些可怕的眼神……时至今日，我一闭上眼，还会清晰地浮现在我的脑海里。"

安星眠和雪怀青对望了一眼，目光都充满了不忍，两人都觉得仿佛有一种看不见的毒气在室内弥漫，让人呼吸不畅，心头像是被什么东西压住了一样。安星眠叹了口气："真是没想到，羽族内部竟然会藏着这样肮脏的秘密。那么之后，你一定查出了关押虐待他们的原因吧。"

"我的确查出来了，"鹤鸿临盯着火炉里跳动的火苗，"为了查出这个秘密，我足足花了好几年的时间，几乎倾家荡产,送光了所有的珍藏，把一切可以变换成金钱的东西都变卖了，甚至收买了王室藏书楼的看守，到里面翻看了许多资料，才得到了真相。"

"是萨犀伽罗，是吗？"安星眠的声音微微颤抖。

鹤鸿临缓缓地点头："是的，就是萨犀伽罗。这件法器对于绝大多数听过它名字的人来说，神秘莫测，只知道它是城邦之宝甚至镇族之宝，却并不明白它的威力在何处。但是我，终于发掘出了真相。刚才我说过了，我找到了那个地狱一样的地牢，地牢里挤满了枯骨一般的死囚犯。而那些死囚犯身下的土地里，就埋着萨犀伽罗。"

"萨犀伽罗就藏在那里？"雪怀青很吃惊。

鹤鸿临阴沉地说："正是萨犀伽罗吸干了所有人的生命力，才把他们变成这样的。如果没有他们用自己的生命去喂饱萨犀伽罗，这件法器就会从沉睡中惊醒，爆发出毁灭一切的巨大力量。所以一百多年来，我们羽族就是依靠着牺牲活人的生命，来维系它的稳定。我粗略算计过，在这一百年中，为了保住萨犀伽罗，被它吸干生命而死的族人……不会少于一万个。"

安星眠紧紧握住拳头，一时不知该说什么话。雪怀青毕竟是尸舞者，虽然很震惊，但不会对死人这类的事情过分挂怀，所以敏感地注意到了什么："你刚才说，一百多年来？也就是说，萨犀伽罗其实只存在了一百多年？我还以为已经很久了呢。星眠告诉过我，他去问地下城的河络，河络说在某些几百年前的古老书籍里就记载过萨犀伽罗。"

"应该是那些阅读传说的人把萨犀伽罗和它的前身，或者说，它的'本体'弄混淆了，这二者本来就有相似的地方，"鹤鸿临说，"这需要从萨犀伽罗的制作历史说起。我想你们已经查出来了，一百多年前，风氏从云氏手中夺权之时，得到了辰月的帮助。但辰月是不会白白帮忙的，他们有他们的目的和野心，自然和新城邦发生了冲突。风氏族中有许多高手，而辰月多年来潜藏于暗处，发展有限，又不想在和羽族的冲突中折损过多，于是他们动用了苍银之月。苍银之月的威力不必我多说，城邦根本找不到与之抗衡的办法，还白白损失了许多精锐。当时的风氏领主是一个很能隐忍的人，他一面假装向辰月妥协，一面暗中组织力量，想要打造一样可以和苍银之月对抗的法器。"

"于是他们找到了那个'前身'？那是什么？"安星眠问。

"那也是一件很了不得的羽族法器，原本是澜州喀迪库城邦的天氏家族的至宝，它是由一块谷玄星流石碎片制成的，可以通过谷玄之力消除方圆数丈的所有秘术，"鹤鸿临说，"遗憾的是，这件至宝在一次意外之中，被人捏碎了，散落在瀚州的溟朦海里。人们努力寻找，也只找到了碎片，后来这些碎片落入了风氏手中。现在，风氏别无选择，只能指望通过碎片复原出这件法器，通过谷玄之力去吸取苍银之月的力量，让它无法发挥作用。

"但是法器的制作方法早已失传，秘术士和锻造师们只能从零开始自己摸索，而且情势紧急，他们还必须尽力赶时间。为了尽早完成，也是担心法器威力不够大，无法压制苍银之月，他们参考了一些邪术，比如邪灵兵器的制作方法，比如《魅灵之书》。看你们的脸色，你们都听说过这本上古邪书？"

雪怀青轻叹一声："我师父……就是因为强练这本书上记载的秘术，导致身体彻底被毁掉，才早早死去的。那绝不是什么好东西，这些羽人真是糊涂。"

"那就是所谓的'火烧眉毛，且顾眼下'啊，"鹤鸿临也陪上一声叹息，"为了对抗苍银之月，城邦上下都失去了理智。他们所参考的种种邪术和黑暗秘术，确实有很大的威力，不由得人不动心，这样一件原本应该花上几十年甚至一百年来慢慢锻造的法器，就那样在三年的时间里速成了。这三年里，城邦的行动处处受到辰月掣肘，名义上是宁南城的新主人，其实不过是傀儡，人们都忍够了，迫不及待地想要反击，一点也没有去考虑，那么短的时间里锻造出来的东西，会不会有什么致命的缺陷。这样的疏忽，终于带来致命的后果。

"羽人们成功了，而且几乎是完美的成功，这件新近打造出来的法器，表面看起来像一块普通的翡翠，威力却大到超出人们的想象，远远超越了过去的旧法器，当它启动，在方圆一两里的范围内，都能让苍银之月完全失效。除此之外，它还有一些主动攻击的能力，都威力不凡，寻常的武士或者秘术士根本抵挡不住。

"那一战，霍钦图城邦大胜辰月，还差一点把苍银之月抢到手，实在是赢得扬眉吐气。这件法器在人们的心目中几乎等同于神器，庆功大宴之后，领主亲手把它交给城邦第一秘术士经若隐保管。经若隐深得领主信任，又没有家室，一向住在王宫里，所以交给他保管是很安全的。

"经若隐知道责任重大，回家之后就把法器收藏在自己卧室的密室之中，并且向领主请求了一批精干的卫士日夜守护。刚开始一切正常，但十余天之后，经若隐在一次修炼秘术时突然昏倒了，醒来之后就感到腿脚无力、头晕眼花。领主派太医为他详细诊治，其他秘术士也用太阳秘术为他治疗，却没有任何效果，那之后经若隐身体越来越衰弱，竟然卧床不起，神志也渐渐迷糊。

"这之后，那些整天巡逻在经若隐所住的独院外的卫士，和在院子里穿进穿出服侍经若隐的仆人，也一个个感到身体不适，只不过程度比经若隐轻得多。人们经过推想，终于想到了那件法器的身上，于是让经若隐搬出了那个院子，另找地方调养，仆人们不再进入院子，卫士们的守卫圈也扩大了。这样调整之后，经若隐的身体竟然慢慢恢复了，卫士和仆人也都恢复正常。这样所有人才算弄明白，那件新锻造出来的法器会让接近的人变得衰弱。不过此时他们还并不是太在意，以为这不过是一种可以控制的副作用罢了，反正从经若隐生病的过程可以看出来，它对人体的伤害是慢性的，不会一触碰就立刻发作，而是有累积的时间，因此平时可以把它封存在无人触及的地方，需要用的时候拿出来用，用完立即重新封存就好。

"又过了十来天，某个深夜，附近轮值的卫兵忽然听到一些奇怪的声音。他们循声找去，发现声音正出自经若隐之前的卧室，也就是存放那件法器的地方。卫兵们不敢怠慢，直接报告了领主，领主连忙派出几位秘术士前往查看。

"秘术士们领命前往，一打开密室的门，就看见这块翡翠状的法器正闪烁着诡异的七彩光芒，持续发出尖啸的声音，并且在不断地颤动，甚至时不时出现较大的移位，仿佛是什么有生命的东西在跳跃一样。而他们无一例外感受到了法器内蕴藏的星辰力正处在极不稳定的状态，忽而高涨忽而收敛，很有可能发生爆炸。

"他们立即通知了领主，召集所有与此相关的秘术士和锻造师来商量。就在这个时候，发生了另一件事情，两个王室里的小孩出于好奇心偷偷溜进了那个院子，想要看看这件神奇的法器到底有什么特异之处。他们年纪幼小，没有修习过秘术，在那块发光的翡翠面前站了不到十分钟，就晕厥过去。被发现时，他们的脸色已经开始发紫，完全失去知觉，但令人惊讶的是，法器却稍微稳定一点了，无论是尖啸声还是闪烁的光芒都收敛了一些。

"'它需要活人喂养！'秘术士们异口同声地说。"

四

"放心吧，它们只吃死人肉，不必担心。"牵着骆驼的向导回过头，对不安的行商们说，"这片戈壁很凶险，很多人冒冒失失闯进来，往往难逃一死。所以这些鬣狗早就有了经验，一遇到商队就会远远地跟着，等着吃死人肉。"

"我们……我们不会那么不走运吧？"一名行商强笑着说。

"物品准备充分，向导经验丰富——比如我，一般而言就有七成的把握可以活着走过去，"向导说，"剩下的三成嘛，就看运气了。天神不赐给我们运气，那就无论如何都没希望。"

"说了和没说一样……"另一名行商小声嘀咕了一句。

这支商队进入西南戈壁已经有好几天了，渐渐地深入戈壁腹地。虽然向导是个经验丰富的本地人，据说已经成功地带领过好几十支商队穿越戈壁，但行商们还是不敢大意。毕竟这片名为戈壁实为沙漠的西南戈壁凶名在外，谁也不知道会发生些什么，要不是这条路的确能节省大量的时间和路费，他们是不会做出这种选择的。

"都放宽心，传说这种东西，有时是会有所夸大的，"一个老行商安慰惴惴不安的年轻人们，"我从三十年前开始走这条路，每年都会走一到两次，到现在不也活得好好的？更何况，在戈壁深处，还藏着一些绿洲，还有游牧民在那里居住呢。"

"居然有人能住在这种地方？"一个黑脸膛的年轻人惊叹，"在这种地方，就算是野兽也很难活下去吧？"

"从某种程度上来说，他们比野兽还坚韧，"老行商说，"听说那是一群在几百年前的人羽战争中投向人类的羽人，战争结束后既不被人类接纳，更被同族所唾弃，索性迁居到了这里。到后来，慢慢又吸纳了一些逃犯和马贼，形成了一个戈壁中的部落，什么种族的人都有，随着绿洲迁居。有些实在走投无路的逃犯，就会到这里来求生存，不过大多数人在那里待不了两天就自己离开了，宁可被抓回去。"

"您在这里走了几十年，见过他们吗？"黑脸膛的年轻人问。

"倒是见到过一两次，"老行商说，"不过只是远远见到他们的影子。他们有时候也会拿一些猎物或者矿石之类的，去找沙漠边缘的居民交换盐巴、药物一类的必需品，但一般不和商队打交道，商队很难有他们需要的货品。庆幸的是，他们一般不打劫，否则以他们在戈壁里的生存能力，什么样的护卫都拦不住。"

"那一定是一帮很了不起的人，"年轻人的脸上露出赞叹的神色，"真希望能有机会和他们打打交道。"

"最好还是不要，"老行商说，"他们虽然一般不打劫，但发起脾气却比马贼还狠，我当年就亲眼见过他们竖在沙漠里警告敌人的木桩，那上面挂了二十多个被割掉鼻子的人头……我可不希望自己的头颅也变成那样。"

"那您知道他们的部落在什么方位吗？"年轻人又问。

老行商还没答话，向导已经冷冷地开口了："想要安全走过这片戈壁，有一个最基本的原则：不该知道的事情不要去打听。张小哥，我不知道你为什么会对那些游牧民感兴趣，但我奉劝你不要再多问了，别给大家找麻烦。"

姓张的年轻人淡淡一笑，果然不再发问。天色渐渐暗了下来，向导带领商队来到早就计划好的驻营地点 —— 一座石山的背面，开始安营扎寨。姓张的年轻行商显得有些笨手笨脚，无论是拴骆驼、生火还是扎帐篷都不太在行，不过他倒是十分卖力，四处看着有忙就去帮。

"老桑，这个张小哥是跟你的吗？"向导远远看着他忙碌，悄声问那位老行商。

老行商摇摇头："不是。我们是在戈壁边缘的小镇客栈认识的。他家是宛州华族人，但一向在瀚州做玉器生意，兄长醉酒在草原上打死了蛮族人，为了救命花光了家里的积蓄，他只好铤而走险，走这条道去宁州碰碰运气。唉，这个世道，求生真是不容易啊。"

"初次出门的话，手拙一点倒也可以理解，其他地方似乎也没什么破绽，"向导说，"不过我还是觉得不太对劲，他为什么对游牧部落那么感兴趣？"

"年轻人的好奇吧？"老行商说，"我像他这个年纪的时候，也对一切未知的事物怀有浓烈的兴趣，不过等到我再大一些之后，就只对钱和自己的性命感兴趣了。"

两人一齐笑了起来。戈壁里行程艰辛，人们匆匆用过干粮之后，就早早地钻进帐篷里休息，营地很快安静下来，只能听到隐约的鼾声。但到了后半夜，一个人影悄悄从营地里走出，顶着夜风离开了营地，绕到石山的另一面，凭空点起了一团火，这正是姓张的年轻行商。之前大家一起宿营时，他用火石打火的手法十分笨拙，但现在，他根本没有用火石，只是用手轻轻一点，火焰就在呼啸的夜风中凭空燃烧而起，下面没有任何柴薪。

毫无疑问，这是一个秘术士。

火光之下，他轻轻捻动手指，火堆开始有规律地闪动起来，一下明一下灭，就像是给远处的人发出的信号。在连续闪烁了七下之后，远处也出现了微弱的闪光，他再一挥手，熄灭了火焰，在黑暗中轻声自言自语："还有一天的路程了。"

一天之后，商队来到了一片早已干涸的河谷。这里曾经有一条宽阔的河流，但现在河床里一滴水都没有，只有白森森的动物尸骨在阳光下反着光，把死亡投射到人们眼里。

看着那些白骨，大部分行商都有些不舒服，那位见惯了世面的老行商却依旧和向导谈笑自如。姓张的年轻行商显得有些心不在焉，他一会儿看看河床，一会儿把手放在额头上眺望远处，像是在寻找些什么。

"都注意，要起风了！"向导大声喊道，"看好牲畜，捆好货物，不要慌张，听我的指挥！"

随着他这一声喊，天色变得阴暗起来，远方的天空混浊不清，就像是有人在搅动池中的泥水，一阵隐隐的呼啸声传来，夹杂着打得人脸生疼的沙石。这是西南戈壁中常见的裹着沙石的风暴，行商们初见时都觉得惊恐，当商队被风暴卷在其中时，更是有一种连呼吸都要停止了的感觉。不过经历过一两次之后，也就慢慢适应了，只要听从向导的指挥，就不会有事。他们手脚麻利地把骆驼牵到一起，围成一圈，让骆驼跪下，商人们则都在圈里趴下，死死抓住缰绳，做好了准备。

沙暴很快到来了，所有人都不敢乱动，只是死死地制住牲畜，努力在沙石的缝隙里艰难呼吸。风暴带来的压迫力让每个人都有即将被活埋的可怕感觉，但向导早就告诉过他们，宁可被沙石埋起来，也绝不能站起来奔逃，因为不管是人还是骆驼马匹，绝不可能跑得过风，在风暴里奔跑的唯一结局就是被大风卷走，像羽毛一样随着狂风乱飞，最后被活生生地摔死、撞死。

"挺住！都不要动！无论如何不要动！"向导声嘶力竭地在风声中叫喊。

人们咬紧牙关，终于挺到了风声渐渐弱下去的时候，风暴慢慢止息了，大家这才挣扎着站起来，抖掉身上的沙土，体会自由呼吸的畅快感。就在这个时候，一个行商发出了惊呼声："张小哥！你在做什么？"

人们这才发现，那个姓张的黑脸年轻行商不知什么时候已经站到了骆驼圈子之外，在他的面前，一个人正悬浮在半空中，虽然在努力挣扎，却难以动弹，好像是被什么无形的绳索牢牢捆住了。这个悬在半空的人，是商队里另一张陌生面孔，一个姓宫的中年商人，一直沉默寡言，一路上几乎没说过几个字。谁也不知道姓张的年轻人为什么要找他麻烦。

"我就知道这小子有问题！"向导怒吼一声，拔出了随身的长刀，

"一路上不停地打听沙漠游牧民，不知道想干什么……"

他嘴里骂骂咧咧，就想要挥刀冲上去，姓张的年轻人却扭过头来，挽起袖子，露出手臂上的文身：一只栩栩如生的黑色蝎子。

向导如遭雷殛，一下子呆立原地，他的刀落到地上，身体也开始筛糠一样地颤抖。姓张的年轻人已经重新拉下袖子，若无其事地转回头，不再看他一眼。

"原来是……原来是……我还以为……"向导结结巴巴地说，"请您……办您的事……我什么也没看到，什么都不知道！"

他几乎是喊叫着说出最后两句话，忙不迭地逃开，这一路上的镇静沉稳仿佛被刚才那阵风暴卷到了天边。老行商连忙上前扶住他，低声发问："怎么了？他是什么人？是来找游牧部落麻烦的吗？"

"不，我猜错了，"向导的上下牙仍然在相互碰撞，"那个被他制住的姓宫的家伙，才是来找麻烦的，而他……这个姓张的……他就是游牧部落的人！那个黑蝎子文身，就是他们的标记！"

"我在商队里故意打听游牧部落，就是想观察一下，谁对这个话题最敏感，"张姓年轻人冷笑着说，"任何正常人都会对藏在戈壁深处的神秘部落有兴趣，而你，每一次都故意装出完全没有听的样子，过于刻意就会欲盖弥彰。这之后我悄悄试探过，你身上藏着不弱的精神力，显然就是我们得到的消息里提到的那群人——你们辰月教，最近很想寻找我们。"

"既然技不如人，我也无须隐瞒，"化妆成行商的辰月教徒倒是很镇静，"我们的目的并不是对你们部落不利，我们只是想找一个人而已。那个人，如果我们没有判断错，就藏在你们部落里。我们只想找他，并不想和你们为敌，何不做个顺水人情呢？要是把他交出来，我们还会有不菲的谢礼，可以让你们艰苦的生活得到改善。"

最后一句话似乎打动了年轻人。他皱着眉头想了一会儿，发问道："你们想找什么人？"

"一个名叫雪寂的羽人，"辰月教徒说，"他来到你们部落，大约是二十年前的事情了。"

年轻人不再说话。悬在半空中的辰月教徒陡然现出痛苦的神色，似乎是那无形的束缚正在收紧。他的脖子上出现了明显的勒痕，眼球逐渐凸出，呼吸也越来越急促，但他的嘴角还挂着笑意。

"杀了我也是没用的，"他艰难地说，"我已经发现了你半夜和部落联络的信号，并且把方位传了回去。雪寂是我们辰月教必须得到的人，你们保不住他的……保不住……"

"咔嚓"一声，辰月教徒的脖子被无形的秘术生生拧断。他头一歪，停止了呼吸，束缚的力量消失了，尸体落在沙地上。年轻人注视着这具犹带笑意的尸身，神情凝重。不远处，商队的人们正在胆战心惊地望着他。

而在这一群提心吊胆的人群中，那位沿路都在和他交谈的老行商表情最古怪。他虽然也极力做出害怕的样子，眼神里却隐隐透出了某种兴奋，不自觉地探手入怀，轻轻抚摸着某个放在怀里的小物件。那个小物件，好像是一枚扳指。

第八章
远 行

一

宁南城。深夜。茶庄里的叙话还在继续进行。

"所以，从那之后，历代霍钦图城邦领主就开始悄悄地用死囚犯和重刑犯去喂养它？"安星眠面露不忍之色，"生不如死，果然是活地狱啊。"

"那就是萨犀伽罗这个名字的来源——通往地狱之门，"鹤鸿临阴郁地说，"为了这件法器，我们的祖先打开了地狱之门，把无数的生命送进地狱，尽管这些人本身算不得无辜。其实这个名字，原本也隐含对后人的警醒，但谁都不敢轻易放弃它。毕竟用来喂养它的人命，不过是些无足轻重的囚犯，死就死了，但如果苍银之月卷土重来，死的都会是精英，甚至动摇城邦的统治。谁也没有胆量去冒险。"

三人说着话，不知不觉间炉火都熄灭了。雪怀青重新往火炉里加了炭，看着重新亮起来的炭火，有些感慨："为了萨犀伽罗这一把火不熄灭，需要烧掉多少炭啊……"

"是的，那些人都极惨，"鹤鸿临说，"萨犀伽罗对人体的伤害极大，就像一个吸取生命的怪物。当年的经若隐，不过在萨犀伽罗旁边待了一个月，始终没能再恢复到之前的健康状态，尤其是他的脑子，变得迟钝糊涂，虽然只有五十来岁，却像一个八九十岁风烛残年的老人一般。而那些死刑犯，一旦被放到萨犀伽罗的范围内，就再也无法离开，只能一点点被吸干，直到死去。也许唯一能让人想起来好过一点的是，他们用不了多久就会完全失去意识，仅凭本能苟延残喘，早已感受不到痛苦了。"

"一百多年的时间……上万人……"雪怀青计算着，"也就是说，为了这件法器，每年都要牺牲上百个羽人的性命，每三天就要死一个人。即便那些人原本就该死，也不必受这样的虐杀啊。"

"那你又是怎么得到萨犀伽罗并把它放在我身上的？"安星眠问，"为什么放在我身上就不需要牺牲那么多人，而我却不能离开它？"

"我能回答第一个问题，第二个问题却回答不了，"鹤鸿临说，"当年我能遇到你，完全是碰巧了，或者说，是命运安排了你和萨犀伽罗的相遇，这才让你们找到了一种特殊的方式共存下来。否则的话，萨犀伽罗要么会被毁掉，要么会继续成为戕害羽族的地狱之门，而你……毫无疑问会死掉。"

在得知了萨犀伽罗的全部真相后，鹤鸿临的内心充满了对这件法器的深刻仇恨。那不仅是因为萨犀伽罗令他的儿子遭受了地狱般的苦楚。如前所述，鹤鸿临年轻时也曾满怀为国为民的激情，后来他选择退隐，只是忍受不了官场上那些令人作呕的阴谋与手段，但当初的理想却从未真正消退。此时此刻，他忽然有了一个主意：想办法盗走萨犀伽罗，毁掉这件法器，让羽族从此不再受其害。他相信，只要悄悄毁掉，不把消息泄露出去，辰月是不会轻易再来自讨没趣的。更何况辰月的教义古怪，似乎搅乱天下才是他们想要做的，应该不至于死盯霍钦图城邦不放。

这个想法的实现可能性无疑十分之低，但鹤鸿临也并不着急，把它当成自己毕生的目标，慢慢地谋划，尽管越谋划越觉得希望渺茫。几年之后，一个绝佳的机会从天而降，那就是雪怀青的父亲雪寂的到访。雪寂的到来让领主风白暮格外紧张，为此他专门把萨犀伽罗转移回了王宫，和二十来个"粮食"一起放在王宫的某个地下密室里，这几年中，一旦有什么突发事件，可能需要动用萨犀伽罗时，这件法器就会被暂时放入密室。但领主不知道，鹤鸿临早就发现了这个密室及其连通的地道，其在王宫外的出口一直都在鹤鸿临的监视中。

鹤鸿临卖掉了最后一块祖产，又向这些年结识的贵族朋友借了些钱，秘密地雇用了几名武艺一流的游侠和两位神偷。按照他的推测，雪寂来到宁南城，一定是为了找领主的麻烦的。一旦两人闹翻，他就有希望趁乱盗走萨犀伽罗。

没想到事情最后的发展比他想象的还要复杂——雪寂居然杀死了领主然后潜逃。这下子，城邦高层彻底大乱了，而大批高手也被派出去追踪雪寂，王宫内部的防卫相对空虚。鹤鸿临正准备下手，却发现密室外的守卫反而多起来了，那是为了抢夺王位而打得不可开交的大王子和二王子的手下。作为王室子弟，他们都知道萨犀伽罗的秘密，此刻除了争夺领主之位外，最重要的东西自然是这件威力无穷的法器了。

鹤鸿临毕竟财力有限，所雇的几位游侠不可能和王室精兵相抗衡。他焦躁不安地等待了好几天，就在几位游侠开始抱怨等待时日太长，要求他加钱的时候，两位王子终于忍不住大打出手了。鹤鸿临渔翁得利，趁着双方的人打得不可开交之际，终于抢到了萨犀伽罗。但他还是低估了对方的实力，萨犀伽罗到手后，他立即遭到全力追捕，雇来的几名帮手纷纷丧生，只剩他独自一个人带着萨犀伽罗逃离了宁南城。

这之后，就是一场漫长的追逃游戏。鹤鸿临知道自己带在身边的这件法器会慢慢吸走自己的生命力，所以沿路尽量选择人多的地方，住宿也会偶尔选择一群人挤在一起的大车店，甚至伪装乞丐和一群流浪汉一起烤火过夜，以求有足够多的人替他分担伤害，让他能坚持逃亡。结果他这样的举动反而迷惑了追兵，使他屡屡得以在危险关头逃脱。

他沿路试图摧毁萨犀伽罗，却怎么也无法得手。这件法器的外表看来只是一块脆弱的翡翠，实则坚固异常，刀枪不入。鹤鸿临事先准备好了一把河络特制的可以切开金刚钻的小刀，却仍然不能伤萨犀伽罗分毫。而再这样在路上晃下去，不管身边有多少人来分担，他的身体也很难支撑下去了。他病急乱投医，想起自己在宛州认识一位秘术士，打算去求他帮忙。假如秘术士也不能毁掉萨犀伽罗，那他唯一的选择就是带着这件法器进入人烟稀少的荒山，先让它吞噬掉自己的生命，然后让它由于得不到喂食而爆亡。至于这件百年间吞掉了上万条性命的法器毁灭时会带来多大的危害，他无从得知，只能祈求上天庇佑，尽量少波及他人。

长痛不如短痛，他这样安慰自己，总比让它持续祸害一代又一代的羽人要强。

抱着破釜沉舟的目的，他带着萨犀伽罗直奔宛州，来到那位秘术士所居住的建阳城。他万万没有料到，那位秘术士竟然已经在两年前去世了。正彷徨时，追兵发现了他的行踪，而且这一次，发现他行踪的不是别人，而是半道被调派来的羽族第一高手风秋客，这是一个追踪缉捕的大行家，看起来，鹤鸿临已经无路可逃。

鹤鸿临带着萨犀伽罗在建阳城里狂奔，慌不择路，风秋客不紧不慢地跟在他身后，阴魂不散，怎么也无法甩掉。鹤鸿临完全不辨方向，前方哪里有路可以通行就往哪边钻，正在奔跑中，他忽然感到背在背上的包袱跳动了一下——包袱里装着的，正是萨犀伽罗。

鹤鸿临开始以为是错觉，但跑了几步后，萨犀伽罗又跳了一下，这回不会错了。他赶忙取下包袱打开，发现萨犀伽罗果然是在轻微地震颤，过一小会儿还猛然大震一下，这就是他之前感受到的"跳动"。而这块翡翠样子的法器颜色也变得异乎寻常的鲜艳，在阳光下隐隐地闪耀出光泽。

鹤鸿临有点糊涂了。更奇怪的是，他观察了一下，发现萨犀伽罗的跳动方向是固定的，就好像那个方向有什么东西在吸引它。

这是要给我指路吗？鹤鸿临暗想。身后风秋客追得很急，他已经没时间去细想，只能抱着一丝侥幸心理，照着萨犀伽罗跳动的方向跑去。果然，越往前跑，萨犀伽罗的跳动越有力，光芒也越来越明显。

在萨犀伽罗的指引下，鹤鸿临跑到了一条布满深宅大院的街区，看来是建阳城的富人区。当路过某一座挂着写有"安府"牌匾的院子时，萨犀伽罗发出了一声尖锐的啸叫，向着院内的方向剧烈跳动，鹤鸿临知道，这大概就是它所想要到达的目的地了。

"你说什么？安府？"安星眠一下子打断了鹤鸿临，"建阳城的安府……那就是……我家？"

"你应该能想象得到的。"鹤鸿临说。

"好吧，那时候到底发生了什么？"安星眠问。

"我推开大门，冲了进去，发现安府既没有闩门，也没有看门人，好像是陷入了某种混乱，"鹤鸿临说，"但身后风秋客的脚步声已经清晰可辨，我别无选择，只能继续往内院里跑。而萨犀伽罗，好像已经忍耐不住了，尖啸声越来越响亮，但这尖啸声却掩盖不住另一种声音——你的吼叫声。"

"我的吼叫声？"安星眠一怔，"当时我不过三岁而已，要说哭闹撒泼大概还算正常，怎么会是吼叫声？"

"不但是吼叫声，而且是比野兽还可怕的吼叫声，"鹤鸿临说，"不瞒你说，当听到那一声吼叫的时候，我竟然有一种忍不住想要颤抖的感觉，那完全不像是人的声音，更不像是一个三岁的孩子所能发出的声音。但我也无法后退，硬着头皮向前走，进入了安家的内院。然后我就看到一片狼藉，你的父亲和几名仆人都倒在地上，看样子受伤不轻。内院里的几间房子……完全被拆毁了。而你，一个三岁的孩子，就站在废墟之上，手里拖着一根倒塌下来的房梁，正在发出愤怒的嘶吼。"

"我想起来了，"雪怀青说，"那一夜，你失去理智和天驱们血战时，也曾经发出过野兽一样的吼叫，只不过你自己没办法听到罢了。"

安星眠说不出话来，满脑子只剩下了一个念头：我是谁？我到底是什么？他回想起那个惊心动魄的夜晚，如果不是残留的一丝神志终于被雪怀青唤醒，他很有可能已经杀死了她，再毁掉一切，也毁掉自己。他原本以为这样的经历是生平第一次，却未曾想到，远在二十年前，在他只有三岁的时候，就已经发生过了。

我到底是谁？我到底是什么？安星眠的心里充满了迷惘。

鹤鸿临继续说："我看着眼前的一切，既不明白发生了什么，也不明白萨犀伽罗为什么要把我带到这里来。眼前已经没有别的路可走，风秋客追了上来，你父亲也很惊异地看着我们。但还没等他张口发问，萨犀伽罗已经急不可耐地挣脱了我的手。在这一刻，它仿佛有了生命，成了一只虎视眈眈寻找猎物的猎鹰，竟然脱离了桎梏，直冲冲地飞向你。

"而你，刚开始的时候怒不可遏，一把抓过萨犀伽罗，然后把它含在嘴里，似乎是要发力把它咬碎。万幸的是，萨犀伽罗没有碎，你的牙齿也没有被崩掉。而且，从你抓住萨犀伽罗开始，你和它都逐渐安静下来。你扭曲而凶恶的小脸慢慢变得平静，喉咙里不再发出恐怖的怒吼，萨犀伽罗闪烁的光芒也逐渐消失。到了最后，你把萨犀伽罗吐出来，抓在手里，就那样倒在地上，进入了梦乡。

"风秋客不愧是个沉稳机敏的人，他的第一反应既不是抓捕我，也不是抢回就在眼前的萨犀伽罗，而是迅速判断出了你父亲的身份，上前扶起你父亲，先询问他你身上究竟发生了什么。你父亲长叹一声，说你从出生之后就身染恶疾，有一位长门僧想法子把这恶疾压制了三年，但三年之后还是暴发了。如我们所见到的，你犯病的时候会变得力大无穷，性情暴虐，完全失去神志，只知道一味地攻击和破坏身边的一切。而刚才正是你陷入彻底的疯狂、无论如何都无法唤醒的时候，他万万没想到，萨犀伽罗竟然让你平静下来了。

"风秋客想了想，告诉你父亲，那块翡翠是羽族霍钦图城邦的至宝，他就是为了这件至宝而来的。但现在，他也许可以暂时把它借给你父亲，以便救你的命。你父亲大喜过望，也不多盘问，为我们准备了客房。到这个时候，风秋客才有余暇来审问我。我知道落在他手里绝对逃不掉，但觉得此人看上去十分理智，也许能想办法说动他，于是老老实实把我这些年所做的一切都告诉了他。他听完之后……"

"他听完之后觉得，你所做的其实并没有错，所以决定帮你完成心愿。"门外忽然传来一个声音。安星眠哼了一声："我就知道其实你还在宁南城，只不过一直躲着不肯见我而已。"

门被推开，风秋客走了进来。他看起来一脸疲惫，狠狠瞪了安星眠一眼。雪怀青忙替他倒上茶，风秋客也不再坚持以往绝不在陌生人家里饮食的习惯，接过茶杯一饮而尽。

"你真是个笨蛋，你派人跟踪他有什么用？"喝完茶，风秋客很不客气地对鹤鸿临说，"如果不是他找到你，这个秘密原本可以保守下去的。"

"保守下去又有什么用呢？"鹤鸿临摇摇头，"他用自己的身躯帮你们保住萨犀伽罗二十年，让羽族少了数千受害的人，难道连知晓真相的资格都没有吗？"

风秋客默然不语，最后拉过一张椅子，坐了下去。过了好久，他才开口说话："其实我也一直想要停止对死囚们的戕害，他们即便犯了死罪，也应该按照律法处死，而不是死得那么悲惨，那么痛苦。但是我又不能不考虑城邦的安危，谁也不知道辰月教什么时候会卷土重来，我们不能没有克制苍银之月的东西，否则就会是一场更加巨大的灾难。所以那时候，尽管只是看到了一丝希望，而且是解释不清的希望，我也愿意抓住它。

"后来我们观察了一个月，发现萨犀伽罗真的和你完全契合。你们在一起的时候，萨犀伽罗变得十分安静，不再对旁人产生任何伤害，而你也不再会像野兽一样爆发，可以完全像一个正常的孩子一样生活。我追问你的父亲，你为什么会被弄成这样，他支支吾吾不肯说，我也没法勉强。但我已经做出决定，从此让萨犀伽罗待在你身边，而我作为法器的守护者，一直保护你。"

"这就是你阴魂不散地跟了我二十年的原因，"安星眠喃喃地说，"可真难为你了。"

"我同样不放心，但风先生对我十分恼火，一意要赶我走，"鹤鸿临说，"我在安府逗留了几天，恰好遇上我的老朋友、在宁南城经营茶庄的汪惜墨，我时常在他那里买一些东陆的好茶叶。到那时候我才知道，原来他是你父亲的亲信。他邀我去他家里做客，并且告诉了我一个不幸的消息：他已经罹患绝症，没有多少时日可活了。这一次回建阳，其实就是想偷偷安排自己的后事的。我忽然有了主意，在他死之后，我可以假扮成他，一来可以以他的身份继续留在宁南城，二来可以时常回宛州了解你的情况，确定萨犀伽罗没有问题。"

这下子，至少关于萨犀伽罗的来龙去脉就完全清楚了，安星眠想。过去一直盘旋在心里的那些疑惑，尤其是这样一件羽族的至宝怎么会让自己这个人类在身上一戴就是二十年，总算是得到了解释。而这个秘密只有少数人知道，当消息不幸传开的时候，自然会有不少人开始垂涎，却并不知道萨犀伽罗会带来怎样的恶果。而很显然，对于这些人，解释是无效的，所以只要萨犀伽罗在身上佩戴一天，他就一天不能得到安宁。这件看起来温润如玉的法器，却有着那么血腥残酷的历史，那么自己呢？这个一直都是个谦谦君子的长门僧，又会有怎样不为人知的身世之谜呢？

目前，就算是风秋客和鹤鸿临都难以解释自己的身世。从风秋客的描述中，可以判断出，父亲对自己的突变其实是有所了解的，可他并不愿意说出来。而现在，父亲已经去世，这世上还能有谁知道呢？

"接下来你打算怎么办？"风秋客的问话打断了他的思绪。

"首先要看你是不是要尽忠职守把我们抓回去，"安星眠揶揄他，"我们俩好歹也是城邦的通缉犯。"

"废话，我如果真想抓你，你根本就没有机会上宇文公子的船。"风秋客冷哼一声。

安星眠吐吐舌头："好吧，我相当怀疑你甚至一直跟到了海盗岛上去假扮一名海盗……我们这一趟来到宁南，原本就是为了查清萨犀伽罗的底细，现在已经如愿。接下来，我们应该去查找苍银之月的下落了。你当年也追捕过雪寂，有什么线索可以告诉我吗？"

他唯恐风秋客又说出那句口头禅"我虽然知道但就是不能说"，所幸风秋客并没有打算隐瞒："说倒是可以说，但我所知原本有限。当时谋杀发生得太过突然，谁也没有料到，等到我们去追赶雪寂时，他已经逃离了宁南城。我们沿路打听，发现他不是一个人逃亡，离开宁南不久，就有一个怀孕的女人和他会合，但之后两人走了两条不同的路。我们不知道那个女人的底细，只能分兵两路追赶，这之后，两路追兵都遭遇了惨败。我带领追赶雪寂的那一路，莫名其妙地追丢了，雪寂突然之间失去了所有的踪迹，再也无法找到，我们怀疑他可能是被沙漠里的流沙所吞没。而另一路追兵……连他们自己也失踪了，再也没有回来过，大概已经被那个怀孕的女人杀死了吧。"

"那个女人，就是我母亲，"雪怀青犹豫了一下，还是决定说出来，"而追赶她的那些人，确实被杀了，被苍银之月所杀。"

她把自己幼年时所听说的一切都说了出来。风秋客听完后，神情凝重："也就是说，苍银之月真的在他们夫妻手上，而且是在妻子的手上，那我们当年猜错了，还以为苍银之月一直在雪寂手里。当年雪寂到访，到底和领主商谈了些什么，领主又为什么会留他在宫里那么久，始终无人知晓。但领主后来亲自到藏书阁里去查阅书籍，却被人看出了痕迹：他所查阅的内容，都和苍银之月有关。于是人们开始猜测，雪寂可能有一些和苍银之月有关的信息，想要和领主做交易，但具体详情如何，恐怕只有他们两人才知道。"

"照这么说，会不会是最后两个人交易不成，于是我父亲一怒之下杀了领主？"雪怀青小心翼翼地问。

"有这个可能，毕竟两家是世仇，谁也说不准当事者的心态，"风秋客说，"但是当年连我都无法找到他，你们俩确定事隔二十年之后，你们能找到？"

"无论怎么样，总得试一试，"安星眠说，"找不到苍银之月，我们就永无安宁，实在是别无选择。更何况，须弥子告诉我们，辰月可能发现了新的线索，也许他能帮助我们。"

"找到苍银之月又能怎样？"风秋客尖锐地说，"就算你找到苍银之月并且还给辰月教，萨犀伽罗终归在你身上无法取下。要人命的理由可能有许多个，但只需要一个就能让你死透了。"

安星眠苦恼地托着腮："没错，这是一个死结。像你这样不愿意牺牲人命的终究是少数，我相信很多大贵族肯定宁可拿囚犯们的性命去填，也要把萨犀伽罗掌握在自己手中。"

"所以我给你的建议是，别管其他的，逃得远远的，然后躲起来吧，"风秋客说，"匹夫无罪，怀璧其罪。"

"我如果躲得远远的，躲到连你也找不到了，那你岂不是失职？"安星眠说。

"我宁可失职，也不想一整个城邦为了一件身外之物搞得鸡飞狗跳不得安宁，"风秋客坚定地说，"萨犀伽罗存在的这一百多年里，城邦从未得到安宁，从领主到知道秘密的上层贵族，一直尽心竭力地掩饰，然后又暗中争抢不休。一百年的时间，萨犀伽罗并没有保卫城邦、保卫羽族，反而成了祸害。"

他顿了顿，有些犹豫地说："其实，在守护你的这二十年里，我未必没有动过心思要彻底毁掉萨犀伽罗，永除祸患，但最终我并没有动手。除了我不能确定以后辰月还会不会卷土重来之外，还有一个很重要的原因是，这二十年里，萨犀伽罗终于有了正面作用：它让一个正直而有才能的年轻人能够活下去并且成长。我很高兴看到这一点。"

安星眠心里一热。在过去的日子里，风秋客虽然传授他武技，又多次保护他，但始终对他严苛而冷淡。这大概是风秋客第一次对他表露出一种父辈一样的感情。但他知道，如果指明这一点，多半会让又臭又硬的风秋客有些难堪，所以他只是淡淡地开了个玩笑："真不容易，原来你也会用自己的脑袋想问题，我过去一直以为你的身体在九州各地乱跑，脑袋却一直放在城邦的宗庙里呢。"

风秋客哼了一声，没有搭理他。雪怀青却忽然说："我们不能躲起来。苍银之月一定要找到。"

"为什么？"风秋客眉头一皱。

"我至少需要弄明白，我的父母究竟是什么人，"雪怀青说，"不然我一辈子都难以安生。"

"为了这个，你宁愿绑着他和你一起去冒险？"风秋客眉头皱得更紧。

"那不是绑着，而是心甘情愿，"安星眠说，"我想要做的事，她也一样会陪我去完成。如果说最近几个月我明白了什么道理，那就是万事畏首畏尾瞻前顾后反而会带来厄运，有些事情注定不能逃避，注定要鼓起勇气去面对，不如默念我的一位好朋友教我的八字口诀：'去他娘的，老子干了。'"

"那就随你便了。"风秋客一挥袖子，板着脸转身离去，走到门口的时候，又站住了。

"二十年前，我们追赶雪寂，来到了西南戈壁的腹地，然后遇到了一场凶猛的沙暴。沙暴之后，雪寂就消失了，生不见人死不见尸。那个地方的方位大致是……"风秋客向两人大致讲明了方位，然后出门离去。

雪怀青看着他的背影，用虽然压低却仍然保证能被他听到的声音对安星眠说："他和须弥子果然是天生一对，乍一看老虎屁股摸不得，其实都是当娘的好材料。"

门外的风秋客发出一声恼怒的咳嗽。

二

正事讲完，风秋客也离开了，剩下三人坐在房间里，气氛有点尴尬。对安星眠而言，眼前的这个老人本来是一个从小就认识的老家人、老朋友，却忽然变成了陌生人，这个陌生人欺骗了自己二十年，但自己却靠他二十年前的误打误撞才保住性命活到现在，个中滋味实在很难用一两句话抒发。而且无论怎样，鹤鸿临从来没有做过伤害自己或父亲的事情，纵然他隐瞒身份，但对自己始终都很好，所以安星眠心里也很难对他生出恨意。

"我听说，前些日子你突然犯病了，那是怎么回事？"鹤鸿临忽然发问。

安星眠愣了一愣："啊……其实是我解下了萨犀伽罗，原本是想借助萨犀伽罗爆发的力量逃命，没想到差点送了自己的命……"

他把自己被天驱囚禁的事情大致讲了一遍，鹤鸿临点点头："果然如此。二十年过去了，你的病况并没有丝毫改善，离开萨犀伽罗还是会发狂。"

安星眠也跟着点了点头，然后发现自己再次无话可说了。其实他有一肚子的情绪想要宣泄，但不知怎么的，却什么都说不出来。倒是雪怀青冷不丁地开口："羽族的未来什么的，对你而言就那么重要吗？"

鹤鸿临微微一怔："你这话是什么意思？"

"我是说，你儿子已经死了，无法复生，你也并不是为了报仇，萨犀伽罗其实一辈子也搅扰不到你了，你完全可以像以前那样继续拿着贵族的月俸安安稳稳过日子，"雪怀青说，"为什么你会那么执着地想要做这件事，让自己背负叛徒的恶名，不得不隐藏在人类的面皮下生存……

这一切值得吗？"

"无所谓值得不值得，"鹤鸿临回答，"这世上有很多事情，假如放在天平上去斤斤计较地衡量，多半会发现不值，但是你不做的话，以后却又一定会后悔。所以最好还是顺应本心。"

"顺应本心……"安星眠轻叹一声，"这句话不止一个人对我说过啦，也许我就欠缺你这份气度。"

"时候不早了，你们赶紧回去休息吧，我这茶庄里只有一张留给我临时休息的床，"鹤鸿临话锋一转，"中午再过来，我会给你们准备好去西南戈壁的必需品，这样你们就能出发了。那里路途艰险，你们要多多小心。"

安星眠不知该说什么好，过了许久才吞吞吐吐地说："鹤先生……"

"还是接着叫我汪叔叔吧，听习惯了。"鹤鸿临淡淡地说。

"好吧，其实我也叫习惯了，改口挺别扭的，"安星眠说，"汪叔，其实我是想，没必要急在这一两天。后天再走吧，明天我们可以一起过除夕。""除夕？"鹤鸿临呆了一呆，随即苦笑一声，"是啊，明天是除夕，后天就是新年了。我竟然忘了。日子过得真快。"

"以往的年份，都是你回东陆陪我们过年，给我发压岁钱，"安星眠的脸上带着笑意，"这一次，就算是我在你的家乡陪你过年吧。"

羽族的新年自然也有欢庆，但并没有东陆人类那么铺张热闹。何况安星眠和雪怀青也不敢在外多露面，只能躲在鹤鸿临的宅子里。多年以来，顶着"汪惜墨"外皮的鹤鸿临为了避免身份败露，既没有婚娶，也没有雇用人，家里的一切都由他自己亲手操持。

除夕之夜，三人一起坐在鹤鸿临的卧房里，鹤鸿临做了几道东陆风味的家常菜，温好了酒，就是一顿简简单单的除夕家宴。安星眠和雪怀青看着屋里简朴到近乎简陋的陈设，再想想鹤鸿临曾经有过却又自己甘愿放弃掉的贵族生活，心里都有些微微难过。席间两人绝口不提和萨犀伽罗有关的话题，安星眠不停说起自己童年时代和鹤鸿临相处的趣事，鹤鸿临微笑聆听，仿佛自己真的只是那个疼爱小孩别无他念的汪叔叔。

"有一年新年前，汪叔又给我和父亲带回了礼物，但还没来得及拆包分发，就被父亲找去谈生意上的急事。我等不及，就偷偷打开他的包裹，结果在里面找到了一瓶羽人的果酒。"安星眠说。

"你一定是偷偷喝酒了，是不是？"雪怀青猜测。

"错了，其实我小时候相当坏，"安星眠坏笑，"我自己没有喝，却骗了一个来做客的堂弟喝了。果酒味道香甜，他一口气喝下去半瓶，那天晚上在院子里脱光了衣服打醉拳，别提多热闹了。"

雪怀青笑得喘不过气来："我一直觉得你蛮像个正人君子，原来也有这么缺德的时候。"

她笑吟吟地喝了一杯酒："无论怎么样，这已经是我连续第二个新年过得那么快活了，谢谢你们俩。"安星眠不由得想起了去年的新年，他和雪怀青也是处于奔波劳碌中，最后在一个贫穷的小山村里过了年，心里还压着无数沉重的心事。他以为这个新年很凄惨，雪怀青却告诉他，她已经很久没有享受过这样有人陪着说笑的除夕之夜了，对她而言，这样的新年实在是很好。

其实人们想要的，无非只是一些微小的幸福、一些简单的快乐，仅此而已，安星眠想。比起这些小小的幸福，苍银之月、萨犀伽罗、城邦的统治、天驱和辰月的争斗，都显得那么可笑，那么丑陋。

"汤应该炖好了，我去厨房看看，"鹤鸿临说，"这里比不得东陆老家，你和你父亲爱喝的那些鲍鱼燕窝之类精细的汤都弄不到材料，就是普通的莲藕排骨汤，我也是托了郎大厨才弄到那些排骨的。"

"莲藕排骨汤很好，我去帮你端吧。"安星眠说。

"不必了，你们俩好好说会儿话。"鹤鸿临摆摆手，走了出去。

安星眠一笑，回头看看雪怀青，雪怀青也正在看他，满脸盈盈的笑意，显得格外妩媚动人。他心里一动，正想要说些什么，雪怀青却猛地站了起来："院子里有动静！"

安星眠知道雪怀青耳朵灵敏，连忙一个箭步跨到门前，拉开了门。在门外的漫天雪花中，他放眼望去，什么都没有看到。

"奇怪了，明明听到什么声音，"雪怀青皱着眉头说，"难道是野猫？"

"难说，羽人一般不吃肉，如果有野猫，肯定馋肉馋得不行，"安星眠说，"也许就是被我们这堆吃的吸引来的。"

两人重新回到房里，不久之后，鹤鸿临端着一个热气腾腾的砂锅走了回来。他把砂锅放在桌上，替两人盛上汤。

"趁热喝，过一会儿我再去煮点饺子，"鹤鸿临笑眯眯地说，"这样才有过年的味道。"

"我的肚子都撑圆了，哪儿还装得下饺子。"安星眠说着，和雪怀青各喝了几口汤。没过多久，两人突然扔下手里的碗筷，扑通趴倒在桌子上。

"你们怎么了？"鹤鸿临大惊。

"有毒！"安星眠喘息着说，"汤里有毒！"

"这怎么可能呢？"鹤鸿临有些手足无措，又很快镇静下来，因为他注意到有脚步声正在靠近。他虽然武技一般，也没有钻研过毒术，但为人机警，所以立即从床铺下拿出一直藏着的宝剑。然而敌人的动作比他迅速得多，已经撞门进来，一掌打落他手里的剑，并把自己的短剑搭在他脖子上，制住了他。

"安星眠，我早就说过，我是绝对不会放过你的。"来人用一种充满恨意的声音说。

"这个年真是过得精彩啊，"安星眠叹息着，软绵绵地趴在桌上，眯缝着眼看着这位已经打过多次交道的女天驱，"不过我们认识那么久了，我还不知道你的名字呢。"

女天驱犹豫了一下："也对，你至少应该知道自己死在谁的手里。我姓楚，楚霏，被你杀死的我的爱人叫王恒，你给我记牢了。"

"楚霏，王恒，我记住了。"安星眠喃喃地说，突然双手齐出，以闪电般的速度扣住楚霏的手腕，劲力一吐，"咔嚓"两声，楚霏的两手关节一齐被卸脱，短剑掉到了地上。安星眠把她的双臂拧到背后，发力将她按得屈膝跪地："抱歉，我不愿意对女人下手过重，但你的手段我见识过，不这样做我没法放心。"

"你没有中毒？"楚霏十分恼怒，拼命挣扎着，但手腕已经脱臼，无处发力，一时间难以挣脱。

"我听到院子里有响动，已经在暗暗留神了，"雪怀青说，"那时候我们就已经商量好了应对的办法。这锅汤一端进来，我就闻到里面下了毒，所以其实我们俩根本没有喝，只是做做样子。后来中毒倒下，自然也是为了把你骗进来。"

鹤鸿临找来一根粗绳，把她牢牢捆起来，安星眠这才放手。楚霏努力扭着头，狠狠瞪视着他，他不由得苦笑一声："上次你说，要我也尝尝所爱的人被杀的滋味，想必是你以为我杀了你的爱人王恒了。但是我想你一定是搞错了，我这辈子还没有杀过人，更不认识一个叫王恒的人。"

楚霏的眼神瞬间变得迷茫："你说什么？他不是你杀的？这怎么可能？"

她的表情一下子显得很怪异，刚才的仇恨依旧残留，又增添了几分意外、几分迷惘，更多的是一种无处着力的空虚和一种极度失望后的悲伤。雪怀青看得十分不忍心，走上几步，轻声对她说："你一定是弄错了，他从来不是个残忍好杀的人，你能不能先告诉我们，为什么你一口咬定是他杀了人？你的爱人是在什么情况下……"

她正说着，安星眠却陡然捕获到了一丁点儿异常。楚霏虽然表情近乎崩溃，眼神涣散呆滞，看起来好像完全方寸大乱，但他注意到，她的身体并没有丝毫放松，反而越绷越紧。他猛地意识到对方的企图，大喊一声："小心！"但似乎已经迟了一点。楚霏的嘴唇微张，一道尖锐的寒光已经赶在安星眠喊出声之前从她的唇间闪现。

那是一枚钢钉，从嘴里射出的致命的钢钉，钢钉的去向并不是安星眠，而是雪怀青的心脏。

安星眠刹那间明白过来，自己和雪怀青设计欺骗了楚霏，却没料到楚霏的中招本来就是个计谋。她早就知道雪怀青精于用毒，自己如果下毒的话，一定会被识破，于是她故意用这种方法来让两人放松警惕，再故意装作失手被擒，等待的就是两人大意的这一瞬间。这枚直扑心脏的钢钉，才是她真正的杀招。她表面上看起来被怒火冲昏了头脑，却仍然和两人第一次见面时那样，把杀人精确成了一种艺术。

"我只想也让你尝尝心爱的人被杀的滋味。"这是楚霏曾对他说的话。安星眠没有料到，她是认真的，比起杀死安星眠，她更愿意让他承受失去爱人的痛苦，因为这痛苦更深邃绵长，也许比死亡本身还要难熬。

这枚钢钉的发出实在是太突然，雪怀青原本就更擅长精神方面的功夫，身法只是一般，面对这突如其来的袭击，一时根本来不及闪躲。当她见到寒光闪过时，心里就知道糟糕，恐怕只剩等死一条路。

然而，在钢钉发射出来之后，安星眠的手臂紧跟着伸了出来，似乎是在楚霏身前晃了一下。钢钉来到雪怀青面前时，速度竟然减慢了许多，慢到她足够反应过来。雪怀青顾不上细想究竟，只是本能地拼命一扭头，钢钉擦着她的太阳穴飞过，擦破了一点皮肉，然后钉在门上。

我没有死。雪怀青惊魂稍定，把视线转回身前，登时觉得心脏猛地一缩，好像被人打了一记重拳。她看见安星眠的左手握住右手手掌，脸上现出痛楚的神色，鲜血不断从指缝间涌出。而地上除了滴落的鲜血，还多了两样东西——安星眠右手的食指和中指！

她这才明白过来刚才到底发生了什么。在间不容发之际，安星眠拼力伸出右臂，用右手手掌阻挡了一下钢钉的来势，令她可以勉强躲过这致命一击，而安星眠的右手，却被这一击割下了两根手指头。

"我要你的命！"突如其来的狂怒一下子填满了雪怀青的心胸，甚至令她顾不上心痛和哀伤。她的手里握住一根长长的毒针，身形一闪，针尖向楚霏的胸口刺去。楚霏一击不中，知道自己已经没有任何机会，苦笑一声，闭目待死。

三

这具尸体的表情很安详，仿佛是在睡梦中不知不觉地丢掉了性命。致命的伤口在后脑，鲜血已经凝结。可以想象，这名护卫在沿着墙根巡逻的时候，突然被人偷袭，以某种尖锐的兵器直接贯穿后脑，甚至都来不及哼一声。

"半个月以来的第三起了，公子，"一名亲信愤愤地说，"简直不把宇文家放在眼里。"

"没关系的，先把尸体抬下去吧，好好安葬，多给家人些抚恤。你们也先下去吧。"宇文公子温和地说。

所有人都退下去了，宇文公子随手拿起桌上的一枚玉雕在手里把玩，嘴里喃喃自语："看起来，说过的谎话败露了呢，惹得别人来寻仇了。这个安星眠，倒真是命长……"

当天夜里，宇文公子离开了他在淮安城的被称为"客栈"的宅院，坐上一辆马车，来到淮安城南的一间陶士行。他一言不发，径直进入了陶士行，店伙计立刻站起身来，上门板关闭店门。

宇文公子走进陶士行的后堂，取下墙上的一幅山水画，在墙上轻轻一按，一道暗门打开，他走了进去，暗门随即关上。暗门背后，常年为他服务的女斥候正在等他。

"辰月和天驱的动向如何？"宇文公子开口问。

"两边都在准备行动了，"女斥候说，"他们已经判断出，当年在西南戈壁深处失踪的雪寂并没有死，而且很可能已经被那个由叛匪、马贼和各地逃犯组成的游民部落所收留。"

"他们怎么能肯定？有什么证据吗？"宇文公子又问。

"听说，那个游民部落最近疫病横行，治病用的药材很贵，他们不得不派人到戈壁之外的市集去变卖一些东西。有人在那些变卖的物件中找到了一块带有古老羽族王室印记的玉佩，确认那是雪氏家族的徽记。辰月于是从中推想，这块玉佩很可能来自当年失踪的雪寂。而天驱在辰月内部有细作，辰月知道了，天驱也很快得到了这个消息。"女斥候回答。

"西南戈壁……"宇文公子沉吟，"的确是一个藏身的好去处。这一趟，我不带其他人，只需要你陪我去。"

女斥候很是意外："那个地方实在太危险，您没有必要亲自去犯险。何况，即便要去，光有我一个人也不够。天驱和辰月都不是好对付的，而游牧部落更是一群极度危险的人，我担心……"

"没什么需要担心的，我已经决定了！"宇文公子一摆手，"这不是行军打仗也不是市井群殴，而是斗智，人多了反而碍事。即刻去准备，明天正午就出发。"

女斥候不再多言，微微躬身准备退下，宇文公子却又叫住她："对了，安星眠和须弥子的行踪如何？"

"前几天得到的消息，安星眠和雪怀青又回到了宁南，新的信息还未到。须弥子本来在宁南，几天前却突然失踪，我的手下都没能查找到他的行踪。"女斥候说。

宇文公子并不感到意外："须弥子如果能轻易被你们找到，也就不是须弥子了。我最担心的就是他，一来此人武技计谋都深不可测，就算是我也没有办法对付他；二来最要命的是，到现在我都不知道他为什么要来蹚这趟浑水。"

"他难道不是也想得到两件法器吗？"女斥候问。

"他如果真的意在夺取法器，安星眠早就是一具尸体了，"宇文公子说，"他可不是那种会念故人之情的人，所以我才弄不明白他到底想要干什么。不过，天驱、辰月和游牧部落一定比我更头疼。"

女斥候似有所悟："您的意思是说，想办法躲在暗处看他们争斗，然后我们坐收渔翁之利？"

"和人硬碰硬一向不是我的风格，"宇文公子微笑，侧过头看看窗外，"今晚的月色真不错。"

同一个夜晚，宁州，杜林城。

宋竞延的府邸内部虽然在经历了一场大战后毁坏了许多，但外表还是光鲜的。只是那一晚动静闹得实在太大，人们经过宋府的时候，难免要投以异样的眼光。不过这样的事也不算太稀奇，隐居到杜林的前任官员们，谁没有一点不足为外人道的历史呢？最好的态度就是不说不问，装作什么都没有发生过。

所以几天之后，宋竞延又若无其事地回到了家里，开始雇用工人重新修整被毁坏的房屋庭院。但这些工人只在白天干活，到了夜里，还有另一批"工人"出没此间。

"消息可靠吗？"在那个被安星眠毁坏的地牢里，宋竞延看着从被打穿的顶部照射下来的月光，向身前的天驱部下发出询问。

"绝对可靠，"部下回答，"我们在辰月内部安插的两名斥候先后发回消息，内容都是一致的。之前辰月已经认定雪寂活着的可能性极大，而且很可能就在游牧部落中藏身，但派出的零散教众去探查却始终无功而返，还有几个人失踪了。所以他们这次下定决心，将会大规模出动，甚至不惜与游牧部落一战。"

"不惜一战……他们倒真是下定了决心啊，"宋竞延一笑，"这是逼我们出手了。"

"可是我有疑问，假如雪寂真的在那个部落里，而他们想要找的东西也在雪寂手里，去多少人恐怕也是送死啊，那根本就不是人力所能抗衡的。"部下说。

"那是因为他们知道，有一样能抗衡苍银之月的东西，也会现身大漠，"宋竞延说，"而那样东西，虽然威力惊人，持有者却还不怎么会用，要抢夺它，比直接抢夺苍银之月方便多了。"

"您是说安星眠？"部下恍悟，"怪不得。如果能得到萨犀伽罗，苍银之月就会失效了。"

"所以说，控制住安星眠，也就等于同时控制住了两件法器，这笔生意赚得很哪，"宋竞延说，"可惜我们上次还是功亏一篑。这一回没有别的选择了，辰月要去，我们就必须去。"

"那我立即去召集人手。"部下说。

宋竞延点点头："贵精不贵多。西南隔壁名为戈壁，实际上已经是一片大沙漠，人多了，需要的给养也多，反而碍事。楚霏的下落你清楚吗？"

部下迟疑了一下，最后还是开口说："她……最近已经失去联系了。"

宋竞延叹了口气："可惜了，她的刺杀之术原本可以助益良多。毕竟是女人，对"情"一字太过执着，已经失了天驱的风骨。不过无论怎样，和辰月的这一战无法避免。这是我们绵延千年的宿命。"

他不再说话，部下明白他的意思，纵身跳出了连楼梯都被毁坏的地牢。但在他走远之前，地牢里又传来宋竞延的问话声。

"须弥子呢？找到须弥子的下落没有？"宋竞延问。

"没有任何和他有关的新消息，他已经失踪有段日子了。"部下说。

同一个夜晚，澜州，夜沼黑森林。

被须弥子称为阿离的中年女子，正在森林里独坐，看着从树木枝叶的缝隙里洒下的月光发呆。她的表情有些迷离，眼神里有一丝抹不去的哀伤，嘴角却又带着一点笑容，似乎是在想一些很复杂的心事。

背后的脚步声响起的时候，她就像换了一个人一样，脸上立马罩上一层严霜，缓缓站了起来。回过头时，她已经又回复到那个冷若冰霜、残酷无情的辰月女教长了。

"我们已经调查清楚，张亢并没有背叛，他之所以用秘术杀伤教友，是为了取得天驱的信任而不得不动手。何况他并没有真正下杀手，那位教友被他打到河里后，被人救起，性命无碍。"前来见她的辰月教徒汇报说。

"我知道了，你做得很好，"阿离淡淡地说，"那么现在，他已经得到天驱的信任了吗？"

"是的，他已给我们传回了重要的消息，"辰月教徒说，"阳支已经据此开始采取行动。"

"是奔赴西南戈壁的事情吗？"阿离问。

辰月教徒的脸上现出了犹豫的神色，没有立即回答，阿离摆了摆手："是我疏忽了，这原本不是我应该问的。你不用回答。"

"其实以您的身份而言，也不能算作非要严守的机密，"辰月教徒说，"阳支已经准备好动身了。"

"我知道了。你回去吧。"阿离仍旧面无表情地点点头。

教徒鞠了一躬，转身离去。当他的背影消失后，阿离轻轻叹了口气，重新坐下，依旧出神地看着月光。

"你也会去的吧，这样的热闹你一定不肯错过，"她低声自言自语，"你一出手，我的那些教友们肯定活不了。我是辰月教长，一个虔诚的辰月教徒，理应站在自己的教派一边，可是现在……为什么我心底里最大的期望是你能安然无恙？哪怕为此必须眼睁睁看着你杀死我的教友，我的心里也会坦然接受，这是为什么？"

"这是为什么啊？"阿离的眼里仿佛笼上了一层淡淡的雾气。

人们都在揣测须弥子的行踪，他们却并不知道，须弥子已经来到了一个他们所料想不到的地方。在这个寒冬末尾的深夜里，宇文公子在和他的女斥候密谋，辰月和天驱在进行着最后的布置，须弥子却一个人悄立在月光下。他微微仰头，看着皎洁的月色，手里抚摩着一串灰白色的粗糙手链。

"就快要落幕了，琴音，"须弥子对着遥远的明月说，"我答应你的事情一定会做到的。你活着的时候我不能让你快乐，你死了，我不会再犯错误。"

第九章
该来的不该来的都来了

一

斯亩镇位于西南戈壁的东部边缘，也就是宁州的西部，对于很多横穿戈壁求财或求命的人来说，见到它就像见到了天堂一样，因为它的出现就代表艰苦旅程的结束，到了这里，就算再吝啬的人也难免想要稍微放松一下。因此斯亩镇虽然小，客栈、酒楼、赌场、妓院却一应俱全。

当然，这里还有一样东西少不了，那就是棺木店。穿越西南戈壁的风险是很大的，几乎每天都会有人命丧于沙漠中。有些人选择把同伴的尸体就地埋在黄沙之下，却也有些人想要给同伴一个体面的安葬，因此坚持把尸体也带出沙漠。这家棺木店就是为这些人所开设的。

不过近些年来，棺木店有了新的生意源，那就是来此地打架斗殴的人。这个小镇位于沙漠边缘，来往人群成分复杂，很难管理，官府开始时试图高压管理，结果在酿成了几起大规模冲突后不得不改为睁一只眼闭一只眼，再后来索性把睁开的那只眼也收回去了，让此地的治安处于放任自流的状态，无论偷了抢了还是杀人放火，一概没有官家的人去管。因此，越来越多的帮会势力把角斗场所选在了这里，图一个方便，而决斗一般是要死人的，棺木店的生意也因此好了起来。

"老板，今天可能会有大生意！"一个胖乎乎的棺木店伙计对老板说。

黑黑瘦瘦的老板探出头往街面上看了一眼："你说的是那两群相互瞪眼恨不能把对方吃下去的小流氓吗？"

"您可得小声点儿，"胖伙计有些紧张，"小流氓是不假，把咱们这个店砸烂一百遍可是绰绰有余的。"

"砸了棺材铺，就没人给他们收尸啦，"老板哼了一声，"这两拨小流氓从哪儿来的？"

"今天一大早，从东面来的，应该是宁州的帮会吧，"胖伙计回答，"这段时间宁州几个大城邦之间的关系始终很紧张，各地的军力都用于防范外敌，所以黑帮们越来越无法无天了。"

"没关系，他们打架死人，我们卖棺材！死得越多越好！"老板嘿嘿一笑，"等着看好戏吧！"

"太泯灭人性了，"胖伙计喃喃地说，"我就喜欢跟着这种丧尽天良的老板……"

这个时候正是二月中旬，天气渐渐开始暖和，虽然西南戈壁的风沙仍然无情地从西向东袭扰着小镇，但至少天色晴朗了许多，不少居民和旅客原本打算在这个明媚的下午到街上好好晒晒太阳，哪怕是因此而吃一嘴沙，但现在，没有人敢上街。

因为那两帮从东边来的小流氓已经摆开架势打算火并了。小流氓当然只是一种蔑称，这帮人年纪并不小，还有一些是老头子，身上带着明晃晃的刀枪剑戟，个个身怀武艺，绝不是普通的地痞。不过细看身手，也肯定算不上什么顶级高手，大概也就是那种为祸一方干点儿黑道买卖的地方帮会。

眼下贯穿小镇的长街上已经没有其他闲人了，两个帮会的人相互对峙，每一边都有四五十人，其中混杂着人类、羽人和河络，声势不小。好像是为了在混战中区别敌我，不至于误伤，双方在服饰上都有鲜明的特点。站在西面的帮会每个人右臂上都系着一根红色的布条，东面的帮会则都扎着青色的头带。

系红布条的帮会首先站出来一个人，那是一个膀大腰圆的中年壮汉，脖子上文着一只老鹰，相貌甚为凶悍。他的右手提着一把锋利的鬼头大刀，左手却抓着一个干枯瘦弱的老头。这个老头头顶光秃秃的，一张脸坑坑洼洼十分难看，好似被虫咬过的树皮，眼神里充满了惊慌，嘴里嘟嘟囔囔的，似乎是在讨饶，形貌十分猥琐。

中年壮汉左手一振，把老头扔到地上，老头摔得四脚朝天，连连喊痛，却不敢爬起来。对面的人却忍不住了，一个拄着拐杖的羽族老妇人走上前来，冷冷地问："卫副帮主，你这是什么意思？吉老三虽然烂泥扶不上墙，好歹也是我们的人，何必当众折辱他。你约我们来这里，如果是为了开战的话，就少弄点其他的花活儿。"

"你最好先问问他干过些什么，再考虑考虑你们青田会是不是真的打算保他，"卫副帮主回应说，然后视线移到了还在地上哼唧呼痛的吉老三身上，"吉老三，把你干过的事儿讲出来吧。"

吉老三无奈，颤颤巍巍地从地上爬起来，整个身体都靠右腿支撑着，原来他的左腿有残疾。看得出来，此人在帮会里的地位很低，人们看向他的目光里大多都是鄙夷和不屑。

"我……我……我三天前来到这里，正碰上黑鹫帮的三个兄弟在酒馆里喝酒聊天。他们喝得有点多，一不小心就提到了最近刚做的一笔生意，那是一包挺值钱的珠宝。我、我在会里一向不受重视，听到有这么一包珠宝，略微有些动心，所以就跟踪他们，偷偷下了迷药……"吉老三结结巴巴地说着。刚说出"迷药"两个字，只听"啪"的一声，他已经重重挨了一记耳光，这耳光来自刚才那个拄着拐杖的羽族老妇。她虽然看上去很苍老，动作却迅捷利落。

"道上混也有道上混的规矩！"老妇怒气冲冲地说，"如果你们一言不合起了冲突，各自凭刀子说话，生死有命，哪由得你；但是偷下迷药抢人的东西，太下三烂了，那是丢我们青田会的脸！"

她转向黑鹫帮的副帮主："卫副帮主，这件事是我们理亏，这个吉老三入帮不久，不懂规矩，我会好好教训他。至于今天这一仗，不必打了，我服输。"

这一番话相当出人意料，卫副帮主愣了愣神，随即笑了起来："花夫人果然是明事理的人，佩服佩服！既然这样，烦请让吉老三交出他吞掉的货，我们既往不咎。"

看上去，这两拨对峙的人确实有别于胡乱砍杀的地痞流氓，眼下把"道义"二字摆出来，居然彼此说通了。眼瞅着一场热闹大架打不成了，那些偷偷从窗缝门缝往外看的闲人们难免失望非常。

"唉，看样子打不起来了！"贴着门缝向外看的棺木店胖伙计就十分遗憾，"流氓就流氓嘛，居然还讲道理！讲道理还怎么做流氓？这下子热闹看不成了。"

"热闹看不成是小事，重要的是不打架不死人就没钱赚了，"老板高瞻远瞩，"流氓居然还讲道理，这个世道是没什么救了。"

两人正在事不关己地说着风凉话，背后忽然传来一个声音："你们放心好了，这里马上就会有热闹，比这大得多的热闹——就怕你们承受不起这个惊喜。"

这是一个年轻男人的声音。两人悚然，急忙回头，却什么人也没看见。胖伙计悄悄往老板的背后一缩："这个声音……好像是从棺材里传出来的。"

"是什么人？居然躲在、躲在老子的棺材里面装神弄鬼！"老板色厉内荏地吼道，"这些都是上好的楠木棺材，碰坏点漆都赔死你，还不赶紧滚出来！"

"抱歉，这些棺材舒服得很，我们还想多待一会儿，"另一个声音响起，这次却是年轻女子，"倒是二位，赶紧逃远点吧，一会儿那场热闹如果真的闹起来了，我担心你们的棺材铺子都要保不住了。"

"棺材里舒服？你们到底是人是鬼？"胖伙计的身体开始抖了起来。看上去，他虽然很喜欢看流氓打架，却十分怕鬼，听着这两个从棺材里传出来的声音，已经有些魂不附体。他忽然转过身，不顾一切地朝门口冲去。

"有鬼啊！"他喊道。

但他没能跑出门去，也没能喊出第二声。他刚跑出两步，在他身边的一具棺材的盖板忽然被掀开，里面伸出一只大手，一把把他揪进了棺材。接着棺材里传出一声闷响，胖伙计再也没能说出一个字。

老板大惊，正准备逃跑，他身边的棺材也掀开了盖子。另一只大手如法炮制，把他抓进了棺材并且让他立刻闭嘴。棺材铺里瞬间恢复了平静，好像什么都没发生过。

而在棺木店的外面，并没有人注意到店里发生的一切。既然青田会的花夫人已经主动服软，双方这一场架就打不成了。在花夫人的命令下，吉老三耷拉着脑袋，一瘸一拐地领着两位主事人走向了镇上的朋来客栈，其他帮会中人保持着距离跟在后面。

"那天他们就是在朋来客栈的大堂喝酒的。我偷到包袱之后，本来想带走，没想到街上出现了我的两个债主，估计是一起来找我的，"吉老三说，"我怕被他们抓住后包袱里的珠宝被抢走，赶紧跑到客栈的楼上，却找不到什么地方可以藏东西。幸好这个时候我突然想起了，几年前，我和几个帮里的兄弟曾经利用这家客栈交接过东西，在地字第七号房的房梁上挖了一个空洞，那个空洞正好可以藏下包袱里的珠宝。于是我赶紧找到那个房间，里面已经住了人，但碰巧住客没有在房里，我正好趁机把珠宝藏进去。"

"你倒是挺聪明的。"卫副帮主不无挖苦地说。

吉老三闭上嘴，好似对一切的挖苦嘲讽都自动免疫。这一帮凶神恶煞的人进了朋来客栈，正在大堂喝酒的人们都自觉站起来溜掉了，见惯各种场面的掌柜和伙计也乖乖缩在了柜台后面，不闻不问。于是吉老三把两位主事人带上楼，带到了地字第七号房，敲响了门。

门打开了，这个房间的住客，两个体形健硕的青年人走了出来，看着眼前的阵势，都有些吃惊，却并不显得慌乱。吉老三嗫嚅着想要说话，花夫人一把推开他，走上前去拱了拱手："宁州青田会和黑鹭帮，有事需要借用这个房间一小会儿，用完就走，还请二位行个方便。"

她一面说，一面摸出两枚金铢递出去，对于一个帮会高层人士而言，这番言语已经算得上是足够礼貌了，何况还有钱拿，换了其他人，恐怕已经忙不迭地接过钱赶紧闪开了。但这两个青年似乎不吃这一套，没有人伸手接钱，其中一个青年冷笑一声："如果我也给你几个金铢，能不能也请你们行个方便，赶紧走开？"

花夫人面色一沉，正要说话，背后忽然有一些响动。她回头一看，发现几个不同的房间门都打开了，从房间里走出来一些武士模样的人，冷冷地看着他们。而几个原本在大堂里喝酒、当这些黑帮分子走入客栈时立刻作畏缩状躲开的住客，竟然也来到了楼梯旁。看样子，如果楼上发生了什么纠纷，他们大概也不会袖手旁观。

吉老三不由得嘟囔起来："糟糕了，他们的人也不少啊，而且说不定还有伏兵。这不会是要打起来吧？"

卫副帮主哼了一声，正要说话，另一个声音却响了起来："让他们找。"

说话的是一个行商打扮的老人，正从另一间客房里走过来。两位青年听了他的话，脸上都露出些微的不忿，却又立即收敛住，二话不说，闪身到一边让出了房门，而之前从其他客房出来的那些人也并无任何异议。看上去，这位老人的话对他们而言就是不可违抗的命令。

吉老三畏畏缩缩地走进房里，费劲地爬上房梁，把空洞外面掩饰的木块拿走，随即发出一声惨叫："糟糕了！包袱、包袱不见了！"

"你说什么？"花夫人和卫副帮主异口同声地发出惊呼，然后一起抢进房里。卫副帮主纵身一跃跳上房梁，低头一看，果然只剩下一个空洞了。花夫人不放心，自己上去查看了一下，但显然，再多一万个人去看，也不太可能从那个空空如也的洞里变出一包袱珠宝。东西失踪了，确凿无疑。

吉老三面如死灰，惊恐万状，看样子似乎是想要立即从楼上跳下去逃命，但最终他还是没有逃，只是绝望地看着花夫人："二当家的，我……我……"

"东西要是找不回来，就用你的脑袋来抵吧。"花夫人轻描淡写地说。

吉老三眼看就要昏过去，却忽然像溺水的人抓住了救命稻草一样，奋力伸手指向那两个青年："是他们！一定是他们偷了珠宝然后装作不知道！不是我的错，是他们干的！"

"放屁！"其中一个青年大怒，"我已经让你们进来找过了，可别得寸进尺啊！"

“但是我们的东西，的确是在你们的房间消失的，”花夫人上前一步，“你们的嫌疑当然最大，除非……”

“除非什么？”刚才说话的老人一边问，一边再次用手势制止了两名火气越来越大的年轻人。

“花夫人，有门儿，”卫副帮主在花夫人耳边悄声说，“照我看，这帮人身上一定有文章，所以想要息事宁人，不惹麻烦。”

花夫人微微点头，口气强硬了起来：“除非让我们在房间里好好搜一搜。”

一名青年霍地挥起了拳头，但老人动作更快，一把攥住他的胳膊，狠狠瞪他一眼。青年强忍住怒气，没有说话，老人继续开口说：“抱歉，我们不可能让你在房间里搜找，但是也许有别的办法可以补偿你们。那些珠宝大概价值多少？”

卫副帮主和花夫人对望了一眼，眼神里交流的信息大致是“果然这个老头只想逃避麻烦，那就讹他一笔”。卫副帮主咳嗽一声说：“按照我手下告诉我的，大概价值……一千……不，一千五百金铢。”

这个数目不算小了，但老人一言不发，从怀里取出三张银票，递了过去，每一张的面值都是五百金铢。卫副帮主的脸上隐隐露出一点后悔之意，看样子是没有料到这位老人掏钱那么痛快，早知如此应该狮子大开口多要点。但现在话已经出口，不能再反悔，只能讪讪地接过钱。

“现在没事了吧？”老人平静地说，“可以请诸位离开了吗？”

卫副帮主和花夫人脸上都很尴尬，但却没有其他的话可说，只能命令手下离开。看着一行人走下楼梯，老人忽然问：“是镇东头杨柳客栈里的人派你们来的吗？”

花夫人回过头，有些诧异：“没有人派我们来，我们的确是来找那一包珠宝的。”

“两边加起来将近百人，只是为了一包珠宝？”老人说。

“不，珠宝的事情只是由头，我们带那么多人来，原本是打算火并的，并没有料想到会来这个客栈寻找。”花夫人耐心地说，大概是因为如此顺利地借助这个老人解决了一场冲突，略有些不好意思。

老人微微一怔，看着花夫人的脸，还没说话，卫副帮主已经叫嚷起来："我们黑鹫帮虽然不是什么名门大派，但还不至于跌份到受人指使来捣乱！你这是摆明了瞧不起我们……"

老人没有搭理他，沉思片刻，又问："刚才那个瘸子去哪儿了？是他告诉你们珠宝藏在这个房间里的吧？"

花夫人和卫副帮主这才隐隐有些明白了老人的意思，连忙回头寻找，但瘸腿的吉老三竟然已经不见踪影，或许就是趁刚才乱纷纷、闹哄哄的时候开溜了。

"他妈的，我们被吉老三算计了！"卫副帮主一拍大腿，"一定是那个死瘸子故意戏耍我们，他简直是活腻了！"

"可他为什么要戏耍我们呢？"花夫人说，"这样对他能有什么好处？"

"那你的意思是……"

"他可能是被人收买了来骗我们的，"花夫人说，"目的就是和这位老先生捣乱。我不明白的是这么一场捣乱图的是什么。"

老人猛然身子一抖，对身边的一个中年人说："快带人去马房，看看咱们的骆驼！"

中年人急急忙忙带了两个人跑下楼去，两位黑帮主事人呆呆地等在一旁，想要走，却似乎又有那么一点儿不好意思。过了一会儿，中年人重新回来，面色十分难看："我们的骆驼……全被毒死了。负责看守骆驼的四个人都昏倒在地，像是中毒了。"

老人的眉头一皱，目光中似乎有火光闪过。那一瞬间，他身上仿佛突然多了几分如山岳压顶般的慑人气势，即便花夫人和卫副帮主不过是三四流的小角色，也能够感受到这种让人呼吸不顺畅的巨大压迫。两人不禁后退了几步，卫副帮主想了想，麻利地掏出刚才收下的三张银票："果然是真人不露相……刚才是我有眼无珠了，多有冒犯。"

老人的一名手下带着鄙夷的神情接过银票，花夫人定了定神，小心翼翼地问："不知这位老先生如何称呼？今天的事情，我们也有过错，如果需要帮忙的话……"

"你们来了也只能帮倒忙。心领了，再见吧。"老人淡淡地说。卫副帮主窘得满脸通红，却也知道老人没有说谎。两个帮会的人自觉闪到一边，看着这群身份不明的真正高手急匆匆下楼而去。

"没想到我们会栽在这里，"卫副帮主长叹一声，"怎么会有真正的高手跑到这个鸟不拉屎的地方来？"

"而且还不止一拨，"花夫人说，"看这情形，他们要去见的敌人恐怕也不善。"

"我们要不要……跟去看看热闹？"卫副帮主忽然说。

"去看看吧，"花夫人说，"虽然这帮人有些……有些让人畏惧，但我也想去见识一下真正的高手是什么样的。"

"你们都回去吧，人多碍事。"卫副帮主和花夫人下命令驱散了手下，然后按照之前那位老者所说的，离开朋来客栈，走向了镇东头的杨柳客栈。

两个黑帮到来的时候，大街上的人原本都已经跑光了，直到他们化干戈为玉帛一起去寻别人的晦气，这才陆陆续续重新回来。但当卫副帮主和花夫人走出来之后，却发现街上又空了，显然有什么事发生。

两位黑帮头目好歹也算见识过世面，所以仍旧走向了杨柳客栈。刚到门口，两人就感受到一种刀锋般的无形杀气在扩散，那是一种真正致命的杀意，是这两个三四流人物过去从未体会过的，那种感觉，大概就类似于两条在小城的街上称霸的恶狗突然闻到了草原上狮子的气味。

"我们……还进去吗？"恶狗甲迟疑地问。

恶狗乙想了想，狠狠一跺脚："最多不过是个死！这种场面不看要后悔一辈子的！"

两人往门里看去，眼前的景象让他们一呆。客栈的一层大堂好像是被什么奇怪的东西扫荡过一样，所有的桌椅和柜台都变成了散落一地的碎片。现在大堂里再也没有障碍物，只有两群人在相互对峙。

一群人是先前见到的以那位神秘老人为首的人群，只是刚才他们还是普通旅人的打扮，现在却个个手拿兵器，杀气十足。甚至不需要他们出手，单从他们站立的身姿和气势，就可以判断出，他们当中每个人都是一等一的顶尖武士，随便拉一个出来，都能把黑鹫帮或是青田会打得屁滚尿流。

另一群人则大不相同了，他们穿着长长的黑袍，手无寸铁，却有着一种诡异的气质，仿佛一种无形无色的毒雾，可以在不知不觉间腐蚀人的筋骨，那种感觉比明晃晃的刀枪更加令人害怕。

"这、这大概是一群秘术士，"卫副帮主悄声说，"我这辈子就见过一个秘术士，他一个人就杀死了我们帮的老帮主和六大长老。而且据他称，他还不算是顶级的秘术士，这些人……看上去比他还可怕。"

"那我们是不是应该赶紧开溜？"花夫人说，"我这把老骨头还希望有一天能躺在床上老死，而不是被秘术士杀于无形，连自己到底怎么死的都不知道。"

"放心吧，你没听到那个老头儿说什么吗？"卫副帮主有些郁闷地说，"我们差得太远，对他们根本构不成任何威胁，他们才没工夫搭理我们呢。"

卫副帮主说对了。这两群人始终把全部精神都贯注在对手的身上，甚至没有注意到他们俩在门口探头探脑。不一会儿他们的一些手下居然也跟了过来，和他们一起看热闹。

这些从远古时代就开始争斗不休的人们，从来没有摆脱过作为宿敌相互对立仇杀的命运。或者说精确一些，他们之间并没有"仇"，有的只是信仰的不可调和，就好像火与水，永远都无法共存。

"我还以为我们彼此心照不宣，把一切留待进入戈壁找到游牧部落再解决呢，没想到你们那么迫不及待。"秘术士中一个一脸和蔼笑容的年轻人说。他看来虽然年轻，却是这些秘术士的首领。

"我原本也是那么打算的，但既然你们已经提前下手了，那就只能不客气了，"老人回答，"我不可能只让你们进入戈壁。"

"你确定是我们提前下手的吗？"年轻人微微一笑。

"确不确定都不重要了，"老人也微微一笑，"如我刚才所说的，我们不能落在你们的后面。不管是不是你们要弄的阴谋，我都只能记在你的账上。"

"合情合理。"年轻人点点头，掌心开始有氤氲的黑气流转。

<h1 style="text-align:center">二</h1>

在棺木店的老板和伙计先后被拉进棺材打晕之后，棺木店里的另外两具棺材打开了，正是之前传出一男一女说话声的那两具。安星眠从棺材里站起来，揉了揉脖子："棺材果然不是睡觉的好地方，每一次都弄得浑身上下不舒服。"

雪怀青也钻了出来："现在过去吗？"

"差不多是时候了，"安星眠说，"等那些黑帮分子和天驱们闹起来，看守骆驼的人手肯定不够，你的毒术就有用武之地了。"

"你确定那些黑帮的三流角色能拖延时间？以天驱的实力，随便派两个人就能收拾掉他们了吧？"雪怀青说。

安星眠微微一笑："放心好了，宋竟延一定会委曲求全，主动退让，而黑帮里的人必然会借此得寸进尺，他们会闹腾好一阵子的。"

"为什么呢？"雪怀青一面问，一面跟着安星眠走出棺木店。其他几具棺材的盖板也掀开了，她带来的尸仆紧随两人。

"根据我的观察，宋竟延是那种行事非常谨慎，轻易不愿意出招的人，"安星眠说，"现在他们和辰月各自占据了小镇的一个角落，彼此防范，互相牵制，既在紧锣密鼓地准备进入戈壁的事宜，又不敢轻举妄动授人先机。在这种情况下，即便只是一些三四流的黑帮分子，他也绝不会轻易动手，节外生枝。"

"那就看我的吧，"雪怀青作摩拳擦掌状，"只要你收买的那个吉老三不辱使命，我肯定让天驱们出不了镇。"

"那个老头的确人品猥琐，也没什么本事，但是有你的毒药威胁，我相信他不敢耍花招，"安星眠说，"不过还是得千万小心，我的右手伤还没好，现在打架只能用左手，太吃亏了。"

"能把那两根断掉的手指头重新续接上就已经万幸了，"雪怀青看着安星眠被牢牢包裹的右手食指和中指，"不然的话，我真的会杀了她。"

一个多月前。除夕之夜。

楚霏对雪怀青突然发起的袭击，让安星眠别无选择，唯有用自己的手掌去阻挡对方的钢钉。钢钉被他挡了一下，减缓了速度，让雪怀青得以逃生，但他的右手却受到重创，食指和中指被锋锐的钢钉切断了。

雪怀青瞬间暴怒，用一枚毒针刺向楚霏，打算直接要了她的命。被牢牢绑住的楚霏并没有挣扎躲闪，而是面带着笑意闭目待死。于她而言，已经尽了自己最大的能力，虽然最终没能杀死雪怀青让安星眠终生痛苦，但能对安星眠造成伤害，也知足了。

然而，就在毒针即将刺入楚霏肌肤的一刹那，雪怀青的手臂被人抓住了，她回头一看，赫然是安星眠。安星眠顾不上捂住右手的伤口，用左手死死抓住了她的胳膊。

"别伤她。"安星眠强忍断指的剧痛，喘着粗气说。

"为什么？这个女人三番五次地想要害你，今天放过她，下次她还会回来的！"雪怀青愤怒地说，手臂用力想要挣脱安星眠的左手。

安星眠勉强挤出一个笑容："很少看到你这么生气到不顾一切的样子，我要是说一句我心里很高兴，或许有点奇怪，但我确实有点高兴。谢谢你。"

雪怀青脸上一红，不再挣扎，安星眠这才放开，在她给自己裹伤的当口说："不能怪她，一定是有人在背后陷害挑拨。"

"当然是有人陷害，你我都清楚你根本没有杀过人，"雪怀青狠狠一跺脚，"但是这个蠢货伤到你了，她伤到你了！"

"手指头虽然重要，还是不能和人的生命相比，"安星眠温和地说，"夺走一条生命是很容易的事情，但永远也不可能补救回来了。"

他用左手费力地替楚霏松开束缚，轻声说："你走吧，希望以后我们不要再见了。"

楚霏难以置信，死死盯着安星眠的眼睛，仿佛是想要在其中找出一丝伪善和虚假，安星眠并没有逃避她的眼睛。最后楚霏长长地叹息一声："安星眠，你是个大傻瓜吗？"

"我不知道，很多人都夸我绝顶聪明，"安星眠说，"不过偶尔的，也会有人说我傻。"

"我不知道你是真傻还是一个心机深沉的大恶人，但是我……"楚霏忽然有些哽咽，"就算我是个傻瓜吧，哪怕是被你欺骗的，我也认了。"

她俯下身，用一张干净的手绢包起那两根断指，然后从怀里掏出一个小瓷瓶，从里面挑出药膏，给安星眠抹在断指处。雪怀青的身子微微动了一下，似乎是想阻止，但最终没有动。

药膏抹在伤处，有一种十分清凉的感觉，令安星眠痛楚大减。楚霏紧接着拔下自己头上的一枚金钗，连同手绢包着的断指一起交给雪怀青："带着这两枚断指，马上去宁南城北的和记成衣行找老板和大富，他能接续这两根断指，而且日后能恢复到和以前一样，不会留下伤残。他脾气不太好，但给他看这枚金钗，他就不会拒绝了。"

"我知道那个成衣行在哪儿，"鹤鸿临说，"但是成衣行的老板怎么会治伤？"

"和大富本名和三针。"楚霏简短地回答。

鹤鸿临恍然："啊，和三针，当年最有名气的外科神医，传说已经死了，没想到是隐居到了宁南城。找到他倒是应该没问题了……"

"我怎么能相信这不是另一个阴谋？"雪怀青毫不客气地说，"她那么会耍弄诡计，那么会假装，焉知不是因为眼下处于下风而故意示弱，实际上把我们骗到天驱的老巢里去？"

楚霏正要回答，安星眠已经抢先说："我相信她。她的确很会骗人，但这一次，我相信她说的是真话。"

雪怀青咬咬嘴唇，想要反驳，却并没有说出口。最后她轻叹一声："这就是你，什么时候都不会变的家伙。走吧，我们快去找和三针。"

"去把马车套好，我来带路。"鹤鸿临说。

三人急匆匆地离开了，剩下楚霏怔立在原地，好似一尊凝固的雕像。

安星眠选择相信楚霏，这一次，他并没有选错。和三针果然替他接续好了两根断指，只是在很长一段时间里，他都没有办法再用这两根手指了。尽管如此，他还是在短暂的休养后，和雪怀青一同赶往了斯亩镇。

天驱和辰月的两批人马几乎是在同一时刻赶到的，双方知根知底，都知道此刻在小镇上火并不是什么好主意，反而可能导致两败俱伤，而游牧部落的实力如何大家并不清楚。所以两边都采取了忍字诀，并不轻举妄动，一方面暗中派人严密监视对方动向，另一方面佯装若无其事，虽然大家心知肚明，这一战是绝对不可避免的，差别只是时间和地点而已。

安星眠也意识到了这一点，并且很快得出结论：一定要想办法让这两帮人提前打起来。他和雪怀青只有两个人，自己右手受伤实力大减，假如进入这片名为戈壁实为沙漠的凶险之地，自保尚且不暇，能和天驱与辰月对抗的机会就更小了。

就在他苦苦寻思对策的时候，那个名叫吉老三的黑帮分子闯入了他的视线，此人猥琐无能又胆小怕事，雪怀青轻易地用毒药制服了他。当听吉老三交代了盗人珠宝的事情后，安星眠突然有了主意，要以此构陷住在客栈内的天驱们，引两大黑帮去找他们的麻烦，那样雪怀青就有办法趁天驱的注意力被吸引之际毒杀他们的骆驼。而一旦骆驼被毒杀，天驱们在短时间内难以再次出发，辰月就有机会抢在他们的前头——这是天驱绝不能容忍的。

事情果然朝他料想的方向发展。假如宋竞延做事没有这么谨慎，天驱们三招两式就能把那些帮派中人打发了，雪怀青根本找不到下手的机会。但偏偏他顾虑太多，不愿意招惹多余的风波，一味地忍让，反而让这数十位天驱中的精英分子被一群小杂碎拖住了，让雪怀青有机可乘。

"所以说做人太谨慎了也不是什么好事，"安星眠对雪怀青说，"当引以为戒。"

两人来到镇东的杨柳客栈，还没有靠近，就已经能听到里面发出的种种奇怪声响。客栈里的人全逃出去了，甚至不敢接近，被安星眠戏弄的黑帮分子也在外面，吉老三却不见踪影。

"这老头子逃得还挺快的，"安星眠一笑，"他的同伴们倒是蛮喜欢看热闹。"

"这可不是什么好玩的热闹，"雪怀青说，"那帮人功夫那么低，偏偏离得那么近，其实挺危险的。我已经感受到客栈里巨大的精神力波动，说明有不止一个秘术士把自己的精神力燃烧到了极点，面对这样的恶战，躲得远远的才是明智的选择。"

仿佛是为了印证雪怀青所说的这句话，她话音刚落，"砰"的一声巨响，客栈的大门整个被撞塌了，从门里飞出来一样东西，赫然是一柄巨斧，而且巨斧在燃烧着冲天的烈焰！这无疑是天驱的武器和辰月的秘术所碰撞产生的结果。

这柄巨斧直冲冲地飞向了两个帮派的人们，站在最前方的卫副帮主毕竟武技比其他人高出一筹，急忙往旁边一扑，虽然摔得够呛，总算没有被击中。他身后的两名黑鹫帮帮众就没那么走运了，巨斧从他们的腰间横切过去，登时把两人的身体切成了两半，一时血光飞溅。

切过两人的身体后，巨斧仍旧威势不减，斧柄横转，又把第三个人的上半身打得粉碎，这才落到地上。落地之后，燃烧的火焰立即四散弹开，有十多个人的身上都着了火。他们慌忙地就地打滚试图灭掉身上的火焰，但这看起来普普通通的红色火焰却怎么也无法熄灭，直到把他们的皮肉烧得焦煳，凄厉的惨叫声不绝于耳。其余人个个心惊胆寒，忙不迭地逃远了，即便是卫副帮主和花夫人也不敢再停留。

"所以说，热闹不能随便瞧啊。"雪怀青说。

话虽这么说，当黑帮的人逃开后，两人仍然一步一步向客栈靠近，躲在一家临街铺面的门边，窥视客栈内的动向。通过刚才那柄巨斧撞开的大洞，可以看到，天驱武士和辰月教徒正在客栈大堂里激烈地搏杀，有的一对一交手，有的三三两两聚在一起相互配合。

这间倒霉的客栈已经被毁得不成样子了，遍地都是碎裂或烧焦的残片。天驱们挥动着武器，一面躲闪秘术一面伺机进击；辰月秘术士们则力图保持距离，不让对方近身。双方几乎没有一个人完好无损，但也没有任何一个人退却，始终带伤奋战。

在这当中，看起来最平淡，实际上却最惊心动魄的，是宋竞延和带领辰月的那名年轻人的交手。当然，所谓年轻人，只是根据他的外表所设定的一个称谓而已，某些顶级秘术士可能会修炼一些能让人驻颜不老的秘术，以此让他们始终处于运用秘术的最佳状态，尽管为此也会付出沉重的代价。这个年轻人也许就是这样一位秘术士，至少从他身上那惊人的精神力来看，没有数十年的积累很难达到那种程度。

此时此刻，和其他那些不停运动躲闪的搏杀者不同，宋竞延和年轻人几乎就是面对面地站立着，脚下纹丝不动。两人的身上仿佛笼罩着一团淡淡的烟雾，又像是被一些扭曲的光线所包围着，让他们的身体在他人眼中显得有些变形，仿佛是从水中看去一般。宋竞延手握长剑，一剑又一剑地不停刺向年轻人，但每一剑都刺空了。安星眠仔细观看，发现每次在剑尖即将接触到年轻人身体的一刹那，他的身躯会出现一丁点儿常人很难察觉的轻微晃动，长剑所刺的地方只剩下残影，自然只能刺空。

"他们俩为什么脚底下都不动一下？"雪怀青疑惑地问，"而且他们的动作看起来比寻常要慢一点。"

"我也不知道，毕竟我不是一个秘术士，"安星眠说，"但我听说过一种秘术，类似于打开一个特殊的法阵，把交战双方笼罩其中，形成一个和外界隔绝的特殊空间。在这样的空间里，人的精神和肉体力量都能燃烧到极致，外人看来或许寻常，但实际上……"

正说到这里，一个辰月秘术士放出的一团紫色火球击中了客栈楼梯扶手，一大块木板飞向了宋竞延和那个年轻人。两人正处在全神贯注的决斗中，没有人做出丝毫闪避或者格挡的动作，但木板飞到距离两人还有三尺的地方，就仿佛撞到了一堵无形的墙，化为碎片落在地上。

"果然是这样的秘术，"雪怀青感叹，"他们可真是亡命之徒啊，我想起尸舞者大会了，只不过他们打架的理由，比尸舞者要更加……更加……"

她一时找不到合适的措辞，安星眠替她说了下去："更加冠冕堂皇一些？"

"大概就是这个意思吧，"雪怀青说，"对于一个没有信仰的人来说，很难体会他们这样的虔诚，也许历代君主不断剿杀天驱和辰月，就是害怕这种虔诚。"

"也得看方式，天驱和辰月经历了上千年的劫难仍然顽强地生存着，长门遇到一次祸事就差点儿完蛋，"安星眠想起了旧事，"信仰这种东西，是好是坏，着实难讲。"

两人一边说着话，一边目不转睛地注视客栈内的这场惨烈厮杀。双方的确是势均力敌，没有哪一边能占据明显的上风。经过千百年的争斗，天驱的武士们和辰月的秘术士们都各自掌握了和对方交战的种种心得。天驱武士们一直在苦苦锻炼肌肉和提高精神的抗性，以便减少秘术对自身造成的伤害；辰月秘术士们除了修炼精神力之外，也从未放松对速度和步法的提升，以便始终能与武士们保持距离，不与他们近身缠斗。

"幸好挑拨他们先打起来了，"安星眠说，"看这些人的实力，即便是须弥子在这里，也很难全身而退，别提我的手还有伤。"

"说到须弥子，他会不会也在这里？"雪怀青说，"他一向神出鬼没，说不定已经乔装打扮躲在了这个镇子里的某个角落。"

"说实话，我倒情愿他不在这里，"安星眠说，"虽然这一次的事情，他帮了我们不少忙，但我们始终不知道他的目的何在。这个人做好事是看心情的，做坏事却是彻底六亲不认，谁知道最后他到底有什么图谋。"

雪怀青正想答话，眼睛忽然滴溜溜一转，扯了扯安星眠的衣袖，"躲起来！"

"怎么了？"安星眠一愣，"啊，你是听到了什么异响吗？我还以为是我听错了。"

"没有听错，不是客栈里打架的声音，而是来自外围，"雪怀青说，"有什么人在靠近。"

"但是……周围连半个鬼影子都看不到啊，"安星眠左右看看，"难不成是隐身人？"

"不是隐身人，"雪怀青摇摇头，"看不见的原因是……他们在地下。"

三

正当杨柳客栈中激战正酣的时候，宇文公子也在这座小镇上。如他之前所安排的，并没有带其他的随从，而只是带了那名忠心耿耿的女斥候。此时此刻，两人正在杨柳客栈斜对面一家杂货铺的二楼住家里，通过千里镜观望客栈的动向。安星眠和雪怀青的身影也没有逃脱他们的视线。

"安星眠真是个有本事的人，我果然没有低估他，"宇文公子说，"利用一群下三烂的蠢货就让天驱辰月不得不大打出手，省了我很多麻烦。"

"但是他们俩并不知道我们的存在，"女斥候说，"所以他们螳螂捕蝉，我们可以黄雀在后。不过，仅凭我们两个人，您又有什么法子在茫茫大沙漠里找到雪寂呢？"

"我记得我跟你说过，狡兔不止三窟，三十、三百都不嫌多，"宇文公子说，"几年前，我曾机缘巧合救过一个死刑犯，他告诉我，他原本打算去投奔那个戈壁中的游牧部落。于是我答应替他好好照料家人，要他按原计划混入那个部落，因为我想，游牧部落里云集了那么多凶神恶煞的逃犯，日后如果能为我所用的话，会是一支不容忽视的力量。那会儿我还没有想到，雪寂竟然也会和游牧部落扯上干系，真是天助我也。"

女斥候恍然大悟："怪不得您那么有把握，原来是有内应。那您已经得到他的消息了吗？"

"他应该要过来和我会面了，"宇文公子微微一笑，"我听到了他的脚步声。去开门吧。"

女斥候打开门，一个皮肤粗黑的瘦长汉子走了进来，他一见到宇文公子，立即单膝跪在地上，满脸都是忠诚感激的神色："公子，小人在沙漠里等了五年，终于又见到您了！"

宇文公子走上前去，亲手把他扶起来，随后和蔼地说："不必那么拘礼，梁景。我虽然救了你，但也把你放逐在大漠风沙中整整五年，你并不欠我什么，倒是我应该感谢你。"

叫梁景的前死刑犯热泪盈眶，哽咽着说："不，这都是我应该做的。公子赏了我这条命，又替我照料家人，我受什么苦也心甘情愿。"

宇文公子拍拍他肩膀："坐下说话吧。"

梁景应了一声，却并没有坐下，仍然垂手站立在一旁，神色十分恭谨。

宇文公子也不勉强他，自己坐了下来："打探到雪寂的消息了吗？"

梁景摇了摇头："雪寂即便藏身于部落中，也是二十年前的事情了，这二十年里，部落里不知死了多少人，也不知有多少人受不了沙漠里的艰苦而离开，我悄悄问过一些人，都没有听说过他的名字。至于那块雪氏的信物，据说是许多年前部落长老从一位行商手中得到的礼物。"

"那是不可能的，"宇文公子说，"那块玉佩是王室的信物，不可能落入别人的手里，只可能由雪寂随身携带。"

梁景有些惶恐："是，看来是我受骗了。"

宇文公子摆摆手："你不必自责，你在大漠里五年不通外面的消息，不知道也不必奇怪。那么现在部落里的人有什么动向吗？"

"部落里的人原本大多都是无处容身才聚集在西南戈壁的，所以对自身的安全十分看重，"梁景回答，"天驱和辰月都在派人打探部落的消息，他们自然十分紧张，已经派出了好几支巡逻队伍，监视戈壁各处通道的动向，而且好像曾经和这两派有过交手。特别是最近一段时间，又加派了几批人出去。"

"分散兵力在沙漠里巡逻，有这个必要吗？那是他们的地盘，集中力量等待对方接近恐怕更好一些吧？"宇文公子思索着，"那些巡逻的人，回到过部落吗？"

"好像是带足了口粮和饮水，派出去后就一直没回来。"梁景说。

"一直没回来……"宇文公子眉头紧皱，忽然，他的脸色一变，"我们快离开这里！"

梁景和女斥候都有些迷惑，但这两人听惯了宇文公子的命令，并无迟疑。梁景快步走向房门，刚打开门，就倒退了几步。

房门口已经被几个不速之客堵住了。那是几个和梁景一样皮肤黝黑粗糙的汉子，身上的粗布衣衫满是尘土，手里不加掩饰地握着利刃，把梁景逼了回去。而梁景一见到他们，立马慌张起来。

"刘大哥，苏大哥……你们怎么会来这儿？"他嗫嚅着问，虽然这个问题并不必问出口，答案已经显而易见。

"梁景，没有任何人可以把我们当傻瓜，"为首的汉子说，"天驱和辰月不行，宇文公子也不行。"

梁景蓦地虎吼一声，一拳打向这名汉子的胸口，这一拳势如风雷，力道不小，但对方轻飘飘地用左手一格，右掌拍向他的太阳穴，立刻把他拍昏在地上。汉子不再看他一眼，而是把视线投向宇文公子："我们虽然久居蛮荒之地，却也听说过宇文公子的大名，从来没有想到，我们这群远离人世的野人也会得到公子的青睐。"

"我也没有想到，我们会在这种场合下见面，"宇文公子报以一声苦笑，"不过我想问，天驱和辰月，是不是也在你们的算计中？"

"我想多半是这样吧，"汉子耸耸肩，"他们和你一样，也许都太小看我们这群人了。我们或许武技差一些，秘术差一些，但论到生存，论到自保，论到狩猎，这世上能胜过我们的并不多。"

"他们在地下？"安星眠很是吃惊，"就算是河络，也不可能在那么短的时间内挖通地道的，除非是……"

"除非他们很久以前就已经准备好了这些地道。"雪怀青接口说。

"这么说来，我们所有人都小看了这些游牧民，"安星眠说，"他们一定早就把这个小镇营建成了某种中转的处所，以备不时之需。看样子，天驱和辰月要倒霉了。"

此时在客栈里，宋竞延和辰月首领的激战似乎已经到了白热化的程度，这也是最危险的时候。宋竞延的动作越来越缓慢，到后来渐渐看着不像是敌人之间以命相搏，而像是老人们用来活动筋骨、强身健体的动作。对面的年轻人也是一样，动作也越来越慢，每一次躲闪都只差毫厘，似乎也到了强弩之末。当然，这只是法阵之外的人们用自己的双眼所看到的，两人此刻真实的状况一般人恐怕很难用肉眼捕捉。

而其他人的拼杀也向两败俱伤的方向发展，双方都有受伤过重不得不退出战圈者和战死者，剩下的人也都一个个伤势不轻。但是双方咬紧牙关决不退缩，各自把身体和精神的力量燃烧到了极致，客栈里激荡着各种各样的杀招，寻常人哪怕稍微接近都可能被重伤。

扭转局势的关键或许就在宋竞延和年轻人的身上，这两个人作为首领，各自的能力都是最强的，如果其中一个能想办法把另一个击溃，从而抽出身来帮助自己的同伴，就有可能打破均势。两人显然也明白这个道理，所以更加寸步不让。

"那个'年轻人'要吃亏了，"在远处冷眼旁观的安星眠说，"看上去，他的实际年龄恐怕要比宋竞延还大呢。"

"是啊，我感觉他的精神力在慢慢衰弱，"雪怀青说，"撑了那么久，论功力终于还是输给了宋竞延。我猜他要铤而走险了。"

果然，这位辰月首领动作越来越迟滞，终于有一次没能完全避开，被宋竞延划伤了手臂。宋竞延好像也看出了对方的颓势，招式更加凶猛。辰月首领身上接连中剑，尽管没有伤及要害，但已经是败象毕露。

眼见这样下去必败无疑，辰月首领不得不变招。他陡然发出一声长吟，将两人困于其间的法阵即刻消散，而他的双手变得赤红，有氤氲的红色烟雾从手掌上渗出。

这种红雾似乎危害甚大，宋竞延立即向后连续纵跃，躲开辰月首领，后者却不依不饶，紧追而上，一时场中形势显得很是怪异，好像两者的身份调了个过儿，辰月首领才是擅长近身缠斗的武士，而宋竞延变成了需要不断躲闪寻找距离的秘术士。

而就在两人分开的一刹那，突变发生了。客栈的地下突然传来一阵响动，紧跟着，地面整个塌陷，无数的钩锁从地下飞出，钩向正在激斗中的天驱武士和辰月教徒。而跟在钩锁后面的，是十多张巨大的罗网。斗场中的人们猝不及防，虽然竭力避开了第一波的钩锁，却再也无法躲开这突如其来从地下钻出的大网，瞬间都被网罗在其中。

不过这些高手毕竟不是吃素的，虽然被牢牢网住，仍然有挣脱的办法。在刀剑和秘术的作用下，这些结实的大网很快被撕开，武士们和秘术士们有些狼狈地钻了出来，但接下来，他们的动作却停滞了。

客栈的楼上忽然出现了数十名手拿弓箭的战士，闪着幽蓝色光芒的箭头正对准他们，显然带有剧毒。这些人居高临下，完全占据优势，身处一楼大堂的人们既难以闪躲，也找不到什么遮蔽物，因为大堂里的物件都快被他们毁光了。

宋竞延和辰月首领也不得不中止了这场生死决斗。两人站在塌陷的地坑边，看着头顶密密麻麻的弓箭，一时都有些无计可施。但两人毕竟是首领，并没有显得慌乱，宋竞延回过头，高声说："是雪寂先生吗？请现身吧。"

听到这一声喊，雪怀青虽然身在客栈外，也禁不住浑身一僵，安星眠比她镇定，轻声在她耳边说："别乱动。"

"什么？"雪怀青不太明白。

"你的感觉原本比我灵敏得多，不过是听到父亲的名字心乱了而已，"安星眠说，"现在至少有四张弓从不同的位置瞄准了我们。我想，我们也得和那些天驱辰月一样，乖乖地做俘虏了。"

"你好像早就算准了我父亲他们会出手，所以根本就没有打算隐藏行踪，是吗？"雪怀青问，"其实刚才我就觉得我们所处的位置挺危险的，很容易被发现，但你一点儿也不担心。"

"反正最后都是为了见他，以什么方式见，其实并不重要。"安星眠说着，高举起双手，做出一个投降的动作。在两人的身旁，七八个满身沙尘的黑脸汉子在慢慢逼近。

四

"我总算是明白过来，为什么以天驱和辰月的能耐也会栽在这里。"雪怀青感叹地说。

"整座小镇，其实就是他们精心经营的一个据点，"安星眠接口说，"光是要挖通这些地道，就不知道要花多少年的工夫。"

此时所有人——游牧部落的人们、天驱武士、辰月秘术士和安、雪二人——都已经进入客栈的地下陷坑，通过陷坑里的地道走出数里，才重新钻出地面。这里已经是戈壁里的一片沙山了，而远处的小镇重新恢复宁静，仿佛刚才那一场恶斗完全没有发生过。

安、雪二人的待遇尚可，有人给他们送来一皮囊饮水。只是两人被迫披上了带着帽兜的长袍，头脸被遮住，乍一看就像两个游牧部落的成员，似乎是不想让他们被旁人认出。正在喝水的工夫，身前又走过两个熟悉的身影：那是宇文公子和他忠心耿耿的女斥候。当然，和安星眠一样，他们的身后几步也有拿着兵器的游牧民监视，同样是俘虏。这两人显得心事重重，并没有辨认出安、雪两人的身形，径直走了过去。

"该来的不该来的都来了，"安星眠笑了起来，低声对雪怀青说，"这里变成一场老熟人聚会了。"

"就差须弥子了，"雪怀青说，"不知道这个老怪物躲到哪儿去了。"

宇文公子倒是气度不凡，尽管身处险境，仍然很是镇静，倒是他的女斥候始终焦躁不安，宇文公子反过来要去劝慰她。在安星眠的印象里，这位女斥候一向很沉得住气，眼下如此反常，或许是因为她太过关心宇文公子的缘故。安星眠忽然想到，这个女斥候和宇文公子之间，会不会也有些不足为外人道的故事呢？

"宇文公子那么多手下，那么多朋友，居然只带一个人来犯险，不知道他打的是什么主意。"雪怀青说。

"真的没有想到吗？"安星眠看着她，"比狐狸还狡诈十倍的宇文公子会那么容易被生擒？"

雪怀青听了这句话，忽然似有所悟："你的意思是说，他和你一样……"

安星眠把食指放在嘴唇上，做了个噤声的动作，然后带着雪怀青在一旁坐下休息。他悄悄对雪怀青耳语："我没有猜错的话，宇文公子的想法和我一样，反正都是要见你父亲，在什么样的场合下见不重要。反正对他而言，不能解开鲛人的契约诅咒，横竖都是死路一条，不如拼了这一把。"

"可是除了你我之外，宇文公子、天驱和辰月都想得到苍银之月，同时还想得到你手里的萨犀伽罗，狼多肉少，怎么分哪？"雪怀青愁眉苦脸，"更别提还有须弥子那个凶神，都不知道他到底想要些什么。"

"我倒是想开了，不会再像以前那样总是希望做到算无遗策了，"安星眠给了她一个笑脸，"有些时候，走一步算一步也挺好的，毕竟你算得再精明，也无法算到所有的变化，还不如省点精力，别让自己那么烦恼。"

雪怀青点点头，正想开口说话，身子却忽然一震，张了一半的嘴唇动了动，什么话也没能说出来。安星眠顺着她的目光看过去，明白了她如此紧张的理由：一个中年羽人出现在了两人的视野之中，并且正在朝他们的方向走过来。

这个羽人看上去四十多岁，虽然面容不可避免地和其他游牧民一样，留下了很浓重的风霜蚀刻的痕迹，身上的衣着也很普通陈旧，但面容轮廓间却仍然有一种无法掩饰的优雅气度，可以看得出来年轻时是一个绝对的美男子。而他金色的头发和淡蓝色的眼瞳，更是让安星眠隐隐意识到了一些什么。

雪怀青脸色惨白，死死盯着这个越走越近的羽人，嘴唇轻轻颤抖，似乎是想要说些什么话，却又说不出来。她的双手无意识地拉抻自己的袖子，一会儿挽上去一会儿放下来，几乎要把袖子都扯破了。

中年羽人来到两人身前，挥了挥手，一直监视两人的游牧民立即离去，只剩下他们三人在场。中年羽人低下头，仔细看着雪怀青的脸。雪怀青一度想要低下头去避开他的目光，但最终，她还是鼓起勇气抬起头来，和这个羽人坚定地对视。

"我一直在想象你的容貌，想象你和你的母亲到底有多相像，"羽人的双目中慢慢地有了泪光，"我甚至不知道你是男是女，却在过去二十年里无时无刻不在惦记你，现在我终于见到你了，我的女儿。"

雪怀青终于忍不住了，一把抱住这个和蔼、慈祥的羽人："父亲！"

安星眠坐在一旁，看着这对二十年来第一次见面的父女相拥而泣，内心不知道是感动还是羡慕。他和雪怀青一样从未见过自己的母亲，但父亲好歹是陪伴自己长到十多岁之后才过世的。只是父亲生性严肃，对自己严厉的时候多，慈爱的时候少，他虽然很尊重父亲，却始终少了几分亲切感。此时看到雪寂和雪怀青父女情深的模样，难免有点小小的妒忌。

"我很想知道你这些年是怎么过来的，不过我想，你的疑问应该比我更多，对吗？"雪寂问雪怀青。

雪怀青点点头："我对您和母亲的一切都一无所知，尤其是母亲，她是什么人？她现在在哪里？"

雪寂迟疑了一下："等一会儿我会完完全全地告诉你。不过现在，先让我把眼前的事情处理好。"

他伸手指了指远处的俘虏们，雪怀青会意："明白了，您先去吧。不急在这一时。"

"不急在这一时。"雪寂抚摸了一下她的头发，离开两人，走向俘虏们。天驱武士一个个都被用极粗的绳索捆住，这是自然的，而捆绑辰月秘术士们的绳索则有些特殊，那是一种透明的细线，看起来并不起眼，但被捆住的秘术士个个显得十分委顿。两位首领倒是没有受到束缚，或许是为了尊重他们的身份，但每个人身边都有三个人贴身监视，再加上手下全部被擒，两人恐怕也不敢轻举妄动。

"那是尸麂线，是用殇州尸麂的骨胶制成的特殊的绳索，"安星眠告诉雪怀青，"这种线有很强的毒性，可以抑制秘术的发挥。"

"他们真的是做了足够精心的准备，当然，你也帮了他们大忙。"雪怀青说。

"我原本就是故意帮他们这个忙的，"安星眠回答，"那毕竟是你的父亲，虽然我之前完全不知道他是个怎么样的人，但还是希望他能顾念父女亲情，所以暂时不和他作对。"

"我明白的。无论什么事，你都会先考虑到我。"雪怀青握住安星眠的手，眉宇间却隐有一些忧色。

"各位来到这里的原因，大家都心知肚明，"雪寂大声说，"你们是为了找我而来的，而找我的目的，当然不是为了我这个半截入土的无用废人，而是为了苍银之月。那我也不必兜圈子，实话告诉各位，苍银之月就在我的手里。"

这番话说出来后，并没有人显得太吃惊，就凭雪寂做了这么周密的计划来对付他们，就能猜想到苍银之月在他手中。但接下来的一句话让人们齐齐发出了压抑的惊呼。

"但是这件法器，已经被我毁掉了，"雪寂说，"二十年前我就已经毁了它。"

听完这句话的人们表情各异。安星眠和雪怀青都显得松了口气，宇文公子的脸色却十分难看，而天驱和辰月的神情要更为有趣一些。天驱们一个个既难以置信，又抑制不住内心的狂喜，让他们的脸看上去又像在哭又像在笑；至于辰月，这些修炼深厚的秘术士并不轻易表露心里的情绪，但眼神里流露出的悲伤、愤怒、怀疑等交织的情感，却是无法隐藏的。

"你这句话说出来，和不说并无区别，"辰月首领平静地说，"人们只能证明'有'，却没有办法证明'没有'。"

"据我所知，你们辰月这次派出的人，原本应当由另一位教长带领，而最后的首领却是你，"雪寂说，"恕我眼拙，请教尊姓大名。"

"我已经很久没有用过自己的名字了，"这个有着年轻面容的老人眼里骤然生起无限沧桑，"你愿意的话，叫我陆先生就好。我在辰月教内没有任何职位，只是为了苍银之月而来。"

"当年贵教的苍银之月被人抢走，最后被我妻子得到，这当中的情由我并不是很清楚，不过我听过一个传闻，据说是当时一位位高权重的辰月教长不小心出了岔子，为人所骗，这才失了圣物。没有猜错的话，你就是那位犯了大错被削去一切职位的教长吧？"雪寂目光炯炯地盯着陆先生，"而你所用的这种驻颜秘术，能够提升精神力，却对肉体有很大的损害。"

"过去种种多说无益，我们还是谈谈眼前的事吧。"陆先生平淡地说，既不承认也不否认。

安星眠听着这番对话，这才明白过来，原来苍银之月是由于这样的原因落入雪寂手中的。他之前一直在猜想，以辰月教的实力，教中的至宝为什么会被外人抢走，现在听来，原来并非是强抢，而是欺骗。至于到底是怎么欺骗的，雪寂语焉不详，但看这位陆先生年轻而英俊的面庞，似乎隐隐可以猜到一点端倪。

"辰月教里的精英，终究也还是凡人啊。"安星眠心想。

"好吧，陆先生，且谈眼前事。你说我无法证明'没有'，但事实上，我既可以证明'有'，也可以证明'没有'。"雪寂说。

"此话何解？"陆先生问。

"你马上就知道了。"雪寂说着，向身后打了一个手势，一名游牧民立即跑开，不久后回来，手里捧着一个长长的木盒。见到这个木盒，所有人的呼吸都禁不住急促起来。即便是一直镇定自若的陆先生，双眼也眯缝起来，双手也稍稍颤抖了一下。

"我可以让你们见苍银之月——辰月的圣物、天驱最痛恨的东西，但见了也没有什么意义，因为现在的它，只不过是一个空壳而已。"雪寂说着，打开了木盒。木盒里露出一根大约三尺长的黑色铁棍，顶端有一个小铁球。

陆先生面色大变，雪寂却神色如常："陆先生，请你把这根法杖拿过去看看，看是不是你们辰月世代流传的圣物苍银之月，看我有没有作假。"

他握住这根法杖，坦然地递了过去，陆先生犹豫了一下，伸手接过来。他用的是双手，显得郑重其事，接着仍然用双手把法杖捧在手里，仔仔细细地验看。而在不远处，几乎所有人的目光都牢牢聚焦在这件传说中的凶煞之器上，这是这些人第一次见到它。

其实从外貌看，这根法杖并没有什么特异之处，安星眠想，但就是这样一根外貌普通的铁棍，改变了那么多人的命运。

"苍银之月坚硬无比，被寻常的兵器砍中，不会留下痕迹。现在这根法杖上唯一的伤痕，是昔年被天驱宗主原烈用河络铸造的魂印兵器风藏剑所伤，你可以看看，这道伤痕有没有可能作假。"雪寂抄着手站在一旁，不紧不慢地说。

陆先生没有说话，而是单手持杖，右手贴到了雪寂所说的那道缺口上，不知他催动了什么秘术，缺口忽然变得红亮，爆发出一道耀眼的火星，竟然在陆先生的右手上烧灼出一道长长的黑色伤口。陆先生恍如不知疼痛，慢慢松开右手，也不去包扎伤口，长出了一口气："是的，这的确是苍银之月，错不了。风藏砍出来的伤痕，无法作伪。但是你所说的它已经被毁了，已经只是一个空壳了，又是指的什么？"

"这一点，你应该比我清楚，我没有猜错的话，之所以这一次由你来率领辰月，是因为你曾经有过使用苍银之月的经验，甚至可能是现在还活着的辰月里唯一有这种经验的，"雪寂一摊手，示意陆先生继续检视苍银之月，"因此你最应该知道我说的不是谎话，不然怎么可能把这件杀人于无形的凶器交到你的手里？你不妨试试，催动苍银之月，把我变成一个活死人。"

这个要求提得实在有些过于冒险，就算是敌人也忍不住要替他捏把汗。但雪寂看上去是那么自信，反而让陆先生都有些踌躇。他沉吟了许久，最后还是缓缓地平举起苍银之月。

人们屏住呼吸，看着陆先生的动作，也看着雪寂的反应。

仿佛比一年还要漫长的片刻过去，陆先生把苍银之月在手里举得稳稳地，却始终没有任何事情发生。雪寂仍旧站在原地，笑容可掬，没有丝毫被夺走神志的迹象。

"陆先生，现在你相信我的话了吗？"雪寂问。

陆先生半晌不语，忽然手一松，苍银之月落在了沙地上，发出一声沉闷的钝响。他仰起头，看着正在下落的太阳，猛然发出一声长啸。

能用声音杀人的秘术不止一种，安星眠一听到陆先生发出啸声，就赶忙集中精神力准备抵御。但他很快发现自己是多此一举，陆先生并没有催动精神力发出攻击性的秘术，他纯粹只是在宣泄自己的情感。那啸声中饱含失望和悲怆，让在场所有人——无论是他的教友还是他的敌人——都禁不住在心里暗生同情。

啸声停止后，陆先生的头低垂了下去，仿佛是在凭吊什么。过了好久，他才重新开口说话："你是怎么做到的？"

"苍银之月的外表的确十分坚固，难以损坏，但你也应该知道，它吸人魂魄的关键在于内嵌的那块魂印石，"雪寂回答，"星辰之力全部凝聚在魂印石中，才能让苍银之月发挥出那样强大的威力，所以我想了一个办法，找了两位痛恨辰月的秘术大师相助，一位是段鲁山，一位是拓跋未央。"

"段鲁山最擅长的是郁非的火焰秘术，拓跋未央和他正相反，一生苦练岁正的寒冰之术，"陆先生说，"我没有猜错的话，你是让段鲁山先将苍银之月灼烧到极热，再让拓跋未央用岁正法术给它急剧降温，利用一冷一热的胀缩交替，令魂印石自己开裂。"

"不错，这是我唯一能想到的法子，"雪寂说，"而且光是段鲁山的郁非法术所能达到的温度都还不够，我还请来了一位河络铸造师，让他用河络高炉结合段鲁山的秘术，把火焰温度推到极致。经过三个月反反复复上千次的熔烧、冰冻，两位秘术士几乎要活活累死，终于，我听到了苍银之月内部传来的破裂声响。魂印石终于碎了，苍银之月成了一个空壳。"

陆先生默然许久，缓缓地说："你很了不起。真是没有想到，苍银之月没有毁在天驱的手里，却被你……"

他摆了摆手，闭上双目，似乎是为了平复一下情绪，重新睁开眼睛的时候，双目竟然已经布满血丝："无论如何，这一局，辰月败了。我不会再纠缠你，辰月也不会再纠缠你，我想请求你放了我的人。"

"你不打算向我报复？"雪寂很是意外。

"报复你又有何用？"陆先生说，"辰月所为，从来不是为了仇杀。我不会为了这种无谓的仇恨而去折损哪怕一个人。"

雪寂沉吟了一会儿，点了点头："好吧，我相信你所说的。放人！"

最后两个字是对游牧民说的。这些游牧民看起来十分服从雪寂的命令，立即为秘术士们松开捆缚。雪寂弯腰拾起已经无法发挥效用的苍银之月，又说道："把天驱的朋友们也一起放了吧。他们原本就是为了制止苍银之月重新现世而来的，现在目的已经达到，也不会再和我们动手了。"

游牧民们又手脚麻利地放开了天驱。果然如雪寂所言，天驱和辰月都不再纠缠，事实上天驱们的目光中还包含颇多感激。只是被游牧民们一击得手制服，有些伤面子，所以他们也并未道谢，只是默默地离开。

"宇文公子，我不明白你为什么也想争夺苍银之月，但如你所见，你已经无法得到它了。请你带着你的人一起离开吧。"雪寂说着，挥了挥手，五花大绑的梁景被推了出来。梁景满面羞惭，但宇文公子对他视若无睹，目光显得无比迷茫，这是安星眠从没有在他身上见到过的失落。

过了许久，他才迈开步子，失魂落魄地慢慢离开，梁景和女斥候默默跟在他身后。

"你的父亲果然是个厉害的人啊，"安星眠在雪怀青耳边说，"天驱和辰月居然一起栽在了他的手里，而宇文公子……看来注定活不过四十岁了。"

他心底仁善，虽然宇文公子多次对他不利，还差点害他失去两根手指，但此刻看到这位枭雄如此模样，还是难免心生恻隐。

"未必。"雪怀青却说出了这两个字。

"什么未必？"安星眠不解。

"什么都未必。"雪怀青像是在玩文字游戏，手上却在不断地拉扯袖子，抚摸手腕上戴着的玉镯。安星眠看到这只玉镯，猛然明白了雪怀青所说的话。

五

天驱离开了，辰月离开了，宇文公子也离开了。这片沙漠暂时恢复了平静。游牧民们开始驱赶骆驼，准备启程回大漠深处，而雪寂也终于找到空闲可以和雪怀青安心说话了。

"如果你愿意的话，可以随我回部落去小住两天，不过那里环境太艰苦，"雪寂说，"所以最好是我陪你们去镇上，我们父女俩想说的话，怕是三天三夜都说不完。"

"也好，这些日子太累了，再去沙漠里的话，我担心身体会吃不消，反而拖累你，"雪怀青站起身来，温柔地扶住了雪寂，"我们回到小镇上吧，我确实有一肚子的话想要说。"

雪寂微微一笑，正想伸出手来抚摸雪怀青的头发，忽然身体一僵："你……你在做什么？"

"现在顶在你腰上的这根毒针，毒性猛烈，即便我有解药，解毒之后也可能留下终身伤残，"雪怀青低声说，"所以我建议你，不要轻举妄动，装作什么事情都没发生的样子，乖乖听我们的话。"

雪寂向周围看了两眼，发现安星眠站立的方位恰到好处，正好挡住游牧民们的视线，让他们无法注意到雪怀青手上的小动作。他知道求救无望，只能继续带着笑脸说："这到底是怎么回事？你我刚久别重逢……"

　　"你我的确是初次见面，这不假，但肯定和'久别'这个词没关系，"雪怀青脸上也带着笑容，但说话的语气却是冷酷而凶狠，"因为你根本就不是我的父亲！"

　　雪寂愣住了，过了好一会儿才颤声说："你……你在瞎说些什么？我当然是你的父亲……"

　　"你当然不是，"雪怀青毫不客气地打断了他，"是的，你的确长得有几分像我，语气、表情方面的作伪也十分高明，我简直怀疑你以前当过戏子。但是你有一个致命的破绽！"

　　"什么破绽？"雪寂硬着头皮问。

　　"从你来到我身边，我就一直给你看这件东西，"雪怀青摇晃她的手镯，"但你见到它之后，竟然没有一丁点儿反应。我一直注意看你的眼睛，没有，这件东西对你而言没有丝毫的意义，你的目光扫过它，落向别处。它对你而言只是我手上一件普通的装饰品，就像是不存在一样。"

　　雪寂皱了皱眉头，忽然似有所悟："这、这是你母亲留给你的？"

　　他的脸上出现懊悔的神色，雪怀青点了点头："没错，这是我母亲留给我的唯一遗物，毫无疑问十分重要，可你见到它却没有反应，我就明白过来，你并不是真正的雪寂。你为什么要冒充他？"

　　假冒雪寂的羽人长叹一声，闭目沉思了许久，最后说："跟我来吧，我带你去镇上见一个人，然后向你解释这一切。"

　　"好吧，不过你千万别耍花样。"雪怀青说着，依然做亲热状挽着假雪寂，手上暗藏的毒针却并不放松。安星眠跟在两人身后，三人一同走向小镇的方向。

　　"你们先回部落去待命，我稍后自己回去。"假雪寂向游牧民们宣布说。他虽然是个假冒的雪寂，但看来在部落里地位很高。安星眠忽然隐隐有了一点儿猜测，一个地位如此之高的人跑出来冒充雪寂，是为了什么呢？难道……

一行三人各怀心事，一路上几乎没有说话，天黑时回到了镇上。白昼的血腥厮杀仿佛只是一首无足轻重的插曲，小镇又恢复了往日的热闹喧嚣，此时镇上灯火辉煌，空气中飘着肉香和酒香，掩盖了沙土的气息。

"折腾了那么久，肚子也该饿了吧？"羽人说，"要不要先吃一点东西？"

"我不饿。"雪怀青摇摇头。

"但我有点饿了，"安星眠轻轻捏了一下她的手心，"先填饱肚子总没有坏处。"

雪怀青也醒悟过来，假如接下来还要面对什么敌人的话，空着肚子体力不足可方便动手，而自己精擅毒术，也不必担心食物里有什么花招。正想着，安星眠已经走向一个路边小摊，买了几个热气腾腾的烧饼拿回来。

"怕我在吃饭的地方安排埋伏？"羽人苦笑一声，"事情不是你们想象的那样，不过……随你们的便吧。"

他随手接过一个烧饼，倒是不担心对方在里面下毒。三个人闷声吃了几个烧饼后，羽人带着两人走进了白天因为天驱辰月之战而差点儿被拆掉的杨柳客栈。此时客栈大堂里还是一片狼藉，但原有的住客居然没有跑光，还有一些人继续住下去，也许对这个小镇上发生此类事件早已司空见惯。

羽人走上摇摇晃晃的楼梯，一直攀向最高层，安、雪二人紧跟在后面。当来到顶层后，两人发现前方有一个天窗，天窗下放着一架梯子，月光正透过天窗照下来。羽人走到天窗下面，从怀里掏出一个烟火筒，点燃引信，一道深红色的焰火直冲天际，照亮了上方的天空。

"爬上天窗，在楼顶等着，很快会有人去找你们，"羽人说，"这里已经没有我的事了，雪小姐，你可以放我回去了。"

雪怀青犹豫，并没有松手，安星眠却拍拍她的肩膀："我觉得这一次他说的是真话，何况他虽然冒充你父亲，但从头到尾也没有害我们。

放他回去吧。"

雪怀青咬咬牙，收回了毒针。假冒雪寂的羽人笑了笑："雪寂有你这样聪明的女儿，真是一种福气呢，我倒真有点希望你就是我的女儿。"

他转过身，慢慢沿楼梯走了下去，安星眠和雪怀青对视一眼，一先一后爬上了梯子，来到房顶。房顶上一片空旷，除了瓦片别无他物，月光清亮，视野开阔，远远看去，大漠是一片素净的银色，比起白昼的风沙凛冽，多了几分温柔。

两人携手坐下，在等待的同时欣赏一下这难得的月色，彼此都有一些心意相通的感觉，感受到一种久违了的静谧。雪怀青轻声说："要是没有那么多破破烂烂的烦心事该多好，想做什么就做什么，每天都可以这样安安静静地看月亮。"

安星眠一笑："会有那么一天的，无论人事如何颠沛变迁，月亮永远不变，总在那里等着我们。我们经历了那么多，现在还是好好地活着，说明运气还没有坏到家。"

雪怀青正想说些什么，忽然发现远处的天空中有一个白色的小点正在靠近。她刹那间意识到了什么，一下子站起身来，由于心情激动，腿脚竟然有点不稳，一个趔趄差点儿摔倒，安星眠连忙扶住她。两人一齐抬头，看着那个白色的点越来越近，渐渐看清是一个羽人的轮廓。这个羽人的双翼是近乎透明的纯白色，伸展得异乎寻常的宽阔，并且带着明亮而柔和的光芒，这样的羽翼，不是一般的羽人可以凝聚得出来的。

"好漂亮的羽翼！这肯定是一个有贵族甚至是王室纯血统的羽人。"安星眠一面说，一面紧紧握住雪怀青的手，感觉她的身子在微微发颤。

羽人飞向杨柳客栈的房顶，稳稳地落了下来，背后的羽翼化为一道蓝光，继而消失无形。紧跟着，他迈开步子，向雪怀青走了过来，但和刚才优美雄健的飞行姿势相比，他的步态却丝毫也不优美，甚至可以说是十分难看——因为这是一个瘸子。走起路来的时候，他只有右脚能着力撑地，左腿却是残疾的，无力地拖在后面。

"我们又见面了，但这一回，我不会隐瞒自己的身份了，"瘸子开口说道，"我就是雪寂，你的亲生父亲，这一次如假包换，绝对没有骗你。"

银色的月光倾泻下来，照亮了这张安星眠和雪怀青都很熟悉的脸。安星眠曾经抓住这个人，用雪怀青的毒药胁迫他，要他帮自己栽赃天驱；他也曾经在许多人的面前被呼来喝去、肆意羞辱，看上去完全只是一个不成器也没有任何前途任何尊严的老混混。

他就是宁州三流帮会青田会里的九流小角色：瘸腿吉老三。

第十章
梦醒了

一

二月中旬的这一个夜晚，假如有人不小心在宁州西部边陲遇到了大名鼎鼎的宇文公子，一定会吓一大跳。这位平日里风度翩翩、儒雅可亲的名门之后，此刻却是失魂落魄、满脸呆滞，头发和衣服上沾满了黄沙，看起来简直就像是某个落魄天涯的无名穷汉。而跟在他身后的一男一女两名从人，也是一脸忧心忡忡。

"公子，还不到绝望的时候，天无绝人之路啊！"女斥候说，"我们可以去向那个鲛人求情，也许还可以找人仿制一柄苍银之月……"

"你闭嘴！"宇文公子不耐烦地暴喝一声。女斥候低下头，不再说话，双眼隐隐含泪。梁景更是大气也不敢出，默默地驾驶着马车。这条小路上除了轮子滚动的声音外，一片寂静。

过了许久，宇文公子才重新开口说话："抱歉，刚才失态了，此事是我算计不周，原本不能怪到你的头上。"

女斥候的眼泪夺眶而出："你不用抱歉，公子，我……我的性命都是你的，怎么会在乎这些？我只担心你……"

宇文公子苦笑一声："我的性命很快就难保了，怎么还有资格去掌控别人的命运。从今天开始，你自由了，愿意去哪里就去哪里。"

"那我就愿意跟在公子身边，赴汤蹈火，在所不辞。"女斥候执拗地说。

宇文公子摆了摆手："再说下去简直像是戏文里的台词了……梁景，你怎么停车了？"

梁景没有回头，坚定地说："公子，你不能这么消沉，一定还有办法的。这次被游牧部落占了上风，起因在于我的身份败露，我就是豁出性命，也一定要赎罪。"

"这也不是你的错，"宇文公子说，"他们能有手段让天驱和辰月束手束脚，能看破你的底细并不奇怪。总而言之，此事我不会怪罪你们两个，这不过是命运的捉弄。也许宇文家族注定要背负这样的诅咒一代代活下去。过去我一直在想，哪怕只有一天可活，我也要做好我该做的事情，不能丢了宇文家族的荣耀；但现在看起来，这世上没有面对死亡完全不畏惧的人，我或许……真的被绝望击败了。"

女斥候和梁景面面相觑，一时间不知道该说什么话来安慰这位似乎注定短命的公子。三个人陷入死一般的沉默中。突然之间，远处的黑暗里传来一个阴沉的声音："如此懦弱不成器，真是符合宇文世家的一贯风范。"

这个声音乍一听似乎隔得很远，但传入耳中又异常清晰，令人难辨说话者的方位。女斥候一跃而起："什么人？鬼鬼祟祟地躲着干什么？快点滚出来！"

"滚出来？"对方嘿嘿一笑，"你打算让谁滚出来，你还是我？"

随着这句话，马车的四周传来了一阵脚步声，此时正好一片乌云遮住了月亮，视线里什么都看不清楚。女斥候意识到他们已经陷入了包围，从身上解下一条长鞭，梁景也拔出了腰刀，宇文公子倒是镇定自若，仍旧端坐着纹丝不动。

脚步声渐渐逼近，即便没有月光，也可以隐隐见到一些敌人的轮廓，看起来数目不少，有三四十个。女斥候看准了当先几个人的身形，手中长鞭忽然抖出，连续三记重击，把最前方的三个敌人的颈骨齐齐打折。

这是她最得意的杀招，此刻一击奏效，心里也不禁微微有些得意，紧跟着纵身跃出，长鞭袭向后面的第四、第五人。她心里盘算着，合三人之力，以最刚猛的杀招争取在其中一路打开一个缺口，还有逃脱的可能性。

女斥候毫不在意地掠过那三个刚刚被她打折了颈骨的敌人，这三人的身体摇摇晃晃，看来要倒向地面。但令她难以置信的事情出现了：刚把这三人甩在身后，她的肩膀便猛地一下被人抓住了。她心里一惊，想不到有什么人会有这样快的速度，能够瞬间来到她的背后施展突袭，但回头看时，才是真真正正地震骇。

出手抓住她的人，赫然是之前被她打折颈骨的三人之一！这个人的头颅完全歪向了一边，无论如何也不可能继续活着，但他竟然能伸出手来抓住她的肩膀。更要命的是，其余两人竟然也还能活动，一左一右围住了她，一个抓住她的手臂，一个出手抢夺她手里的长鞭。

不可能！女斥候想，这三个人绝不可能还活着，然而，并非只有活人才是能动的……她正想到这里，宇文公子已经开口了："须弥子先生，是你吗？你果然还是出现了！"

而就在同一时刻，安星眠和雪怀青站在房顶，看着身前的吉老三，内心的震惊难以言表。这的确是他们见过、胁迫过的那个吉老三，满脸坑坑洼洼布满疤痕，头顶光秃、左腿残疾，形容佝偻。但他又和那个吉老三不太一样，因为他是在两人的注视下飞过来的，用纯血统羽人才能有的华丽的双翼飞过来的。而他的眼睛也不再有那种猥琐懦弱的神情，取而代之的是一种充满自信的锋芒。即便他的外形十分不堪，但配上这样的锐利眼神，让人觉得他好像是一个巨人。

"我知道我现在的样子不太像雪寂，至少不太像你们听说过的那个二十年前的英武俊朗的雪寂，"吉老三说，"但我的确是雪寂，至少我一眼就能认出来，你手腕上的那只玉镯是雪氏历代所传的珍藏，后来我作为定情物送给了你娘，原本是一对，她留了一只给你，另一只还在她手上。我没有猜错的话，我的那个笨蛋兄弟多半就是在这只玉镯上露出了破绽。"

他说这一番话时，声音沉厚而富有磁性，言语间自信而又条理分明，的确和之前那个畏畏缩缩连说话都结巴的吉老三完全不同。雪怀青走上前去，来到他跟前，仔细端详他的眼睛，最后长出了一口气："你的容貌虽然毁了，但这双眼睛……真的很像我，那种什么都不怕的目光也很像我。你就是我的父亲，没有错的，但是原谅我，原谅我现在……"

这个真正的雪寂微微一笑："我知道你想要说什么。现在你我之间存在太多的疑团，让你根本无暇去体会父女亲情。这没有关系，既然我来见你了，就一定会告诉你实话，虽然我之前避着你的原因就是不想让你听到这些实话。"

雪寂说话的时候，安星眠在一边悄悄观察他，他说话时虽然极力压抑着情感，显得平静淡然，但两只手还是止不住地颤抖，目光也隐隐有火焰在燃烧。其实他的心里已经激动到了极点，安星眠得出这个结论，父女俩都是如此，却又都在努力压制。这样的久别重逢，真是太让人伤感了。

"那你为什么会改变主意？"雪怀青问。

"也许因为你太聪明了，我骗不了你；又或许是因为你太执着，让我不忍心骗你。"雪寂淡淡地回答，"总而言之，有什么问题，你现在就可以提出来。"

"第一个问题就是关于过去这一天发生的事情，"雪怀青说，"那个出面的雪寂是假的，而苍银之月也并没有被毁，对吗？"

雪寂点点头："对你们俩而言，其实很好猜的，苍银之月之所以失灵，有可能是因为魂印石被毁，但也有另一种可能性，那就是萨犀伽罗在它附近。而你，安星眠公子，就是携带萨犀伽罗的人，所以在这个计划里，你十分重要，是一个不可或缺的人物。"

安星眠苦笑一声："所以你才会以自己做诱饵，一步一步引我上钩，我一直以为是我在利用你，却没想到其实是你在利用我。我帮你挑拨天驱和辰月开打，我也用身上的萨犀伽罗帮你演了这一出戏，骗过了他们。他们没有见到我，即便见到了，也猜不到萨犀伽罗竟然就是我随身携带的一块翡翠。但我想不明白的是，如果你事先就把这件事说明了，我和她也一定会配合你，但你为什么不告诉我们？难道你……其实还想对我们动手？"

雪寂轻声叹息："虎毒不食子啊，何况我一心只是想化解祸事，并不想去伤害谁，或是抢夺你的萨犀伽罗。"

"那你为什么还要骗我们，还弄出一个假父亲来，为的是什么？"雪怀青盯着雪寂，继续追问，"你根本就不想见我？"

"我当然想见你，更想帮助你，"雪寂说，"不然我不会故意放出我的家族信物，让天驱和辰月找到我。"

"你是故意那么做的？"安星眠一惊，随即释然，"其实倒也不难猜想，以你那么周密的谋划，怎么可能一时疏漏让别人找到你，那一定是故意为之的，目的就是把相关的人都引来，解决这个问题。而整起事件，假如你不露面，其实谁也不知道你在哪里，陷入麻烦的只有我和她而已。所以，你真的是在帮助我们。"

雪怀青沉默了一会儿，勉勉强强地说："虽然我心里还有怨气，但这个说法，确实是最能讲得通的。所以关于这两天发生的事件，只剩下一个问题了：为什么要骗我？"

"我骗你，其实只是为了让你不要那么难过，"雪寂艰难地挪动瘫腿，坐在房顶上，月光照着他佝偻枯瘦的身躯，有一种说不出来的凄凉和落寞，"因为真相说出来，很伤人心，我宁可你什么都不知道，那样至少还能在心里保留一份美好的想象。"

"什么真相？"雪怀青问。

"你的母亲……早已背叛了我，"雪寂轻声说，"她和我在一起，只是为了夺走苍银之月和萨犀伽罗这两件法器而已。她并没有真正爱过我。"

雪怀青呆住了，一时间不知道该说些什么。在她心目中，从未停止过对当年那件事的揣测和想象，但无论怎么猜想，有一个前提是默认的：父亲和母亲是深深相爱的。她相信，在那个寒冷的冬天，父亲和母亲被迫做出暂时分开的选择，以便逃开追兵的追捕，但他们的心始终在一起。无论他们身在何方，是不是流落到了某个贫穷荒僻的山村，孤苦地生下孩子，他们都是彼此挂念对方的。这样的信念，支撑着她对父母的美好期许。

现在，从雪寂嘴里说出来的话却像是一把坚硬的冰锥，把她如冰一般纯净美丽却又脆弱无比的想象一下子凿得粉碎。而父亲的这一句"她并没有真正爱过我"，更是让她产生了一些别的想法：那么我的诞生，是不是也不是爱情的结晶，而是出于某些意外，甚至是作为被母亲利用的工具呢？

她怔怔地想，不知不觉流下了眼泪。在过去的二十年里，她作为一个人羽混血儿，在一个人类山村里的人们歧视的目光中默默长大，身边只有一个略有点疯癫的养父，从来没有真正的父母站出来保护她、疼爱她，但她从来不会为此流泪哭泣。现在，真正的父亲就坐在身旁，却用短短的一句话就击溃了她的防线，甚至让她开始怀疑人生的意义。

安星眠默默地握住她的手，一时也想不出什么话来安慰。雪寂叹息一声，接着说："从头说起吧。从二十年前开始说。相信你们也已经听说过了，二十年前的冬天，正是风氏和雪氏的百年之约到期的时候，我孤身一人去往宁南，但目的并不是争夺王位。我从来就没有权力方面的野心，那一趟去宁南，原本只有一个目的，那就是劝说风氏领主风白暮放弃城邦至宝萨犀伽罗。"

"放弃萨犀伽罗？这怎么可能？"安星眠很是吃惊。

"当然有可能，因为萨犀伽罗的存在，就是为了对抗苍银之月，"雪寂说，"如果能毁掉苍银之月，萨犀伽罗也就没有存在的意义了。而苍银之月……那时候就在我的手里。我去求见风白暮，就是希望能找到方法让这两件法器一同被摧毁，但我没想到，我把自己送进了一场和两件法器其实没什么关系的大麻烦里。"

二

如果说，在最初被放逐之后，雪氏的先祖还怀有击败风氏重夺宁南城的梦想的话，到了雪寂这一代的时候，这样的梦想已经和狂想、妄想没什么差别了。在这百年间，雪氏经历了许多重大的变故，尤其是几次残酷血腥的内乱，让原本实力就不如风氏的家族力量更加薄弱。在圣德二十四年这个时间节点到来的时候，远远盘踞在宁州偏远地带的雪氏家族已经衰败不堪，别说和风氏所拥有的霍钦图城邦相抗衡，哪怕是从宁南城里随便拉出一个贵族之家，恐怕都能击溃他们。

年轻的雪寂对此反倒感到很开心。他是个对权力无欲无求的人，接任雪氏族长不过是因为其他合乎条件的人都死了，只剩他一个人而已，雪氏不再具备动摇风氏根基的实力，他反而十分轻松愉悦。百年之期将满的时候，他打定主意去宁南城，明明白白地告诉风白暮，雪氏不会再对城邦的主权有任何想法，从此双方可以宽心地过日子。

怀着这样的想法，这一年的雪寂毫无压力，并没有为了这次重要的会面做任何准备，反而四处游玩、自得其乐。春天的时候，当来到宁州中部的一片森林时，他遇到了一场激烈的厮杀，一群人正在追杀一个单身的人族女子，这帮人中既有秘术士也有武士，本领都不弱，下手也极为狠辣。出于义愤，他挺身而出，试图帮助这位女子，但两人还是寡不敌众。正当雪寂以为自己这一下头脑发热的"义举"搞不好要让自己丧命的时候，女子突然从背后取出了一根深黑色的铁棍，将铁棍举到半空中。紧跟着，没有任何征兆地，敌人全部失去知觉倒在了地上，虽然还有呼吸心跳，却再也没有丝毫意识，自然也无法动弹了。

"这、这是什么？"大难不死的雪寂喘着粗气，看着这根带有恐怖魔力的铁棍，十分惊讶。

"这是一件不应该存在于这个世上的凶恶法器，"女子回答，"我想要毁掉它，这些人就是为此而跟过来的。"

"照我看，它的存在倒也不完全是坏事，"雪寂擦着额头上的汗水，"要是没有它，我们俩的命都得交待在这儿了。"

"可是要是没有它，你今天也根本不可能被搅进这件事情里来，也就不可能把命交待在这儿，对不对？"女子俏皮地眨眨眼睛。

"你说的……倒也挺有道理的。"雪寂搔搔头皮，哈哈一乐。

雪寂发现，这个女子的性格和他十分接近，都是磊落洒脱、不拘小节的人，彼此很谈得来。两个人很快熟络起来。女子也告诉了雪寂她的身份，原来她虽然看起来像是一个富贵人家出身的漂亮大小姐，真实身份却是令人闻之丧胆的辰月教的教徒，而且年纪轻轻就已经是地位不低的骨干成员。而这根名叫苍银之月的法杖，则是她从辰月教里偷出来的。

"苍银之月……我听说过这个名字，好像是一件很了不得的杀人利器呢，是你们辰月教的镇教之宝吧？"雪寂大为吃惊，"你居然会偷自己教派的镇教之宝？"

"所以他们才派那么多人来追我啊，"名叫聂青的女子满不在乎地说，"但是他们没有想到，我不但偷了苍银之月，还学会了它的用法，这下子想要对付我可就麻烦了。"

"你也不早说，"雪寂哼唧着，"害得我白跳出来英雄救美，肩膀上挨的这一下可真够疼的。"

"你也知道是英雄救美嘛，"聂青噘起嘴，表情十分动人，"能认识我这么漂亮的女孩子，你还有什么不甘心的？"

"好吧，我认栽，"雪寂喃喃地说，"那你能不能告诉我，你为什么要甘冒奇险偷这件要命的玩意儿？你这可是选择和整个辰月教为敌啊。"

聂青的回答让他大吃一惊："我想要去宁州的宁南城，用苍银之月换取那里的另一样法器，可以和苍银之月媲美的法器。"

"宁南城什么时候有这种东西了？"雪寂不敢相信。

"因为这是风氏一直保守的秘密，"一直如阳光般明媚的聂青忽然有些消沉，"为了这个秘密，已经有太多的羽人丧失了性命。不能再继续下去了。"

"听你的口气，你想要换走这件法器，居然是为了羽族？"雪寂从她的话里听出了一些别样的味道。

"确切地说，是为了我一个冤死的好朋友。"聂青说着，头垂了下去，双眼里隐隐有些泪光，更多的却是仇恨之火。

聂青慢慢地诉说了往事。几年前，她去宁州执行任务时，被敌人追杀，几乎丧命，一位羽族少年冒险把她藏起来，救了她的命。这个少年生性羞怯、内向，心地像水晶一样透明无瑕，两人成了很好的朋友。但一年后，当她再度踏上宁州的土地，并且抽空去探望这位朋友时，却发现他已经被抓起来，送进了监狱里，而且是死牢，罪名是强奸并杀害了一名贵族少女。

聂青绝不相信这个见到女孩子都会脸红的少年，会干出强奸杀人这种骇人听闻的罪行，她立即动用自己的一切资源展开调查。这位辰月教中的精英弟子有着不凡的头脑和过硬的手段，很快就查出来，这是一桩栽赃陷害的冤案，真凶其实是另外几名贵族子弟，犯事之后却把这位可怜的平民少年推出去顶罪。这个少年平民出身，一个人生活，没有任何关系背景可以求助，加之不善言辞，根本无力为自己申辩，很快就被落实了罪名，关入死牢。

这件事彻底激怒了聂青。她几乎动用了自己的一切关系——这些关系原本只有在辰月教需要的时候才能动用——去拯救这位少年，却遇到了极大的困境：少年并没有关在死囚牢里，他被转移走了，不知去向。

不屈不挠的聂青继续努力。和孤身一人的没落贵族鹤鸿临不同，她所拥有的资源是后者所不能比拟的，所以鹤鸿临没能救出他的儿子，聂青却最终通过一位有权势的辰月教的"朋友"打听到了这位少年的下落。

"人嘛，我可以找到，也可以想办法帮你弄出来，"她所找到的那位有权势的"朋友"说，"不过我劝你还是让他就死在那里好了，不然你看到他，反而会更加难受。"

"这话是什么意思？"聂青急忙问。

"你见到他就知道了，"对方摆摆手，"我虽然帮你们辰月的忙，但有些底线我也不能去触碰，你如果想知道其中的内幕，就自己去查吧。"

几天之后，少年果然被人秘密送到了聂青的藏身之所，但当聂青看到他时，完全不敢相信自己的眼睛。少年已经变成了一具被一层干枯的薄皮所包裹着的狰狞骷髅，浑身恶疮与脓血，往日那双纯洁而温暖的眼睛，如今成了空洞，干瘪的眼瞳里毫无生气，只剩下死人一般的麻木和凝滞，无论聂青怎么流着泪呼唤他，他都不可能再做出丝毫的反应了。

那位辰月的"朋友"说得半点儿也不错，让他死去才是最好的解脱。

聂青一夜未眠。第二天清晨，她用自己随身带的匕首刺入少年的心脏，随后她立即开始调查，试图查清楚到底是什么东西能把一个大活人变成这样。

"那就是萨犀伽罗，你们羽族的宝贝，恶魔一样戕害自己族民的宝贝。"几年后的森林里，聂青告诉雪寂。

雪寂陷入了深深的震惊之中。他第一次知道，原来自己高贵的种族背后也隐藏着这样绵延百年的罪恶。他原本就是一个性情有些冲动的人——不然也不会出手救聂青，或许是出于义愤，或许是出于维护羽族荣誉的荣耀感，又或许仅仅是出于对聂青的好感，他把自己的真实身份告诉了聂青。

"你作为一个人类，想求见风白暮几乎是不可能的，"雪寂说，"而你一旦向宁南城的人透露你身上带着苍银之月，恐怕连一天都活不下去。"

"的确如你所说，"聂青很是苦恼，"我这一路上除了甩脱追兵，想得最多的就是怎样才能劝说风白暮毁掉萨犀伽罗，但我想不出好办法。"

"我可以帮你，今年正好是我们两个家族百年之约到期的时候，"雪寂大声说，"风白暮不会见你，却必须要见我。我会告诉他，我们雪氏家族放弃一切对城邦领土的诉求，交换条件就是要他毁掉萨犀伽罗。只要我也毁掉苍银之月，我想他应该会动心的。"

"你真的愿意这么做吗？"聂青用一种奇异的目光看着雪寂。

"我原本就是要去告诉风白暮，雪氏家族认输了，"雪寂回答，"现在不过是多一个条件而已。风白暮是一个明事理的领主，他也应该知道萨犀伽罗这样的东西有多大的危害，只要能去掉苍银之月的威胁，他没有理由不答应。"

"你为什么要帮我这个忙？你刚刚才说，你对于那些权力责任并不太在意，却揽下了这么艰难的一件事，为什么？"聂青又问，语声里有一种说不出的温柔。

雪寂的脸微微一红，硬着头皮回答："这是为了整个种族的声誉……为了将来不再有羽人受害……其实……其实我就是想帮你……"

他没有再说下去，因为聂青捧着他的脸，深深地吻了下去。

三

二十年之后，在这个宁州边陲小镇的屋顶上，雪寂重新向他的女儿回忆起这段久远的往事，回忆起他和她的母亲相识时的情景。如今的雪寂面容被毁，头发脱落，身体也变得佝偻残疾，唯有那双明亮的眼睛还保留着他年轻时的风采。安星眠注意到，说起雪怀青的母亲聂青的时候，他的眼睛里只有温柔和留恋的神色，并没有一丝怨怼，尽管他之前就说明了，聂青欺骗了他，背叛了他。

"她叫聂青……所以我的名字是怀青，"雪怀青却敏感地想到了些别的，"这个名字说明，她还在记挂你啊，可你为什么说她背叛了你呢？"

雪寂长叹一声："因为我刚才给你们讲的那段往事，都是她事先的谋划。她到底是不是辰月教的我不知道，但那场森林里的追杀，根本就是假的；我撞上这一场厮杀也绝不是偶然，是她处心积虑安排好的，目的就是制造和我的相遇。她早就调查清楚我的一切，知道可以利用我去接近风白暮，接近萨犀伽罗，所以才安排了这一场戏。她所说的那段和那个羽族少年的友情，也是假的。

"而且当时她始终不同意我在家族公开我们俩的关系，说彼此心里知道是夫妻就行了，大婚之礼要留到解决两件法器之后。她当时的理由是，她是一个人类，身份敏感，假如宁南城知道我娶了人类女子为妻，谈判将会更加艰难。我那时相信了她所说的，事后想想，她应该只是希望不要在除了我之外的任何人面前露面，没有人见过她，日后要找她也会更加困难。"

"那她的目的何在呢？"安星眠问。

"她只是想以苍银之月为诱饵，诱骗出萨犀伽罗，然后夺走这件法

· 274

器，"雪寂说，"她的最终目的，是要把苍银之月和萨犀伽罗都抢夺到她的手里。"

"可是那些追杀她的人……难道是假装失去意识？"安星眠问，"他们可是被苍银之月杀害了啊。"

"我想，在那场戏之前，她并没有告诉那些人，她会动用苍银之月，"雪寂说，"她早就算计好了，利用完这些人之后，就用苍银之月消灭他们，永远灭口。"

"好狠的心，"雪怀青轻声说，"这样的人，竟然会是我的母亲。"

"而且，她之所以怀孕，恐怕也是有意为之，"雪寂说，"那样的话，我更加不会怀疑她，更加会对她死心塌地。总而言之，她的计划一切顺利，我上当了，和她相爱了，并且在冬天带着她去了宁南城。她的人类身份不太方便，所以并没有进城，我独自去见风白暮。但无论是她还是我，都没有料想到，宁南城里的一切竟然会那么复杂，完全脱离了我们的控制。我原本应该及早脱身，却不甘心让她失望，还是留了下来，这才酿成了后来的一切。"

"那位领主，风白暮，到底是不是你杀的？"雪怀青提出了这个最关键的问题。

"不是我杀的，"雪寂坚决地摇摇头，"他死的时候我的确在场，但当我发现他的时候，这位不幸的领主已经是死尸了。我也一直想弄明白，到底是谁杀了他。"

雪寂想好了种种用来劝说风白暮的说辞，来到了宁南城，却发现宁南城正处在一个风雨飘摇的多事之冬。领主风白暮距离死亡已经不太远了，所以城邦的各方势力明争暗斗，都觊觎着未来的领主之位，有人想当领主，有人想依附新的领主，形势微妙而复杂。当时的宁南城，就像一根绷得紧紧的弓弦，恐怕是承受不起雪寂所施加的新的压力了。

风白暮以大礼迎接了雪寂，各路贵族带着虚伪的笑容出席，陪同晚宴，把他折腾了一整天。直到第二天午间，他才得到机会和风白暮单独吃一顿午餐。他耐着性子熬过午餐，终于在陪风白暮去花园欣赏花木的时候，把自己的真实来意说了出来。

"我不要什么城邦，不要什么权势，只想求你这一件事，"雪寂说，"只要得到了苍银之月，萨犀伽罗不就没用了吗？难道你不希望停止它对羽人的祸害吗？"

　　风白暮停下了脚步，伸手掐着额头，显得疲惫不堪："天神啊……宁南城已经够乱了，居然还有新的麻烦冒出来，而且是大麻烦。"

　　他回过头，望向雪寂："萨犀伽罗的事情，其实我一直在考虑，假如能有办法同时把苍银之月和萨犀伽罗一起毁掉，那是最好不过的。但是原谅我，如今的城邦有更要紧的事情需要解决，我实在无暇分心在这上面。"

　　雪寂很是失望，但也并不甘心："那如果我愿意等呢，等你把你所说的更要紧的事情都处理完，我们能认真聊聊有关萨犀伽罗的事儿吗？"

　　风白暮挥挥手："我担心我等不到那个时候了，不过……随你便。你愿意住多久就住多久，不过我预先警告你，如果我死了，或许就没有人能护你周全了。"

　　"那我就死在这里好了。"雪寂轻松地说。

　　"真是个有志向的年轻人……"风白暮轻叹一声，"好吧，我答应你，等到其他的事务都解决妥善了，我一定和你认真谈谈这件事，其实对于萨犀伽罗，我也觉得……"

　　他摆摆手，没有再说下去，但最后一句话里的余韵让雪寂看到了希望，何况之前风白暮也清楚地表达出了，他也有毁灭萨犀伽罗的志愿。这之后，雪寂住在了领主的王宫里，渐渐也弄清楚了城邦里复杂的势力勾结。大王子和二王子几乎是明目张胆地争夺王位，三王子隐忍不发，却也在暗中积蓄力量。城邦的贵族和大臣们各自押宝站队，利用朝野上的各种大事小事互相使绊，搞得城邦上下一片乌烟瘴气，宁南城名字里带了个"宁"字，却在这个冬天连半点儿安宁也没有了。

　　难怪风白暮那么发愁，雪寂想，堂堂宁州最强大的城邦，竟然成了这样一个烂摊子，谁都想趁乱分一杯羹，换了我恐怕也一筹莫展，总不能把三个亲生儿子都抓起来杀掉吧？

　　而他自己每天在王宫里几个很有限的非敏感区域闲逛的时候，别人看他的眼光也十分怪异。毕竟谁都以为他来寻找风白暮是为了争夺权位的，眼看城邦这块饼已经不够分了，再多一个外人来横插一刀，确实很难让人愉快。

在这段时间里，风白暮的身体越来越差，短短两个月，他一天比一天衰老得明显。到了后来，除了每天清晨伺候花木是他的重要活动，不许任何人打扰之外，他出行都需要身边带着他的王妃羽彤。羽彤跟在风白暮身边，形影不离，随时准备搀扶他，喂他服药。在生命的最后一段日子里，羽彤就是风白暮最信任的人。

然而风白暮似乎信错了人。有一天黄昏时分，雪寂在王宫里发现了一只顽皮的小黑猫，百无聊赖的他试图抓住这只猫，却被黑猫机敏地逃走了。他童心大起，追逐黑猫来到了王宫里某个偏僻的角落，却忽然听到前方传来人声。他突然醒悟过来，自己此刻在王宫里是一个被人警惕和怀疑的远方来客，这样大模大样地四处乱跑难免招惹疑心。他一时情急，躲在一座假山的背后，想等来人离开后再悄悄离开，却没想到这么一躲，让他偷听到了一个重大的秘密。

"这些日子，他的身体怎么样？"一个男人的声音问。雪寂记性很好，立刻想起来了，他曾经在抵达宁南当夜的晚宴上见过这个人，名叫羽笙，乃是风白暮十分信任的国师，也是一位很有实力的秘道家。

"越来越差了，照我看，就算能熬到开春，恐怕也见不到夏天的太阳了。"答话者的声音他也听到过，这是一个他不知道名字的宫女，是风白暮的王妃羽彤的贴身侍女。

这两个人居然躲在王宫的角落里密谋！雪寂很是吃惊，继而一想，这有什么值得奇怪的呢？如今的宁南城，似乎谁和谁勾结都不算什么稀奇事。不过他倒是来了兴趣，想要听一听这两个人到底在谋划什么样的勾当。

"记得提醒彤儿，银泫草的分量宁少勿多，否则毒性太强容易被看出来，"羽笙说，"雷岩鼠的粪便异味较重，也要控制好，紫乌根叶先用温水浸泡半个对时，去掉颜色。"

"放心吧，主子小心得很，"宫女回答，"保证不会出纰漏。"

"那最好，成败在此一举。"羽笙说。

两人又说了几句无关紧要的话，各自一先一后地离开。雪寂这才敢从藏身之处走出来，快步回到自己的房间，一路走一路琢磨。听这口气，羽彤似乎是在羽笙的指示下给风白暮下毒，而且是慢性毒药。这三种药物他倒是听说过名字，但从不知有何功用。此外，羽笙称呼羽彤为"彤儿"，十分亲昵，这两人都姓羽，如果不是奸夫淫妇，就可能是兄妹之类的亲人，总之关系不一般。

心爱的妃子和信赖的国师勾结起来害他，雪寂同情地想，风白暮真够可怜的。但他又不便把这一席话告诉对方，毕竟无凭无据，身为一个外人，说出这番话可能会招惹麻烦。但是从那时候起，他就预感到了风白暮死于非命的悲惨结局。

"你的意思是说，你怀疑风白暮是被羽彤和羽笙合谋杀害的？"听到这里，安星眠忍不住问。

"那倒未必，虽然这两人有很大嫌疑，"雪寂说，"他们商量的是用毒，而后来风白暮的死因是外伤。"

雪怀青却在嘴里念念有词："银泫草、雷岩鼠粪、紫乌根叶……这些药物不是用来杀人的。"

"不是吗？"雪寂问。

"不是，它们都杀不了人——除非吃多了撑死，"雪怀青肯定地说，"羽笙所说的银泫草毒性强，指的是这种药草容易让人皮肤起疱疹及头发脱落，但其毒性并不太容易杀死人。不过这三种药草应该是有其他作用的，我一下子想不起来了……"

她苦恼地捶捶头，又接着说："羽彤我不认识，羽笙我倒是见过，已经是个瞎眼的老头子了。这个人好像挺恨你的，每一次他们审讯我，他都会在场，好像是对杀死风白暮的真凶切齿痛恨的样子。"

"也许是欲盖弥彰吧？"安星眠说，"假如风白暮真的死在他手里，他一定会努力想找一个替罪羊。如果不是，也可能是他们打算在某个特定的时间杀死风白暮，结果死早了，坏了他们的大计，所以才那么愤恨。还是请伯父讲一讲后来发生的事情吧。"

雪寂微微一笑："伯父？这个称呼亲热得很啊。"

安星眠脸上微微一红，雪怀青也略有点扭捏，但很快抛开了扭捏，大大方方地望向雪寂："我很高兴，不管怎么样，你见到他了，他也见到你了。"

这话似乎别有深意，安星眠的脸更红了，雪寂却哈哈大笑："不愧是我的女儿！这副脾气很像我，也很像你娘。"

这样才像是父女在一起的样子，安星眠暗想，看来他们之间的隔阂正在一点点减少。

雪寂继续说下去："后来就到了那个日子，那个让人想不明白的日子……那天清晨，我刚起床不久，一个侍卫模样的人前来见我，说是领主有要事相商，请我立即去花园商谈。我知道风白暮有晨起打理花草的习惯，而且花园里按季节调配花种，即便是冬天也有鲜花，那是他借机整理一天思路的好时间，所以我就去了。

"那名侍卫并没有带我走以前我进出过的正门，而是从另一个方向的一道侧门进入，因为侧门比正门更近，我也不以为意。到了门口，他迅速离开，我一个人走了进去，但刚迈进去，就闻到蜡梅的花香里掺杂着一阵浓重的血腥味。我心里一惊，首先想到的是刚才带我过来的那名侍卫，但回头一看，他早已不见踪影。

"我别无选择，又很想弄明白血腥味的来源，只能硬着头皮走进去，来到花园中央，我发现地上全是鲜血，风白暮倒在地上，正在痛苦地捂着肚腹，血就是从那里流出来的，指缝间露出的一把刀柄说明了伤口是怎么来的。这位权倾宁州的领主，竟然在自己的王宫里，在自己的花园里被人用刀插了肚腹。当然，肚腹上的伤口并不会立即致命，但风白暮年老体衰，原本就离死不远，此刻再挨了这么一刀，肯定活不成了。

"我张口想要呼唤御前侍卫们，风白暮看出我的念头，用尽最后的力气对我说：'别、别叫他们！你过来，我有事求你。'我犹豫了一下，来到他的身边，他艰难地对我说：'我已经不行了，马上就会断气，但在此之前，我需要你帮我做一件事，你必须帮我。'眼看他脸上血色全无，呼吸也渐渐微弱，我没有办法，只能问他：'是什么事？你说吧。'

"风白暮奋力从怀里摸出一把短剑，递到我的手上：'这把剑是河络的制品，锋锐无比，无论切割什么都很方便。'我握住短剑，很是疑惑：'切割？你要我拿这柄短剑去切割什么？'风白暮狠狠喘了一口气，接下来说出的话是我做梦也想不到的。

"'我要你帮我分尸！把我的尸体切成碎块，越碎越好！'"

四

安星眠和雪怀青面面相觑，都感到此事实在是过于诡异，有些超越常人的想象。毫无疑问，这起事件是一个一石二鸟的阴谋，凶犯先杀害了风白暮，然后嫁祸给雪寂。由于雪寂是被从原本一直紧锁的偏门带进花园的，守在正门的卫士们无人知晓，事后自然会怀疑这是雪寂偷偷溜进去干的。

这样的阴谋，并不难以想象，在市井中也屡屡发生，不过雪寂这次遇到的对方是领主身份，这才卷入一场宫廷大戏。然而，风白暮临死前的最后一个要求，却实在让人难以理解。

"他想要你分解他的尸体？"安星眠皱着眉头，"这是什么意思？你们羽族难道不是一向对死者十分看重，尤其不能忍受作践尸体吗？"

"是啊，所以当时我才完全无法理解，"雪寂说，"我试图追问他这是为什么，但他已经濒临死亡，只留给我最后一句话：'我没有发疯，现在我是清醒的，请你一定要切碎我的尸体，一定……'然后就断气了。所以我无从得知他要我这么做的真正原因，摆在面前的就只有两个选择：分尸或是不分尸。"

"一个被杀害的领主，在临死之前用尽他最后的力气，请求你切碎他的尸体，越碎越好……我完全不明白这是什么意思，"安星眠摇头，"但是你最后还是选择了按他所说的行事。"

"其实我也很犹豫，因为我在案发现场被人嫁祸，原本就很难逃脱干系，如果再动手分尸，我身上的嫌疑就彻底没有办法洗清了，更别说羽人一贯对尸体很尊重，"雪寂说，"但他刚才和我说那番话的时候，的确不像是神志迷糊或者发疯，他的眼神非常清醒，显然是想到了什么极度可怕的事情，为了阻止那件事情的发生，才不得不恳求我毁掉他的尸身。我总觉得，这当中一定还牵涉什么我不知道的阴谋，假如不照办，可能带来极为严重的后果，所以尽管犹豫再三，我还是拿起那把短剑，强忍恶心，把他的尸体仔细地切成了碎块。"

"你这一切不要紧，留下了一桩二十年都解不开的悬案，"安星眠说，"人人都在猜测，你到底和风白暮有什么样的深仇大恨，竟然会冒种族的忌讳那样残忍地作践他的尸体。但只有你心里清楚，其实你只是完成他的遗愿而已。"

"可惜的是，到现在我都不太明白，他到底为什么要这么做，"雪寂说，"我下刀的时候，以为是他的身体里藏有什么秘密，所以看得很仔细，但没有任何异样。"

两人对话的时候，雪怀青始终一言不发，一直在低头思索着。安星眠看她神情有异，禁不住问道："你怎么了？想到了些什么吗？"

雪怀青不答，嘴里自言自语地念叨着："碎尸……越碎越好……羽笙……银泫草、雷岩鼠粪、紫乌根叶……身上的奇怪药味……"

安星眠糊涂了："什么身上的奇怪药味？谁身上？"

雪怀青忽然狠狠地一拳砸下，打碎了身畔的一块瓦片，发出清脆的响声。雪寂看着她脸上的兴奋表情："你想明白了？这么短的时间，你居然能猜出来？"

"我猜出来了，"雪怀青恶狠狠地说，"羽笙想要干什么，以及风白暮为什么要你替他碎尸，我都猜出来了。"

她喘了口气，平复了一下心情，慢慢地说："我被关在宁南城审讯的时候，羽笙每天都会到场，他的身上总是散发一种奇怪的药味，那药味里有些古怪的气味我从来没闻到过，但也有一些是我熟悉的。当时我没有太在意，但今天，你提到了羽笙这个人之后，我仔仔细细回想了那股药味，其中的某种气息，我曾经多次闻到过，那就是在我和我师父姜琴音的住所里。许多年前，为了缩小和须弥子之间的差距，她强行利用上古邪书《魅灵之书》里的方法来提升尸舞术，结果尸舞术的确有所进展，身体却难以承受，渐渐被尸毒所侵。"

安星眠心里一凛，听到雪怀青提到尸舞术，忽然有点明白她话里的含义了。雪怀青接着说："尸舞者是靠操纵尸体来生存的人，但那并不意味着他们就不会被尸体所伤害，这当中最常见的就是因为常年和死尸在一起，自己的身体被尸毒所侵蚀。一般学会了入门尸舞术的人都可以轻松化解尸毒，但有两种人会比较麻烦，一种是身体太虚弱的，比如我师父那样；另一种就是……尸舞术练得不到家的。这第二种人，很有可能并不是职业的尸舞者，他可能本来有其他的修炼方法，但出于某些需要，强行加练尸舞术……"

雪寂和安星眠异口同声地叫了出来："羽笙！他在练尸舞术！"

"是的，他就是在练习尸舞术，但由于缺少名师指点，或者我怀疑他根本就是自己摸索练习，导致被尸气入侵，"雪怀青说，"他的秘术当然高，也许能通过自己强大的精神力练出操控尸体的能力，但没有依照标准尸舞术循序渐进的法门，就会慢慢累积剧毒，中毒越来越深，即便服用了化解尸毒的药，也不能完全拔除。我猜，他的眼睛就是这么瞎的。"

"可见成为尸舞者的代价是高昂的，"安星眠耸耸肩，"想要做业余尸舞术爱好者可就更不容易了。不过你这么一说，我已经大致明白羽笙想要干什么了，也明白风白暮为什么要毁掉自己的尸体了。"

"我也明白了。"雪寂说。

雪怀青点点头："没错。我刚才仔细回想，总算是想清楚了银泫草、雷岩鼠粪和紫乌根叶这三种药是拿来干什么的了。这三种药物并不是毒物，却能够加强人或是动物对精神力量的感应。当然了，即便并非毒药，但是是药三分毒，这三种药物长期服用会带来很多副作用，一般的秘术士或者尸舞者，不会笨到靠它们来提升自己的能力，但如果给一个很快就要死的人服用，当这个人死后，他的尸体对尸舞术的操控反应就会敏感得多。"

"所以答案很清楚了，"雪寂长出了一口气，"羽笙和羽彤并不打算杀死风白暮，或者说，至少不打算在他的自然寿限到来之前杀死他。

他们图谋的，是在风白暮死后用尸舞术操控他的尸体，让他立下有利于他们那股势力的遗嘱，甚至直接传位。一个'活着'的风白暮所发出的命令，其他人就算再不甘心也不可能反抗了。"

"而风白暮或许是从自己吃下的药里找到了蛛丝马迹，猜到了对方的阴谋，但处于羽彤的掌控中又无法击碎这个阴谋。所以他唯一能做的事，就是在临死前求我替他分尸，粉碎的尸体尸舞术再强也不可能驱用了，这样的话，也算是他破坏了羽笙的计划。"

"不，如果有须弥子那样强大的力量，即便被分尸，也未必就不能用，"雪怀青说，"但是那样就肯定不能用来冒充活人啦，哪个活人的身体是用线缝起来的呢？"

"而我也明白了，为什么在宁南城被审讯的时候，羽笙对我表现出那样的憎恨，"她又说，"他并不是因为敬爱领主才对我这个疑犯的女儿那么憎恶，而是由于你把领主分尸了，毁掉了他的大计。"

"这件事一了，我就回宁南城去找风先生，"安星眠兴奋地说，"以他的手段，一定能逼羽笙说出真相，那样的话，你就能恢复清白了！"

雪寂苦笑着摇摇头："没那么简单。一个羽笙可能好对付，但羽笙背后的势力我们还不知道，未必是风秋客能压制得住的。而且我们的推论也不过能证明羽笙试图操控风白暮的尸身，却仍旧没有找出杀人的真凶。"

安星眠好像被兜头泼了一盆凉水："是啊，这么一来，谁是真凶就更加诡异了。"

"此外，我住在王宫里的时候，曾经丢失过一双鞋，当时我没有在意，回头细想，很可能就是被凶手或者同伙偷走了，以便在御花园里留下我的脚印。他们既然处心积虑要陷害我，事后也一定会想办法抹除其他的证据。"

"这可真难办了。"雪怀青愁眉不展。

雪寂又轻声补充说："不过事到如今，我得一个清白的名声，又有什么用呢？容貌、身体、过去的生活，那些并不重要，但是她……她终究不会回到我身边。不过幸好，我还有一个女儿，这真是命运作弄了我一生之后，留给我的最好礼物。有了这件礼物，什么清白的名声，要不要都一样。"

雪怀青忽然用手捂住嘴，眼圈一红，过了好一会儿，她才缓缓站起身来，来到雪寂的身边坐下，握住他的手："现在，我觉得你给我一种父亲的感觉了。"

雪寂轻轻拍拍她的肩膀，没有说话，但全部的感情似乎都倾注在那双依然明亮的眼睛里。那一刻安星眠觉得眼前坐着的并不是干枯佝偻、面容丑陋的"吉老三"，而是二十年前那个意气风发、潇洒自如的年轻王子。

"那么，母亲的背叛又是怎么回事？"雪怀青终于开口问道，"是发生在你离开宁南城之后吗？"

雪寂的双眼木然地直视着前方黑漆漆的夜色，目光中的神采渐渐黯淡下去："帮助风白暮完成他的遗愿之后，我从花园的后门跑出去，匆匆拿了点随身用品，赶紧逃离王宫，羽人们果然把我当成了最大的疑凶，开始追捕我。我倒并不畏惧，只要和我的妻子会合，有苍银之月在手，至少对付这些追兵不成问题。至于萨犀伽罗，就只有以后再说。这一次拿不到萨犀伽罗，实在是因为宁南城局势太紧张，我没有办法找到突破口，我相信她也一定会原谅我。

"但我怎么也没有想到，我们会合之后，会产生那些意想不到的变故。见面之后，她并没有询问我是否受伤，第一句话就是问我，风白暮有没有同意交出萨犀伽罗。当我告诉她不但萨犀伽罗拿不到了，连我自己都成了杀死领主的嫌疑犯时，她的脸色大变，显得十分失望，也有一些隐隐的愤怒，但她并没有开口斥责我，而是恢复常态，开始关怀我的一切。她对我说，摧毁这两件法器本来就是长远的事情，不急于一时，人没事就好。

"这些话让我心里很是宽慰，但她最初那一刻的失望和愤怒，却也让我疑心重重。在宁南城王宫那样复杂的环境里待了几个月，我对人的防备心也越来越重，哪怕面对的是青儿。当时我假装若无其事，和她一起上路逃亡，晚上投宿在一个小城的客栈里。我装作睡着了，却一直留意青儿的动向，果然，到了半夜，她听我鼾声均匀、呼吸沉稳，以为我睡熟了，起身偷偷溜了出去。我自然是跟在身后，那时候心里就已经有了不祥的预感，青儿恐怕有很多很重要的事情在瞒着我。

"青儿跑到客栈后面的马棚，用随身带的眉笔在一张纸上匆匆写了一些字，然后吹了一声口哨，天空立即飞来一只身形矫健的大鸟。我能认出来，那是传说中原产于云州的迅雕，虽然生性凶猛，但一旦被驯化，是最好的传信工具，比信鸽更快更保险。迅雕驯化极难，全九州也找不出几个能利用迅雕传信的人，没想到青儿就是其中之一。

"青儿取出一根细绳，准备把字条绑在迅雕的爪子上，我知道再不出手就晚了，于是趁她不备，猛然跳出，用羽族的擒拿手法出其不意地扭住她的手腕，夺过了字条。她看清偷袭者是我，十分惊慌，连忙出手抢夺，而且用的竟然是毫不留情的杀招！我这才意识到，对她而言，我只是一个可供利用的工具而已，那张字条上所写的，才是她真正在意的。在那短短的瞬间，我大致能猜出，她这么做，毫无疑问是为了萨犀伽罗。

"这是一个陌生的青儿，或者说，这才是真正的青儿，过去我所认识的妻子，只不过是一直把自己藏在虚假的外壳之下罢了。她原本就是在处心积虑地利用我去得到萨犀伽罗，那些两个人在一起的甜蜜生活，也都是伪装的假象。当然，倘若只是欺骗我也就罢了，看着她隆起的肚腹，我想到这个孩子竟然都可能是她利用的工具，脑子里一下子惊怒交集，失去了理智，下手也变得狠了起来，把她当成了真正的敌人。

"我满腔的愤怒再也抑制不住，出招也越来越快。她原本功夫和我差不多，但怀孕的身子实在不方便，在她动用苍银之月之前，我打倒了她，把苍银之月抢在手里。到这时我才有空去看那张字条，上面用潦草的笔迹写着：'计划失败。我将继续跟着雪寂，利用他寻找下一次机会。'

"这几个字明白无误地说明了一切，我再也不存一丝侥幸。事实很清楚，她听命于人，早有预谋地接近我，试图利用我去夺萨犀伽罗，什么毁灭两件法器制止杀戮，无疑是天大的谎言。可笑我从头到尾对她没有半点儿怀疑，一直被玩弄于股掌之间。那时候我看着倒在地上的她，看着她毫无惧色却也没有丝毫感情的脸，心里的念头是，如果我会用苍

285 ·

银之月，一定要吸走她的灵魂，因为她侮辱了我的灵魂。当然，不用苍银之月，我也可以很简单地一刀杀了她，以泄心头之恨。"

雪怀青屏住了呼吸。她当然知道父亲并没有杀害她的母亲，否则，她根本就不会存在。但听到这里的时候，她还是禁不住十分紧张。

"但最终我没有下手，我已经拔出了刀，却没有办法下手，"雪寂喃喃地说，"我的理智告诉我，她不是我的爱人，她是一个骗子，她在利用我，我完全应该一刀杀了她。可是当我举刀的时候，我满脑子想的都是过去大半年里我和她在一起的快乐日子，那些幸福是那么真实，即便现在知道她只是在演戏，我还是无法忘记过去。是的，她骗了我，但她同时给予我的，是我一生中最快乐的一段时光。更何况……她的肚子里还有了你，哪怕她十恶不赦，孩子却是无辜的，我如果一刀刺下去，那就是一尸两命啊。

"我突然万念俱灰，什么都不再去想了，我扔下了刀，把苍银之月也扔到她面前的地上。青儿一把抓起苍银之月，似乎有些难以置信。我苦笑一声，对她说：'我很想杀了你，可是我办不到。还不如让你用苍银之月夺走我的灵魂，至少从此我就不会痛苦了。'

"她就像不认识我一样，盯着我看了很久，有些迟疑地举起苍银之月，但最终没有动手，而是转身离开。我也没有去追她，心里充满了迷惘，总觉得过去这几个月的一切，就好像是一场美丽的幻梦，而眼下，梦醒了。"

五

诉说这一切的时候，雪寂的面容始终很平静，声线也很平稳，仿佛心里不带一丝涟漪。但安星眠和雪怀青都能从他的眼睛里看出那一丝抹不去的哀痛。雪怀青禁不住想，如果是我遇到了这种事，我一定会毫不犹豫地杀掉对方吧？但她很快又想，很多事情不身临其境设身处地地感受，是无法得到准确的答案的。不管事前如何设想，到了最后，每个人都会屈从于真实的内心。

"于是这就解释了为什么你们俩后来分道扬镳，"安星眠说，"大家都以为是你们故意兵分两路呢，谁也没想到还有这样的变故。后来她用苍银之月杀死了追她的羽人，躲到一个小山村，生下了女儿，而你……去了西南戈壁？"

　　雪寂点点头："我被追得太紧了，如果一直在城市转悠，是很难逃过他们的追捕的，只能冒险去一些危险的地方，希望能利用自然环境来甩掉他们。从宁州出发，最近的一个凶险之地就是西南戈壁了。反正我当时心绪低落，觉得大不了就死在沙漠里，也没什么关系，抱着这样的想法，我来到斯宙镇，匆匆购买了两匹骆驼和一些食水，还有一张粗陋的地图，连向导也没有请就出发了。

　　"开始的几天还算顺利，但是从第四天开始，大漠里刮起了大风，行动变得异常艰难，别说连方向都看不清，就算能看清方向，骆驼也不听使唤，我这才明白过来，在大沙漠里这样孤身行动有多么愚蠢，但是后悔也太晚了。我很快迷了路，食水也在沙暴中损失了不少，眼看要陷入绝境。这个时候一个意外遇到的人改变了我的命运——那是我在一场沙暴过后看到的，那个人估计是直接被狂风刮过来的，正摔在沙漠里昏迷不醒，装水的皮囊也破了洞，水全部流走了，如果没有人来救他，在这样的大漠深处，恐怕是死定了。

　　"我当时想，左右是个死，有人陪着做伴也不错，就从仅剩的两皮囊水里拿出一袋，喂给了他半袋。他醒来之后，自然是对我千恩万谢，我苦笑着告诉他，也不过能让他多活一天或半天而已。我们两个人加起来只有这么点水，死在沙漠里是迟早的事情。他却笑了起来，说看来是天神不想我死得太早，我好心救了他，却反倒救了自己。我不明白他这话的意思，他告诉我说，如果是其他人，被困在这茫茫沙海里毫无疑问死定了，但他不同，他在这附近有一个'窝'。

　　"我猛然醒悟过来，赶忙问：'你是来自……那个传说中专门收留无路可去的人的游牧部落？'他点点头，对我说：'我看你孤身一人深入大漠，想来也是个无路可走的人，不如随我一同去部落吧。我们这个部落收容新人，从来不管他过去干过什么，哪怕是十恶不赦都不要紧，

只要能在部落里同舟共济就行。你能在危难中把自己仅剩的饮水分给我，我想你应该是够资格的。'

"我谢过他的好意，告诉他，有一批敌人追我追得很紧，我不想连累任何人。他问我具体情况，我不能把萨犀伽罗与苍银之月相关的事情告诉一个陌生人，只能含糊其词地编了一个谎言，说明这群羽人绝对不会放过我，活要见人，死要见尸。他听完后，沉吟了一会儿，从随身的包袱里找出一样东西交给我。那是一颗黑色的药丸，看起来丝毫也不起眼。

"'这颗药是用殇州特产的腐心草制成的，吃下去之后能够让人假死，'他对我说，'前方向北大约五里的地方，有一座沙山，沙山上有一处流沙，看起来很凶险，却并不深，事实上，那座沙山的背后就有我们的一处地道。'

"我一下子明白过来，这道流沙，说不定就是部落里的通缉犯们逃脱追兵的一个方法。而我如果接受了这样的恩惠，以后恐怕就真的只能和那些穷凶极恶的凶犯为伍，一辈子做一个沙漠里的牧民。我固然不是养尊处优的废物贵族，但毕竟自幼生活环境都十分优裕，想到今后一生要在茫茫大漠里苦熬求生，说心里不犹豫那绝对是假话。但仔细想想，整个城邦的人都把我当成了敌人，想要求生原本就不容易，而更重要的在于，青儿带给我的痛苦一时半刻很难消弭，或许我真的需要躲在这种远离人世的地方，才能稍微克制心里的烦郁。"

"所以你接受了他的提议，服下了那颗药？"雪怀青的声音有些微微颤抖，"可我不明白，为什么你的脸会变成现在这个样子？"

"其实开始的时候，一切都很顺利，"雪寂下意识地抚摸他脸上的伤疤，"我服下了药，按照那个人指点的方位陷入了流沙，也成功骗过了追兵。只是谁也没有想到，就在那一天，那座沙山上碰巧有一窝毒蝎……"

雪怀青打了个寒战，安星眠也觉得心里很不舒服，好似有蝎子从他心上爬过一样。雪寂这样一个出色的人物，在经历种种磨难之后，没有伤于背叛他的妻子手里，也没有伤于宁南城的追兵，却意外地折在毒蝎手上，不但毁掉了容貌，也瘸了一条腿。命运如此不公，除了让人长声嗟叹之外，似乎说什么都是多余的。突然之间，他觉得自己对长门所追求的心灵的解脱，似乎又多了一点儿领悟。

"在这之后，你就一直留在了部落里？"雪怀青问，"那么苍银之月呢，又是怎么到你手里的？它不是被我母亲带走了吗？我后来曾听一个意外的旁观者转述过，她曾用苍银之月杀死过一群羽族的追兵，时间就在那一年冬天，应该正是你们分手后不久。"

雪寂的脸上现出了迷惘的神色："这是我一生都难以索解的一个谜题。是的，苍银之月当时的确被你母亲带走了，我亲眼见她带走了，而且如你所说，之后她还使用过它。可是不知为什么，它又离奇地出现在了我的身边……"

拜毒蝎子所赐，雪寂被从流沙里拉出来时，差点儿真的死掉。幸好在腐心草的作用下，其时他的血液流动极其缓慢，毒质还没有进入心脏，所以最终他还是被救回来，只是面容从此变得坑坑洼洼，再也不复当年的俊逸，一条腿也终身残疾。

但他的心态反而淡泊下来。于他而言，失去了一生的挚爱，自己的面容和身体变成什么样似乎并不太重要了。于是他平静地接受了一切，从此开始了挂着一根拐杖在沙漠里的生活。他虽然腿有残疾，功夫仍然不错，加上过人的头脑和见识，在部落里很受尊敬，尽管他的身世是捏造的。他渐渐觉得，也许今后的一生就将这样毫无涟漪地过下去了。

几个月之后的某一天，他被安排和几名同伴去镇上采买必备的药品，但还没启程回去，一场新的沙暴降临了，眼看天色已晚，几个人只能暂时在镇上住下，准备等第二天沙暴平息了再回去。

这是几个月来雪寂第一次回到"正常"的人世，虽然这里只是一个边陲小镇，充斥着油水很大但绝不精致的食品，充斥着各种粗糙便宜的生活用品，充斥着来此寻求生意的庸脂俗粉，他仍然感到了一丝无法抹去的留恋。他坐在一家酒楼的二楼，有些出神地看着窗外的灯光，视线并没有聚焦在任何一个点上，仿佛只是那种朦朦胧胧四散模糊的灯火就已经足够让人沉醉。过了好久，他才忽然意识到，好像有人在窥视他。

但转过头去，刚才那种令人不舒服的窥视感就消失了，周围并没有可疑人等，只有一些低头闷饮或吵闹干杯的酒客。他以为那是错觉，并没有太在意。

这一夜他睡在客栈软和的床上，很快进入了梦乡，但这一觉睡得很沉，似乎有一些不同寻常，当他醒来时，惊觉日上三竿，同伴已经收拾停当等着他。他赶忙起床准备洗漱，但就在这时，他发现床头多了一样东西。

那是一个木质的长方形盒子。

雪寂思索片刻，有些明白为什么这一觉会睡得那么死了，一定是有人悄悄给他下了迷药，然后趁夜潜入他的房间里，留下了这件东西。他仔细检查，发现并没有丢失任何物件，而自己全身上下也无异状，就是说，这个潜入者既没有伤他，也没有盗窃，似乎唯一的目的就是留下这个木盒。

他小心翼翼地拿起这个木盒，突然闻到一股残留的淡淡的香气，这股香气就像一道闪电，瞬间让他不能动弹。他几乎是不顾一切地打开了木盒，苍银之月就在木盒里静静地躺着，那特殊的材质在太阳下也没有反光。

雪寂一把将这个堪称无价之宝的苍银之月扔在地上，推开窗户看出去，门外只有艳阳高照，熙熙攘攘的人群中并没有他想要找的那个熟悉的身影。过了好一会儿，他才略微恢复冷静，意识到留下这柄苍银之月的人必然早就已经消失了，这样推开窗户怎么可能看得见？

他狠狠喘了一口粗气，重新捡起苍银之月，仔细地查看。没错，这不是赝品，而是货真价实的苍银之月，残杀了无数灵魂的恐怖法器。有多少人一提到它就禁不住战栗，又有多少人做梦也想得到它，但是现在，它竟然就这么轻易地出现在自己的床头，被自己握在手里。

"是你留给我的吗？"雪寂喃喃地说，"你为什么要这么做呢？为什么？"

"那一定是我娘留给你的，"雪怀青说，"没有人能从她手里夺走苍银之月。"

"那是确凿无疑的，"雪寂说，"她身上的气息我一辈子都不会忘记。可是，她明明是打算利用我去抢夺法器的，却又为什么把苍银之月交给我呢？我完全想不通。"

"我也想不通，"雪怀青皱着眉头，"就算她放过你了，也不至于要放弃苍银之月。"

雪寂摆摆手："我想了二十年都没想明白，你们这一时半会儿哪能解得开？先不提这个了，我的事情讲得差不多了，说一说你吧，虽然我也调查到了一些你的情况，但毕竟只是梗概。我很想知道你这些年来的一切，所有的。"

"你们慢慢谈，我下去走走。"安星眠知趣地说，从那个打开的天窗跳了下去。他想，这个时候父女俩还是单独相处为好，虽然在某种程度上他也不能算"外人"。

安星眠离开客栈，来到街上，脑子里始终想着聂青那不合常理的举动。她为什么会把苍银之月留给雪寂？假如说她是为雪寂所感动幡然悔悟，那大可以两人光明正大地见面，为什么做了这件事后又没有留下只言片语来解释？雪寂固然说了，他想了二十年都没有想明白，但安星眠还是禁不住要去猜测其中的情由。

他信步走着，不知不觉走到了曾和雪怀青一起藏身的那个棺材铺，想起之前狠狠捉弄过铺子里的老板和店伙计，还打坏了他们好几口棺材，心里微微有点歉疚。安公子虽然是个长门僧，却大概是古往今来最有钱的长门僧，他摸摸怀里的银票，打算悄悄塞进门缝一张，聊作补偿。

他取出一张面值一百金铢的银票，来到棺材铺门口，弯下腰正准备把银票从门缝里塞进去，却忽然听到里面传来几声对话。这对话的声音刚一入耳，他就僵住了，连忙收回银票，蹑手蹑脚地缩到一边，背上冷汗直冒。

他听到了宇文公子和须弥子的声音！

"如果你一定要这么做，那我也只能从命，谁叫我技不如人呢？"这是宇文公子在说话，"我也知道你是个骄傲的人，多余的话我不必说，但是你确定能把那两个人也一起带去？"

"去不去，不是他们说了算的，"这是须弥子一贯倨傲的声音，"他们非去不可。"

在此之前，须弥子好几次帮助过安星眠，但这个老怪物的性情实在是难以捉摸，所以他仍旧十分谨慎，并没有在心底里把须弥子当成自己人。而眼下看来，这样的谨慎绝非没有道理，因为须弥子竟然和宇文公子待在一起，而且从对话的内容听来，这两人结成了某种同盟。至于他们为什么在棺材铺里，大概和之前安、雪二人的想法差不多：棺材里最方便藏人，无论是活人还是死人。

"把那两个人一起带去"，安星眠琢磨着这句话。所谓的"那两个人"，估计就是指他和雪怀青了，可是带到哪里去呢？无论如何，从须弥子的语气来判断，一定是会强迫他和雪怀青从命的，那么这个要去的地方多半也不是什么好地方。

他悄悄地向后退出几步，打算回去找雪寂和雪怀青，先离开这里再做打算，哪怕是暂时避入沙漠里的游牧部落。须弥子再强大，想要在茫茫沙海里逞威恐怕也不容易。但刚退出两步，就感到背后有什么东西正在靠近，一回头，他看到一张苍白无血色的脸和一双呆滞的眼睛—— 这是须弥子的尸仆。

"你的耳朵到底有多灵光？"安星眠无奈地叹了口气，"我早该想到，这么热闹的一场大戏，真正的狠角色总是会最后登场。"

"你真是越来越聪明了，聪明到我都有点舍不得杀你了。"须弥子冷冰冰的语声从棺材铺的门缝里传了出来。

片刻之后，安星眠带着须弥子来到杨柳客栈的楼下，同行的除了须弥子的尸仆之外，还有宇文公子和他的两位随从。女斥候抬头看了看客栈的顶部，有些担心："你不会耍诈吧？"

安星眠还没有回答，须弥子已经开口说："他没有这个胆子。他很清楚，在这样一个小小的镇子上，无论什么人躲藏在哪里，都一定会被我揪出来，所以还不如老实一点交出人来，可以避免多余的伤害。"

"有时候我真是挺讨厌你这种目中无人的自信的，"安星眠无奈地说，"但我又不得不承认，你说的是实话。"

须弥子哼了一声，忽然身形一闪，已经离开了之前所站的位置。"嗖"的一声，一支长箭从半空中划过，正钉在须弥子刚刚站立的所在，箭头深深地钻入地表。

　　"看起来，你懂事，其他的人却不太懂事，"须弥子的话语里杀气弥漫，"那就不能怪我了。"

　　安星眠抬起头来，看着夜空中，一个白色的光点正在高空中盘旋。那是拿着弓箭的雪寂。

第十一章
鬼 船

一

安星眠离开后，雪怀青向她的父亲雪寂讲述了自己从小到大的经历。之前她一直以为，作为一个不太擅长言辞的人——虽然现在已经比过去强多了——要讲述清楚这么多年的经历，或许是件挺费劲的事，但真正讲起来之后她才发现，其实根本没有什么困难。她好像被激发了一种倾诉的欲望，想要让父亲知道她过往的一切，仿佛这样就能让两人的生命产生交集。到这个时候她才发现，自己虽然不止一次对安星眠讲过，她对自己这位连面都没见过的生身父亲其实并无太多感情，但真见了面之后，那种流淌在血液里的父女亲情根本无法遏止。而雪寂也一直十分专注地倾听，当听到雪怀青讲起过去一年半的时间里与安星眠所遭遇的种种险阻，尽管知道并无大碍，脸上仍旧不自觉地现出紧张的神情。

"那么接下来，你打算怎么做呢？"在听完女儿所有的经历之后，雪寂问道。

"我想，大部分的麻烦都解决了吧？"雪怀青不太确定地说，"至少那些想要抢夺苍银之月的人都被你骗过了，不会再动念头了。剩下的事情，就是怎么向霍钦图城邦洗清你的冤屈……"

"没必要，"雪寂坚决地摇摇头，"这么多年了，我已经习惯了沙漠的生活，那些冤屈，不必放在心上。苍银之月失效的消息一定会传到他们那里，他们对萨犀伽罗的渴求也就不会像过去那么迫切，你们俩可以安安稳稳地活下去了。"

"安安稳稳地活下去……"雪怀青重复了一遍，"哪有那么容易？更何况，如果不能替你恢复清白，我的心里始终不好过。"

"我说过，名声之类的，对我而言已经没有丝毫的意义了。"雪寂站起身来，脸上的神情有些落寞。他一瘸一拐地拖着伤腿走到房顶的边缘，看着脚下喧嚷的一切："我的世界，只存在于大沙漠里，即便是这个粗陋不堪的小镇，都不属于我。我和黄沙为伍，与恶狼为伴，旁人怎么看待我，又有什么关系呢？"

"其实，你可以离开的，"雪怀青说，"你不像其他的那些游牧民，是真正犯了罪的，一旦查找到杀害风白暮的真凶，你就可以放心地回到正常的世界。你之所以不想回去，只是因为你已经心灰意懒而已。可是现在不同了，你有我啊。"

雪寂身子一震，雪怀青继续说下去："你虽然失去了妻子，但是现在，你有了女儿。离开这片沙漠吧，和我在一起，我和星眠会一起侍奉你，照顾你，为你养老送终。过去我无法体会这样的情感，可是现在，我觉得那一点也不困难，因为父亲就是父亲，女儿就是女儿，无论什么都改变不了这一点。"

她来到雪寂身后，轻柔地挽住他的胳膊。雪寂原本身材高大，但眼下弓腰驼背，身形枯瘦，又瘸了一条腿，倒显得雪怀青更高一些。父女俩倚在一起，什么话都没有说，却又像是已经交流了千言万语。

但这样的温馨时光并没能持续太久，雪寂锐利的目光偶然从脚下的街道上扫过，忽然一把拉住雪怀青，带着她向后退了几步。

"怎么了？"雪怀青忙问。

"是那个姓安的小伙子，好像遇到麻烦了，"雪寂说，"他明显是被几个人押着向这边走过来。"

雪怀青悄悄探头一看，不禁脸色大变："糟糕，是须弥子！还有宇文公子！"

雪寂虽然长年困居沙漠，但消息仍然灵通，对这两人的名字并不陌生："都是很难缠的角色。看来，须弥子之前帮助你们，果然是不怀好意的。"

"我现在猜想，他大概是想利用我找到你，就此找到苍银之月，"雪怀青说，"他的胃口果然很大，想两件法器一起拿，否则的话，之前他有无数的机会可以对星眠下手，可以先抢走萨犀伽罗，但他却一直隐忍不发。"

"那么现在就算得上是图穷匕见了，"雪寂说，"他押着安星眠，想必是要用他来要挟你我交出苍银之月。"

雪怀青脸色发白，说不出话来，雪寂微微一笑："我知道你的心思，你既不愿意让我为难，又担心你所爱的人的安危。既然这样，我就替你去对付他吧。"

"不行，你不知道须弥子有多强！"雪怀青急忙说，"在这个世上，恐怕没有人能够阻止他。也许可以试着和他谈一谈。"

"我知道把握很小，但不得不试一试，"雪寂说，"现在安星眠在下面，苍银之月无法发挥作用，即便能起效，有他在，也是投鼠忌器。除了硬碰硬，没有别的办法，难道你以为须弥子这样的人会因为你的几句话而改变念头吗。"

雪怀青还想说话，忽然后颈一痛，还没反应过来，就眼前一黑，昏倒在地上。雪寂扶住她，轻轻把她放在屋顶的瓦片上，双目凝视她的面容，轻轻叹了口气。

"你长到那么大，我都没有为你做过任何事情，"他低声说，"现在就让我尽一次做父亲的责任吧。"

不久之后，遍体鳞伤的雪寂倒在了长街的中央，手里的弓已经折成两半。在他的身边，躺着七具须弥子的尸仆，要么头颅被长箭贯穿，要么脖颈被射断，已经无法再派上用场，所以须弥子撤去了对它们的操控。

"我已经很久没有遇上能一口气毁掉我七具尸仆的人了，"须弥子的语声依然狂傲十足，但也掺杂了一丝赞赏，"所以我才留你一条命。"

"你的尸仆居然随身带着硬弩，是为了对付我吗？"雪寂问。

"那倒不是，不过我这些年经常和羽人打交道，不带点相应的武器怎么对付他们呢？"须弥子说。

雪寂点点头："没错，你虽然很骄狂，但绝不鲁莽，万事都有充足的准备，输在你手里，我没什么可说的。"

"那就快把苍银之月交出来吧，"须弥子说，"就冲着你这一身本事，交出苍银之月，我不杀你。"

"能不能先告诉我，你究竟是为什么要抢夺这两件法器？"雪寂问，"以你的骄傲，绝不像是愿意借助身外之物来变得更加强大的那种人，你应该只相信自己的力量才对。"

"我做的事情无须向别人解释，"须弥子说，"所以你只需要把你躲在屋顶上的女儿叫下来，让她把苍银之月交给我就行了。"

"恐怕不能如你所愿了，"雪寂咯出一口血，喘息了一会儿之后说，"我已经打晕了她，然后让我的手下把她和苍银之月都送走了。无论你的目的是什么，我都不能冒险让苍银之月落入你的手里。"

须弥子听后，居然一点儿也不恼怒，反而哈哈大笑起来。雪寂有些莫名其妙地看着他，安星眠忍不住开口说："伯父，你刚和她重逢，还不了解她，而须弥子恐怕比你知道得要多一些。她是绝对不会扔下你和我独自一人离开的。"

雪寂正在诧异，长街的另一头已经有一个身影缓缓地走了过来，他禁不住叹息一声："天意如此啊。"

二

半个月后。宁州厌火城。

一场浓雾笼罩了整个海面，海天之上灰蒙蒙的一片。在这样的天气里，渔民们都不敢出海，生怕遇到传说中的幽灵鬼船。但就在这样的时刻，竟然还有一艘大船准备启航，这实在让人替他们捏了一把汗——可能是一把幸灾乐祸的汗。

旁观者尚且如此，大船上的船工们自然更是惴惴不安，但雇船的雇主付的船资实在是太过可观，足够买好几艘这样的新船，船主思前想后，实在不愿意拒绝，因此还是把这桩生意应承下来。不过上船之前，他仍然再次警告雇主："老板，收了您那么多钱，我更得把话讲明白，在我们这一片海域，一般人是不敢冒着海雾出海的，因为在传说中，每到海雾最浓的时候，海上就会出现鬼船……"

"那个传说我早就听说过了，"脸上有一道伤疤的中年雇主回答说，"无妨，我就是专门捉鬼的。"

但愿如此吧。船主在心里嘀咕，第七十三次摸了摸怀里那张数额巨大的银票，咬咬牙，发布了开船的命令。在他的身后，几名随雇主一起上来的乘客也是个个镇定自若，好像对鬼船的传说丝毫不在意。船主一一打量这些人，除了一群长相凶神恶煞、一看就像打手的家伙，还有两位英俊的青年公子和一位金发的羽族美人。

"这么年轻俊美的人物，要是都变成了鬼魂的奴隶该多可惜。"船主心想。

这些乘客，当然就是须弥子一行人。安星眠和雪怀青名义上是俘虏，其实也没有受到什么约束，那是因为他们都知道，在须弥子的手底下，玩什么花样都是无用的，所以一向自信满满的须弥子也根本不费心监视他们。而安、雪两人毕竟这一年半以来见识了太多的风浪，也基本上算是处变不惊了，居然还有闲心和宇文公子聊天。

"你说，老怪物为什么非要带我们去见那个鲛人啊？"雪怀青问，"我一直以为他的目的就是得到苍银之月和萨犀伽罗呢，可是东西已经到手了，却还偏偏去挑战最强大的敌人，难道仅是出于狂傲和自尊？"

"我也不太明白，不过我和他倒是说得很清楚，"宇文公子说，"如果他最终被那位鲛人打败，两件法器被夺走，那我就可以借机摆脱身上的诅咒了。所以这一趟行程，我心里抱的期待或许比他还要大。"

"我觉得，他大概是想要借助那个鲛人的力量来想办法解下我身上这块萨犀伽罗吧，"安星眠说，"别忘了，萨犀伽罗不同于苍银之月，不能离开我的身体，须弥子总不能成天让尸仆背着我到处乱跑吧？但这个鲛人说不定能有方法把萨犀伽罗拿下来，或者合他们二人之力。所以他才既需要你，又需要我，把我们绑在了一条船上。"

"这个分析倒是合乎情理，但我很难相信须弥子能战胜那个鲛人，"宇文公子说，"以他一次操控上百具行尸的能力，恐怕须弥子就做不到，更何况大海是鲛人的老巢，天时地利都在人家那一边。但须弥子非要来，我难道有本事阻拦他？"

"你没本事阻拦他，你也不想阻拦，"雪怀青撇撇嘴，"我们才真是倒霉，就这么被老怪物绑到这里来钓鱼。"

宇文公子饶有兴趣地看着她："根据我过去掌握的资料，你是一个很少说话，也不怎么会说话的女孩子。但是现在看来，你说起俏皮话来倒也很有一套嘛。"

雪怀青毫不羞赧地指了指安星眠："那是这个人的功劳。我慢慢发现，和正常人说话交朋友其实也没什么难的。"

安星眠倒是脸上一红，还没来得及说话，须弥子已经轻喝一声："别说闲话了！我已经听到亡歌的声音了！"

的确，那种让人很不舒服的亡歌已经响起，通过鲛人特有的发声方式，更加有一种震人心魄的效果。须弥子是个大行家，自然还从这亡歌的声势里分辨出了对方的实力，而且这已经是他第二次听到这种声音了。第一次的时候，这声音带给了他极大的震撼，也让他在一生中首次体会到挫败，但现在他已经可以很释然地面对。

"不过是靠了鲛歌的放大作用罢了，"他冷笑着自言自语，"但真要动起手来，我还是能赢。"

"他说的是真话还是虚张声势？"安星眠小声问雪怀青。

"老怪物从来不会虚张声势的，"雪怀青说，"这个鲛人或许尸舞术比须弥子强，但强得也有限，而且他长年待在深海，连所需尸仆都靠别人上供，到底有多少机会和人动手过招呢？而须弥子生存的乐趣就是到处惹是生非……论实战经验，恐怕就要强出不止一筹了。你想想，在万蛇潭的时候，被那么多人包围着，他还是有办法脱困。"

"在海上就难说了。"安星眠一边说着，一边目不转睛地盯着眼前这片浓重的白雾。没多一会儿，须弥子随身携带的二十余具精挑细选的尸仆忽然都开始动弹起来，须弥子哼了一声，这些尸仆又停止了行动。

接下来的时间里，它们仿佛是陷入一场拉锯战之中，忽而动，忽而停，在外人眼里，就好像一群疯子。

当然，安星眠等人知道，这是雾中的鲛人和须弥子正在进行尸舞术的比拼。从战况看来，似乎是须弥子占据上风，鲛人始终不能完整地操控尸仆们走出几步，但必须考虑到这些尸仆都是被须弥子施展了印痕术的，它们对须弥子的精神感召反应更灵敏，鲛人能够让它们行动起来，就已经很不容易了。

过了一会儿，鲛人忽然停止了尸舞术的运用，尸仆们也就一直木然站立在原地。从雾里传来一个嘶哑苍老的声音："宇文靖南，我还在奇怪你刚履约不久，怎么会又传书要给我再送一船人，结果居然是找了个尸舞者过来。怎么了，你是寻到了厉害的帮手，打算背叛我吗？"

这声音隔着百丈之遥从海浪和风声中传来，竟然仍旧清晰可闻，可见这个鲛人的功力非凡。宇文公子哈哈一乐："你误会了，契约咒这种东西我怎么有胆量去背叛呢？我其实是来履约的，不过不是送尸仆这种小事，而是另一个几十年的长约，你梦寐以求的长约。"

鲛人停顿了一会儿，重新开口时，声音里隐隐有一点儿掩饰不住的激动："你指的，难道是苍银之月和萨犀伽罗吗？"

"还能是什么？"宇文公子说，"我带来了苍银之月和萨犀伽罗，但并非出自我本愿，而是被刚才和你交手的这位尸舞者胁迫而来的。他好像有些话想要和你谈。也就是说，能不能得到这两件法器，大概要看你和他谁的手段更高了。"

"这些年来陆地上最强的尸舞者，大概就是须弥子了吧？"鲛人说，语调里把"陆地上"这三个字说得很重。

"海上最强的尸舞者，恐怕仍然是须弥子。"须弥子淡淡地接话说。

鲛人许久没有作声。过了一会儿，浓雾中出现了一艘大船的轮廓，一点一点地靠近了这艘海船。大船的样貌奇特，很像是羽人用来海上作战的木叶兰舟，但木叶兰舟是以轻巧机动为特性，这艘船却是规模庞大，船上的塔楼俨然就是一座巨大的海上宫殿，高扬的巨型风帆有如怪兽的羽翼，带给人一种遮天蔽日的压迫感。

很快地，两艘船靠近了，鲛人船上的船工十分精确地控制着距离，让两船没有相碰。几条壮汉在两船间搭上木板，示意众人过去。须弥子昂着头，把尸仆留在身后，当先走了过去，等到安星眠等人也都上船之后，他才把尸仆们召唤过去，显得有恃无恐。

似乎是鲛人调动了一下秘术，笼罩在船身的雾气消散了，在海船之外的空间，大雾却仍然浓密，仿佛是专为这艘船营建的壁垒。在这片浓雾里，一些惊人的秘密正待被揭开。

船上的雾气散开后，展现在人们眼前的就是那座宫殿一样的塔楼，两个漂亮的侍女走上前来，开口说道："主人请各位入内一叙。"

这两个侍女皮肤白皙，相貌姣好，说话音色如常，行动自如，但雪怀青只瞟了一眼，就低声告诉安星眠："死的。"

她顿了顿，又补充说："楼里应该有那么几个活人，但甲板上的其他人，都是行尸，而且都是由同一人控制的，其间的精神联系十分稳固，除了须弥子，估计没有人可以破坏。"

安星眠悚然，愈发感受到这位鲛人尸舞者的实力之强，恐怕真的不在须弥子之下。虽然此行千头万绪，最好是能双方好好说理解决，但他心里却仍然禁不住冒出一个念头：要是须弥子和这个鲛人打上一场架，那一定会相当好看。

"真希望须弥子能和他打起来，"和他心意相通的雪怀青小声说，"这样的热闹一辈子也难遇到一次。"

"最好还是别打，"宇文公子苦笑一声，"万一把鲛人打死了，我的诅咒就没法消除啦。"

说话之间，三个人已经走进塔楼。在此之前，安星眠想象了一下塔楼里的情状。在他看来，这个鲛人的排场如此之大，没准也是个野心勃勃的自命帝王，所以这座海上宫殿极有可能穷奢极侈，装点种种陆地上的君王们都难以得到的海中珍宝。虽然他拥有大量的尸仆，也拥有可能算得上九州第一的尸舞术，但在他身边，还得有一群真正的美女环绕吧？除此之外……

他正想着，塔楼内部的事物已经一览无余地展现在他的面前，当这一切极富冲击力的事物映入他的眼帘时，他觉得自己的心脏几乎要停止跳动了。他这才知道，自己之前的所有想象和事实之间存在多么大的谬误。呈现在眼前的这一切，和什么帝王、高贵、金碧辉煌全然不沾边。他所见到的是——地狱。

"这真是个疯子。"连雪怀青的语声都禁不住微微颤抖。

"他绝对是，"宇文公子说，"我算是明白这么多年来我和我的家族上供给他的尸体都拿来干什么了。"

三

一场肆虐的沙暴过后，西南戈壁恢复了暂时的平静。在沙漠深处的某个不为人知的所在，雪寂正半躺在游牧部落的帐篷里，翻阅着一大堆古旧的书籍。他的身上缠着厚厚的绷带，还隐隐有血迹渗出，这都是若干天前须弥子留给他的纪念。但他对这些伤痛恍然不觉，全部心神都投入到手里的纸页中。

数天前的那一战，他虽然竭尽全力，但毕竟身有残疾，终于还是不敌须弥子。已经被他送走的雪怀青却在危急时刻回来，把苍银之月交给了须弥子，如安星眠所说，她绝不会抛弃自己的亲人。而大概是出于对雪寂这一身不俗武技的欣赏，须弥子最终放过了他，并没有杀他。于是雪寂从几人的对话里得知，须弥子要把他们带到海上，去见一个鲛人。雪怀青原本与此事无关，但她肯定不会抛下安星眠，所以也一同跟去。

雪寂并没有阻拦她，因为女儿的这个举动让他想起了年轻时的自己。当一行人离开后，他却禁不住要去思考，这个鲛人为什么几十年如一日地想要夺走这两件法器。他从中嗅到了一些不太寻常的味道。

他不顾同伴们让他留在镇上方便养伤的要求，坚持回到沙漠中，因为沙漠里有他多年来辛苦收集的一些藏书。他一面养伤，一面查看这些书籍中和鲛人有关的部分，试图解释那一直在他心里不断跳动的不安的感觉究竟是什么。

在九州六族当中，魅族和鲛族一向是较为神秘的两个种族。魅族没有自己的族群和国家，每个个体基本都是单独成长，然后根据自己凝聚而成的形态加入其他种族的社会里，比如凝聚成人形的就和人类一同生活，凝聚成络族的就和络族一起生活。也许每个人的身边都有魅，绝大多数情况下，人们难以分辨他们。

鲛族则有自己的族群与社会，但他们都生活在海里，对人类也较有戒心——说的确切一点是某种本能的厌恶与排斥，因此人类对鲛人的了解很少。在那些有限的记录里，也只是大略地提及一些，比如鲛人喜欢以海底村落的形式聚居，也会运用海底浮力开采石块，以及种植快速生长的珊瑚生物，以此类方法建造海底城市。比如鲛人可以通过秘术化生双腿，改变自己的外貌体态，令自己可以走上陆地和人类交流。

在这些一鳞半爪的断章残片式的记录中，有一种说法最让雪寂感兴趣，那就是灵魂。灵魂这种东西，向来是九州大地上无数人都相信，却从来没有任何人能证明的东西。各种小说戏文里都有灵魂离窍、魂魄附体、亡魂现身之类的桥段，东陆华族里甚至一直流行着许多和招灵、导亡相关的丧仪，以及十分惊悚的召亡游戏等。但是这些都只停留在传说中，从来没有人真正证明过灵魂的存在，那些所谓的证言往往都经不起推敲，被证实只是谎言。

鲛人一直都是笃信灵魂的。在鲛族的传说中，鲛人死后，灵魂就归于大海，成为海水的一部分，所以大海既是鲛人的生活之所，也是他们一切先祖的灵魂栖息之地，这也是他们固守自己的海域，拒绝外族进入的原因之一。

雪寂反反复复读着这段话，虽然没有什么详细精确的描述，但是"灵魂"这两个字总是让他心神不宁。他推敲这个鲛人的心态，又开始想苍银之月和萨犀伽罗的功用。苍银之月并不直接让人致死，但实际上的效果相当于把人杀死了，因为被苍银之月法力攻击的人都会失去全部的意识，成为一个只剩呼吸和心跳的活死人，永远不可能再对外界的一切做出任何反应。

当然了，对于鲛人来说，失去意识也就等同于灵魂消失了。在他们的观念里，苍银之月大概就是用来吸取灵魂的。

吸取灵魂……吸取灵魂……

雪寂忽然一拳头砸在了地上。由于用力过猛，他肩头的伤口迸裂开，鲜血又流了出来，但他好像完全感受不到疼痛。

"我明白了，"雪寂想，"我明白了这个鲛人想要干什么了。但是……他是不可能成功的。"这个悲剧性的结局会给雪怀青和安星眠带来怎样的后果，他已经不敢想下去了。

"你们一定要平安回来。"除了祈祷，雪寂没有别的事情可以做了。他紧闭双目，以最虔诚的心祈祷，为他刚重逢的女儿。

同一时刻，安星眠站在塔楼的入口处，怔怔地看着楼内的一切，不知道该用什么样的语言来形容眼前看到的一切。这座塔楼的内部，既没有华丽的装潢、精美的饮食，也没有美艳的歌姬舞姬，而是充满死尸。

整座塔楼的内壁布满了各种大大小小的铁架，铁架上密密麻麻悬挂着数百具尸体，防腐药物的刺鼻气味从这些尸体身上弥漫开来。而在塔楼的中央，有若干个不同的大型机械，有的像是药池，有的像是焚化炉，有的不知道用了什么法门，散发出阵阵冰凉的白气。

而在塔楼顶部，遍布长索和各种带挂钩的滑轮，一具具尸体被吊在挂钩上，运送到底部的机械中去。这原本是一套十分精良复杂的机械系统，其中不知倾注了多少工匠的心血，但偏偏是用来运送令人胆寒的死尸，这一幕场景可谓怪异之极。

更为恐怖的一幕还在后面。塔楼另一侧的一道门打开，一个正在不断挣扎的人被送了出来，这是一个活人！他的四肢都被牢牢绑缚，挣扎也只是徒劳，嘴巴也被堵死了，能从那双绝望的眼睛里看出他的惊骇。他被滑轮运送到某个喷吐着烈焰的焚化炉之上，滑轮的铁钩松开，他的身体笔直地掉进灼热的火焰里，瞬间化为青烟。与此同时，似乎是有另一个机关发动，焚化炉旁伸出一根长长的铁手，顶端赫然是一枚长长的钢针，刺进了炉边的一具尸体里，正好是从额头刺入。

安星眠强压不适，看着眼前发生的这一切，也在猜测，刚才发生的这几个动作——焚烧活人、同时用钢针刺入另一具死尸的额头——究竟是为了什么。他紧盯那具被刺穿的死尸，不知道它会展现出怎样的异动，但最终，尸体没有丝毫动弹。

"这是在做什么？"雪怀青疑惑地问。

"我也不知道，"宇文公子回答，"我原本以为我提供给他的尸体都是用来作为尸仆驱策的，现在看来远不是这么回事。"

安星眠转过头，看着须弥子，"你一定知道这是怎么回事。"

须弥子点点头："是的，我知道。"

"但你一直都不肯告诉我们，为什么？"安星眠问。

"因为这样才比较有趣。"须弥子阴沉地一笑。

"那你现在总可以说了吧？"雪怀青说，"你又不是你的老朋友风秋客，不卖关子会死。"

须弥子居然没有去纠正雪怀青所用的"朋友"这个词，而是抬头看着眼前这一片地狱一般的场景，慢慢地说："这个鲛人想要夺取苍银之月和萨犀伽罗，既不是为了杀人，也不是为了称霸。只有一个目的，那就是想要利用这两件法器……"

这几句话说得很大声，到了结尾处却故意停顿卖了个关子，显然故意要让对方听到，而这个举动也起到了明显的效果。他的话音刚落，塔楼的底部——也就是众人所站立的甲板下方传来一阵机械的轰鸣，很快甲板上裂开一个洞，一个巨大的闪烁着诡异光芒的不规则物体从甲板下升了上来，形状乍一看很像是一座东陆花园里的假山，但通体透明，并且环绕一些七色的光彩。安星眠努力想要看清楚这到底是什么，却发现不知为何，双眼似乎不能在它上面聚焦，这明明是一个硕大的东西，却偏偏看不清楚。

"奇怪，明明就在我的眼前，为什么我看不清楚？"雪怀青也发出疑问。

"这是干扰视线的秘术，"须弥子有些不屑地说，"如果你们的精神力稍微不那么废物的话，就不会被干扰到。"

安星眠和雪怀青索性不说话了，反正在须弥子面前说什么似乎都是错的。安星眠努力集中自己的精神力，紧盯这块被秘术保护的物品，渐渐地可以看清楚它的轮廓了。

这是一个冰块，一个巨大的冰块，而冰块里还隐隐有人形，好像是有什么人被封冻在了冰块之中，但这个人具体的形貌就实在看不清了，如须弥子所言，他的精神力还不够强。他正在猜测，须弥子已经开口说道："这块寒冰是为了让你的身体减缓老化吧？看来，为了永生不老，你还真是费尽心思啊。"

"你说什么？"安星眠、雪怀青和宇文公子一齐回头，惊讶地看着须弥子。无名女斥候和梁景持守下人的身份，并没有发声，但眼神也是讶异到了极点。

"你们以为呢？你们以为这个鲛人大费周折想要抢夺苍银之月和萨犀伽罗是为了什么？"须弥子似乎很欣赏众人的惊诧，"鲛人是一个深信灵魂的种族，这个鲛人一直想要永生，却发现肉体的死亡是不可逆转的，于是打定主意从灵魂上面想办法。他想要寻找移魂之法，不断地让自己的灵魂从一个身体转移到另一个身体上，这样也可以算是一种永生不死的方式了。"

他伸出手，在半空中画了一道弧形："这些尸体，就是他实验的一部分，可惜的是，就像你们刚才看到的那样，每一次他都失败了。所以他最后的希望，大概就在这两件法器身上了。"

"寻求永生？"安星眠感到不可思议，"这种逆天而为的事情，真的值当追求吗？"

他这才明白过来，这个鲛人从几十年前开始纠缠宇文家族，到底为的是什么。原来他的目的竟然是要追求长生，这样的一个野望，比起想要征服天下的野心家们，恐怕又要更进一层了，因为人的寿命终究有限，纵然真的能一统九州，几十年后仍然只能化为枯骨，归于尘土。但如果拥有永恒的生命，就可以不断地追求，不断地霸占，永无止境地填补自己的贪欲。

"实在是贪得无厌啊。"他禁不住喃喃自语，脑子里却又回想起长门的经义。长门从来不追求肉体生命的延长，长门修士们所修习终生的，是为了寻找精神的解脱。但假如人拥有了可以无限延长的寿命，这样的追求还是否有意义呢？

"原来是为了寻求永生……"宇文公子脸上的肌肉轻轻抽动了一下，一向儒雅的面庞有了一种淡淡的怒意，"为了你的永生，就可以让一个家族的人短命吗？"

冰块里传出一声轻蔑的嗤笑："宇文靖南，我让你的家族陷入诅咒，你恨我不足为奇，但你没有资格说出这种话。为了实现你的野心，你害死的人少吗？大家都是恶人，就不要装腔作势地拿正义和道德来说事了。"这声音听起来很不自然，想来这个鲛人被冻在其中，嘴唇根本无法动弹，只能用腹语术之类的方法发声。

宇文公子被驳得有些哑口无言，须弥子却笑了起来："说得好，都是恶人，就不必做那么多的表面文章了，直入正题吧。听起来，你已经承认了我的判断？"

"我不必否认，"冰块里的人影说，"但我也不必在这个话题上和你啰唆更多。明明苍银之月和萨犀伽罗已经落到了你的手里，你却把它们给我送上门来，肯定是有所图谋，不妨告诉我，你想要些什么。"

"我所要的和你想要的不尽相同，不过碰巧都和这两件法器相关，"须弥子说，"你想占有这两件法器，但苍银之月还好说，萨犀伽罗却没有那么容易得到，这一点，想必你也已经知道详情了。"

"不错，萨犀伽罗需要靠活人的生命去喂养，这一点确实让人头疼，"冰块里的人影说，"但我有办法解决，"

须弥子点点头："很好，这就更合我胃口了。我想来想去，九州大陆上徒有虚名的妄人无数，你却可能是其中难得的一个有点真材实料的，所以我来找你，是希望和你立一个公平的赌约。"

"什么赌约？你是怎么知道我的实力的？"鲛人问。

须弥子微微一笑，毫不掩饰地讲述了当年无意中听到海上亡歌的经历，而安星眠等人虽然之前早知道他曾在海上遇到过一个鲛人，能操纵比他还多的尸仆，但这也是第一次听他说起详细的经过。宇文公子叹了口气："原来你是这样了解到他的存在的。那个甲板上的少年，就是我啊，那是我第一次出海去给他送死尸。还真是巧呢，人生何处不相逢啊。"

鲛人的语声听起来也有些意外："原来还有那么一出，我居然没有发现船上还有活人存在。那你到底想要和我赌什么？"

"我们都是尸舞者，当然以尸舞术决胜负，如果你赢了，苍银之月和萨犀伽罗归你，我从此不再纠缠，你可以安心去寻求你的永生之法，"须弥子说，"如果我赢了，这两件法器还是归你。"

"什么？"安星眠等人异口同声地惊呼出来。对他们而言，认识须弥子的时间虽有长有短，但都知道须弥子是一个只肯占便宜、决计不愿意吃亏的人。现在他竟然能开出一个无论输赢都要放弃两件法器的条件，未免太过匪夷所思。

"我宁肯相信太阳从西边升起。"安星眠喃喃地说。

鲛人也沉默了许久，似乎是在揣测须弥子的用意，过了好久才问："如果我输了，显然你是不会白给的，总有附加条件吧。"

"那是当然的，"须弥子说，"如果你输了，我要你替我做一件事，这件事在你的能力范围内。但具体什么事，比完之后我才会告诉你。"

众人这才明白过来，须弥子不惜把到手的两件法器奉送给这个和他非亲非故、某种程度上还算得上竞争者的鲛人，原来是为了求鲛人办一件事。但这个人的脾气也足够古怪，明明是想要求人办事，却死也不肯说一个"求"字，而是弄出这个赌赛的噱头。

"有什么事能让须弥子去求人帮忙呢？"雪怀青轻声问。

"而且是付出两件法器的代价，"安星眠说，"那么多人为了争抢这两个宝贝打得头破血流，对他却好像只是两块敲门砖。他所想要敲开的那扇门，里面一定隐藏着什么了不起的秘密。"

"所以他其实也蛮适合做一个长门僧的，"雪怀青坏笑，"只不过你们是被动地跨过一道又一道的门，他却是主动去寻找，所以他比你们厉害。"

"这是显而易见的。"安星眠耸耸肩。

鲛人再度陷入沉默。须弥子的提议无疑很诱人，因为无论输赢，苍银之月和萨犀伽罗都将落入他的手里，然而他毕竟也有输的风险，而一旦失败，天晓得须弥子会提出怎么样的难题。要知道在这个世上，须弥子做不到的事情恐怕不多，而今竟然连他也有需要请别人帮忙的事，即便如他所说"在你的能力范围内"，恐怕也得是掉几层皮才能完成的。

仿佛是为了诱惑鲛人，须弥子把苍银之月取了出来，拿在手里做赏玩状。这个孩子气的动作让雪怀青忍不住笑出声，但对鲛人而言，却更加促使他下定决心。虽然他的身体被封冻在冰块之中，但冰块外的人们似乎都能感受到他灼灼的目光，聚焦到苍银之月上。

"这个赌约，我接了。"最后他说。

四

说到尸舞者之间比拼尸舞术的场景，安星眠一下子被唤起了许多回忆。一年多之前，他和雪怀青的初识就是因为一场尸舞者比武切磋的大会，虽然该大会有一个文质彬彬的称谓叫作"研习会"，但其中的比拼却是真刀真枪血肉横飞，甚至以命相搏。在这场大会的前前后后，他见识了许多尸舞者特有的古怪比武方式。

比如他所见到的第一场尸舞者间的战斗，就是两位尸舞者各自指挥尸仆站立在沼泽的泥水中作为人桩，然后双方各操纵一名尸仆踩着其他同伴的头顶进行战斗，顶上的尸仆被打下人桩的算输；人桩先被淹没过头顶的也算输。这样的比试，既考验尸舞者对拳脚功夫的操控能力，还考验其对步伐轻重的掌控，的确是别出心裁，让人见之难忘。

其后的一些厮杀就更加惨烈了，对尸仆的使用也是花样百出，尤其是那些完全把尸仆当作自毁的器具来使用的，就是不惜一切代价只为博取一胜。不过对安星眠而言，最大的遗憾是还没能见识真正的顶级尸舞者之间的对抗——因为世上只有一个顶级的尸舞者，叫须弥子。

而现在，终于有了一个可以和须弥子一较高下的尸舞者，甚至有可能比他还强，这难免让安星眠的心里充满期待，尽管这塔楼里阴森压抑的氛围让人总觉得呼吸不畅。他侧头看看其他人，雪怀青早已按捺不住激动的神情，而宇文公子的表情更为复杂一些。他当然不会认为目睹这样一场大战是糟糕的事，但从进入塔楼之后，鲛人始终在和须弥子说话，根本无暇顾及他，自然也无从谈及解除契约咒之事。

"虽然我总在心里诅咒你，不过你可最好别死啊，"宇文公子低声自言自语，"不然我就得给你陪葬了。"

安星眠正在猜测两人会用什么方式来进行比拼，须弥子已经当先回过身走出塔楼，他的尸仆们跟在身后。一行人连忙也跟着走了出去。

甲板上很快空出一大片地方，只剩下须弥子的一名尸仆和鲛人的一名尸仆，以及旁边的一排武器架。须弥子的尸仆是一个羽人，但比普通羽人的身材更瘦小，胳膊细得就像芦柴棒，实在是貌不惊人；鲛人的尸仆则是个蛮族人类，同样个子不高，也并不显得肌肉虬结，不过看起来要壮实得多。

"三局两胜，第一场，一对一较量武术。"须弥子说，似乎是为了重新确认规则，也似乎是为了向周围几位幸运的旁观者说明一下。

这有什么了不起的？安星眠微微有些失望，不过就是各出一个尸仆对打而已。这样的尸仆单对单，在前年的尸舞者大会上就已经见过无数次了。但雪怀青显然不那么想。她死死盯着这两个实在不像什么厉害角色的尸仆，目光里充满了兴奋和紧张。

一羽一蛮两名尸仆对面而立，足足站立了一炷香时间，都没有挪动分毫。正当安星眠心里有些微微的不耐烦时，须弥子的羽族尸仆突然发难，它右足在地上一蹬，整个身体如离弦之箭弹射出去，左掌拍向对方的胸口。鲛人的蛮族尸仆气凝如山，挥拳一架，两具行尸掌拳相碰，随即分开。

仅仅从这一个回合，安星眠就看出了两位尸舞者大师的厉害之处：这两具尸仆的武技，即便和九州大地上那些活着的高手相比，都丝毫不逊色。羽人所拍出的那一掌，看似轻飘飘没有什么力道，却暗含至少七种不同的后招，只要稍微应对不当，就有可能被一击致命。而蛮族人格挡的那一下，偏偏把对方所有的后招都算计在内了，几乎是唯一一个可以安全格挡的方位。

两具尸仆很快缠斗在一起，羽人的身法轻灵迅捷，动作快得安星眠几乎看不清楚，有一种眼花缭乱的感觉；蛮族人则以慢制快，以静制动，虽然处于守势，但对每一招的防御都无懈可击，不露任何破绽。

激斗片刻后，两具尸仆双掌相交，砰的一声响，羽人的身子被弹飞出去。它在半空中一个翻身，稳稳落地，随手从身旁的兵器架上抽出一柄长枪，挺枪向蛮族人刺过去。蛮族人闪身避开，也抽出一把长刀，两具尸仆从空手肉搏转入兵刃相交。

安星眠擅长关节技法，很少使用兵器，但没吃过猪肉不代表没见过猪跑。须弥子的这个羽人尸仆拿上兵器后，武技风格仿佛完全变了一个人，出枪沉稳厚重，刺出的每一枪看似速度不快，却都隐含着风雷之响。相反地，鲛人所操控的蛮族人反而使出了炫目的快刀刀法，刀光在空气中闪耀出无数白色的弧光，给人一种水都泼不进去的感觉。

两具尸仆棋逢对手，激斗了小半个对时不分胜负。在此期间，它们已经各自更换了数次兵器，每用一件不同的兵器都能施展出截然不同的招法。但它们并不是活人，而是完全没有思想没有意志的死尸，它们的每一记招式，都是由各自的主人通过精神联系操控的。许多普通的武士穷其一生都未必能练好一套功夫，在两位尸舞者大师的操控下，绝妙的武艺却像是连绵不绝的流水，通过两具尸仆的拳脚动作流淌而出。

"这才是真正顶尖的碰撞，"安星眠想，"原来我对尸舞者的了解还是太少，就算是我上阵，面对这么厉害的尸仆，也抵挡不了多久。"他又想，以须弥子这样的能耐，这么多年来居然一直和风秋客不分胜负，证明风秋客也不愧是当之无愧的羽族第一武士。

宇文公子脸色煞白，低声叹了口气："我一直以为我这一生唯一的成就就是招募了许多高手在身边，现在看来，'高手'两个字，还是不要随便乱用的好。"

须弥子和鲛人的尸仆近乎炫技地换用了无数种兵刃之后，重新抛下兵器，开始以拳脚相对抗。到了这个时候，两具尸仆各自的真正特质也一点一点展现出来。须弥子挑选的这个羽人，虽然又矮又瘦，但身体的灵敏度和柔韧性却达到了顶峰，须弥子可以操控它随心所欲地做出各种匪夷所思的动作，招式自然奇诡阴毒、变幻多端。鲛人的蛮族尸仆正好相反，看起来不是很强壮，一身筋骨却坚韧异常，招式沉稳厚重，以拙胜巧。这样的场面让人想起大漠中顶着呼啸的沙暴而屹立不倒的胡杨树，不知道最后会是狂风终于吹断大树，还是大树依旧坚挺，而狂风无可奈何地止息。

安星眠一面紧张地注视场内局势，一面抽空瞅了两眼两位尸舞者。须弥子仍然和平时一样，一张脸阴沉沉的没有什么表情，只是往日一直挂在嘴角眉梢的那种睥睨天下的不屑收敛了很多，看来他心里对鲛人的实力还是颇为认可的。而鲛人由于把全部心神放在尸舞术上，用于干扰视线的秘术大大减弱，让人能看清楚冰块里的形貌了。不知为何，虽然他是一个鲛人，被封冻在冰块里的形态却是化生双腿后的人形，身体蜷缩，脸上还戴着一个狰狞的面具，让人看不见他的脸。

"须弥子恐怕要输。"雪怀青忽然说。

"为什么？"安星眠不解，"现在他的攻势占优啊。"

"尸仆虽然不像活人那样有体力的限制，但并非意味着一具尸体可以无限使用，"雪怀青说，"肌肉和骨骼都是有承受极限的。这个羽人的行尸显然是须弥子的得意之作，身法的轻灵怪异加上无穷无尽的体力，几乎可以对付任何活人，所以他索性朝这个方向去锻炼这具尸仆，把它的特性发挥到极致，却没有想到，有朝一日真的会遇到能承受住那种暴风骤雨一样的进攻的对手。"

"你是说，这样的拉锯战会让须弥子的尸仆肉体承受不住？"安星眠问。

"我不确定，但看局势，这样的可能性比较大，"雪怀青说，"这个鲛人用的尸仆体质相当特异，我怀疑是他使用了某些我没见过的深海药物浸泡过，肌肉和骨骼比寻常的行尸更加坚韧。呀，你看！"

不用雪怀青招呼，安星眠也看得很清楚，须弥子的羽人尸仆右手五指弯曲，抓向对面蛮族人的咽喉，蛮族人这一次却没有抬手化解，等到对方的五指快要触到皮肤时，猛一低头，竟然张嘴向羽人的五指咬了下去。这样近乎市井无赖的招式，原本只应该是须弥子才能用得出来的，所以谁也没料到这个一直以招式朴实雄浑见长的蛮族尸仆也会有如此的变招，好在须弥子的反应也极其迅速，硬生生地操纵着羽人回肘撤招，堪堪躲过这一咬。

然而，这一个动作做完之后，只听咔嚓一声脆响，在没有受到打击的情况下，羽人的右臂竟然断了。果然如雪怀青所说，在持续长时间高强度的作战之后，这具躯体承受不住，臂骨断裂了。

鲛人自然不肯放过这个等待已久的良机。在他的操纵下，蛮族尸仆向前踏出一步，全力一拳击向羽人的胸口。此时羽人身形不稳，闪避已经来不及，看来唯一的办法是用还未受损伤的左臂硬挡一记。但这样一来，左右臂同时被废，须弥子恐怕是没有翻盘的余地了。

但谁也没有料到，须弥子的尸仆做了一个让人完全想不到的动作。它既没有强行闪避，也没有格挡，而是迎着蛮族人的拳头撞了上去。噗的一声闷响，蛮族人的拳头穿胸而入，直接插进了羽人的胸膛，又从后背穿出。

胜负已分吗？安星眠想着，但立刻觉得不对，须弥子绝对不会是那种轻易投降的人，这样看似直接送死的举动，多半背后有诈。

果然，从羽人的体内传来几声奇怪的响动，似乎是它的骨骼发生了某些变化，导致蛮族人抽了好几次自己的胳膊，却死活抽不出来。紧接着，一条明显的黑线从蛮族人的手臂上出现，并且迅速开始上移到肩膀，然后蔓延到全身上下，化为弥漫在皮肤上的黑气。随着黑气不断扩散，蛮族人的动作开始变得迟缓呆滞，挣扎几下之后，身上的皮肤一点一点裂开，黑色的脓血流了出来。

随着这些黑色血液的流逝，这具行尸的全身开始萎缩、干瘪、分裂，最后化为一堆煤渣般的渣滓，散落在遍地流淌的黑血中。而须弥子的尸仆虽被开膛破肚，却仍然站立着，还能勉强走动。

"胜负已分，"须弥子淡淡地说，"第一场我赢了。"

鲛人久久没有言语，过了好一会儿才说："的确是你赢了。我没有料到，这样一个纯粹按照武术的路线去培养的尸仆，竟然体内还会暗藏剧毒，而且竟然会是用来克制尸仆的化尸毒。这一点我做不到。"

他如此坦然地承认自己的缺陷，反倒让旁观的众人心生佩服。须弥子也难得地没有出言不逊，而是依旧淡然地说："这是我最精心培养的一具尸仆，这一场虽然赢了，却也把它给毁了。"

"这算是……算是须弥子在夸人了吧？"雪怀青小声问安星眠。

安星眠扑哧一笑，拍拍她的头，忽然觉得紧张的气氛似乎缓解了不少。

"那么，接下来就是第二场了，"须弥子说，"群体秘术的比拼。"

五

笼罩在海上的大雾渐渐散去，雾中的鬼船却早已不见踪影。在鲛人的指挥下，行尸船工们把船一路向东，驶离了海峡，已经入了陆地东部的浩瀚海。鲛人虽然作践尸体残酷，但对活着的俘虏倒是不乏优待，安星眠等人得了一个船舱来休息，并且还有尸仆按时送来食物饮水。大家反正无法可想，索性把焦虑抛到一边，安安稳稳地在船舱里休养。宇文公子的两位仆从仍然很少说话，安、雪两人则和宇文公子暂时抛开仇怨，每天谈天说地，表面上看起来颇为融洽。宇文公子见多识广，朋友遍布九州，和他聊天倒是能增长不少见闻。

十来天之后，鬼船进入了一条凶险莫测的航道，这一片海域平时没有人敢接近，因为鲛人常年用秘术在这里形成暴风雷电的天气，以方便他在这里藏身。当然了，这些秘术是不会伤害它们的施放者的。

最终，大船停在了一个珊瑚礁盘的旁边。须弥子带领十五名尸仆跳上了珊瑚礁。冰块中的鲛人用秘术移动冰块来到船舷边，并没有走上珊瑚礁，却发出了某种古怪的声音。

"那是亡歌！"雪怀青说，"他在运用亡歌放大尸舞术的效力，以此召唤他的尸仆。"

"召唤？"安星眠不解，"尸仆不都在船上吗？"

"那可未必，"雪怀青说，"别忘了我们现在身处什么地方。"

话音刚落，海水里掀起了一阵异样的波动。一些阴影从水下出现，很快出现在海面之上。那是一群鲛人，正好有十五个，显然，这些并不是活着的鲛人，而只是被鲛人尸舞者所驱策的尸仆而已。男性鲛人的外貌一般十分凶恶，女性的面部线条却较为柔美。这十五个鲛人都是女性，从海面上缓缓浮起，本应当是一幅很美丽的图景，但一想到它们都不再有生命，只是一具具冰冷的尸体，难免让人心生惋惜。

"这是我第一次看到用鲛人做成的尸仆，"雪怀青说，"很难想象它们到底有怎么样的威力。"

"我感兴趣的在于，一边在地上，一边在海里，它们到底应该怎么开打。"安星眠说。

"不是说比拼秘术吗，"雪怀青说，"倒也不必非要凑在一块儿才行，那些风啊雷啊的，离得远远的也一样杀人。"

两人正说着，只看见其中的一个鲛人伸出手来，从水里托起了一样东西，两人眼睛都直了——那赫然是一团正在燃烧的火焰。这团跳动的火焰在水里燃烧，从水里升起，又被尸仆捧在手里，实在是诡异至极。

尸仆把火焰拿到珊瑚礁的中央，轻轻把它放置在地上，随后退了回去，重新回到水里。须弥子看着这团火焰，神情渐渐变得有些凝重。他冷笑一声，开口说道："你居然能想出这么有趣的方法，我都有点儿佩服你了。"

鲛人说："佩服倒是不必，只是你选择攻还是守？"

"上一场较量，基本是我攻你守，"须弥子说，"所以现在不妨换一换。这团试炼之火燃烧得如此绚烂，我不想看到它熄灭。"

"可以，那么，时限定为半个对时如何？时间再长，这座小岛未必能承受得住。"鲛人说。

"行，这就开始吧。"须弥子点点头。

鲛人不再说话，海里的十五个鲛人尸仆却都开始发声，用它们咽喉的软骨振动，开始发出鲛歌的声音。鲛歌声中，这些尸仆身上的精神力开始飞速上涨，而且彼此之间应和交汇，仿佛是无数条丝线正在织成一张大网。

须弥子的十五名尸仆虽然没有鲛歌助力，却彼此依照星辰方位站定，同样用阵法提升群体的精神力。双方就像是两张蓄满力的硬弓，寻找着发射的机会。

鲛人率先出手，尸仆们骤然发动，身后的海水就像是被一只无形的巨手所推动，猛然掀起滔天巨浪，海水汇聚成一股势不可当的水龙，向珊瑚礁中央那团看起来无比脆弱的火焰铺天盖地地狂扑而去。

须弥子的尸仆们也即刻合力进击，发出的却是十五道烈焰。这些烈焰集合在一起，变成一团巨大的火球，正面迎向汹涌而来的水龙。火球和水龙相撞，发出一声轰然巨响，所有的海水竟然在瞬间被火焰的高温完全汽化，化为半空中弥漫的滚烫白气。第一次交锋，须弥子守住了火焰。

鲛人旋即发动第二次攻势，尸仆们合力制造出一股巨大的龙卷风，裹挟着海水扑向被须弥子称为"试炼之火"的那团火焰。很显然，旋风是无法用火焰化解的。但须弥子另有妙法，他的尸仆一齐发动秘术，火焰的上空一下子出现了一道晶莹透明的防护层，把试炼之火包围在其中。狂风卷过这层防护层，上面出现了细细的裂纹，却并没有破裂，里面的试炼之火也没有受到丝毫损伤。而须弥子的尸仆再次施展了一次这样的秘术，那层保护壳也重新变得完好无损。

"那是一层冰，"雪怀青目力上佳，先看清楚了，"看来须弥子真是会向那个鲛人学习呢。"

在此之后，两人不断变换秘术，秘术的威力也越来越大，坚固的珊瑚礁已经被毁坏了大半，须弥子的尸仆有两三个脚已经踩在了水里，但他不断用秘术巩固着试炼之火周围的地面，令其固若金汤。

渐渐地，众人分清了场上局势。鲛人在鲛歌的帮助下，精神力压过了须弥子，但他看来和人动手的经验并不太丰富，屡屡错失良机。反观须弥子，明白自己精神力处于劣势，采取全力死守的策略，十五个尸仆各司其职，配合默契无间，让鲛人始终找不到突入的空隙。眼看半个对时的时间已经过去了一大半，试炼之火仍旧固执地跳跃着，鲛人似乎败局已定。

"这一场要是败了，须弥子可就三局两胜了。"安星眠微微皱眉。

"怎么，你还希望鲛人获胜吗？"雪怀青看着他。

"按照他们的赌约，无论谁胜谁负，鲛人都可以得到两件法器，这个结果是固定的，不会改变，"安星眠说，"但是如果须弥子赢了，却会要鲛人额外替他办一件事，这件事会带来什么样的后果，那可就谁也说不清楚了。这个人虽然兴趣来了偶尔会做点好事，但绝大多时候都是个杀人不眨眼的大魔头，我宁可鲛人不要替他办这件事。"

"说得也有道理，"雪怀青点点头，"我也觉得须弥子要办的这件事肯定足够吓人，但是现在鲛人完全没有机会啊……等等，他怎么了？疯了吗？"

不只是雪怀青，安星眠和宇文公子也都惊愕莫名。在又一波攻势被须弥子抵挡之后，鲛人的尸仆们停止了进攻，但它们仍然在使用秘术，使用各种各样的秘术来把自己弄伤残。很快地，这些鲛人尸仆身上都受了重伤，要么肚腹被剖开，要么断腿断臂，其中一个更是把自己的脑袋切成了两半，女性鲛人美丽的头颅刹那间变得狰狞可怖。黑色的血液流出，污染了珊瑚礁旁的海水。

"不对，这不是自暴自弃的认输，"安星眠说，"你看须弥子，他的表情不对。"

果然，须弥子的脸上并没有获胜后的喜悦，相反微微有些吃惊。尽管只是淡淡的惊讶，但这种表情竟然能出现在"老子天下第一"的须弥子身上，似乎本身就能说明很多问题了。

而接下来发生的事情，说明了须弥子的吃惊是有道理的。那些流出来的黑血，并没有很快在海水里消散无形，反而慢慢地聚拢在一起，并且颜色开始转为深红，就像是从活人身上流出的鲜血一样。

这一团凝聚在一起的红色鲜血，仿佛拥有生命一般，从海水里慢慢升起，又如同一张红布一样渐渐摊开。尸仆们带着身上血淋淋的伤口，一个个走向这张"红布"，然后被包裹在其中。很快地，它们的形体一点一点溶化，而红布的体积则越来越庞大，并且逐渐呈现出人形—— 一个比最高大的夸父还要巨大的血红色的人形。

"溶血重构术！"雪怀青惊呼起来，"这竟然是溶血重构术！这是《魅灵之书》上记载的邪法啊！"

"你……是看到你师父练习过？"安星眠的脑子也动得足够快。

雪怀青点点头："是的，这是魅灵之书里面记载的一条和尸舞术有关的邪法，可以把手里所有的尸仆全部用血咒溶化，然后组合在一起，形成一个巨大的怪物尸仆。但是这一招非常难练，而且对人的身体也损害很大，我师父就是因为强练这个咒术才导致身体很快衰弱的。"

"但是显而易见，这一招练成之后，威力非同小可。"安星眠苦笑一声。在众人的视界里，已经站起来了一个数丈高的怪物。这个怪物通体是一种让人看了都觉得恶心的血红色，而且皮肤都没有完全凝聚好，似乎像液体在流动。它可以勉强被称为人形，那是因为还能马虎分辨出身体躯干和两条腿，但上身左臂处什么都没有，空空荡荡的，右臂处则长着一个硕大的肉瘤。

怪物发出雷鸣一般的喘息声，向前摇摇晃晃走了两步，只听见"咔嚓咔嚓"两声，双腿竟然承受不住身体的重量，生生折断了。因为没有双手支撑，怪物一下子趴在了地上，好似一团红色的烂泥，半点儿也看不出有什么厉害之处。

但是须弥子的神色反而越发凝重，雪怀青也对安星眠说："这样用重构术制造出来的怪物，要么是走武学力量的路线，要么是走纯精神力的路线，看这个怪物的外表如此脆弱不堪，精神力绝对非同小可。"

雪怀青话音刚落，地上的怪物就努力昂起头，发出一声嘶哑的怒吼，随着这一声吼，它从嘴里吐出了一缕青烟。这缕青烟迅速膨大，慢慢向试炼之火的方向飘过去。它看起来很淡，好像一阵风过来就能吹散，但又始终不散。

须弥子如临大敌，尸仆们连续施展了若干种不同的秘术，但无论是火焰、旋风、雷电还是寒冰，都无法阻挡这一股青烟，它仿佛是不存在于这个世上的事物，完全不被任何秘术所干扰，一点一点地逼近试炼之火。

须弥子孤注一掷，把所有尸仆的精神力燃烧到了极限，这样剧烈的精神提升，即便是尸体也难以承受，先后有好几具尸仆的皮肤开裂，甚至眼珠子都迸裂了，而最后他施展出来的秘术，只是一个小小的黑球，慢慢旋转，迎向那道已经逼近了试炼之火的青烟。

"我没有猜错的话，这两者都应该是谷玄秘术的产物，"安星眠说，"谷玄的星辰力能吞噬一切，所以其他的秘术都对那道烟无效，而须弥子也只能利用谷玄去对付谷玄了。我们肉眼里所能见到的青烟和黑球，其实只是方便操控所添加的外壳，真正的谷玄，也许只能用'空'这个字来形容。"

"都是谷玄秘术，撞上了会发生什么呢？"雪怀青很是好奇。

此时，须弥子放出的黑色球体，和重构后的巨怪放出的青烟终于撞在了一起。两道秘术仿佛彼此嗅到了熟悉的味道，竟然慢慢缠绕在一起，看起来似乎很友好，但安星眠等人知道，其实这是在比拼谁的力量更强。力量弱小的那个，很可能在这样看起来很缠绵的接触后被彻底吞掉，如若不然，须弥子和鲛人所发出的亡歌声不会越来越强。

目前看来，须弥子好像稍微占据上风。鲛人的溶血重构术虽然声势很大，但太难掌控，两道谷玄秘术比拼了一小会儿后，那道青烟已经被须弥子放出的黑球吞掉了一小半。黑球开始膨胀变大，渐渐有些像一个从半空中突兀出现的黑洞，仿佛真的能将一切事物都吸进去。

终于，在约定时间即将走到尽头时，黑球把青烟吞噬殆尽了，但须弥子的神情依旧没有丝毫放松。他仍旧全力施为，操控尸仆们产生精神共鸣，试图将那道青烟完全"消化"掉。

然而，当青烟完全被吞没的一刹那，空气中传来了一声清晰的异响。

须弥子脸色一变，急忙再度加强了亡歌的力量，试图压制住对方，但鲛人的应对方式是骇人的，他突然将封冻其中的坚固冰块碎裂了，骤然站立起来，露出了他的全身。鲛人高高扬起头，咽喉里的鲛歌声恍如狂舞的风暴，高高飘扬于海天之上。他的双腿慢慢并拢，慢慢黏合在一起，化为一条长长的鲛尾。他的头发变成了鲜艳的火红色，身体的曲线也变得更为流畅，一个个坚硬的角质凸起从后背浮现，皮肤上更是覆盖了一层厚厚的鳞片。

他现出了鲛人的真身。

然而更加令人难以置信的还在后头。经过这样巨大的身体变化后，他脸上的面具已经不再贴合脸形，终于脱落了下来，露出他的真面目，这张脸让安星眠等人禁不住惊呼出声。

这不是"他"，而是"她"。

这个把声名赫赫的宇文世家玩弄于股掌之间，能和不可一世的须弥子分庭抗礼的鲛人，是一个美丽的女性。尽管她的年纪应该很大了——至少在几十年前就曾以成年的形态和宇文公子的祖父打过交道——但现在容颜丝毫不显苍老，仿佛还是一个二十来岁的年轻女子。

第十二章
我是谁，你是谁

一

"她居然是个女鲛人！"雪怀青惊呼，"真是让人意想不到。"

"谁都想不到，或许是她的腹语术伪装男声伪装得太好了，"安星眠说，"又或者是因为在我们的潜意识里，总是很难相信女人会比男人强，但事实上，这样的事情经常发生。"

"我的家族，竟然被这样一个女人耍得团团转，"宇文公子连连摇头，"我要是把这个消息告诉祖父，真是很难想象他的脸上会有什么样的表情。"

三人说话间，鲛人的鲛歌声已经达到了顶点，那是一种直刺耳膜的尖锐声响，安星眠、雪怀青、宇文公子、女斥候四人根基不错，还能承受，梁景却已经不得不用布片死死堵住耳朵，否则有可能直接昏过去。

在鲛歌声中，在人们惊诧的目光中，鲛人的精神力如潮水般暴涨。突然，从须弥子放出的谷玄黑球中发出一声巨大的爆裂声响，黑球的体积一下子扩大了数十倍，瞬间将试炼之火席卷在其中。不等须弥子做出任何反应，试炼之火就被干干净净地吞噬掉了，不留一丝痕迹。

"这一局，是我赢了。"鲛人说。

"不错，是你赢了，"须弥子说，"我低估了你的实战经验，没想到你能反其道而行，想出故意让我吞噬，令我的谷玄之球力量剧增而膨胀的方法。”

“和你第一局的战术如出一辙，无非是现学现用。”恢复了真正的形象之后，鲛人也不再像之前躲藏在冰块里那样冷冰冰的，居然淡淡地笑了笑，刹那间显得风情万种。只是她容貌虽美，但强行留下的青春容颜总显得有些不自然，有一种让人难以形容的怪异。

“不过溶血重构术这一招，似乎只在《魅灵之书》上有记载，我没说错吧？”须弥子又说。

“的确是来自《魅灵之书》，”女鲛人说，“这本书上记载的秘术，都十分玄妙。”

“为了修炼它们，会付出很大的代价，”须弥子的脸色微微一沉，应该是想起了姜琴音，“你不可能不明白这个道理。同理，你的驻颜秘术也是如此。”

“这个就不需要你操心了。”女鲛人哼了一声。

“她到底是为了什么做出这些事情？”雪怀青轻声自言自语，“难道就是为了留住她的容貌吗？”

安星眠沉吟了一会儿：“我看未必。看到她，我想起了一个人。”

“什么人？”雪怀青问。

“你不觉得，她这样和年龄不符的容颜，和那位辰月教的陆先生是一样的吗？”安星眠说。

雪怀青点点头：“还真是这样。你这么一说，我也想起那位陆先生来了，看起来都感觉怪怪的。我爹说过，这种秘术对身体损伤很大。”

“你还记得之前你父亲说过的另一句话吗？”安星眠说，“他说，苍银之月之所以被辰月教丢失，是因为当时的保管人受了骗。你猜，会不会是……”

“你是说这个女鲛人？”雪怀青恍悟，“倒也不是没有这种可能性。她为了得到这两件法器花费了几十年的光阴，应该是什么样的代价都愿意付出的。可是，如果当时苍银之月是被她带走的，那后来为什么我母亲……”

她忽然住了口，脸色煞白，和安星眠对望一眼，两人异口同声地说：

"她是这个鲛人的手下！"

雪怀青一把抓住安星眠的手，结结巴巴地问："她……她还活着吗？她会在这艘船上吗？她会在这里吗？你觉得她看到我没有？她能认出我来吗？"

看着雪怀青语无伦次的样子，安星眠也不知道该说什么好，他只能拍拍她的肩膀，"别慌，千万别慌。现在我们身处险境，先别想太多，最好把注意力先放在打架的这两位老大身上。"

雪怀青轻轻点点头："我知道的，只是，一想到母亲我心里就发慌。"

安星眠搂住她的肩膀："我明白，但是别太分神了，你看，前面又来了一艘大船，应该是鲛人的手下替她准备好的第三场较量。这可是决定胜负的最后一场了。"

此时两位尸舞者都已经回到了船上，鬼船继续前行。如安星眠所说，另一个方向的海域驶来了一艘大船，虽然比不上鬼船这样气势磅礴，却也不算小了。

两船靠近之后，安星眠举目望过去，不觉大吃一惊 —— 那艘船上运载的赫然全是活人！粗略估计，上面至少装载了三百个活人，绝大多数是人类和羽人，看穿着打扮，要么是从海岸附近抓来的渔民，要么是从渡海客船上绑架的乘客。这些人似乎是被药物或者秘术禁锢住了，虽然没有被捆绑，却一个个瘫软在甲板上无法站起来，不少人一直在拼命哀号求救。

须弥子显然也没有想到比拼尸舞术却要面对一大帮活人，不过他没显得意外，而是静静地看着女鲛人等待解释。女鲛人伸手指着大船："这艘船上大概有三百个活人，具体有多少我没有点数，也不必点数，总之，你和我分就行了。"

"数目都不详，怎么确定最后能分得公平呢？"须弥子问。

"绝对公平，因为反正就是抢而已。"女鲛人微微一笑，笑容里充满了一种让人不寒而栗的邪恶。

"抢？怎么讲？"须弥子问。

"我上一次去陆地，已经是几十年前的事情了，不过我虽然长居大海，还是有足够的消息源知道陆地上发生的事情，比如说尸舞者的一些故事。"女鲛人悠悠然地说。人们并不明白她为什么忽然扯起这一头，但还是耐心地听着。安星眠和雪怀青更是在心里暗想：她果然曾经去过陆地。

"陆地上的尸舞者当中，有一个叫作云孤鹤的，虽然此人本事不怎么样，却做过一件让他名声大噪的事，我想你一定听说过吧？"女鲛人问。

须弥子不屑地笑了笑："那个废物吗？不过就是曾经救过羽皇的性命，然后被人吹捧出来罢了。"

"但是他救羽皇的那一战很有趣，你还记得吗？"女鲛人又问。

"当然记得，当时他手里带的尸仆数量很少，伏击羽皇的敌军却相当多，于是他索性不断地操纵新死的人站起来充当他的尸仆，每杀死一个人，就相当于他又多了一个尸仆……"须弥子说到这里，忽然住口不说，目光炯炯地盯着女鲛人。

"原来是这么回事，真有趣，"他呵呵地笑了起来，"你原来是这么个意思。那一船的活人，就是尸体的来源，你我相互比拼，看谁抢得更多，是这样的吗？"

"不只是这样，抢到手之后，还要毁掉对方所拥有的尸仆，毁到再也无法用尸舞术召唤为止，"女鲛人说，"可以用任何招数，武技、秘术、毒术都可以，这样一直拼斗下去，直到剩下最后一具尸仆。这具尸仆是谁的，谁就赢了。"

"这个比法我很喜欢，"须弥子看起来真的很高兴，"比起什么划定人数的一对一、多对多有意思多了。就这么定吧。"

"那我们上船吧。"女鲛人点点头，向鬼船的边缘走去，须弥子跟在她身后。她和须弥子武艺高明，所以也无须尸仆们搭船板，看样子可以直接飞跃过去。而两人都自重身份，既然定了赌约就绝不会偷袭，所以她可以很放心地把后背要害暴露在须弥子身前。

但走出去没几步，背后一阵劲风袭来，竟然真的有人偷袭女鲛人！她一回身，随手一挥，一道秘术把偷袭她的东西打飞了，定睛一看，竟然是一枚亮晃晃的金铢。显然，须弥子即便真的不顾脸面地偷袭她，也不会用这么没用的暗器。

"是你？"女鲛人皱起了眉头，"我不杀你，你却偏偏想找死吗？"

"我不想找死，我只是不喜欢看到太多死人！"刚刚扔出这枚金铢的安星眠大步跑了过来，拦在两人身前，"我不允许你们就这样杀死三百个活人！"

这个出乎意料的举动让所有人都吃了一惊，只有雪怀青不显得太意外，似乎是早有预料。

"我不许你们这么屠杀无辜的人！"安星眠大声重复了一遍。

雪怀青看着他的身影，轻轻叹了口气，慢慢走过去，和他站在一起。

"傻瓜就是傻瓜……"她自言自语地说，语调里却充满了温柔。

"你不许？"女鲛人像是听到了世界上最好听的笑话，"你是什么人？有什么资格对我说不许？"

"我只是一个普通的长门僧，"安星眠说，"但是生命无价，谁都有资格对你说不许。"

"那你就变成死人去慢慢地说不许吧。"女鲛人挥了挥手，似乎不屑于多话。随着她这一挥手，身后的尸仆群里立即冲出八个尸仆，一同扑向安星眠。安星眠正面迎了上去，咔嚓一声，他已经用关节技法扭住第一个尸仆的右臂，将它的右臂卸脱臼，然后圈住它的脖子，手上运力，拧断了尸仆的颈骨。他平时和人动手过招，从来不下杀手，但现在面对的只是一群尸体，就没有任何顾虑了。

这几下干脆利落，毫不拖泥带水，紧接着他又以相同的手法接连摧毁了两具尸仆，每一次出手都迅若闪电，对面的尸仆根本无力反抗。突然，剩余的五名尸仆却在这时停住，退了回去。安星眠有些意外地看着女鲛人。

"你的身手、力量和反应都比我所知道的更强了，而且强了不止一星半点，"女鲛人皱起了眉头，"但是这些天来，你一直都只是待在我的船舱里。发生了什么事会让你在那么短的时间进步神速？我不相信长门的功法能有这样的效果。"

"长门的确没这个能耐，不过我自己有，"安星眠有些恶狠狠地笑了笑，"只要找到一个办法把我的力量释放出来就没问题了。"

须弥子突然大步走上前来，厉声喝问："你说什么？你是不是把萨犀伽罗取下来了？"

"你总是那么敏锐，须弥子先生，"安星眠说，"我虽然打不过你们俩，但我也有想要保护的人，不愿意就这样坐以待毙，于是我想起来了，当萨犀伽罗远离我的身体的时候，我体内那股不知名的力量会爆发出来。我想，如果能运用这股力量，我大概可以和二位略微抗衡一下。"

"你这个蠢货！你疯了吗？"须弥子突然破口大骂，"快点把萨犀伽罗戴回去！"

须弥子的脸看起来相当恼怒，安星眠一笑："你不必紧张，那么短的时间里，萨犀伽罗还不至于承受不住而产生异变。我吸取了上一次的教训，没有让它离我的身体过于远，所以这一次，我还马虎承受得住。"

"你真是个愚不可及的蠢货！"须弥子不知道为什么那么生气，"那三百来人关你屁事，你知道他们都是些什么人？你知道他们当中有没有杀人越货男盗女娼之徒？你知道如果你落难了，他们会不会连你的肉都要吃？老子生平最烦见到的就是你这种仁义道德毒入骨髓的笨蛋。"

安星眠摇了摇头，脸上始终保持微笑，似乎这样的笑容才能帮助他克制体内翻涌的异种精神力量："我其实算不得什么仁义道德毒入骨髓。什么道理我都懂得，如果需要辩论，我能够站在你这一边把任何人辩得哑口无言。我也很清楚，这些人未必个个都值得救，搞不好里面还有什么十恶不赦之徒。我更加清楚，现在你和这位鲛人前辈所图谋的事，也许会害死成千上万甚至更多的人，和这一船三百来人相比，孰轻孰重是显而易见的。但是我这个人天生有一个毛病，那就是总是无法用理性来约束我内心的真实情感。"

他看了一眼身边的雪怀青，接着说："我曾经为此苦恼过，但后来有一个人对我说，她喜欢真性情的我，希望我不要总是思虑太多顾忌太多，在某些时刻，就应该顺服自己的真实内心。所以现在，我选择听她的话——我不愿意眼睁睁看着你们俩屠杀三百个无辜的人，我要阻止你们。”

他开始催动精神力，一点一点把那股蕴藏于体内至今无法解释的邪恶力量释放出来。他的双目渐渐变成了血红色，身上的肌肉开始膨胀，骨骼也发出了奇怪的咯咯声响。这并不是什么好兆头，但站在他身边的雪怀青却没有阻止他。

“你认为对的事情，就去做，”雪怀青轻声说，“你说得对，我就喜欢你这个样子。”

须弥子脸色铁青，死死瞪着安星眠，似乎恨不能把他生吞活剥了，这副表情连女鲛人都觉得有些奇怪。她忍不住说：“喂，这小子身上的力量的确有点不寻常，但也并非我们俩对付不了的，等制服了他再把萨犀伽罗捆到他身上就好了，你干什么这么紧张？”

“我不是紧张……不是紧张……”须弥子虽然嘴上这么说，但两只拳头握得紧紧的，牙关紧咬，这副神态的确是相当不寻常。女鲛人察言观色，像是忽然明白了什么，脸上的表情有点似笑非笑。

“我总算是明白了，须弥子，”她冷冷地说，“你压根儿就不是在紧张萨犀伽罗，也不是在紧张你和我的大战。”

她伸手指了指已经渐渐变得有如恶魔一般的安星眠：“你根本就只是在担心这个小子！”

二

女鲛人的这一番话简直比安星眠的变化还要让人意外，安星眠本人更是难以置信。他看着一脸怒容的须弥子，小心翼翼地问：“我？你不是在关心萨犀伽罗，你是在关心……我？”

须弥子看样子似乎恨不得把身边的一切全部撕碎来发泄他的怒火，但最终，他只是长长地叹息了一声。这一声长叹包含了无数的复杂情绪，那瞬间，他看上去并不像是那个杀人如麻无恶不作的天下第一狂徒，而只是一个充满悲伤和忧郁的老人。

“你把萨犀伽罗重新戴回去吧，我不杀这一船的人了，”他说，“在这种时刻，我不能铸成大错。"

"铸成大错？"安星眠一呆，"怎么叫铸成大错？"

但他看得出来，须弥子这番话绝非作伪，而是出自真心。犹豫一会儿后，他在雪怀青耳边说了几句什么，雪怀青飞也似的跑进船舱，很快拿出了原本镶嵌在安星眠腰带上的那块翡翠，也就是萨犀伽罗。

看着安星眠把萨犀伽罗纳入怀里，身上的异象消失，须弥子才像是终于松了口气。他摆了摆手："我本来以为，凭着本事把东西赢到手就好，难道我这一生到最后还是注定免不了要求人吗？"

鲛人吃了一惊："求人？你打算求我？这不是开玩笑的吧？"

"绝对是开玩笑，"雪怀青连嘴都合不上了，"这怎么可能是从你嘴里说出来的话？"

安星眠此时则软软地坐在了地上。即便只是在很短时间内释放出那股奇怪的力量，他也觉得身体难以承受。喘息了好一阵子，他才有力气重新说话："你为什么要为了我去求人？到底是什么事？我和你是什么关系？"

须弥子木然呆立在原地，过了许久才说："你……你是琴音的亲生儿子。"

你是琴音的亲生儿子。

姜琴音的亲生儿子。

那个和须弥子纠缠了半生，最后落寞死去的姜琴音。那个心高气傲却放不掉情爱痴缠的姜琴音。雪怀青的授业恩师，脾气古怪的老女人，姜琴音。

而安星眠，是这个姜琴音的儿子。

"这不可能？我师父……她从来没提起过她有一个儿子！"雪怀青完全陷入震惊中。

"你在胡说些什么？"安星眠不顾浑身上下的疲软酸痛，硬撑着站了起来，"我的母亲在生我的时候难产死掉了。她早就死了，只是一个普通的女人，怎么可能是怀青的师父？"

"她早就死了，所以你从来没有亲眼见过她，不是吗？"须弥子说，

"没有亲眼见过，你就敢断言我是在说谎话，这就是你们长门僧的处世智慧吗？"

安星眠被噎住了。须弥子说得不错，这种时候，听凭情感的支配拒绝对方的说法，只是愚蠢的行为。何况尽管他从感情上有些难以接受，内心深处的理智却在悄悄地说：须弥子不会在这种事上说谎，也没有说谎的理由和动机。他所说的，多半是真话。

安星眠闭上眼睛，努力强迫自己的头脑冷静下来，然后慢慢地发问："这到底是怎么回事？我怎么会是姜琴音的儿子，那我的父亲是谁？你又为了什么要来这里见这位鲛人？"

须弥子哼了一声："这还像点儿话。如果琴音的儿子是这么一个只会意气用事的糊涂蛋，不如直接杀掉干净。"

"我还没有承认我是姜琴音的儿子，"安星眠说，"所以我需要你讲清楚事情的真相。"

"先等一等，"鲛人却在这个时候插嘴了，"我对这小子是谁的儿子没有丝毫兴趣。你我的对决也可以先压下一会儿再继续，但你必须告诉我，你到底想要我做什么事。"

"不用抢，你们俩的问题，我可以合并在一起一次回答清楚，"须弥子说，"你的确是琴音的儿子，却不是一个普通人，因为琴音在怀孕期间，对你做了一件事，让你的体内产生了那一道凶猛的异种精神力，我来寻找这个鲛人，是因为想要找她借阅一下《魅灵之书》，来替你消解这道精神力，把你变成一个普通的正常人。那是琴音留给我的遗愿，我无论如何也要完成它，尽管你非常不讨我喜欢。"

"我不是一个普通人……怀孕期间……要靠《魅灵之书》来消解……"安星眠一时难以消化这句话里的诸多信息，"到底是怎么回事？我到底是什么？"

但是女鲛人似乎已经明白了，她上下打量了一下安星眠，长出了一口气："原来如此，好狠心的女人，我明白了。不错，这个法子是《魅灵之书》所记载的，的确只能想办法从这本书上寻找化解的方法，虽然我很怀疑它根本就无可消解。"

"为什么狠心？到底是《魅灵之书》上的什么邪法？"雪怀青也急了。她亲眼看见师父姜琴音因为修炼《魅灵之书》的邪法而死，从心底深处对这本书既害怕又厌恶，眼下居然听说安星眠身上也有种书里记载的邪术，一下子惊慌起来。

鲛人微微一笑，似乎安星眠和雪怀青的焦急更能让她得到邪恶的快乐。她幸灾乐祸地看着安星眠，一字一顿地说："你是一个鬼婴。"

"鬼婴？"安星眠身子微微一晃，下意识地站起身来发出一声怒斥，"你胡说！我怎么可能是那种东西？我怎么可能……怎么可能……"

刚开始时，他陷入一种猝不及防的愤怒之中，声音很响亮，但很快地，他的声音低下去了，语调也变得不那么坚定。

"你的学识很丰富，知道鬼婴是什么东西，"须弥子说，"所以你也猜到了，她说的是实话。女娃儿，你知道鬼婴吗？"

从听到"鬼婴"这两个字开始，雪怀青就脸色惨白，身子摇摇欲坠，几乎要站不稳。安星眠扶住她，她用一种近乎虚弱的声音回答须弥子说："我……听说过，虽然所知不算太详细，先师曾向我提起过，说那是一种笨办法，不过虽然笨，却十分有效。"

她回忆起师父所告诉她的关于鬼婴的一些知识。那是一种极度邪恶的修炼方式，只有怀孕的女性才能施用。那几乎是专属于绝望的人们的一种邪术，是无路可走的时候，不惜牺牲自己和自己的孩子来进行报复的疯狂手段。

如果一个怀孕的女性想要培育鬼婴，那么临产时，她并不会直接生下孩子，而是从肚脐处注入某种特殊的药物，利用这种药物让胎儿长期存在于母体中。接下来，母亲会利用各种剧毒药物来养这个婴儿，让它不断地积蓄力量，成为一个拥有极强大的精神力量的怪胎。

一般而言，这样一个鬼婴可以在母体内存在两年到三年，甚至更长时间，给母体带来的痛苦折磨是可想而知的。但是假如这个狠心的母亲能一直坚持下去，直到把鬼婴培育成熟的话，他将拥有极度可怕的精神力量，可以成为杀人的利器。最恐怖的是，这股精神力就像活人一样，是可以不断增长的。也就是说，一个鬼婴存在越久，就会越发强大。

但是问题来了，雪怀青依稀记得，用这种方法培育出来的鬼婴，其实与其说是活人，不如说是类似于尸仆那样的傀儡，完全听母体的支配，并没有自己的独立意识。而安星眠却一直是一个有着自己的思想和智慧的正常人。这是怎么回事呢？

雪怀青提出自己的疑问。须弥子解释说："一般情况下是这样的，那是因为鬼婴出世之后，体内的那股异种精神力量就会完全压倒他本身的精神，令他完全丧失神志。但如果修炼不到家，就会有所缺陷，再加上在出生之前，有高明的秘术士想办法硬生生地压制住了这股精神力，使其不能发作，那这个婴儿至少在出生的时候是正常的。当然了，随着他的肉体和精神不断成长，这股异种精神力也会不断增长，迟早有一天还是会发作，除非碰上奇迹才能继续活下去。"

"而我遇上的奇迹，就是萨犀伽罗。"安星眠喃喃地说。他终于明白过来，为什么自己体内会有这样一股无法阻挡的邪恶力量，也明白过来为什么萨犀伽罗恰恰与之契合。那是因为这股异种精神力量会令自己不断地成长膨胀，刚好和萨犀伽罗贪婪的欲望相抵消。二十多年前，逃亡中的鹤鸿临那一次无意间的闯入，就这样把萨犀伽罗带到自己身边，救了自己一命。

原来我是一个鬼婴，安星眠颓然坐倒在地上。一直以来，虽然他和人相处总是谦和平易，但在内心深处，还是难免要为自己而感到骄傲的：家世不错，相貌不坏，武技虽不顶尖也算得上是高手，尤其是头脑和学识俱佳。总体而言，他觉得自己还马马虎虎当得起"优秀"两个字。

但是现在他才发现，原来自己竟然是一个污秽邪恶的鬼婴，一个原本就不应当出生的存在。他的降世就是为了报复和杀戮，就是为了母亲姜琴音的刻骨仇恨——虽然他还不明白到底是什么样的仇恨。

"生命是一道道没有穷尽的长门，但我原本连第一道门都不应该跨过。"他想着，忽然有一种连心脏都懒得再跳动的感觉。

就在这个时候，他感到一双温暖细腻的手握住了他的手掌，不用抬头，他就知道是雪怀青。

"我一直觉得你是一个有智慧的人，这么简单的道理你不应该看不穿，"雪怀青在他耳边温柔地说，"你是什么人，不在于你是怎么出生的，也不在于你的父母是谁，而在于你怎么活。"

"在于我怎么活……"安星眠一怔。

"你是个鬼婴又怎么样？你是泥土捏出来的又怎么样？"雪怀青说，"这二十多年，你活得不快乐吗？你想做的事情没有做成吗？当那些被你帮助的贫民们尊称你为夫子的时候，他们知道你是一个鬼婴吗？"

安星眠若有所思，久久地没有说话。雪怀青轻轻一笑："先别想那么多了，这是你刚跟我说过的话。我们还是先听须弥子把话说完吧。"

安星眠勉强一笑："你说得对，无论我现在做什么，也什么都改变不了。还是请须弥子先生讲完吧。就算是个鬼婴，我也应该知道自己的身世，不是吗？至少，我现在知道了我的母亲是姜琴音，那么父亲呢？我的亲生父亲又是谁？"

须弥子沉默了一会儿，缓缓地说："其实，你见到过你的父亲，只不过你不认识他，他也不认识你罢了。"

"我见到过？"安星眠更加意外，"他是谁？"

"他和你眼前的这位鲛人有一个共通之处，就是容颜不老。"须弥子拖长了声调说。

"陆先生？辰月教的陆先生？"安星眠叫了出来！

"没错，就是陆先生。"须弥子很满意看到安星眠现在的表情。他也敏锐地注意到，当提起"陆先生"这三个字的时候，女鲛人的眉头微微一皱。

三

一年半之前，当须弥子在幻象森林和安、雪二人分手后，立即赶往天启城，按照雪怀青告诉他的方位，找到了姜琴音的墓地。他一向是个无法无天的人，来天启之前就已经盘算好了，要把姜琴音的尸骨挖掘出来，烧成骨灰带在身边。结果在此过程中，他在姜琴音的随身玉佩里发现了一张字条，这张字条是专门留给他的。姜琴音在字条里说，如果须弥子真的会来挖掘她的遗骨，说明他心里还有她这个人，那她将会托付一件事给须弥子。

心里充满了深深悔意的须弥子自然遵照字条上的事去做了。他按照字条上的地点，找到了姜琴音留下的一封长信，这封长信的内容让须弥子内心百感交集。他这才知道，自己这些年来只顾和姜琴音斗气，却根本不了解对方，并且从来没有试图走进她的内心世界。

姜琴音在信里讲述了一件不为人知的往事。那是二十七八年前的事情了，当时年轻的她和须弥子还只是泛泛之交，她所爱的是另一个男人，那就是辰月教的陆先生。当然，陆先生只是后来的一个化名，此人的真名叫路阡陌，在辰月教之外几乎没有任何名声，却可能是当世最厉害的秘术士之一。姜琴音在和路阡陌坠入爱河的时候，对方并没有透露他的真实身份，他在姜琴音眼里只是一个英俊迷人的普通秘术士而已。

那时候姜琴音天真地以为这段恋情会一直持续下去，却没想到会遭到背叛。故事表面看起来似乎很俗套，路阡陌爱上了另一个女人，另一个比姜琴音更加美丽的女人，于是决绝地离她而去。但姜琴音敏锐地觉察到这其中另有文章，因为路阡陌并不像是一个贪恋女色的人。她强行压抑着内心的巨大痛苦，悄悄展开了调查，并且最终发现了惊人的真相。

路阡陌不是一个普通人，而是辰月教内的一位教长，地位极高。以姜琴音所知，能在辰月教里升任到教长职位的，绝非常人，这样的人往往头脑里只有坚定的信仰，很难存在凡人的男女情爱。

姜琴音本身也是个头脑很聪明的人，只是性格过于偏执导致她不能取得更高的成就而已。此时她开动全部心神去分析这件事，很快就得出了结论：路阡陌可能并不爱她，只是在利用她而已，因为两人在一起的时候，路阡陌总是有意无意地打探尸舞者的各种信息，尤其是组织结构。当他得知尸舞者基本就没有一个组织体系、大多是各自单独行动的时候，曾有一些微微的失望流露出来。

当时姜琴音并没有太在意，现在想起来，路阡陌应该是想要通过她接近尸舞者这个群体，看看这批离群索居的怪人有没有可能为辰月所用。而一旦确认了尸舞者完全是以单独个体的形式存在，无法统一指挥之后，姜琴音对他也就没用了。而那个新近出现在他身边的女人，虽然身份暂时未知，但也绝对是因为对他有用。

有用，没用，在路阡陌的心目中，大概女人就是按照这样的标准来划分的。姜琴音感到了无限的屈辱，但更多的是仇恨，深深的仇恨。她本来就是一个性情极度偏执的人，在这样的仇恨驱使下，当然是很想报复的，但她也不糊涂。自己的实力和路阡陌实在是相差太远，这一点她很清楚。所以她打算暂时隐忍，慢慢寻找报复的方法。

更为重要的是，她发现自己已经有了身孕。为人母的天性让她在仇恨之余隐隐有一些柔情。她想要先把孩子生下来再说。

但是万万没有料想到，在她怀孕即将满两个月的时候，她遭遇了一次夜袭。七八个混杂着武士与秘术士的高手险些杀掉她，幸亏她和一般的尸舞者不太一样，总是喜欢惹是生非，打架的经验还算充足，情急之下，她直接从隐居的山中小屋跳下了山崖，这才侥幸不死。当挂在半山腰的一棵大树上疼得死去活来的时候，她很明白，这些人都是路阡陌派来的，目的是杀掉自己这个曾经和他有过一段关系的尸舞者，从而灭口。

极度的愤怒吞噬掉了她剩余的理智。姜琴音抛掉之前残存的些许柔情，向自己发誓，无论如何也要向路阡陌报仇。她打破了尸舞者一般不贪图金钱的规矩，抢劫了两家宛州富商，用抢来的钱雇用了杀手组织血羽会里的几名顶尖杀手，与他们一起伏击了路阡陌和那个神秘的女人。

没有料到的是，无论路阡陌还是那个女人，实力都远远超出她的想象。她倾尽所有雇的这七位杀手，个个都是全九州要价最高的刺客，平日里哪怕是单人出手都绝无闪失，但这一次，七人联手还是败在了那两个人的手下。

七位刺客五死二伤，姜琴音并没有露面。好在两人虽强，毕竟也不是全无破绽，还是受了一些伤。在激战当中，神秘女人身上带着的包袱被刺客的利刃划破了，里面的一本书被割散，一些纸页被风吹得四散飞开。躲在暗处的姜琴音不管三七二十一，把飞到自己面前的一部分纸张抓到手里，迅速逃开了。

等躲到安全的地方，她才顾得上去检视自己到底抢到了些什么，这一看之下大吃一惊：被她抢到手的这些残章，赫然是传说中的上古邪书《魅灵之书》的残页！她禁不住喜悦非常，因为据说此书里记载的种种邪术都有绝大的威力，也许能从中找到击败路阡陌的方法。许多年后她为了缩小和须弥子的差距，又重新开始练习书中的一些内容时，曾告诉雪怀青那是她偶然得来的。这句话倒没有说谎，只不过隐瞒了时间而已。

在当时，得到这些纸页并细细翻阅之后，她发现，这些残章里记载的大多数邪术威力都不如她想象中那么大，即便练成了，仍然不会是路阡陌的对手。最后，她发现了一页纸，这页纸上记载的练习功法并没有记全，可能还缺一点儿内容，但这一套功法的绝大威力却像磁石一样吸引着她。更重要的在于，她现在就正好有修炼它的得天独厚的条件。

因为这套功法叫作鬼婴术，而姜琴音，此刻正是一个孕妇。她在踌躇了好几天后，最终还是下定了决心。

"于是她花了一个月时间采集了所需的毒药，把那些剧毒的药物在临产时注入了自己的腹中。"

讲到这里的时候，须弥子停了下来，目光中充满了怜悯和伤感。安星眠自然明白，这怜悯和伤感不会是给自己的，而是给自己的母亲姜琴音的。对须弥子而言，安星眠固然是所爱之人的儿子，他却不会有丝毫的怜悯，之所以要来到这里守护并试图解救他，只不过是为了完成姜琴音的遗愿而已。

这就是须弥子，当他的感情没有燃烧起来的时候，比极北之处的冰山还要冷酷无情；但当他对一个人动了真情，就会不顾一切地为她做事。须弥子从来不喜欢安星眠，更加厌恶去做解救一个人、保护一个人的"无聊"的事情，但姜琴音的一封长信却能让他不惜万里奔波，殚精竭虑地为安星眠想办法。安星眠的心里有一些莫名的感动，但顾不上想太多，母亲姜琴音就像一片浓重的阴影，罩住他的全身。

"我的母亲就这样把我当成了一个工具，"安星眠叹息一声，"一个用来报复的工具，向我父亲报复的工具。这样美妙的命运之轮，我真是做梦也没有想到过啊。"

"我和你又有多大的差别呢？"雪怀青说，"你是用来报复的工具，我是用来诱惑和欺骗的工具，但无论如何，我们都活到现在了，不是吗？"

安星眠微微一笑："你放心，我已经想通了，正如你说的，无论怎样，我就是我，不会因为我的身世而改变。还是请须弥子先生继续讲下去吧。母亲既然打定了主意要利用鬼婴向父亲复仇，我又是怎么活下来的呢？"

须弥子的语调充满了苦涩："在那之后，她孤身一人培育鬼婴，足足花了将近三年的时间。这其中的艰辛她一笔带过，没有多提半个字，但我完全可以想象。最后，到了鬼婴成熟的时候，她原本以为可以顺利生产，没想到却出了意外。"

"什么意外？"安星眠忙问。

"意外就出在缺失的那一些内容上，"须弥子说，"到了临盆那一天，她猛然发现，她竟然无法操控你的意识，却反过来受到了你的影响。也就是说，三年来的培育，已经让你体内积累了极其惊人的精神力，却不能为她所用，相反你的精神力随着出生的临近产生了不同寻常的波动，也许会让她送命。她原本想当然地以为鬼婴生下来就能先天为她所用，到那时候才发现，并非如她所想的那么简单。"

"也就是说，缺失的内容所讲述的，就是如何掌控鬼婴？"安星眠恍然大悟，"也难怪你想要借阅全本的《魅灵之书》，既然缺失那部分讲的是掌控鬼婴的办法，或许就能从中领悟出新的手段来消解这些精神力。不过，那本书……"

众人的目光一齐移向女鲛人，她冷哼一声："不必看了，没错，把路阡陌从姜琴音手里夺走的就是我，书也的确在我手上。我当然知道路阡陌是想要利用我，但我同样是在利用他，否则的话，苍银之月怎么会从辰月教到了我的手里。"

她没有再多说什么，但这两句话已经包含足够丰富的信息。安星眠看着她，觉得自己有一肚子的问题想要询问她，但看她那副拒人于千里之外的神情，又知道问了也不会有什么结果。他定了定神，问须弥子："我父亲……我是指我的养父告诉我说，我出生的时候遇到母亲难产，是一位长门僧救了我的命，却最终没能救活我母亲。当然，现在我知道了这只是一个谎言，但是长门僧的那一部分是不是真的呢？姜琴音其实是在危难关头被我养父救了，对吗？"

须弥子点点头："不错，当时她在山野里无法控制你的精神力，反而被你反噬，奄奄一息昏迷过去，遇到了你的养父安市靳。他的确算得上是个善心之人，当时正巧进山去寻访几位药农，救了琴音，把她带回到山下的住所。但是琴音的状况十分糟糕，寻常大夫和接生婆都束手无策，眼看就要母子一同殒命，这个时候那位长门僧听到信息，火速赶来。"

"那个长门僧到底是什么人？"安星眠问。

"琴音不知道，你养父也不知道，他甚至没有留下姓名，大概长门僧就是这样一群十足的傻瓜吧，"须弥子的语调里难得有了一点儿佩服的意味，"他明明和琴音素不相识，却甘愿大大损耗自己的精神力，帮助她压制住了鬼婴，并且顺利生产。

"琴音在长信里写道，当她看到你的小脸的时候，突然开始痛悔当初的决定，她恳求长门僧救救你，去除掉你身上的邪力，让你能作为一个普通的孩子慢慢成长。但那位长门僧也不懂得鬼婴术，虽然能暂时压住邪力，对于如何化解它却是束手无策。他详细询问了琴音是如何培养鬼婴的，思考一阵后告诉她，也许只有得到全本《魅灵之书》，才有可能化解它。在此之前，他唯一能做的，就是倾尽自己的全部精神力，保住这个孩子三年的寿命。"

"真是一位可敬的夫子，"安星眠喟然长叹，"为了一个素不相识的婴儿，愿意如此牺牲自己，我现在突然很庆幸自己选择了长门之路。"

"长门僧离开后，琴音留在安市靳家里休养身体，她思前想后，觉得以自己漂泊流离的生活方式，很难把这个孩子养大，倒是你的养父安市靳这些日子对你照料得十分周到，看着你的目光总有一种父亲般的慈爱。她向身边的下人打听，才知道安市靳已经四十岁了，却始终没有孩子，几个月前发妻也刚病逝。他此生事业有成，家境殷实，最大的愿望就是能有个儿子来传宗接代。

"琴音心里一动，忽然有了主意，决定把你托付给安市靳，这个善良的男人一定会对你很好。但她又担心说出口后安市靳不答应，思前想后，决定留一封信后一走了之，那样的话，安市靳就无从拒绝了。于是她在某个深夜悄悄离开，把你留给了安市靳。你就这样成了宛州富商家的独生子。

"在那之后，她每年都会偷偷去探望你，也因此打听到你三岁时发生的事情。尽管只是暂时抑制住异种精神力的爆发，但知道你还能活下去，她就很满足了。而在她给我的长信的结尾，就是她这一生中给我提出的第一个，也是最后一个请求：她求我想办法找到你，根除异种精神力，把你变成一个普通人。"

安星眠低垂下头，几滴眼泪落到了甲板上。他万万没有想到，自己一直活到二十五岁，才真正了解了自己的身世。由一个人人艳羡的富家少爷变成尸舞者所培育出来的鬼婴，这二者之间的落差实在是大得有些惊人，而母亲如此的狠毒残忍也让他一阵阵心里发凉。但不知为什么，他虽然哀伤痛苦，却并没有对姜琴音或路阡陌产生什么恨意。或许是因为他天性仁善，做长门僧的这些年又见惯了太多的人间苦难；或许是这一年来所遭遇的种种离奇曲折的诡异事件，已经让他的心境变得比过去更加达观；又或许是身边终于有了一个可以陪伴着他的人，让他无论在怎样的处境下，都在心底深处有一丝坚强的希望……

"我原谅她。"安星眠忽然说。

"你说什么？"须弥子很是吃惊，似乎是怀疑自己听错了。

"我原谅她，"安星眠说，"到现在我还活着，而这个生命是她赐予我的，这就足够了。她也是个苦命的人，又已经逝世，责备她又有什么意义呢？更何况，她最终还是悔悟了，还懂得拜托你来照顾我。"

他深吸了一口气，缓缓地说："无论如何，姜琴音是我的母亲，这一点无从改变。"

须弥子盯着安星眠看了很久，忽然摇了摇头："我一直都很讨厌你，但是现在，好像你身上有了那么一点儿让我喜欢的东西。"

安星眠一笑："算了吧，我宁可你别喜欢我。说起来，你从头到尾一路跟着这件事，我还真以为你是觊觎那两件法器呢，没想到你竟然是为了照顾我。虽然你的本意只是完成我母亲的遗命，但我还是很感激你。"

"我不需要。我做这些既然不是为了你，你就不必道谢。"须弥子硬邦邦地说。

"那随你便吧，"安星眠耸耸肩，"想想也真够有趣的，我的父母都不要我，但在我的成长历程中，却先后得到你和风先生这样的当世顶尖高手的照拂，算不算是'失之东隅，收之桑榆'呢？"

"所以我早说他和风秋客简直是天生一对……"雪怀青忍不住插嘴说，然后被须弥子狠狠一瞪，吓得缩到了安星眠背后。

"你们的认亲大会完了吗？"一个冷冰冰的声音突然响起来，"如果已经结束了的话，须弥子，你我的第三场比试应该开始了。"

安星眠和雪怀青都有些愕然，愣了愣才想起来，须弥子和女鲛人原来还有赌约。须弥子点点头："不错，你我这一战势在必行。既然你已经知道了我要保护这个小子，你自然也该清楚，拿不到《魅灵之书》化解他体内的邪术，我不会把萨犀伽罗交给你。那么，你打算选什么方式来进行第三战呢？"

"我还是建议用那一船的三百人来一场拼杀，一定很刺激。"女鲛人说。

"抱歉，为了防止这个愚蠢的小子又发疯，我建议最好是换一样。"须弥子说。

女鲛人阴笑一声："意思就是说，只要不是杀人，不让这个小子廉价的正义感发作就可以了对吗？"

须弥子听出对方话里似乎包含了一点其他的意思，但此时也别无选择，只能点点头："是的。"

"那好吧，那我们第三局就来玩一个游戏好了，"女鲛人说，"我手里有一个囚徒，我一直让她处在半死不活的状态，也就是说，她的精神和肉体都在极度虚弱的状态，却暂时没有死，尸舞术可以侵入她的精神，但又不会像对纯粹的尸仆那么管用。我们就用她来赌赛，各自施展尸舞术来压倒对方，看最后谁能成功控制她的身体，怎么样？当然了，假如尸舞术运用不当，她可能还是会死，这不正好考验你我的控制力吗？"

须弥子毫不犹豫地答应了："很好，纯粹比拼尸舞术的侵略性，没有别的花巧可玩，听上去不赖。"

女鲛人不再多说，指挥尸仆发动机关，塔楼下部的甲板裂开一条缝，一根粗大的铜柱从缝里缓缓升起，铜柱上绑着一个枯瘦的身影，那是一个女性的人类。这个女人容颜苍老丑陋，身上并没有外伤，但皮肤却干瘪粗糙有如树皮，满头的头发也掉光了，全身骨瘦如柴，可以想象她受到的折磨有多么厉害。安星眠甚至在那瞬间联想到了被萨犀伽罗吸干生命菁华的羽族囚徒们，即便和这个女人素不相识，也难免生起恻隐之心。

然而，正当他为这个全然不认识的陌生人生起同情心时，身边却响起了一声惊叫，这一声惊叫让他浑身一震。发出叫喊声的是雪怀青，她双目发直地盯着这个被折磨得完全不似人形的女人，撕心裂肺地大喊了一声："母亲！"

四

雪怀青的这一声"母亲"吓了安星眠一跳，他看了看这个女囚徒，觉得她的面容如此可怕，根本看不出一丁点儿和雪怀青相像的地方。但雪怀青喊得如此笃定，似乎有十足的把握。他仔细再看，突然明白了这是为什么——那个女人的手腕上，赫然戴着一只翠绿色的手镯，这只手镯和雪怀青手腕上的一模一样。他马上回忆起雪寂当时说过的话："你手腕上的那只玉镯是雪氏历代所传的珍藏，后来我作为定情物送给了你娘，原本是一对，她留了一只给你，另一只还在她手上。"

原来如此，他想，这只玉镯足够说明问题了。看来，之前两人的猜测是真的，雪怀青的母亲聂青果然是这个鲛人的手下，而她把苍银之月留给雪寂，果然是背叛了自己的主人，因而才受到这样生不如死的惩罚。

而他没想明白的是，为什么女鲛人会提出这样的比试方式，或许是因为……

"你一见到我就认出来了，是不是？"雪怀青大声问女鲛人，"你故意建议这样的第三场比拼，只是想要看到我痛苦，对吗？"

女鲛人哈哈大笑起来，笑声里充满了邪恶的畅快，笑罢之后，她恶狠狠地点头："这个贱人幼年时遇到海难，全家葬身鱼腹，是我当时需要一个机灵点儿的人类仆从，救了她一命，她非但不懂得感恩，反而背叛了我，毁了我的大计。幸好最后我还是想法子抓到了她。我不要她痛痛快快地死，我要她活得长久，越长久越好，让她永受炼狱之苦！至于你，上船的第一天我就认出来了，你的脸和这个贱人年轻时的眉目那么相似，再加上你的羽族血统和你的名字，实在是不难判断。她一个人接受惩罚是不够的，我要你们母女俩一起加倍偿还！"

女鲛人脸上的怨毒神情恍如笼罩在海域上空的黑色云雾，让人不寒而栗。安星眠忍不住说："不就是一柄苍银之月吗？你何苦要这样贪婪？"

"我的事不需要你管，否则连你也算在内！"女鲛人厉声喝道。

雪怀青手一扬，指缝间已经夹着四根闪着幽蓝色光芒的毒针："你放开我娘！"

"我要是不放呢？"女鲛人像是很欣赏雪怀青焦急愤怒的样子。

"那我就杀了你！"雪怀青咬牙切齿地说。

安星眠也不再多言，和雪怀青并肩站在一起。他深知这个女鲛人的可怕，正想要伸手把怀里的萨犀伽罗取出来，先把它放到一旁，以便把体内的邪恶力量释放出来，却忽然背心一痛，随即全身麻痹，栽倒在地上。他挣扎着回头一看，偷袭他的竟然是须弥子。

"不许多管闲事！"须弥子冷冷地说，"你可不能为了无谓的事情去送死。"

"放你娘的屁！"暴怒的安星眠罕见地爆粗口，"快点放开我！"

"我说过，我不会让你白白送死，"须弥子说，"就算要死，也得等老子想办法化解了你的鬼婴邪力之后再死。"

"你！"安星眠气得说不出话来。须弥子的执拗古怪他自然十分清楚，此人完全不可理喻，决定了的事情就不容更改，但他又怎么能眼睁睁看着雪怀青去飞蛾扑火？

正在无计可施之时，聂青的眼睛却缓缓睁开了，虽然只是睁开了一丁点儿。她眯缝着眼睛，努力抬头："好刺眼……怎么会有太阳？"

"你已经有二十年没有见过太阳了，临死之前总得让你见一见。"女鲛人说，"你也有二十年没有见过你的女儿了，在她陪你一起去死之前，也最好让你们见一见——我是很仁慈的。"

"你说什么？"聂青惊叫起来，勉力睁开眼睛。但她长时间被困在只有微光的船底舱里，此时陡然睁大眼睛，被阳光一刺，立刻什么都看不见了。她只能用虚弱的声音焦急地呼唤："女儿？我的女儿？怀青？她在哪里？"

雪怀青终于忍不住哭喊起来："我在这儿，娘！我是怀青，我的名字是你替我取的！"

聂青干枯的面容上绽开了一丝笑容，但还没来得及说话，因为过分激动，就已经先昏了过去。雪怀青大怒，不顾一切地就要向女鲛人出手，倒在地上的安星眠勉强伸出手，抓住了她的足踝。

"别过去！"安星眠低吼道，"去了也是白白送死！你不想活着把你娘救出来吗？"

最后一句话起了作用，雪怀青虽然浑身止不住地颤抖，但还是硬生生地收住脚步。她低声问安星眠："可是，须弥子和这个鲛人就要用我娘的身体来比试尸舞术了。她已经……这个样子了，怎么能承受得住？"

"我们只能祈祷她能承受住了，何况这两个人都是大师，一定会掌控得很精确的，"安星眠说，"首先你我要先活命，才有一线机会救她，否则的话，只会是三个一起死。"

"你说得对。"雪怀青很不甘心地说，但还是退了回去。

"倒是懂得审时度势，"女鲛人哼了一声，"你也不必怪我，我原本对她信任有加，甚至把已经到手的苍银之月交给她作为诱饵。她却背叛了我，不但没有取回萨犀伽罗，反而连苍银之月也丢失了。"

"主人，我知道这是我的罪过，"聂青不知何时再度醒了过来，艰难地说，"但是……我在和怀青她爹相处的那段日子里，已经深深地被他感染了。过去我只知道听你的话，你想要做什么我都不在乎，可是后来……我不想让你拿着那两件威力无穷的法器做出可怕的事情。怀青他爹是对的，这两件法器不应该存在于人间，应该毁掉才是。"

"可怕的事情？"女鲛人眉毛微微一扬，语声中充满怒意，"是啊，你是善人，我是恶人。我辛辛苦苦蹉跎一生，无非……"

她的声音竟然在那一刹那微微有些哽咽，安星眠陡然觉得有些不太对，但他没有时间细想。女鲛人挥了挥手，脸上重新罩上了一层严霜："少说废话了，须弥子，我们开始吧！"

须弥子和女鲛人各自站在铜柱的一侧，须弥子盘膝坐下，女鲛人则用鲛尾支撑着身体立在原地。几乎是在同时间，两人的亡歌一齐响起。

随着亡歌声的响起，聂青的身体一震，脸上现出了痛苦的神情。她的嘴唇剧烈地颤抖着，但似乎是担心叫出声来会让女儿担心，于是拼命忍住。然而雪怀青并不是瞎子，怎么可能看不见？这样只会让她心里更加痛苦烦乱而已。

双方前两局战成平手，第三战的胜者就将是最终的赢家，因此须弥子与女鲛人都使出了全力，双方把所有的精神力都贯注在对聂青身体的控制上，以至于各自的尸仆都失去了控制，全部倒在地上。

须弥子先前在安星眠的背后下了毒，虽然只是令身体麻痹的毒药，但现在安星眠仍然行动艰难。雪怀青心念一动，再次取出毒针，打算趁女鲛人和须弥子全力比拼的时候偷袭她，但还没来得及动手，身前就多了一个人，挡住了她发射毒针的去路。

"宇文公子？"雪怀青一怔。

"抱歉，我不能让你偷袭她，"宇文公子说，"我的契约咒能否消除，取决于她。如果她死了，我就完了。"

雪怀青先是大怒，打算不顾一切地打倒宇文公子再说，继而想到：我是为了母亲的安危，他是为了自己的性命，他难道又有什么错吗？这么一想，登时气馁，耳朵里听着两位尸舞者大师如海潮暴涨一般汹涌澎湃的亡歌声，再看看聂青痛苦扭曲的面容，忽然一个念头跃入了脑海里：我活了二十多年，却终究谁也救不了，真是一个无用的人。

她失魂落魄地蹲在地上，终于忍不住掉下了眼泪。

两位尸舞者的精神力越来越高涨，彼此身边的空气中都开始有爆裂的火花闪动，整艘鬼船都在亡歌声中微微摇晃。这来自远古的亡者之音带着震人心魄的力量，在大海上远远地飘荡着，就连海里的鱼群都感受到了这种异样的声音所带来的震慑，开始纷纷逃离这片海域。

除了安星眠等人身怀武技还能支撑之外，另一艘大船上的三百来人几乎全昏迷过去，聂青处在两股力量激荡的中心，遭受到的冲击更是大得惊人。她的眼角、嘴角和鼻孔都渗出了鲜血，整张脸因为极度的痛苦而扭曲，看样子是忍受不了多久了。在她的身畔，须弥子和女鲛人无形的精神力的碰撞竟然产生了一道黑色的旋涡，仿佛正在飞速地吞噬她所剩无几的生命。

雪怀青再也忍无可忍了，把对宇文公子的一丝同情抛在脑后，站起身来就准备出手。然而，她刚准备将手里的毒针掷出，脚底下突然传来一阵剧烈的震荡，她站立不稳，摔倒在地上。她开始以为是鬼船撞上了礁石，但定睛一看，才发现并非如此，而是比触礁还要糟糕的事情。

海啸了。大海就像是一口沸腾的汤锅，搅动着，翻滚着，让这艘巨大的鬼船有如一片落叶一般，在巨浪上摇晃颠簸无法自主。须弥子和女鲛人不得不中止了比拼，一同合力指挥尸仆们稳住船只。宇文公子等人也一起去帮忙。片刻之前，这群人还杀气腾腾剑拔弩张，现在却不得不同舟共济，在自然的威力面前屈服。

而他们实在分不出余力去照料另一艘船，只能眼睁睁地看它带着船上的三百来条生命侧翻、倾覆、沉没。安星眠看着船上的人们落进海里，知道自己绝对没有办法救他们，只能徒叹奈何，心里隐隐有点伤感：刚才抗争了那么久，却最终还是没能保住这些人的性命，人力在天命的面前，难道就真的那么渺小无力吗？

好在鬼船打造得异常坚固，过了大约半个对时，海啸终于慢慢止息，人们这才能喘口气。绑着聂青的铜柱早已倒塌，雪怀青抢着替她松绑，把她扶了起来。奇怪的是，女鲛人并没有阻止她，而是呆呆地望着东方，身子微微颤抖。

"已经来不及了吗？"她自言自语着，好像浑忘了和须弥子的决斗，忘记了对聂青的惩罚，忘记了身边的一切。众人见她忽然如此失魂落魄，都十分不解。

而雪怀青也顾不上身边的一切，焦急地试图解救自己的母亲，却发现自己完全无能为力。聂青经过了二十年的囚禁后，生命之火非常微弱，再经历了刚才尸舞术的侵袭及从铜柱上摔落下来，已经奄奄一息了。

雪怀青抱着母亲，眼泪扑簌簌地掉落在她脸上，聂青勉强睁开眼睛，努力挤出一丝笑容："我这二十年来，日思夜想的只有两个人，一个是你父亲，还有一个就是你。能在死前再见到你一面，看到你长大成人的样子，我……死而无憾了。"

这是聂青说出的最后一句话。说完之后，她的呼吸就慢慢停止，心脏也不再跳动。雪怀青抚尸恸哭，终于发现，虽然一次又一次地告诉安星眠"我和父母从没见过面，对他们没有太深厚的感情"，但事实上，自己是如此渴望拥有完整的父母之爱。二十多年来，她总是用无所谓的态度来掩饰自己，然而在内心深处，能够依偎在父亲与母亲的身边才是她真正想要的。

安星眠在一旁轻轻拍着她的肩膀安慰她，一时也找不到什么话可说。雪怀青突然一扬手，一把毒针飞向了女鲛人。这不过是她纯粹泄愤的举动，根本没有指望击中，但出乎所有人意料，女鲛人始终呆呆地望向东方，竟然动也没动，这十多枚钢针全部钉在了她身上。

当然，以雪怀青的修为，这些毒针即便全部打中，也很难对女鲛人造成什么伤害，但她如此神情恍惚，却让人们惊疑非常。大家顺着她的目光看向东方的远处，隐隐能看见东面的某一处天空黑云遮蔽、电闪雷鸣，这样的异象让人心里更加不安。

"这下子你们都高兴了？"女鲛人喃喃地说，"没用了，一切都没有用了，他已经抵挡不住了，一切都结束了。"

"你在说什么？"须弥子问，"谁抵挡不住了？到底要抵挡什么？"

女鲛人凄然一笑："一切都无所谓了。我带你们去看看吧，看看九州的末日。"

这话说得更是离奇，但女鲛人好像真的完全丧失了战意，一面向她活着的仆人下达指令，一面操纵着尸仆，鬼船开始向东面航行。

那一片黑云看上去不远，鬼船靠近它却已经是第二天了。在此期间，这一片海域又发生了两次海啸，安星眠等人也隐隐意识到了什么。

"你们看，那是什么？"雪怀青忽然伸手指向前方。

"看样子，我们遇到的是大麻烦。"须弥子沉声说。

剩下的几个人却没有两位尸舞者那么好的眼神，也无人携带千里镜，只能远远地看到，前方黑云笼罩下的海面上，有什么巨大的东西高高矗立着。又过了一会儿，鬼船靠得更近了，那个物体的轮廓才算清晰地呈现在众人眼前。

"那是什么？一座墓碑吗？可是怎么会有那么大的墓碑？"雪怀青怔怔地看着前方这个形似墓碑的庞然大物，一时忘记了失去母亲的哀痛。它四四方方，的确像墓碑，却比一座墓碑大出千百倍，活脱脱就像是一座灰色的高山。这座墓碑状的高山孤悬于茫茫大海之上，带着明显的人工斧凿痕迹，显得那么怪诞且不协调，却又带有一种震人心魄的磅礴气势。

"不是墓碑，鲛人是从来不立墓碑的，"安星眠说，"这应该是鲛人用来镇魂驱邪的东西，他们称之为'魂坊'。"

"魂坊？镇魂？那是什么意思？"雪怀青不解。

"鲛人是一个笃信灵魂存在的种族，"安星眠说，"它们认为天地间的邪恶事物都是恶灵转化的结果，而这样的魂坊就是用来向天神祈祷的工具。他们认为，魂坊能够把他们的祈祷传递到天神的耳朵里，并且带来天神之力驱除邪恶的力量。当然了，这仍然是无法证实的迷信之说，九州各族都有这样类似的传说，并不算太稀奇。但我们可以确定一点……"

他面色苍白，抬起手指向那个需要仰起头来才能看清全貌的巨大魂坊："如果这里的海底藏着什么东西，需要用这么大的魂坊来镇压的话……它大概是某种在陆地上人们见所未见、闻所未闻的恐怖怪物。"

"等它摧毁这座魂坊、浮出海面的时候，你们就能见到它了，"女鲛人充满怨毒地说，"当然，那也是你们渺小的生命里所见到的最后一样事物，感谢天神赐予你们的恩德吧。"

"那到底是什么？"安星眠急忙问，"为什么要用这座魂坊来镇压？它和你所追求的永生又有什么关系？"

女鲛人不答，视线却停在魂坊之外的海里，在那里，一个男性鲛人正半浮在海面上，双手高举，一股强大无比的精神力从他的身上源源不断地施放出来。当鬼船再靠近一些后，人们才发现，在那个巨大的魂坊上，钉着无数条粗长的铁锁，至少有两百个人类、羽人、络族等不同种族的智慧生物被绑在铁锁上，用一种特殊的方式将这个鲛人的精神力放大，然后作用到魂坊上。

这些人都是死尸，但又不是一般的死尸，而是一具具尸仆。那个海中的鲛人，就是操控他们的尸舞者。他用这将近两百具尸仆组成了一个九州历史上从未出现过的尸仆大阵，将秘术的效用发挥到了极致，用于和魂坊之下的未知事物对抗。他的鲛歌声压倒了周围海浪的声响，他的精神力将这个巨大的魂坊覆盖其中。

尽管这样，海底仍然传来一阵又一阵的强烈震动，并且掺杂着某种若有若无的低鸣声，像是某些来自远古的洪荒猛兽正在发出觉醒前的咆哮。

须弥子感受着这股强沛无比的精神力，忽然哑了一声，很不甘心却又大声清晰地说："这个鲛人，远强于我。"

对于安星眠和雪怀青而言，终于听到须弥子亲口认输、承认有人比他强，原本是十分开心的事，但此时此刻，他们的心思根本来不及放在这样的"小事"上。安星眠看着那个在海里勉力奋战的鲛人，看着已经开始微微摇晃的魂坊，忽然失态地抓住了女鲛人的肩膀："快告诉我！这到底是什么！"

女鲛人充耳不闻，依旧凝视着海里的男性鲛人，眼神里充满深沉的爱慕，同时掺杂着忧郁、痛苦、惋惜、绝望、愤恨等复杂的情感。最后她终于开口说道："他是这个世上最后一个懂得如何让它安静下来的人，如果他死了，一切就结束了。所以我才那么迫切地寻求永生之术，可是现在，太晚了，太晚了……它将会冲破封印，重新现世，九州也将不复存在。"

安星眠分辨出女鲛人话语里的"他"和"它"，连忙问："'它'就是魂坊下面所镇守的东西吗？它是什么？它到底是什么？"

女鲛人的脸上带着深深的疲惫，两行热泪从面颊上滑落。她痴迷地看着海中的爱人，轻轻说出了三个字："海之渊。"

第十三章
亡　歌

一

九州的各个智慧种族都有自己的创世神话，鲛族自然也不例外。据说，在开创这个世界的时候，大神知道在陆地与海洋中会有许多邪恶滋生，于是留下了一样神器叫作海之渊。谁也不知道海之渊的形状，但鲛人们笃信，谁掌握了它，谁就将拥有无穷无尽的力量，可以替大神惩处世间的邪恶。

最初的时候，人们对海之渊究竟是什么始终茫然无知，各种各样的猜测纷至沓来。当然了，人们甚至不能确定海之渊是否真的存在，所以什么样的猜测都不过是无聊时的谈资而已。

然而到了历史上的某一年，在殇州西南部的珠链海晶落湾，爆发了一场大战，这场大战的细节没有人知道，也没有形成任何可信的文字资料，但留下来的遗迹触目惊心，而且包括巨夸父族、鲛族等在内的多个种族都参与到了这一战中。大战后，整个海湾被毁得不成样子，说明这里发生的战争超越了凡人之力，而这一场战争更是导致巨夸父种族差点儿灭绝。在那之后，以这场战争为发端，渐渐有一些人开始对这件事感兴趣，并且根据各种蛛丝马迹进行了深入的调查。

综合各种各样的资料，人们得出了这样的猜测：海之渊是存在的，而且不止一个，隐藏在九州某些隐秘的地方。在某些特定的时刻，它们会被唤醒，并且有可能给世界带来深重的灾难。当年的那些巨夸父和鲛人，无疑是从上古留下的秘讯里发现了它被唤醒的痕迹，这才集合了几个部族的力量去与之作战，最终的结果是两败俱伤。

而关于海之渊究竟是什么，几乎所有的研究者都倾向于同一个结论——龙。

从来没有人见过，从来没有人能证明它存在，却也从来没有人能证明它不存在。

"你是说，这座魂坊下面压着的就是海之渊，也就是一条——龙？"安星眠震惊了。

"我不知道它是不是龙，我甚至不知道它到底是不是真的是传说中大神留下的海之渊，"女鲛人说，"我所知道的是，它就在这里，随时可能复苏，而让它永远保持休眠，是我的爱人篷珆必须持守一生的使命。相比之下，它到底是什么，似乎不那么重要。"

"你说得对，不管它到底是什么，还在休眠中就能带来这样的海啸，的确是太可怕了，"安星眠说，"可是这位……篷珆，为什么要一个人守在这里呢？没有其他人可以代替他吗？"

女鲛人回答："本来是有的，篷珆他们是一个非常古老的鲛人家族，家族背负的使命就是守护这座魂坊，已经有上千年的时间。从来没有人亲眼见过魂坊下面镇压的到底是什么，但它的确每隔几十年就会有复苏的迹象，引发地震海啸。到了这种时候，家族里的人就会用一直流传下来的镇魂之法——就是篷珆现在做的事情——来压制它，引导它重新进入休眠。他们家族的人很少，但幸好体质特异，能够发挥出远远强于常人的精神力，再加上都懂得运用尸舞术，借助尸仆的帮助来提升自己的力量，所以从来没有出过岔子，每次都能成功地让魂坊下的那个东西安眠。"

"可是，在几十年前的那场人类与鲛人的战争里，那个愚蠢的宇文将军使用了一种剧毒的深海游虫，"女鲛人的脸上浮现出深深的恨意，"那些游虫迅速繁殖，诱使许多海洋生物去食用，导致那一片海域里几乎所有的生物都中毒了。如果仅是这样也就罢了，可是谁能料到，一只豪鱼竟然恰好在那个时候经过那片海域，不加选择地吞入了大量的中毒海鱼……"

"原来豪鱼也是真实存在的啊，"雪怀青感叹，"我一直以为像豪鱼、大风这样的巨型生物只在野史逸闻里出现呢。可是现在，就连海之渊都出现了，还有什么是不可能存在的呢？"

"我猜想，一定是那只中了剧毒的豪鱼惹出了什么祸端吧？"安星眠猜测说。

女鲛人恨恨地点了点头："豪鱼的身躯非常大，原本那些毒素是不会对它造成太大影响的，问题在于被它吞进去的那些海鱼都还是活着的，在毒物的刺激下在它的体内四处乱钻，这样它可就受不了了，开始在海水里疯狂地到处乱撞，结果撞入了魂坊的区域。那一带原本有多重防护措施，无论寻常的海兽还是人类船只都无法闯入，但是豪鱼的力量太惊人了，根本拦不住。

"很幸运地，豪鱼和魂坊擦肩而过，并没有把这根石柱撞碎，否则的话，就是天神下凡也难以拯救了。但它的经过还是扰动了魂坊下的海之渊，更可怕的是，它径直地撞进了篷玲所在的部落，杀死了部落里所有的人——除了篷玲。他那天夜里正好悄悄出去和我幽会，这才幸免于难，从此以后，他成了唯一一个能够镇压海之渊的人。"

听完这一番话，安星眠和雪怀青都恍然大悟，之前种种的不解之处也都有了答案。这个女鲛人苦苦追寻永生之术，意图抢夺苍银之月和萨犀伽罗来研习移魂之法，原来都是为了这个叫作篷玲的鲛人。篷玲身上维系着保护魂坊、压制海之渊的重任，他一旦身死，就再也没有人能安抚海之渊，这个完全未知的事物将会出现在九州大地上，那样造成的后果也许是毁灭性的。

所以她才会那么不顾一切，对宇文世家施以恶毒的契约咒，自己虚情假意地诱骗路阡陌，派手下聂青欺骗雪寂。她想尽一切方法抢夺两件法器，把无数的活人杀死制作成尸仆，残忍地对待背叛了她的聂青，这一切的一切，竟然只是为了——拯救九州？而她当年用海之渊来恐吓宇文成，逼迫对方接受她的契约咒，又有谁能想到，这事后细细分析起来应属子虚乌有的怪谈竟然会是真的？

雪怀青在片刻之前还在深深地痛恨这个女鲛人如此狠心地对待她的母亲，此刻恨意却消了一半，心里想着：其实她也很可怜啊，那么重的担子，竟然就这样压在这两个鲛人的身上。要是换成我，真的能这样寂寞地坚守几十年吗？

安星眠的眼前，则又浮现出了那艘浓雾里的鬼船。在阵阵的亡歌声中，在那些令人不寒而栗的恐怖传说中，隐藏的竟然是这样伟大的灵魂，实在让人有些难以置信。然而，事实就摆在眼前，这座高高矗立的魂坊无言地说明了一切。

"你们不必用这种眼光看我，我才不在乎九州会变成什么样，"女鲛人的目光充满了浓烈的恨意，"我不在乎你们这些肮脏的人类或是羽人会怎么样去死，我也不在乎我死后鲛族的未来会怎么样，这些我都毫不关心。我做这一切，都只是为了他。"

她的视线重新凝聚在篷玲的身上，目光渐渐变得温柔："我劝说他和我一起离开，这片大洋如此浩瀚无际，一定能找到一个地方不受海之渊的祸害，他却坚决不肯，说是即便家族只剩下他一个人，也一定要背负起神赐予的使命。他那么坚定，那么执着，我也只能由着他了。他要镇守这座魂坊，我就尽我的全部力量帮助他。我放弃了本该由我继承的王位，带着为数不多的忠仆来到这里，学习尸舞术。他担心他死后再也没有谁能压制海之渊，我就想办法让他活得长久。我修习《魅灵之书》上记载的不老秘术，也是为了先在我身上做实验，担心男女有别，还故意把这个秘术教给了路阡陌。遗憾的是，最终证明这种秘术只是让人维持表面上的青春而已，人总是会死的。"

"原来你曾经是一位鲛人公主……而你盗走苍银之月，又想夺走萨犀伽罗，目的是尝试移魂，"安星眠轻叹一声，"但是你知不知道，灵魂这种东西其实……"

"你不必说下去！"女鲛人怒吼一声，"我们鲛人相信灵魂的存在，它就一定存在！我不能让篷玲的肉体不死，我就让他的灵魂永存，让他能永远守护魂坊！"

这一刻女鲛人显得是那样的脆弱无助，就像一个死不认输的倔强的小女孩，安星眠陡然意识到：其实她心里也清楚，灵魂是不存在的，移魂这种事情是不可能办到的，但这已经是她最后的一根救命稻草，她必须相信，而且是深信不疑，这样才能支撑她早已疲惫不堪的身体和心灵继续下去，继续陪伴她所爱的人在惊涛骇浪中坚守下去。

他没有再说下去，想了想，轻声问："我们已经相处那么多天了，可以告诉我你的名字吗？"

"名字？"女鲛人愣了愣，"我已经很多年没有用过自己的名字了，有些记不得了，让我想一想，想一想……"

她真的开始凝神思考，仿佛是在追忆自己这执着而坚定的一生，在篷琀汹涌澎湃的鲛歌声中，女鲛人的眼眶慢慢涌出了泪花，就像是一粒粒璀璨的珍珠："我的名字是泣珠。"

二

安星眠看着泣珠，感觉自己还有一肚子的问题想要问，但还没等他开口，鬼船忽然又遭遇了一次巨震。这一次的力道非同小可，凶猛的浪涛几乎要把整个船掀翻。

雪怀青脚下一滑，险些直接从甲板边缘跌出去，幸好须弥子眼疾手快，指挥一个尸仆一把抓住她的小腿，硬把她甩了回来，而那个尸仆收不住力，直直地飞了出去，跌进翻滚的浪涛里，瞬间就不见踪影。

雪怀青吓得两腿发软，想要向须弥子道谢，须弥子却看都不看她一眼，径直走向泣珠，"我们有没有什么办法可以帮一帮海里的那位？再这样下去，我看这座魂坊一定会被掀翻的。"

的确，假如把大海比作一个人的话，此时此刻只有用"暴怒"来形容它的状态。那滔天的巨浪恍如一张张血盆大口，足以把世间的一切都吞入肚腹中。而且在海之渊的扰动下，天空中浓云密布，电闪雷鸣，让人产生末日降临的错觉。

"没有办法，"泣珠摇摇头，"篷琀的家族血脉特异，只有他的家族才有那种特殊的精神力量，能够和海之渊发生感应，消除海之渊的戾气，让它平静下来。我们如果出手，不但起不到作用，反而可能适得其反，让它感受到外界的攻击，变得更加狂暴。"

安星眠不由得望向大海。在如山的海潮之中，那个鲛人的身躯显得那么渺小而孤单。他应该也有自己梦寐以求的生活，也有他想要追求的幸福和欢愉，但他最终把自己的一生都维系在了这座坚固冰冷的魂坊上，维系在了似乎永远不能停止的亡歌上。除了一直奔波在外为他想方设法延续生命的爱人之外，陪伴在他生命中的只剩下那些尸仆，那些没有知觉没有灵魂的行尸，只能够接收他的精神指令……

想到这里，安星眠忍不住叫出声来："有办法了！"

"什么办法？"泣珠显然已经被一次又一次的失望打击得不再有什么信心，这句话问得也是轻飘飘的，毫无希望。

"许久以前，我试图混进尸舞者的研习大会，但又担心被人看穿……"安星眠讲述了一年多前在幻象森林里的遭遇。当时为了假扮雪怀青的行尸，他冒险让雪怀青侵入了他的精神，而后来，那一丝留在他体内的精神力还救过他的命。

"所以如果我们让篷玲也侵入我们的精神，不就相当于他多了一些比尸仆更强大的帮手吗？"安星眠说，"我们不必运用自己的精神力，让篷玲来利用就好了。"

"多这么几个人能有多大用处？"泣珠摇摇头，"你别看尸仆并没有自己的精神力，但每个尸仆都相当于一面反射阳光的镜子，能把尸舞者分出的精神力大幅放大，那些尸仆所能起到的作用，换了你我也不能提升太多。"

"那是因为普通人的精神力不够强，"安星眠大声说，"但如果是一个鬼婴呢？"

泣珠的眼前一亮："你是说……你？"

"是的，如果是我呢？"安星眠说，"到现在为止，我身上的鬼婴之力还没有完全释放过，而且鬼婴身上的异种精神力量存在的初衷就是供人驱使，如果发挥出来，定会事半功倍。"

"而我们一样可以让他驱策，"一直在一旁沉默不语的须弥子突然说，"强一点算一点。有时候，压倒骆驼的只是最后一根稻草。"

"你……你居然愿意让别人侵入你的精神，受别人操纵？"雪怀青张大了嘴，"你不会是假货吧？你脸上蒙的是人皮面具，对吗？"

"滚蛋！"须弥子呵斥一声，随即正色说，"其实我对九州会遭受多大的祸害并不关心，琴音死了，我并没有那么在乎自己的生命了，更不会去在意别人的生死。只是……就当成是我对一个比我更强的尸舞者的尊敬吧。如果换了是我，这件事我做不来，所以我佩服他。"

"还是觉得你是被人冒充的……"雪怀青嘀咕。她回过头来，看着一直在旁边发愣的宇文公子，"你怎么说？"

"我还能怎么说？"宇文公子苦笑一声，"我当然知道我在你心中是个恶人，但是恶人也得审时度势，现在不帮那位海里的朋友，大家只会死得更快。我还有其他选择吗？"

片刻之后，所有人都已经在魂坊上站定，用铁链牢牢地束缚住自己。在狂卷的怒涛中，亡歌声再次响起。人们竭力压抑自己本能的反抗冲动，引导自己的精神听凭篷琰控制，让自己的精神力和他的精神力融为一体，产生共鸣。

这个时候人们才看清楚篷琰的外貌。和青春永驻的泣珠不一样，篷琰已经苍老得不像样了，额头上的皱纹有如刀刻，连身上的鳞片都呈现出了黯淡。在那个从未有人见过的深海巨怪面前，他的身影如海砂一样渺小微茫，却又如魂坊一样坚挺屹立。他甚至都顾不上向这些陌生的远方来客说出一句话，所有的注意力全部集中在尸舞术上。

萨犀伽罗已经放在鬼船上，由泣珠的手下将船驶远了，安星眠开始体会到精神力的膨胀和肉体的剧痛，整个身体仿佛要被那充盈的邪力撕裂开来。这已经是他第三次释放体内的鬼婴邪力，渐渐有了适应的感觉，更何况这一次不需要他自己操纵，只要努力把这股强沛无比的精神力导入篷琰的尸舞术掌控之中就行了。

篷琰显然也感受到了他这股异乎寻常的强大力量，优先开始动用他的精神力。安星眠再度像一个提线木偶，身体不由自主地行动着，只感到体内的邪力忽而像极北的寒冰，忽而像铁匠炉里燃烧的烈焰，忽而像万根钢针攒刺，实在是痛苦难当。这时，多年来的长门修炼发挥了作用。他强迫自己进入长门僧的冥想状态，强迫自己停止一切感受和抗拒，渐渐地淡忘了肉体的苦痛，进入一种物我两忘的澄明境界。

亡歌声中，他的灵魂仿佛脱离了身体，轻飘飘地飞在一条长长的走廊里，前方有一道又一道永无止境的门，延伸向看不见的远方。推开第一扇门，他看到一个萧瑟的雨夜，一个名叫姜琴音的女子带着满身的鲜血，艰难地行走于荒山中。她的肚腹微微隆起，眼里充满刻骨的怨毒，揣在怀里的一沓纸页发出沙沙的摩擦声。

推开第二扇门，他看到一座山下的小村庄，看到一座简陋的农居。在那里，大着肚子的姜琴音躺在床上，无比痛苦地嘶喊着，中年富商安市靳在门外的院子里来回踱步，手足无措。正在这个时候，一个家仆连滚带爬地冲进院门，满脸喜色："老爷！老爷！遇到一位长门的夫子，他说可以帮忙！"

推开第三扇门，他已经来到了宛州的建阳城。在一座门口挂着"安府"的宅院里，一个年仅三岁的小孩正如同魔鬼一样，以夸父般的巨力在摧毁宅子里的一切，安市靳焦急万分，却仍旧束手无策。他并没有看到，就在外面的一条小巷里，一个慌慌张张的中年羽人正在朝这个方向跑来，一块翠绿的翡翠在他手里诡异地跳动着。

推开第四扇门，安市靳躺在病榻上气息奄奄，失神的双目中仅剩下最后一丝生命的光亮。他用尽剩余的力量握着儿子的手，嘴唇焦急地动着，却再也说不出半个字。即将年满十六岁的安星眠脸上混合着哀伤和愁苦，犹豫了许久，终于开口说："好吧好吧，我听您的话，料理完后事之后，我就去寻找一位有德行的夫子，去做一个正式的长门僧。"

第五扇门、第六扇门、第七扇门……安星眠一道道地跨过这些门，在其中看到了他的生命、他的历史、他存在于世上所留下的点点滴滴。他这个时候才发现，当生命变成一幅长长的画卷在他面前展现时，很多过去所执着的、所纠结的东西，似乎都变得不重要。生命本身，才是人世间最美丽的事物，这一道又一道无穷无尽的长门，通往的是一个让人获得宁静的远方。

最后他看到了一幕奇异的画面。他看见自己和鲛人篷珞已经变成了一个人。他就是这个鲛人，拍打着长长的鲛尾在怒海中沉沉浮浮，喉头的软骨吟唱着永不屈服的亡歌。他看到海水汇集成一条想象中的巨龙，挥舞着巨大的脚爪准备升上天空；他看见自己的精神力化为一座遮天蔽日的魂坊，死死压制住这条巨龙。天空和大海似乎在这一刻合为了一体，火红的烈焰从天空中喷薄而出，席卷天地万物，巨龙要冲破天与海的界线，而自己要燃尽生命去阻止它。

燃烧吧！安星眠对着黑漆漆的天空发出震彻天地的怒吼。如果要燃烧我的生命才能封印这条巨龙，就让我化为灰烬来埋葬你吧！

也不知过了多久，这奇特而迷人的幻象才慢慢消失。安星眠睁开眼睛，感到全身上下每一块肌肉、每一块骨骼都剧痛无比，忍不住呻吟出了声。他这才发现，自己已经不再被捆在魂坊之上，而是躺在雪怀青的怀里。大家都已经回到了鬼船上，从船的摇晃程度来判断，先前的海啸与风暴应该已经止息了。

并且，篷珞的鲛歌声终于停止了。

"结束了吗？"他低声问雪怀青。

雪怀青微笑着点点头："结束了，我们终于让海之渊安静了下来。不过，这只是暂时的，也许三年五载，也许十年二十年，也许更短或者更长一点儿的时间里，它还会复苏。"

"但不管怎么样，这一次多亏了你们，"一旁的泣珠说，"如果没有你们在，尤其是没有你，篷珞肯定压制不住海之渊。对了，这枚萨犀伽罗，还给你。"

安星眠笑了笑，并没有接："你不是打算用萨犀伽罗和苍银之月研究移魂的方法吗？"

泣珠摇摇头："你说得对，灵魂这种东西，或许真的是不存在的。何况我剩下的时间已经不多了，即便真的存在灵魂，存在转移灵魂的方法，也已经没有机会去办到了。"

"那宇文世家呢？该怎么办？"安星眠问。

"苍银之月和萨犀伽罗已经到了我的手里，和他们的契约咒就自动消除了，"泣珠说，"现在我再把萨犀伽罗送给你，已经与他无关了。"

安星眠点点头："谢谢，不过，我想请你保管苍银之月与萨犀伽罗。它们在大陆上总是会带来无穷无尽的祸端，留在大海深处，或许是最佳的归宿。"

泣珠很吃惊，雪怀青更是忍不住插嘴说："苍银之月也就罢了，萨犀伽罗你可不能离身啊！"

"我想，我可以试试，"安星眠说，"刚才我有一种隐隐约约的感觉，我不再需要萨犀伽罗了，我可以用自己的意志去控制它。"

"真的吗？"雪怀青将信将疑。

"我是一个长门僧，忍耐是我的长项，"安星眠说，"我就把它当成我所选择的苦修之路好了。我不能总是指望身外之物来解救，有些时候，也得想法子靠靠自己。至于这块萨犀伽罗，只需埋在那座魂坊之下就可以了——海之渊的生命力恐怕足够它吸取千年的吧？假如能因此让海之渊力量稍微弱一些，就更好了。"

"如果你已经下定决心的话，我可以答应你，"泣珠说，"至少这两件法器在我手里，胜过放在大陆上让那些野心家争来抢去。我会把《魅灵之书》里和鬼婴有关的残章交给你，加上须弥子手里的，就是鬼婴术的完整修炼方法，希望对你有所帮助。"

"那……随你便吧，"雪怀青勉强点了点头，"无论什么时候，我都相信你。而且如果你真的能自如地控制鬼婴之力的话，也许你就会变成九州最强的人，以后在须弥子面前就可以横着走啦。"

她故意把最后一句话说得很大声，站在远处的须弥子自然是听到了，从鼻子里哼了一声。雪怀青吐吐舌头，忽然一脸愁容："可是，相比起海之渊来，苍银之月和萨犀伽罗也不过是小儿科而已。篷玲终究是会死的，我们该怎么办？"

安星眠说："其实，在之前我们帮助篷玲压制海之渊的时候，我就在想这个问题。这一次打败它，不过是暂时的，以后该怎么办？篷玲一死，部落的血脉就断绝了，未来海之渊还是会再度醒来。"

"听你的口吻，好像是有了办法？"雪怀青问。

"说不准，但有一个方向可以试一试，"安星眠说，"我现在只希望，海之渊就是一条龙，那样的话，也许可以去找一找寻龙者。"

"寻龙者？"

"那是我的老师章浩歌曾经给我讲过的，"安星眠说，"在我们的认知里，龙始终是一种传说中的神秘生物，没有人能证明龙存在或者不存在，但在历史上始终有那么一群人，笃信龙的存在，从来没有停止过对龙的追寻。我相信，如果能找到这群人，就能获知更多与龙有关的信息，也许我们能用其他的方法来安抚这条龙，也许我们可以……杀死它。"

"杀死一条龙？"雪怀青吓了一大跳，"你是不是疯了？"

"疯不疯的又如何？这也许是唯一的办法，"安星眠哂然一笑，"每个长门僧出师之后都需要有一个历练的目标，我就把它作为我的目标好了。再说，如果最终能找到寻龙者，从他们手里得到一些答案固然是好事，找不到的话，就当是你和我赶在这个世界毁灭之前饱览九州风光了。"

"饱览九州风光……听起来倒也不坏。"雪怀青不禁有些神往。

"也只有如此了，"泣珠说，"篷珨背负这样的重担已经太久，或许是时候把它交给别人了。那我这就安排船只送你们回陆地。你们打算先去哪里？"

"我想先回宁州一趟，"安星眠说，"在开始我们的寻龙大计之前，还有一件事情需要办，它关系到我未来岳父的清白名声，一定要弄清楚。"

雪怀青的脸一红，眼里却都是笑意。

三

"你是说，你把两件法器一起留在海里了？"风秋客问。

"是的，以后你可以不必为它们发愁了，"安星眠说，"也不必再阴魂不散地跟在我身边了。"

"我求之不得。"风秋客硬邦邦地说。

此时安星眠和雪怀青已经再度来到了宁南城。靠着须弥子的宝贝徒弟风奕鸣的安排，这一次两人入城顺利许多，当然，鉴于风奕鸣的内心相比起他的年龄显得有些过于成熟，雪怀青尽量躲着他。

两人向风秋客讲述了几个月来的经历，风秋客默默地听完，并没有发表太多意见，但安星眠看得出来，两件法器从此不再出现在大陆上，实在是让这位操碎了心的铁汉好好松了一口气。他相信，等他们离开后，这个从来不爱喝酒的家伙一定会大醉一场。

"你们专程来一趟宁南城，不会就是为了通报我这件事吧？"风秋客目光炯炯。

"这个嘛，其实是有三个目的，"安星眠说，"第一是来告诉你两件法器的下落；第二是，有人找你约架。"

"约架？谁那么无聊？"风秋客眉毛一扬，随即恍悟，"你是说须弥子那个老混蛋？"

"没错，就是那个老混蛋，"安星眠笑了起来，"这一次在东部的大洋里，他和泣珠没能分出胜负，但没想到泣珠背后有一个天赋异禀的篷玲，实力比他还强得多，这让他大受打击。他说，他年纪也大了，想趁着还没有老到打不动架的时候，把年轻时的恩怨都了结了。然后他就打算隐居起来，陪着姜琴音，也就是我母亲的骨灰直至终老。而第一桩要了结的恩怨就是和你之间的。"

"我和他打了几十年，什么恩怨不恩怨的，都不放在心上了，哪来的精神去找他打架？"风秋客淡淡地说。

"但是别忘了，你曾对他亲口许诺，你死后会把尸体送给他。须弥子说了，这一次较量，如果你赢了，这个许诺就不作数了。"安星眠说。

风秋客的眼睛微微眯起来。此前在幻象森林里，为了保住安星眠的性命，风秋客曾经被迫向须弥子低头，答应在他死后把尸体赠给须弥子做尸仆。作为一对交手几十年不分胜负的老冤家，这样的低头实在堪称屈辱。但现在，他有了一个雪洗耻辱的机会。

"怎么样？难道你不动心吗？"雪怀青故意说，"其实我觉得你们都那么老了，还打什么打，不如凑在一起去喝酒……"

"滚蛋！"风秋客厉喝一声。雪怀青吐吐舌头不再说话，安星眠接着说："总而言之，你好好考虑吧，同意的话，直接让风奕鸣传话就行了。"

"第三件事是什么？"风秋客不置可否。

"替雪寂洗清冤屈。他不是杀害羽皇的凶手。"安星眠将在小镇上与雪寂的对话告诉了风秋客，风秋客眉头微皱："我不是不明事理的人，自然听得出来他说的是真话，但要取信于城邦，得有确凿的证据，比如把真凶揪出来，否则的话，我说什么也不管用。"

"我明白，所以我要找到那个一直藏起来的真凶。"安星眠说。

"你已经有方向了？"风秋客很是意外。

"谈不上明确的方向，只是有点模模糊糊的想法，这个想法和我这两年来的遭遇有关，"安星眠说，"我先是被卷入长门的大祸中，这桩祸事看起来和某些宏大的灾变有关，最后却证实不过是人为安排的陷阱。接下来是这桩与两件法器相关的事件，看起来那个幕后的女鲛人泣珠似乎有着贪婪的私欲，最后却证实了她所做的竟然是拯救九州的大事。所以很多时候，我们都会被自己的臆断误导，表面上清晰的动机未必就是犯罪者的真正动机，那里面或许藏着很多意想不到的变化。"

风秋客思考了一会儿他说的这番话："你的意思是说，我们认定杀害领主的人要么与王位有关，要么与萨犀伽罗有关，其实是错误的？"

"未必是错误的，但我们必须跳出桎梏，不能只局限在这两个方向，"安星眠说，"领主被杀后，你们不是把所有与争夺王位有关的贵族都查了个遍吗？既然什么都没查出来，就不能想一想其他的方向吗？甚至是某个王宫侍卫喝醉了酒行凶，都是有可能的。至少按照雪寂的说法，当时把他带到花园偏门的人是穿着侍卫的衣服，只是真假未知。"

"的确是，不过你刚才提到羽笙密会王妃的侍女，还修炼尸舞术，有这一条，就可以顺藤摸瓜扳倒他的党羽了，也算是一个收获。"风秋客说。

"那是你们城邦内部的事儿，我就不关心了，"安星眠说，"我只关心我未来的岳父。能不能把当时查案的资料借给我看看，如果可能的话，最好有当时王宫里所有人的详细资料。"

"明天一早给你。"风秋客很是爽快。

此后的一个月，安星眠住在风秋客的家里，几乎是不眠不休地翻看当年的卷宗，又走访了许多当事者，却始终一无所获。每个看起来可能有动机杀害领主的人——想要夺取王位的、曾经被领主惩罚过的、因为没有得到升迁可能心怀不满的、有可能和领主的某个嫔妃勾搭成奸的——都能拿出确凿的证据证明不是他们。他想要寻找那个最关键的带路侍卫，同样无所获，风秋客审讯了还健在的当年的所有侍卫，也没有找到什么疑点。这让安星眠有些沮丧，雪怀青反而安慰他："父亲已经被冤枉二十年了，不必急于一时，再说了，实在洗不清冤屈也就算了，反正他在大沙漠里，这些羽人也抓不住他。"

"我想到王宫里转转。"安星眠忽然说。

雪怀青吓了一跳："上次你进天启城的皇宫就够冒险了，而且当时我还不在，你这次又打算怎么样，抓领主或者王后之类的来逼问吗？"

"不，和那些大人物无关，"安星眠说，"我总觉得王宫里藏着什么奇怪的东西，想去亲眼看看风白暮被杀的那座花园。"

"风先生是肯定不会帮你这个忙的。"雪怀青说。

"不需要老风先生，有小风先生就够了，那位小风先生可是最擅长在王宫里四处乱逛。"安星眠挤挤眼。

"其实我并不讨厌他，就是小小年纪的居然……喜欢我，感觉好奇怪。"雪怀青无奈地叹了口气。

"反正他喜欢你也不能做什么，放宽心吧，"安星眠安慰她说，"我刚开始认识他时，觉得他简直像一个万年僵尸，但是后来慢慢发现，他也没有那么坏。更何况，他拥有这样超越年龄的智慧，恐怕是很难在同龄人里交到朋友的，平时的生活里或许也会有些寂寞吧。和我们在一起，他大概能更开心一些。"

风奕鸣虽然年纪幼小，论起办事能力并不逊色于风秋客，第二天夜里果然偷偷把两人带到了御花园。安星眠在花园里走走看看，其实他也不知道自己到底想要找什么，何况即便这里真隐藏了什么，二十年的光阴过去，恐怕一切都消失无踪了。但他还是不甘心，总觉得御花园里有什么文章。

可惜的是，仔仔细细看了几圈，仍旧什么都没发现。风奕鸣安慰他："这不足为怪。我那些废物的长辈们第一时间搜寻现场还什么都没找出来呢，何况已经时隔二十年了。"

安星眠想了想，说："能不能带我去雪寂当时住的驿馆看看，我想瞧一瞧这条路。"

风奕鸣很有耐心，也可能是希望多一些时间和雪怀青相处，立马答应了，三人沿着御花园后门的那条路走出很远。风奕鸣看来经常出入王宫，而且记性非常好，一边沿路走一边随手向安星眠指点王宫里的个个处所。

三人拐到一条僻静的小径上时，雪怀青忽然小声说："嘘！有脚步声！可能是夜间巡逻的侍卫。"

"你们躲起来，这里交给我，"风奕鸣说，"王宫里的侍卫都见惯了我到处乱窜。"

两人连忙藏身于一棵大树之后，风奕鸣抄着手，大模大样地迎上去。但出现的却不是什么侍卫，而是宫里的一个老太监。他颤巍巍地提着一盏暗淡的灯笼，弓腰驼背地朝这个方向走来。看见风奕鸣，他有些惊疑不定："什么人？"

"是我。"风奕鸣向前走了几步，让灯笼的光照亮自己的脸。老太监睁着昏花的老眼，好容易看清楚对方的长相，连忙鞠躬行礼。风奕鸣摆摆手："不必了，我记得你，你在宫里已经很多年了。那么晚了不睡觉，你这把老骨头又不结实，为什么出来闲逛？不许说谎，否则我对你不客气。"

好厉害的小孩子，安星眠想，果然不能把他当成寻常孩童看待。

老太监显然心里有鬼，碰上风奕鸣已经足够紧张了，再被他一连串的恐吓，更是吓得瑟瑟发抖。过了好久，他才勉强能说话："我……我是来这里拜祭我兄弟的。"

"你兄弟？什么人？你们兄弟俩都在宫里做事吗？"风奕鸣问。

"不，不是我亲兄弟，只是当年很要好的一个朋友，和我一起入宫的。"老太监摇摇手。

"他是怎么死的?"风奕鸣又问。

老太监犹豫了许久,知道不答不行,硬着头皮说:"他是……自杀的。上一任领主死后没多久,他就自杀了。"

安星眠浑身一震,知道自己已经找到了一个很关键的证人,风奕鸣也赶忙逼问:"他为什么自杀?是畏罪自杀吗?是不是他杀了领主?"

"不是不是,肯定不是!"老太监急忙说,"他就是什么遗言都没有留,莫名其妙就在前边那棵树上吊死了。他父母双亡,没有亲人,所以我每年都在他生辰的时候到那棵树下去祭拜他一下,也算是兄弟一场。"

老太监的背上挎着一个包袱,风奕鸣打开一看,果然是祭拜之物,倒是毫无破绽。他正想让这个老太监离开,安星眠却突然从黑暗中现身,径直说道:"你和你的兄弟,当年住在哪儿?"

"就在南边的那一排房子里。"老太监伸手一指。

"你这个兄弟留下什么遗物没有?"安星眠又问。

老太监惊疑不定,不知道这个身份未知的人类为什么要问这个,但风奕鸣就在旁边,他也不敢不答:"留下了一些不值得一提的杂物,都收在我床底下的一口箱子里。"

安星眠掏出一张银票塞在他手里:"马上都给我拿出来,哪怕是一根头发也不许落下!"

老太监就着灯笼看了一眼银票上的数额,险些高兴得晕过去。他仿佛一下子年轻了十岁,几乎是小跑着跑回去,等他跑远了,风奕鸣忍不住问:"你为什么对他那么感兴趣?"

"刚才你不是沿路给我指点王宫里的地点吗?太监们居住的那一排房子,距离另一个地方很近,"安星眠说,"那就是虎翼司的侍卫房。"

"侍卫房?"雪怀青一时没有明白过来,但风奕鸣果然是头脑聪颖,一下子险些叫出了声。

"也就是说,那个自杀的太监很有可能偷窃侍卫服假扮成侍卫!他就是把雪寂带到花园偏门的人!"

四

那名二十年前自杀的太监叫李昱成，留下的遗物都是些鸡零狗碎的破烂玩意儿，布满了陈年的灰尘，甚至还有几本淫秽小说。雪怀青禁不住感慨："没想到太监也看这玩意儿……"

三人捏着鼻子挑挑拣拣好一阵儿，却没有发现任何有价值的东西，风奕鸣很是恼火，一脚踹在箱子上，箱子被踢翻，刚放进去的那几本淫秽小说掉落了出来，从里面摔出一页纸。

风奕鸣俯身捡起那张纸，在灯下一看，那是一页账单，上面记录着李昱成生前欠人的钱。结合箱子里的几枚显然是灌了铅的骰子，可以想象这个太监生前沉溺赌博，结果欠下了一屁股债。

"也就是说，他完全可能只是因为还不起赌债而自杀，"风奕鸣很是失望，"白高兴一场了。"

他随意地读着这张纸上歪歪扭扭的字："欠刘旭五金铢，欠李红泉十四金铢，欠朱坦六金铢……好家伙，这家伙还真能欠钱，几年的薪俸都输出去了。不过这些条目事后都被勾掉了，说明他又把钱还上了，难道是他后来手气转好赢钱了？"

他又仔细地看了看，笑了起来："原来如此。这家伙是拆东墙补西墙，他后来借了一笔大的，把之前欠别人的全还了，于是就只剩下这最后一个无法勾掉的大债主了。所以有钱的不是李昱成，是这个叫叶浔的债主……"

"你说什么？叶浔？"安星眠急急忙忙地打断了他。

"是啊，叶浔，这个人我也记得，王宫里的一个低级杂役，"风奕鸣随时不忘炫耀他惊人的记忆力，"脾气很古怪，从来不和人亲近。"

"我知道这个叶浔。"安星眠陷入沉思。从第一次见到叶浔，他就觉得这个人身上隐藏着很多不为人知的秘密，他在怀南公主的丧仪上近乎疯狂的表现十分耐人寻味。而现在，这张二十年前的记账单上竟然又有叶浔的名字，难免让人浮想联翩。

"加在一起一共两百来个金铢，就算叶浔拿出他所有的积蓄，恐怕也不会够，"安星眠计算着物价，"寻常的贫民是攒不出这笔钱的，叶浔得到这笔钱的途径一定有问题。"

"也就是说，这个人的死可能和叶浔有关？"雪怀青问。

"完全有可能，"安星眠说，"叶浔这么孤僻的人，怎么可能无缘无故借那么多钱给别人，而且还是超过自己积蓄的钱。"

他把门外的老太监叫了进来："你知道叶浔这个人吗？"

老太监点点头："知道，活生生就是一个怪胎，谁也不愿意搭理他。不过总算他干活麻利，而且手脚很干净，所以才被一直留在王宫里做杂役。"

"你这位叫李昱成的兄弟，和叶浔的关系怎么样？"安星眠又问。

"很不好，有一次还差点儿打起来，"老太监说，"说起来也是我这个兄弟的错，他平时就对那些下级杂役很是粗暴，而叶浔的脾气也不好……"

关系很不好，差点儿打起来，最终却借给了他一大笔钱，安星眠想，看来得去找这位老朋友会会面了。

第二天下午，风奕鸣又被领主安排了课程，因此只有安、雪二人一同去寻找叶浔，对于雪怀青来说，没有风奕鸣跟在身边似乎松了一口气。尽管这个人小鬼大的小孩十分知情识趣，对她任何越礼之处都没有，但越是这样刻意，她越觉得不舒服。

大白天的，要在王宫里晃荡可着实不容易，幸好叶浔这天下午被安排出宫采买，在他的归途中，安星眠与雪怀青拦住了他。

"是你们。"叶浔的脸上还是死气沉沉的没什么表情，但目光里隐隐流露出一丝喜悦，可见他还是把这两个人当作可以亲近的"好人"的。

安星眠心里不觉微微有些内疚，觉得为了一桩二十年前的案子再来搅扰叶浔，似乎有点儿不应该，但他眼前随即闪过雪寂那张被摧毁的苍老脸庞，这张脸让他下定决心，无论如何也要还雪寂一个清白。

"叶先生，我有话想要问你，"安星眠说，"可不可以找一个安静的地方说话？"

叶浔的脸色一变，向后退了一步，"问我？你有什么问题要问？"

安星眠心说不好，这个敏感的怪人居然反应那么激烈。但事已至此，他也只能硬着头皮说下去："是关于二十年前……"

他甚至还没有说清楚到底是二十年前的什么事，但叶浔一听到"二十年前"这四个字，立即跳了起来，转身就跑。安星眠愣了一愣，连忙和雪怀青追了上去。

叶浔虽然个子矮小，也没有练过武，但是跑起来腿脚飞快，而安、雪两人毕竟还是不敢在宁南街头太过张扬。眼看叶浔钻进一条偏僻的小巷，前方的巷道纵横交错，一旦追丢就肯定找不到人了，雪怀青咬咬牙，一狠心发出了一枚毒针。这枚毒针没有什么大的杀伤力，只是能让人暂时手足麻痹而已，叶浔腿上中针，马上摔倒在地。

"你们都是恶人！"叶浔破口大骂，"我以为你们是好人，你们骗我，你们都是恶人！"

雪怀青上前想要扶他，手却被他毫不留情地打开。她只能叹了口气，柔声说："叶先生，我们不是故意要打伤你的，这枚针只是让你暂时腿脚麻痹，一会儿就能恢复。我迫不得已做出这样的举动，只是因为我迫切地需要查明真相，还我父亲一个清白。"

她简单地向叶浔讲述了一下雪寂目前的状况："我父亲身体也残疾了，容貌也毁了，这一生受尽了苦楚。我只是想要还他一个清白，来稍微补偿一点儿他这些年受的罪。叶先生，你不是最看重好人吗？我的父亲就是这样一个好人，难道你忍心看一个好人蒙受不白之冤，直到他死去吗？"

叶浔大张着嘴，一时说不出话来，安星眠趁热打铁："叶先生，我知道你一定知道一点儿当年的事情，我们不会难为你。如果真的和你有关，我们可以先帮你逃出宁南城，逃离宁州，只需要你留下一份口供，证实雪寂的清白就行。"

叶浔像是没有听到安星眠的这番话，他目光发直，嘴里喃喃地念叨着："这么说，他是一个好人？我害了一个好人？"

"你害了一个好人？"雪怀青一把抓住叶浔的肩膀，"这么说，是你做的？是你杀了领主吗？是不是，是不是啊？"

叶浔的身体随着雪怀青的手摇晃着，嘴里仍旧念念有词："他是一个好人……他断了腿，被毁容了……我害了一个好人，一个好人，一个好人……"

他一口气重复了十多遍"一个好人"，然后猛然大吼一声，勉强从地上站了起来。安星眠连忙挡在雪怀青身前，担心对方暴起伤人。

叶浔并没有向两人发起攻击，他咧开嘴，哈哈大笑起来，面颊上却流下了眼泪。又哭又笑的叶浔紧紧握着拳头，大喊了一声："我害了一个好人！领主是我杀的！"

说罢，他忽然身子一软，倒在了地上。

两人慌忙扑上前去，叶浔的身上没有任何外伤，却已经嘴唇青紫，脸色煞白，眼球突出，一张脸变得歪曲。雪怀青皱起眉头："不好！叶先生可能原本头颅里就有病变，似乎是情绪太过激动，中风了。"

叶浔这样的状况，已经不可能再施救。他用尽最后的力气，歪斜的嘴唇仍然在重复着那句话："我害了一个好人……"

当叶浔气绝身亡之后，安星眠和雪怀青面面相觑，都有些不知所措。叶浔临死前吐露了真言，说领主是他杀的，但在场这两人原本就是城邦的通缉犯，说出去又有谁相信呢？

"不管怎么样，我们还是得把这件事先告诉风先生。"安星眠说。

"但是除了风先生，没人会相信我们俩的证言吧？"雪怀青担心地说。

"放心吧，还有我呢，"风奕鸣的声音突兀地响起，"他的确亲口说了领主是他杀的，我可以做证。"

两人一抬头，风奕鸣赫然坐在小巷的墙上，正跷着腿看着两人。安星眠又惊又喜："你怎么会来的？"

"我偷偷溜出来的，"风奕鸣说，"我原本在上东陆诗词的课程，上得好不气闷，然后想到你们去找那个脾气古怪的叶浔，总担心会出什么变故，所以趁老师喝茶的时候，往茶杯里放了点迷药。现在他老人家大概还在打呼噜吧。"

雪怀青哭笑不得："你可真够狠的。但是幸好你来了，否则没有旁证，谁也不会相信我们俩。"

"我是领主最宠爱的孙子嘛，"风奕鸣挤挤眼睛，"我说出的话，老头子总会听的。不过我也需要你们帮我一个忙。"

"我懂的，你是想要揽功，说这个真相最终是你调查出来的，"安星眠点点头，"没问题，我们只求洗刷雪寂身上的冤屈，这个功劳让你领了去，以后你争夺领主之位又可以多一个筹码了。"

风奕鸣满意地点点头："这叫作互惠互利，谁都有赚头。"

安星眠看了看风奕鸣，欲言又止，风奕鸣说："有什么想说的话，最好现在说出来。现在我们还是朋友，以后各走各的路，想说什么也来不及了。"

风奕鸣的语调微微有些悲凉，似乎是已经预见到了不远的未来。安星眠叹了口气，走到他面前，认真地说："你以后恐怕不只是要当一个领主，以你的才能和野心，也许会一统宁州，成为新一代的羽皇，然后把战火燃遍九州。这样的事情，你绝对做得出来，而我也不可能劝服你打消这个念头。"

风奕鸣微笑着看他，没有否认。安星眠继续说："说真的，我很想现在就杀死你，为九州根除未来的隐患，但我做不到，做不到为了未来可能发生的事情去杀害一个现在还清白无辜的孩子。所以我只想求你一件事，以朋友的身份求你一件事。"

"你说吧。"风奕鸣收起笑脸，严肃地说。

"如果你真的有成为一代霸主的那一天，希望你能对百姓好一些，"安星眠说，"你可以做一个枭雄，但不要做暴君。"

"我答应你，"风奕鸣郑重地点点头，"以朋友的身份。"

"朋友。"安星眠伸出手，和风奕鸣稚嫩的小手握在了一起。

有了风奕鸣和风秋客的双重保驾，王室最终将叶浔定为了杀害领主的罪犯，雪寂背负了二十年的冤屈也算是昭雪了。而羽笙也因为当年试图用尸舞术操控领主而东窗事发，锒铛入狱，风余帆的势力因此一蹶不振。风奕鸣在这件事中果然没有白白出力，他的父亲在争夺下任领主的战争中取得了不小的优势。

"风余帆和羽笙这两个家伙，当初审讯我的时候没少惹我生气，现在这样，真是罪有应得！"雪怀青拍着手说。

雪怀青固然开心，但也有一点儿闷闷不乐，毕竟叶浔曾经那样信任她和安星眠，最终却在两人面前就那样死去。而且，叶浔这一暴死，他杀领主的动机就变成一个谜团了。人们纷纷猜测，可能是领主曾经责罚斥骂过叶浔，而叶浔把这些羞辱都记在了心里，最终怒火爆发，杀死了领主。毕竟叶浔就是那样一个坏脾气的家伙，这种说法也说得通。

但安星眠并不这么想，连续几天都一个人外出，在宁南城里不知调查些什么。雪怀青碰巧感染了风寒，躺在风秋客府上养病，没有陪他出门折腾。但每晚安星眠回来时，她还是忍不住要问一问："怎么样？找到点什么没有？"

"有一点儿小碎片，回头拼凑齐了再告诉你。"安星眠的回答则总是卖关子，那副故作神秘的表情每每让雪怀青有把他杀了做成尸仆的冲动。

六天之后，雪怀青的病终于好了，而安星眠则一大早就把她拎了出去："跟我到城里逛逛，看看热闹。"

莫名其妙的雪怀青跟着他来到城里，一看眼前的阵势，她就撇撇嘴："怎么又是丧仪？上次不就看过了嘛。再说了，这次也没有叶先生来搅和了。"

"我是想告诉你，你真正需要关注的人是谁。"安星眠伸手一指。

雪怀青定睛一看，他居然指向的是丧仪师，是上一次被叶浔搅扰的那场丧仪的丧仪师。在那一次，叶浔扔出一块石头，砸中了一位老司祭，老司祭从长长的阶梯上滚下去，又撞翻了这位丧仪师，导致他的头被磕破。现在看来，那一次果然伤得不轻，时隔数月，他的额头上仍然有一个醒目的疤痕。

"为什么要关注这个丧仪师？"雪怀青不明白，"难道他才是叶浔真正的敌人？可叶浔杀的是领主啊。"

"不，这个丧仪师无关紧要，也和整个案子毫无关联，"安星眠说，"我提醒你注意的，是丧仪师这个职业而已。"

"职业？怎么了？"雪怀青不解。

"你别忘了，当年捡到叶浔并把他抚养长大的纬桑植，就是一位丧仪师。"安星眠说。

"是啊，我知道，据说纬桑植还是一位很有名的丧仪师呢，专门给死去的王公贵胄主持丧仪，"雪怀青说，"但我还是不明白你想要说什么。"

"听我慢慢和你说，这是一个听起来极度荒谬、但细细一想又不乏悲伤的故事，"安星眠拉着雪怀青的手，离开拥挤的丧仪现场。两人在一棵大树旁坐了下来，安星眠说："叶浔这个人的脾气，非常执拗，凡是他认定的事就不容更改，谁对他有一点儿不好他可以恨一辈子，而与之相反的，凡是对他好的人，他可以掏心掏肺地对待。"

"没错，仅是因为我一直对他客气而礼貌，他居然就敢冒着杀头的风险来试图放我走。"雪怀青回忆起旧事。

"所以你可以想象，在叶浔的一生中，最感激、最热爱、最愿意为之献出一切的，肯定就是当年捡到他、抚养他长大的纬桑植。这就是我一直在思考的叶浔的动机：他杀人，是否不是因为自己，而是为了另一个他所热爱的人呢？"安星眠说。

雪怀青有些茅塞顿开："这么一说，倒也蛮有道理的，难道是纬桑植曾经被风白暮欺侮过？"

"为什么你们总是要往复仇这个角度上想呢？"安星眠说，"为什么不可以不是复仇，而是一些其他的事情呢？"

"其他的事情？"雪怀青琢磨着，"我还是想不到。"

安星眠说："最开始的时候，我只是想到，以叶浔低级杂役的身份，无论如何不可能攒出两百金铢，那么他的金铢从哪儿来？很有可能是从他的养父纬桑植那里来的。于是我去查找了一番已经去世的纬桑植的消息，打听到了许多非常有趣的事情。你知道纬桑植是一个什么样的人吗？"

雪怀青当然只能摇摇头，安星眠说："纬桑植出生于一个丧仪师的传统世家。在人类社会里，虽然也有类似丧葬师这样的职业，但从事这一行的人地位都很低，还经常被人避讳，觉得不吉利。在羽族社会里却正好相反，人们对死者的重视与尊崇让丧仪师的地位非常高，有名望的丧仪师都会受到人们的景仰和尊敬。所以纬桑植也一直非常热爱他的职业，非常珍惜传承了十几代的家族荣誉，并且总是在养子叶浔面前强调这一点。

　　"他甚至也曾想过培养叶浔接班，但这个捡来的孩子脾气太怪，而丧仪师这个职业，从策划、选人、选材、程序编排、装饰，到最后的主持，需要应对十分复杂烦琐的流程，需要非常高明的沟通技巧、组织能力与审美能力，叶浔绝对做不来。尽管如此，叶浔从小耳濡目染，心里还是毫无保留地接受了纬桑植的全部观点，把养父的荣誉看得比自己的生命还重要。而这一点，就是悲剧的起源。

　　"我发现，纬桑植虽然把丧仪事业视作自己的生命，但是这一辈子却没有完成过几个特别重要的丧仪，原因很简单——他的父亲太长寿了。二十年前的时候，纬桑植五十五岁，已经做了一辈子的丧仪师，但自己独当一面成为主角却只有短短的七年，在此之前一直都是给他的父亲做助手。

　　"更为不幸的是，父亲死后的七年里，整个城邦竟然没有一位重要的、足够分量的大人物死去。虽然这七年中，他也会主持一些王侯和官员的丧仪，但那些人的级别都不够，在等级分化十分严明的羽族，丧仪的排场有严格的限制，让他根本无从施展。你可以想象，这就好比让当年的威武王嬴无翳天天干些清剿山寨土匪的活计，或者项空月这样能治理天下的人才屈身于小县令的位置上，纬桑植内心的郁闷可想而知。

　　"这种阴郁的心境也让他的身体状况越来越差。他的父亲长寿而健康，他却在五十岁后身体不断恶化，各种疾病缠身。到了五十五岁那年，几乎连平时站立走路都需要拐杖了。他自己也知道命不久矣，心情更加恶劣，我问了好几位当时他的朋友们，这些朋友无一例外地告诉我，纬桑植每次与他们见面，都会感叹自己时运不济，看来这辈子都无法主持一次真正像样的重大丧仪了。作为一个丧仪世家的传人，这样的巨大耻辱足以让他死不瞑目。既然这些朋友们都能听到他的这番表白，想必他的养子在出宫探望他时也能听到……"

"我明白了！"雪怀青惊呼一声，"叶浔杀害领主……是为了让他的养父得到一次进行重大丧仪的机会！他是为了丧仪而杀人的！天哪，这真的是一个很荒谬的理由！"

安星眠沉重地点了点头："没错，我想来想去，这是最合乎情理的一个推断了，虽然荒谬，却最合理。在叶浔的生命中，养父重于一切，他希望在临死前能主持一次重大丧仪，这个希望也就成了叶浔的唯一目标。

"另一个有力的证据是，在领主死前一个月，纬桑植家里被偷走了两百个金铢，现场没有留下任何撬门撬窗的痕迹，捕快怀疑是内贼作案，但是把家里的仆人审问了一圈，还是一无所获。对于纬桑植这样的丧仪师世家而言，两百金铢不算大数目，因此事后也没有怎么用力追查。但是现在，我们可以判断出，这个内贼就是叶浔。

"叶浔偷了钱，让债务缠身的李昱成偿清了债务。作为交换条件，他要李昱成配合他的行动，在指定的时间把雪寂骗到御花园去做替罪羊。对叶浔而言，雪寂是一个远道而来的入侵者，肯定是坏人，他对坏人不需要有丝毫歉疚。而李昱成虽然答应了，但担心事后被查出来，所以偷了一身侍卫的服装，以掩盖自己宦官的身份。之后发生的事情，人们都很清楚了。叶浔杀害了领主，领主的丧仪是一个城邦最高等级的丧仪，他倒是挺会挑。"

雪怀青禁不住长叹一声："可是叶先生，他看起来是一个很简单的人，怎么能想出那么多点子：打开花园的偏门，偷我父亲的鞋，让李昱成把我父亲诱骗到现场。这应该是一个思维缜密的人才能做出来的。"

"你怎么知道他的思维不缜密呢？叶浔简单，是简单在性格上，却不是头脑，"安星眠说，"我前些年跟随老师四处游历帮助穷人，遇到过不少这样的人，性格怪僻甚至完全不通情理，但有着过人的智慧。这种智慧一旦被激发出来，就太可怕了。"

"然而，可怜的是，叶浔煞费苦心完成这一切，却没能让养父如愿以偿，反而加速了他的死亡。当时，领主被害的消息传了出来，纬桑植的一位好朋友几乎是飞奔到纬家，把这个'好消息'告诉了他：他有机会主持宁州最大城邦的领主的丧仪了。

　　"纬桑植不敢相信自己的耳朵，连问了三遍，才确认领主真的死了，尤其是领主被残忍分尸，这意味着他还能展现自己在尸体妆容方面的不凡身手。这位年迈体衰的老人兴奋不已，仰天大笑了三声，随即身体就硬邦邦地倒下了。他太过激动了，身体经受不住这种突如其来的刺激，竟然就此丧命。

　　"领主死了，纬桑植却没能主持丧仪就一命归西，叶浔的悲伤可想而知。他一定是在激动之下对李昱成说了些什么，李昱成担心事发，于是畏罪自杀了。而从那以后，他一看到丧仪，就会想起自己不幸的养父，难免会头脑发热做出一些过激的事情。我们上次所见到的那一幕，其实叶浔恨的根本不是怀南公主，他只是单纯地憎恨这个隆重华美的丧仪而已。"

　　安星眠讲完了全部的推论，两人久久不语，心里都有许多复杂的念头与感怀。细细回想这一次与苍银之月和萨犀伽罗相关的整个事件，看似有着无数的阴谋和布局，但最后推动一切的，却都是许多不经意间的巧合和意外。假如当初那条豪鱼没有游进被投毒的海域，假如风白暮在叶浔下手前就已经病死，假如雪寂发现凶案时风白暮已经来不及说出分尸的遗愿，假如雪寂不曾在夜间发现聂青的阴谋，假如姜琴音当时抢到的是培养鬼婴的全篇文字又或者难产时没有遇到安市靳，假如鹤鸿临带着萨犀伽罗逃亡时没有进入建阳城……任何一个环节的缺失，都有可能让历史重新被书写，但这些事情偏偏一件接一件地发生了，它们就像一根又一根的链条，连接在一起，编织出这个诡谲奇异而又充满无奈的故事。

　　"就因为一个荒谬的愿望，把整个城邦搅得鸡飞狗跳，改变了许多人的命运……"雪怀青感慨万分，"如果叶浔当时没有杀死风白暮，这之后二十年的历史就有很多地方被改写，而你和我，也未必还能相遇了。"

"天道循环，世事无常，就不要考虑那么多了，"安星眠微微一笑，轻轻搂住雪怀青，"我们这两年来，见到了太多不幸的人，也见到了太多无法实现的愿望。但无论如何，我们还在一起，就已经胜过一切。命运已经打开了这扇门，前路迢迢，我们就继续走下去吧。"

"嗯，我们一起走下去。"雪怀青把头靠在安星眠的肩膀上，闭上了眼睛。她的眼前仿佛又看到那一片碧蓝的海水，苍凉的亡歌声正在她的耳边响起。

尾 声

　　羽皇风奕鸣被后世尊称为"天之羽"。他年仅二十五岁就成了霍钦图城邦的领主，三十一岁一统宁州、自立皇朝，三十六岁策动了震惊整个九州的跨海南征。虽然由于羽族兵力太少，征服九州的计划最终没有成功，但他的跨海南征还是以战争意义上的胜利告终，东陆诸侯不得不俯首称臣，年年进贡。这是羽族历代帝皇从来没有完成过的伟业。直到风奕鸣去世后十年，东陆人类才借助络族盟友的帮助重新击败羽族，废除了耻辱的岁贡。这是后话了。

　　风奕鸣在史书上和巷语村言中得到的评价非常复杂。一方面他东征西讨，用累累白骨堆积起了自己的权力和荣耀，对一切敌人都毫不留情斩草除根，让很多人痛恨，甚至直斥他为杀人狂魔；另一方面他治国时又采纳合理谏言，颁布了许多有助民生的法令，严惩贪官污吏，削减赋税，放松等级禁制。他统治下的宁州，政通人和，风调雨顺，百姓有饭吃有衣穿。

　　尤其有趣的是，风奕鸣即位后，对天驱、辰月、天罗等历史久远的组织进行了疯狂的剿杀，却独对长门网开一面，即便有不少长门僧也在向百姓传播反对战争的理念，他也只是杀掉这些敢触逆鳞的修士，并不波及整个长门。无论什么时候，长门僧都可以自由地行走在宁州的土地上，用他们的知识去帮助贫苦的人。

　　一向对敌人残酷无情的风奕鸣却对长门如此宽容，的确有些耐人寻味，用他自己的话来说："长门能让人心变得宁静，也能让穷苦百姓学会一些手艺，留下来还是利大于弊。"

但光是这一句话并不足以服众，有一位历史学家经过考证，发现风奕鸣少年时曾经结交过一位出身长门的朋友，他认为，风奕鸣有可能是受到这位长门修士的一些影响，以至于在他宏大的野心之外，还稍微残存了一点儿良心。

另一种说法也提到了这位长门僧朋友，但结论不太一样。这位研究者认为，风奕鸣并不是被感化了，仅仅是出于畏惧而已，因为那位长门僧有着非常了不起的本事，风奕鸣不愿意激怒他。

当然了，这些都只是野史里的传说，不足为正史采信，姑且听之吧，就当是茶余饭后的谈资。

倒是另一条和风奕鸣有关的不解之谜千真万确。那件事曾经引发整个九州的动荡，在史书上留有浓墨重彩的一笔。

那是风奕鸣结束南征之后的第三年。在三月的一个清晨，一只十分罕见的原产云州的迅雕飞进了他位于宁南城的皇宫，并且直扑他的寝宫。卫士们慌忙弯弓搭箭试图射杀它，却都被它灵活地躲开了。这个时候，一个威严的声音响了起来："不许放箭！"

说话的人正是羽皇风奕鸣。卫士们自然迅速停止了射杀，迅雕落到风奕鸣的手上，他从迅雕的脚爪上取下了一张卷起来的字条。

除了风奕鸣之外，谁也不知道那张字条上到底写了什么，因为他看完字条后，立即点火将它烧毁了。当天下午，他忽然发布羽皇令，集中宁州几乎全部的海军力量，在杉右港集结，开往大陆东部的浩瀚海海域。而风奕鸣，将会御驾亲征。

此时的宁州皇朝是整个九州军事力量最强的势力，任何的兵力调动都会引发宁州上下乃至九州上下的关注，而像这样把绝大多数海军调离沿海，更是令人难以置信的大动作。这意味着风奕鸣拱手让出了帝国的海防，更不用提他要御驾亲征了。

当斥候把消息传回各国后，君王们纷纷猜测风奕鸣到底想要干什么，甚至有人觉得风奕鸣根本就是疯了，当然也有更多的人认为，一向用兵如神的风奕鸣做出这样大胆的举动，一定是隐藏了什么非常厉害的后招。

在这种情况下，反而没有人敢乘虚而入攻打宁州，因为人们都怀疑这当中可能埋藏着什么陷阱。

而风奕鸣对大陆上发生的一切不管不顾，并且在他毫不留情地囚禁了十七名谏官之后，终于没有第十八个人敢站出来反对这次完全让人摸不着头脑的行动。在他的命令下，浩浩荡荡的船队即日起航，航行了十多天之后，终于在一片气候恶劣的危险海域附近停了下来。风奕鸣下令所有船只原地待命，他自己则站在船头，遥望电闪雷鸣的远方，脸上没有任何表情。

"陛下，您这一次远征，到底是想要做什么？敌人是谁？"跟随他一同出征的皇后问。

"我只是应朋友之约而已，"风奕鸣回答，"未必真需要打仗。至少我希望不要打仗。"

"能不打仗自然是最好的，如此，士兵们的妻子都能看到自己的丈夫平安归家了，"贤明的皇后说，"说起来，您以往带兵出征从来都不会带着我，也不会带任何一个嫔妃，这一次为什么会把我带在身边呢？"

"因为这一次的麻烦如果解决不好，也许……"风奕鸣沉吟了一下，并没有把话说全，"总之，如果我不得不死去的话，希望到最后还有你陪伴在身边。"

"死去？"皇后吃了一惊，"到底是什么样的敌人，如此强大的宁州海军都无法应对吗？"

"我不知道，"风奕鸣摇摇头，"一切只能等待。"

风奕鸣就这样在船头站了整整三天，一直遥望着东方。到了第三天，东方的海域雷电大作，甚至出现了肉眼可以见到的巨大龙卷风，说明那里发生了什么异乎寻常的变动。风奕鸣的脸上首次出现了紧张的神色，目不转睛地盯着那些点亮天空的闪电。

"陛下！远方似乎有海啸发生，已经波及我们这里了，现在船摇晃得很厉害，您站在这里非常危险，求您先回船舱避一避！"负责指挥海军的大将军云胡匆匆来到他身边，跪地恳求说。

"我不回去。"风奕鸣淡淡地说。

云胡还要恳求，被风奕鸣一脚踢开。他看出来风奕鸣是动了真怒，只好作罢，索性陪着风奕鸣一起站在船头。

　　乌云开始累积在船队的头顶，迅速形成了一大片墨黑色的云层，第一滴雨水落了下来，很快转化为倾盆暴雨，所有海船都在激烈地摇晃颠簸。这已经不只是风奕鸣会不会不小心掉进海里的问题了，而是整个舰队会不会覆灭在不可阻挡的海上风暴中。

　　云胡走到风奕鸣身边，正想再度冒死进言，却听风奕鸣在自言自语些什么。风奕鸣似乎也陷入了某种绝望的状态，说话声音很大，一点儿也不在乎被别人听到。

　　"终于失败了吗？"风奕鸣说，"以你们俩的才能，仍然无法阻挡它吗？它终于还是觉醒了？"

　　云胡莫名其妙，完全不知道羽皇口中的"你们俩""它"到底指的是什么。风奕鸣脸上现出了愤怒的神情，他一手抓住身边的缆绳，在浪涛中保持身体平衡，另一只手指向东方，怒吼起来："我答应你们的事情做到了，你们也应该完成自己的承诺！你们要打败它，不能认输，绝对不能认输！我不允许你们认输！"

　　那一刻的风奕鸣，君临天下的帝王之气显露无遗，让云胡完全不敢靠近。在如注的暴雨中，在狂乱的风暴中，在撕裂天幕的雷电中，风奕鸣手指向东方，像一头狮子一样咆哮着。

　　就这样过了半个对时，风奕鸣也在风雨里站了半个对时，风势忽然减弱，雨也很快收住，雷电止息。海面的波涛从汹涌翻滚到波澜不惊，仿佛只用了一眨眼的工夫，让云胡感到难以置信。他举起千里镜，眺望东方，发现远方那一片始终不安分的海域也平静下来了。

　　云胡惊喜交集地放下千里镜，回过头，发现风奕鸣的脸上已经露出了笑容。浑身湿透的羽皇甚至顾不得抹一把脸上流淌的雨水，仰天大笑起来。

　　"不愧是你！不愧是你们俩！你们终于还是做到了！"羽皇对着天空发出了呐喊。

　　这一次疯狂的远征就这样离奇地落下了帷幕，仿佛风奕鸣这一通让整个九州都惴惴不安的远行，只是为了去观赏一场海上风暴。不管怎么样，宁州的舰队安全回归，又严守秩序地回到各自的防区，并没有向任何城邦发起进攻，诸侯们也总算是松了一口气。对于此次出征，人们做了无穷无尽的猜测，但是谁也不知道真相究竟是什么，风奕鸣本人对此始终守口如瓶，一直到他去世，也没有对此透露过半个字——自然也没有人敢去问他。

这件事还有另一个小插曲。风奕鸣在船头足足淋了半个对时的雨，并且不允许旁人给他打伞，全身都湿透了，在归途中终于病倒，发起了高烧，好在随行的御医备足了药物，所以并无大碍，让他躺在船舱里静养就行。

平日里的羽皇睥睨天下，气势凌人，但发烧昏睡的时候却像一个孩子，紧紧地蜷缩在被子里，把身子缩成一团。皇后心疼地替他擦去额头上的汗水，却听到他嘴里念念有词，正在呓语。

"这么多年了……我只有你们两个朋友……只有你们不怕我……"羽皇喃喃地说，"做皇帝真的不好玩……还是朋友好……你们为什么不来看我……"

皇后自然听不懂羽皇到底在讲些什么，她猜想只是高烧中无意义的胡话。她叹了口气，正准备起身去换一条干净的汗巾，却被羽皇一把抓住了手腕。

"你不应该嫁给他的……"风奕鸣用含混不清的声音说，"我比他帅多了……我以后要禁止长门僧娶老婆……"